*Juliette Benzoni est née avenue de La Bourdonnais mais a passé
toute son enfance à Saint-Germain-des-Prés.*

*Juliette Benzoni fréquenta d'abord le « cours » élégant des demoi-
selles Désir puis l'aristocratique collège d'Hulst, rue de Varenne,
où elle resta jusqu'à son baccalauréat; elle y prit l'horreur des
mathématiques, la passion de l'histoire et des lettres. De là, Juliette
Benzoni passa à l'Institut catholique où elle entama une licence.
Après un passage météorique comme auxiliaire à la Préfecture de
la Seine, elle se retrouva mariée à un médecin de Dijon, le docteur
Maurice Gallois, enfouie jusqu'au cou dans la bonne société bourguignonne et bientôt mère de deux enfants.*

*Pendant cette période de sa vie, Juliette Benzoni passa des heures
dans les bibliothèques, étudiant l'histoire de la Bourgogne au
Moyen Age.*

*C'est au cours de ces études qu'elle découvrit la légende de l'ordre
de la Toison d'or qui devait, plus tard, donner naissance à la série
des Catherine.*

*Quelques années après la Libération, Juliette Benzoni perdit son
mari et se rendit au Maroc où il avait de la famille. Elle entra à la
rédaction publicitaire d'un poste de radio : Radio-Internationale.
Elle fit la connaissance d'un officier, le capitaine Benzoni, et
l'épousa. Elle rentra à Paris et se lança dans le journalisme. Elle
travailla simultanément pour* L'Histoire pour tous, Journal du
Dimanche, *et pour* Confidences *où elle écrivit de nombreux arti-
cles historiques.*

*Une grande émission télévisée la fit mieux connaître et décida un
éditeur à lui demander un roman historique. Ce fut* Il suffit d'un
amour... *le premier de la série* Catherine. *Depuis, Juliette Benzoni
n'a pas cessé d'écrire. Le succès a été grandissant et les lecteurs se
comptent par millions.*

Catherine qui a dû faire face non seulement à la peur, à la trahison, au meurtre et à l'horreur de la guerre mais aussi au piège
perfide qui l'a séparée de son époux tant aimé, s'est vue obligée
d'abandonner Arnaud de Montsalvy, gravement blessé, au camp
du damoiseau de Commercy.

Réfugiée dans la puissante forteresse de Châteauvillain, assiégée
par les écorcheurs du Damoiseau, un jour enfin Catherine voit
s'achever les longues heures de prostration et d'angoisse dans lesquelles l'avaient jetée les derniers événements de sa vie, les plus
cruels sans doute de tous ceux qu'elle ait jamais vécus.

(Suite au verso.)

En effet, les assiégeants soudain disparaissent, laissant derrière eux les flammes de l'incendie, le sang des victimes !

Libérée, Catherine peut revenir à la vie, retrouver les grands chemins qui, une fois encore, vont s'étirer devant elle, semés de joies, de victoires et de souffrances nouvelles.

Son désir ardent, son souhait le plus profond est bien de retourner chez elle là où se trouvent ses chers enfants dont elle est sans nouvelles, et peut-être aussi Arnaud de Montsalvy qui ne peut pas ne pas lui avoir gardé son amour.

Mais la route va être longue ! Pour sauver le roi René, captif, pour se sauver elle-même du désespoir, Catherine, escortée de son page et de son écuyer, devra chercher sa voie vers des horizons inattendus, en Lorraine, en Luxembourg, en Flandres même où elle craint tant de revoir celui qui l'a si follement aimée et qui l'aime toujours, Philippe, duc de Bourgogne, avant de pouvoir reprendre le seul chemin cher à son cœur : celui des montagnes d'Auvergne, celui de Montsalvy... Mais, que va-t-elle y trouver ?

JULIETTE BENZONI

Catherine

La Dame de Montsalvy

TOME VII

ROMAN

ÉDITIONS DE TRÉVISE

© Opera Mundi, 1979.

PREMIÈRE PARTIE

LE ROI CAPTIF

CHAPITRE PREMIER

LES CENDRES FROIDES

« La ville basse!... Elle flambe! »

Dégringolant des chemins de ronde, Bérenger de Roquemaurel traversa au galop l'immense cour du château pour se ruer dans l'escalier du haut logis seigneurial. Mais à quatorze ans on a du souffle et ce fut à pleine voix que le page claironna, du seuil, sa nouvelle.

Comme un projectile, elle traversa la chambre silencieuse, atteignit l'encoignure de la fenêtre et le banc de pierre où Catherine usait interminablement un temps qui semblait s'être arrêté à tout jamais pour elle.

Depuis que les portes de Châteauvillain s'étaient ouvertes devant elle et ses jeunes compagnons, par une aube de désespoir, la dame de Montsalvy avait passé là le plus long de ses heures, assise, les mains oisives et les yeux clos sur les souvenirs doux et amers dont elle ne savait plus endiguer le flot.

Le plus cruel, le plus déchirant était le dernier : Arnaud, son époux, gravement blessé et agonisant dans la maison du notaire, à deux pas mais hors de portée. Catherine n'avait eu aucun moyen de savoir s'il était mort ou s'il vivait encore, otage inconscient aux mains subtiles et féroces de son dangereux compagnon d'aventures, Robert de Sarrebrück, damoiseau de Commercy, avec pour seule défense une robe de moine usée, celle du petit frère Landry, l'ami de toujours que le Ciel avait suscité si fort à propos pour aider Catherine à l'heure du plus abominable des choix[1]. Mais Landry avait-il réussi, comme il avait juré de le tenter, à sauvegarder cette vie si près de s'éteindre?

Depuis qu'échappant elle-même au Damoiseau, elle avait réussi à gagner l'abri du château, Catherine avait mille fois repassé dans son esprit les événements des derniers mois : le siège de Montsalvy par les pillards du Gévaudan, puis son départ à elle, Catherine, pour rechercher dans Paris son époux menacé d'assassinat. Et puis tout ce qui s'en était suivi : Arnaud, prisonnier à la Bastille, puis en fuite et les efforts qu'elle avait dû fournir pour le tirer de ce mauvais pas. Ensuite cela avait été l'appel de sa mère mourante à Châteauvillain et enfin l'horrible surprise de l'arrivée... Malgré l'angoisse et la douleur qu'elle avait éprouvées quand Arnaud avait été si cruellement blessé, Catherine n'était pas parvenue à effacer de son esprit l'horreur qui s'en était emparée lorsqu'elle s'était aperçue qu'un capitaine d'écorcheurs nommé la Foudre et Arnaud de Montsalvy ne formaient qu'un seul et même personnage. Enfin, tout le reste, le malentendu élevé entre les deux époux par la jalousie d'Arnaud persuadé que Catherine allait rejoindre, dans Châteauvillain, non pas sa mère mais le duc de Bourgogne, son ancien amant. Avant de tomber sous les carreaux d'arbalète, Arnaud avait chassé sa femme, jurant qu'il la tuerait si elle osait reparaître à Montsalvy. Tout cela était tellement stupide, tellement fou! Mais le seigneur de Montsalvy, dans son orgueil et sa violence, avait-il jamais accepté de raisonner comme n'importe quel homme de chair et de sang? Dieu seul pouvait savoir ce qu'il advien-

1. Voir *Piège pour Catherine*.

drait de l'amour d'autrefois s'il était encore en vie!...

« Dame Catherine, répéta la voix impatiente du jeune garçon, avez-vous entendu? Le feu est... »

Il n'acheva pas. Comme si quelque chose venait de ressusciter en elle, Catherine sortait de sa torpeur, se redressait tandis qu'un flot de sang montait à ses joues pâles. Bérenger poussa un grand soupir de soulagement en la voyant poser enfin sur lui un regard attentif. Il y avait tant de jours qu'il usait en vain ses plus beaux poèmes, ses plus douces chansons pour essayer de ramener une lueur d'intérêt dans les grands yeux violets, toujours si étrangement absents lorsqu'ils n'étaient pas fermés.

Ce qu'il pouvait y lire, à présent, ressemblait à de l'effroi; mais Bérenger de Roquemaurel aimait bien mieux voir sa maîtresse terrifiée qu'indifférente.

« Comment cela, le feu? murmura-t-elle. Qui donc l'a allumé?

– Probablement les hommes du Damoiseau avant de partir. Ils ont complètement disparu de la ville basse. On n'en voit plus un seul nulle part mais, à l'exception de l'église, tout brûle! »

Cette fois, elle était debout et traversait la salle en courant. Le page s'élança derrière elle et parvint à l'escalier juste à temps pour voir la queue de sa robe onduler comme une vipère noire sur les larges degrés de pierre. En un instant, tous deux furent en bas.

La cour du château ressemblait à une mer en furie. Les soldats du sire de Vandenesse qui étaient venus à la rescousse de Châteauvillain menacé mais dont les sorties, cependant vigoureuses, n'avaient pas réussi à desserrer la tenaille refermée autour de la ville, étaient en train d'enfourcher leurs chevaux avec une ardeur qui ressemblait à de la rage. Toute la cour sentait la graisse d'armes et le crottin de cheval. Les hommes juraient, sacraient ou adressaient au Ciel des vœux insensés s'il leur permet-tait de mettre enfin la main sur ce Damoiseau d'enfer!

Au milieu de cette agitation, Catherine aperçut le gigantesque hennin drapé de crêpe de son amie Ermengarde, voguant sur une houle d'hommes, de chevaux et de ferrailles comme un vaisseau aux voiles noires. Suivie de deux servantes armées de bonbonnes, la dame de Châteauvillain versait elle-même le coup de l'étrier aux soldats et ne leur ménageait ni le vin de Beaune, ni les encourage-ments; sa voix tonnait comme celle d'une bombarde à l'assaut d'une ville.

« Ma meilleure métairie et un plein sac d'or à qui de vous, mes braves, m'apportera la tête du Damoi-seau! criait-elle. Allez! Buvez! On se bat mieux quand on a les idées gaies!... »

Pour la première fois depuis son arrivée à Châ-teauvillain, Catherine sourit. Cette Ermengarde! Le temps semblait n'avoir aucune prise sur elle! Le fracas des armes lui faisait le même effet qu'un appel de trompette sur un vieux cheval de bataille. N'avait-il pas fallu, quelques jours auparavant, se mettre à quatre après elle pour l'empêcher de revêtir l'armure de son ancêtre, Enguerrand le Fort, et d'aller défier elle-même Robert de Sarrebrück? Et comme Catherine lui rappelait que ses jambes n'étaient plus d'âge à soutenir un combat, elle avait riposté :

« C'est le bras qui manie l'épée, pas la jambe! Allez donc voir celles de mon cheval! Elles soutien-draient la voûte d'une église!... »

Néanmoins, elle avait finalement consenti à ne pas enfourcher ce vigoureux destrier et à s'en remettre au sire de Vandenesse du soin de mener l'attaque, laquelle d'ailleurs n'avait pas été plus fructueuse que les autres : les écorcheurs semblaient avoir planté leurs griffes dans Châteauvillain jusqu'à la consommation des siècles.

Comme Catherine, debout sur la dernière marche du perron hésitait au bord de la cour houleuse comme au bord d'une mare, une voix murmura à son oreille :

« La comtesse offre une fortune pour la tête du Damoiseau, belle dame! Me donnerez-vous un sourire... et peut-être un baiser si je vous l'apporte? »

Elle tressaillit, fronça les sourcils, désagréablement surprise comme chaque fois qu'elle approchait le seigneur de Vandenesse. Depuis qu'elle avait cherché refuge derrière les murs de Châteauvillain, il l'entourait d'une cour suffisamment discrète pour n'être pas gênante; mais c'était son aspect physique qui déplaisait le plus à la jeune femme, à cause de cette ressemblance qu'il avait avec le duc de Bourgogne, ressemblance funeste et qui avait causé, entre elle-même et son époux, le drame du dernier jour[1].

A dire vrai, pour qui connaissait bien Philippe le Bon, Vandenesse n'était pas, et de loin, un reflet fidèle. Il avait la même tournure, presque la même figure que le duc mais il y manquait ce grand air, à la fois affable et imposant, qui faisait le prince inimitable, même sous la carapace de l'armure. Seuls, ceux qui n'avaient jamais approché Philippe pouvaient s'y laisser prendre...

Elle regarda Vandenesse au fond des yeux.

« Je n'ai que faire, messire, de la tête du Damoiseau! Seul m'importe le sort de mon époux... du seul homme ici-bas qui puisse réclamer de moi un baiser! Je ne suis plus la dame de Brazey, baron[2]! J'ai même oublié tout ce qui la concernait. En outre,

---

1. Voir *Piège pour Catherine*.
2. Garin de Brazey, le premier époux de Catherine, avait été exécuté pour rébellion contre le duc. Voir *Il suffit d'un amour*...

je suis de celles pour qui votre ressemblance avec monseigneur le duc n'est pas évidente!...

– Elle me gêne autant que vous, madame! Aucun homme n'aime à être pris pour un autre! Quant à la tête du Damoiseau, vous en ferez ce que vous voudrez si Dieu me l'accorde... et je me contenterai d'un sourire! »

Il s'inclina, s'éloigna vers son cheval qu'un page tenait en bride tandis que Catherine, toujours suivie de Bérenger, aussi muet et silencieux qu'une ombre, se dirigeait vers l'escalier du chemin de ronde avec la curieuse impression de revenir plusieurs mois en arrière quand, sous la pluie incessante d'un printemps désastreux, elle escaladait, le cœur chaviré d'angoisse, les remparts de Montsalvy assiégé par le Loup du Gévaudan, ne sachant jamais très bien quelle horreur nouvelle ses yeux allaient découvrir.

Cette fois, elle s'attendait au spectacle annoncé, mais elle en éprouva tout de même un choc pénible : toute la ville basse flambait comme un bûcher de sorcière, souillant d'épais rouleaux de fumée les teintes délicates du ciel automnal. Sans la rivière où se reflétait l'incendie, les hautes flammes eussent dévoré les broussailles de la motte féodale et se fussent lancées à l'assaut du château.

Le regard de la jeune femme fouilla le brasier, cherchant à distinguer un toit, un pignon, une fenêtre : celle de la maison du notaire où elle avait dû abandonner son mari blessé mais tout se fondait dans le cœur ardent du feu. La ville basse, de bois et de torchis, s'en allait vers le ciel par le noir chemin de ses fumées...

L'un des merlons du couronnement parut se dédoubler en une longue silhouette grise qui s'approcha.

« C'est du travail bien fait! commenta tranquillement Gauthier. Le Damoiseau a tendu entre nous et lui un beau rideau de flammes à l'abri duquel il a pu se retirer sans hâte excessive et le sire de Vandenesse n'a pas besoin de tant se presser! Il faudra bien qu'il attende que cela s'éteigne! Je ne vois pas un trou dans le rideau.

– Il ne peut plus y avoir âme qui vive là-dedans, n'est-ce pas? » murmura Catherine au bord des larmes.

Gauthier de Chazay, étudiant en rupture de Sorbonne promu écuyer de la dame de Montsalvy au hasard d'une bagarre et d'un séjour au Grand Châtelet, haussa les épaules et gratta sa tignasse rousse.

« A moins d'être une salamandre!... mais, soyez tranquille, il n'y avait plus personne. Quand on brûle des gens il est bien rare qu'ils ne protestent pas et je n'ai rien entendu. Pourtant, il y a longtemps que je suis là! »

Brusquement, la jeune femme tourna le dos au brasier.

« Je veux me rendre compte par moi-même. Allez me seller un cheval, Gauthier!...

– Pour que vous lui rôtissiez les naseaux sans autre résultat que risquer de flamber vous-même? Certainement pas! S'il trouve quelque chose, ce grand tranche-montagne de Vandenesse saura bien venir nous le dire! riposta l'étrange écuyer sans paraître s'apercevoir du froncement de sourcils de sa maîtresse. De toute façon, soyez sans crainte, dame Catherine, j'irai vous le chercher, ce cheval, mais tout à l'heure! Pour l'instant vous ne pouvez rien faire pour le village. Bientôt, il ne sera plus que cendres. Quant à l'excursion que vous projetez certainement, elle peut attendre une heure ou deux, j'imagine.

– Et quelle est, selon vous, cette excursion?

– Oh! ce n'est pas difficile à deviner, croassa timidement Bérenger d'une voix fêlée par la mue. Nous y pensons tous! Nous avons tous envie d'aller dans la forêt, au prieuré des Bons Hommes, afin de voir si le frère Landry est rentré car il est bien le seul capable de nous donner des nouvelles de messire Arnaud.

– Reste à savoir si ces démons ne l'ont pas emmené avec eux...

– Quoi qu'il en soit, Gauthier, soupira Catherine, j'aimerais que vous ne discutiez pas mes ordres lorsque je vous les donne. Je sais bien que, depuis notre arrivée ici, j'ai positivement cessé d'exister mais je ne suis pas encore complètement stupide et j'aimerais que vous évitiez de me donner cette impression de n'être plus qu'une attardée mentale. »

Il y avait des larmes dans ses yeux et cela suffit à jeter le jeune Chazay à genoux, débordant de contrition.

« Vous n'êtes ni stupide ni attardée, s'écria-t-il mais vous avez beaucoup trop souffert. Or, l'angoisse et les pensées claires n'ont jamais fait bon ménage. Alors, fiez-vous plutôt à nous, notre dame! Vous savez bien que nous serions capables d'aller jusqu'en enfer si nous pensions qu'il était possible d'en ramener votre seigneur époux et, en même temps, un peu de bonheur! Courage! C'en est fini de vous ronger dans la réclusion et l'inaction! Vous allez redevenir vous-même et, bientôt, vous retrouverez vos enfants, vos terres, vos gens. »

Cette fois, elle ne put s'empêcher de sourire à la vie qui brillait dans les yeux gris du garçon tandis que, déjà, il se relevait. Les moments d'émotion étaient rares chez Gauthier et quand il s'y laissait aller il semblait les regretter aussitôt. Déconcertée mais un peu rassérénée, Catherine le regarda courir le long du chemin de ronde, dégringoler le raide escalier de pierres brutes et galoper vers les écuries. Avec un soupir, elle se détourna, chercha l'épaule de Bérenger, y appuya sa main.

« Eh bien, fit-elle, remettons-nous-en donc à messire Gauthier!... »

La cour se vidait. Les derniers cavaliers du lourd escadron franchissaient le pont-levis abattu qui avait ouvert, dans la muraille grise, une grande ogive de ciel bleu où voltigeait encore une sinistre spirale de fumée noire. Debout sur le perron, les poings aux hanches, dame Ermengarde regardait disparaître la bannière de Vandenesse. A l'approche de son amie, elle tourna vers elle un œil brillant d'excitation.

« On va enfin pouvoir faire quelque chose de plus intéressant que de la tapisserie! s'écria-t-elle. Et si on allait faire un tour jusque chez le frère Landry? Ça doit être possible en pataugeant dans la rivière. Qu'en dites-vous?

– Que vous avez raison une fois de plus... »

Un moment plus tard, les deux comtesses quittaient la rivière et plongeaient avec délices dans la fraîcheur humide de la vieille forêt gauloise embaumée par toutes les senteurs de l'automne. Après la fournaise que l'on avait côtoyée un instant, c'était comme un bain de jouvence dans lequel se détendait le corps et se retrempait l'âme. Aussi, à mesure que les pas de son cheval traçaient leur chemin sur le tapis d'herbes et de feuilles où pointait parfois le chapeau rose d'un champignon, Catherine croyait-elle sentir se détacher de son corps, comme les squames d'une longue maladie, les morceaux de l'étouffante carapace de silence qui au fil des semaines s'était refermée lentement sur elle.

Tout à l'heure, elle avait découvert avec étonnement que ses amis la traitaient avec les précautions et la pitié attentives réservées aux grands malades et qu'en s'éveillant d'un douloureux sommeil qui avait duré un mois, son esprit n'avait pas gagné en agilité. Cela tenait à ce que sa réclusion dans Châteauvillain lui avait paru devoir être éternelle. Mais à présent la vie revenait à grandes bouffées, portée par l'espoir tremblant d'apprendre enfin ce qu'il était advenu d'Arnaud.

Le petit prieuré des Bons Hommes de la forêt apparut dans une trouée de soleil, chauffant ses pierres grises dans l'odeur des menthes et des mélisses. Une cloche au timbre grêle tintait doucement dans le clocher bas, reflété par l'eau verte de l'Aujon. Avec le chant des oiseaux et le friselis de l'eau c'était le seul bruit de ce coin que la prière et la paix mettaient hors d'un temps que les hommes vouaient follement à la guerre, à la destruction et à l'horreur.

Sautant à bas de son cheval, Gauthier alla tirer la corde qui pendait le long d'une porte lourdement cintrée mais dont le vantail avait eu des malheurs car les planches disjointes étaient sommairement consolidées par des ais de bois cloués en travers avec plus de souci de vigueur que d'harmonie.

A l'appel de la cloche, cette porte s'ouvrit avec un cri de protestation, découvrant un personnage tellement grand et tellement velu qu'il ressemblait à un ours habillé en moine. Son visage, à l'exception d'un nez rond et de deux yeux méfiants, disparaissait sous une exubérance de poils roux assortis aux touffes drues qui, telles des herbes folles, jaillissaient du dos de ses énormes mains et du col de sa robe rapiécée.

« Qu'est-ce que vous voulez? » fit-il sans grâce excessive mais d'une étrange voix flûtée parfaitement insolite chez un ours.

Le faux-bourdon de la comtesse Ermengarde entreprit avec lui un curieux duo.

« Allons, frère Ausbert, ouvrez cette porte! Nous voulons seulement voir votre saint prieur. Le père

Landry est bien ici, n'est-ce pas? Il est revenu, je pense. »

L'interpellé s'empressa aussitôt, torturant sa figure en une grimace qui, par un temps très sombre, aurait pu passer pour un sourire.

« Doux Jésus! Dame Ermengarde! Dame Ermengarde en personne!... Faites excuses, madame la comtesse, mais je ne vous avais pas aperçue.

– C'est que votre vue baisse, mon frère, car mon volume est toujours le même. Alors, ce prieur? »

Le sourire se changea en une lippe si douloureuse que l'on put croire que le géant allait se mettre à pleurer.

« Hélas! Dame Ermengarde, il est bien là!... Mais en quel état! Je ne sais si vous pourrez le voir... même vous! »

Déjà, Catherine avait glissé de son cheval pour s'approcher du moine. Une nouvelle angoisse venait de naître en elle.

« Mon Dieu! Frère Landry n'est pas?... Je vous en supplie, mon frère, dites-nous la vérité!

– Non, pas encore mais notre petit frère Placide qui connaît les simples et le soigne n'a guère d'espoir de le tirer d'affaire!

– Comment est-ce arrivé? »

Frère Ausbert secoua furieusement sa crinière sur laquelle la tonsure ressemblait à une clairière envahie de mauvaises herbes.

« De la faute de ces faillis chiens, bien sûr : les maudits routiers qui tenaient le pays! Hier, ils sont venus jusqu'ici pour prendre tout ce que nous avions de provisions. Ils ont enfoncé la porte et, quand ils se sont retirés, nous avons trouvé le corps de notre prieur sur le seuil. Ils l'avaient traîné jusqu'ici à la queue d'un cheval! »

A ce souvenir, le moine se mit à pleurer pour de bon mais Gauthier coupa court à ses larmes.

« Raison de plus pour nous le laisser voir ! Je suis un peu médecin...

– Oh ! alors entrez !... Entrez vite ! Mon Dieu ! S'il y avait encore un petit espoir... même tout petit !... »

Au pas de course cette fois, frère Ausbert entraîna les visiteurs à travers l'enclos ravagé qui avait été un potager. Le couvent tout entier ressemblait assez à un village après un raz de marée. Portes et fenêtres avaient toutes subi des dommages et les coulées noires d'un incendie hâtivement éteint se voyaient sur le mur de la chapelle. Quant à la poignée de moines qui apparut, attirée par le bruit, elle était dans un état pitoyable. Tous portaient des pansements de fortune.

Mais Catherine ne vit pas grand-chose de tout cela. Son cœur et sa pensée s'attachaient seulement à l'ami d'autrefois, un instant retrouvé dans de si tragiques circonstances et qui l'avait aidée au péril de sa propre vie. L'idée qu'il allait mourir parce que justement leurs chemins s'étaient croisés de nouveau lui était insupportable.

Son cœur se serra plus encore quand elle le vit, étendu sur une étroite couchette faite de planches et d'un peu de paille, son corps émacié à peine recouvert d'une mauvaise couverture. Un petit moine tout rond, agenouillé à son chevet, appliquait des cataplasmes d'herbes fraîches sur son visage tuméfié.

Les yeux clos, Landry se laissait faire, ses mains, déchirées par les cordes, doucement croisées sur sa poitrine. Sous les lambeaux de sa robe monastique, on pouvait voir d'autres pansements végétaux, si grossiers que la comtesse Ermengarde en eut un haut-le-cœur.

« Dans quel état le voilà ! gronda-t-elle. Et si je comprends bien il n'y a même plus de quoi le soigner ici ?...

– Les bandits ont tout pris, rugit frère Ausbert.

Jusqu'à la réserve de charpie et d'onguents du frère Placide. Nous n'avons plus rien, que les herbes de la forêt! »

Un instant plus tard, la cellule du prieur avait repris ses dimensions normales. Ermengarde était repartie bruyamment pour Châteauvillain, traînant à sa suite son écuyer et Bérenger, clamant qu'elle allait ramener ce qu'il fallait pour secourir le couvent. Cependant, Gauthier écartait doucement Catherine qui voulait à tout prix soigner son ami.

« Laissez-le-moi un moment, dame Catherine! Je vais l'examiner. Le frère Placide m'aidera, ajouta-t-il avec un coup d'œil vers le petit moine qui approuva d'un signe de tête.

– Vivra-t-il? demanda la jeune femme.

– Il vit pour le moment et c'est déjà beaucoup! Il semble respirer sans trop de peine mais je ne peux encore rien dire d'autre. Vous savez bien que je ferai de mon mieux, ajouta-t-il en poussant la jeune femme vers la porte, mais je n'ai malheureusement pas la science que possèdent les Arabes ou les juifs... »

Un médecin arabe! Tandis qu'elle errait dans le petit cloître rustique qui cernait le jardin dévasté, la pensée de Catherine rejoignit à travers l'espace son vieil ami Abou-al-Khayr, le médecin de Grenade, l'homme-miracle dont la sagesse et la science s'entendaient si bien à sauver les corps et à réconforter les âmes. C'était une étrange idée, sans doute, qu'évoquer ce fils de l'Islam sous les voûtes d'un monastère chrétien. Pourtant Catherine ne se sentait pas sacrilège car les hommes de bien sont partout chez eux. Abou savait trouver les mots qui consolent et revivifient, les gestes qui sauvent, autant et mieux qu'un chrétien.

Catherine, tout à coup, éprouvait le besoin déchirant de le revoir car, malgré l'amitié dont elle était entourée, jamais elle ne s'était sentie aussi seule, aussi coupée de ses racines profondes. Si Landry mourait à présent, plus personne ne saurait lui dire ce qu'il était advenu d'Arnaud, s'il était toujours vivant ou si son grand corps indomptable avait déjà commencé à se dissoudre sous quelques pelletées de terre à Châteauvillain.

Elle se reprocha aussitôt cette pensée égoïste qui d'ailleurs traduisait mal son état d'esprit. La vérité était que si Landry mourait, elle aurait l'impression d'avoir doublement perdu Arnaud...

L'apparition de Gauthier brisa le cours mélancolique de ses réflexions. Le jeune homme était sombre, trop visiblement soucieux pour que Catherine ne s'affolât pas aussitôt.

« Alors?...

— C'est difficile à dire! Je me demande s'il lui reste un seul os encore intact. Ces brutes ne l'ont pas ménagé.

— A-t-il sa connaissance?

— Non. Et je dirai même heureusement. Ainsi il souffre moins... Pourquoi? Mais pourquoi ont-ils fait ça? explosa-t-il soudain en arrachant avec fureur un innocent liseron qui serpentait sur les piliers du cloître. Et surtout, pourquoi maintenant? Voilà plus d'un mois qu'il nous a aidés à fausser compagnie au Damoiseau...

— Vous pensez qu'ils auraient dû le martyriser plus tôt? coupa Catherine scandalisée.

— C'est un peu ça, si l'on s'en tient à la seule logique. Ne vous fâchez pas, dame Catherine et, je vous en prie, essayez de comprendre ce que je veux dire. Je cherche une raison, une raison valable à ce désastre, une raison qui ne soit pas nous. Si le Damoiseau voulait lui faire payer notre fuite, il l'aurait tué sur l'heure, sans attendre; je vous avoue que depuis notre arrivée au château de dame Ermengarde il ne s'est pas levé une aurore sans que je coure au chemin de ronde avec la crainte de découvrir son cadavre pendu à quelque arbre ou glissant au fil de l'eau mais, à mesure que le temps passait, mes craintes s'apaisaient.

– Allez-vous chercher des raisons logiques à un acte de sauvagerie gratuite? s'emporta Catherine. Robert de Sarrebrück est un démon qui tue pour tuer, qui torture pour le plaisir...

– ... mais qui, jusqu'à présent, manifestait tout de même un certain respect de l'Eglise. J'entends par là qu'il évitait de tuer ses représentants, car bien entendu ce respect ne s'étendait tout de même pas jusqu'aux biens matériels. Pour qu'il ait osé infliger un traitement aussi barbare à un homme de Dieu, il faut qu'il soit devenu fou... ou qu'une raison bien impérative l'y ait poussé!... »

Catherine hocha la tête, mal convaincue, mais Ermengarde, en revenant un moment plus tard à la tête d'un cortège de mules et de chariots chargés assez généreusement pour ravitailler un village, se rangea entièrement à son avis : le supplice infligé à Landry et dont, normalement, il aurait déjà dû mourir, répondait à une exigence; mais laquelle?...

« C'est malheureusement une question à laquelle le malheureux me paraît bien incapable de répondre! » soupira-t-elle en conclusion.

Avec l'énergie du désespoir, Gauthier entreprit de soigner Landry, secondé par Catherine et Bérenger qui, muets d'angoisse, assistèrent à la lutte farouche que le jeune homme menait contre la mort avec les moyens malheureusement réduits que la médecine de l'époque mettait à sa disposition et ceux infiniment plus vastes de son ingéniosité. La bataille se prolongea jusqu'au cœur de la nuit tandis que, groupés dans leur chapelle dévastée, les moines imploraient le Ciel en une prière fiévreuse où alternaient les psaumes de la Pénitence et les supplications pour obtenir de Dieu miséricorde à un prieur qu'ils semblaient aimer beaucoup.

A mesure que les heures coulaient, l'espoir s'amenuisait. La respiration du blessé s'écourtait, s'embarrassait de râles sinistres qui faisaient gronder Gauthier et pleurer Catherine. La peau du visage, déjà cireuse, devenait grise comme si l'ombre éternelle s'étendait lentement sur le frère Landry. En dépit de tous ses efforts, le médecin novice ne parvenait pas à ramener une étincelle de conscience dans le corps torturé.

Vers la fin de la nuit, il devint évident que le peu de vie qu'il gardait encore s'enfuyait rapidement et qu'il n'était plus possible de croire au miracle. Il y avait des heures que Catherine n'avait pas quitté le chevet de son ami. Elle était agenouillée, tenant, comme un oiseau fragile, la grande main rugueuse entre les siennes, priant de tout son cœur, sans le moindre égoïsme cette fois, reprise tout entière par cet autrefois plein de charme que représentait le mourant. Celui de l'enfance heureuse vécue côte à côte entre les maisons biscornues du Pont-au-Change à Paris, dans le joyeux vacarme quotidien des boutiques d'orfèvres pleines du bruit clair des outils sur le métal précieux et les criailleries des changeurs lombards ou normands qui leur faisaient face. C'étaient les courses à deux sur les grèves pour observer les gros chalands ventrus qui montaient ou descendaient le fleuve, les baignades à la belle saison, les flâneries gourmandes dans les cuisines quand le parfum des confitures de Jaquette Legoix ou de Maman Pigasse réussissaient à vaincre les odeurs de poisson, les batailles de boules de neige et les glissades sur la Seine quand l'hiver étreignait Paris, les escapades enfin vers tous les lieux étranges ou fascinants de la grande ville qui attiraient leur curiosité enfantine, du palais des Rois au corps de garde du Châtelet, de Notre-Dame aux abords des inquiétantes cours des Miracles. Et Catherine à présent sentait mourir en elle, en même temps que Landry, la petite fille qu'elle avait été car, après lui, plus personne ne se souviendrait du Pont-au-Change pour en parler avec elle avec le sourire heureux qui accompagne l'évocation des jours d'enfance...

« C'est la fin!... » murmura la voix enrouée de Gauthier tandis qu'il rejetait avec colère l'écuelle de potion dont il humectait continuellement les lèvres du mourant. Un sanglot déchira la gorge de Catherine avec un cri de révolte.

« Non!... C'est trop injuste!... »

Au son de sa voix, Landry eut un frisson. Ses paupières, qui semblaient déjà peser le poids du granit qui allait les ensevelir, frémirent et se soulevèrent péniblement, découvrant la prunelle sans éclat. Celle-ci tourna dans l'orbite, s'arrêta sur le visage en pleurs. Les lèvres déchirées ébauchèrent un sourire.

« Il... vit! » murmura Landry dans un souffle qui fut le dernier. Tout était fini. Le gamin de Paris, le chevaucheur de la Grande Ecurie de Bourgogne, le moine de Saint-Seine et de Châteauvillain avait rendu à Dieu son âme droite et simple dont Catherine seule avait réussi à disputer une part à Dieu.

« Landry! balbutia-t-elle à travers ses larmes, Landry!... pourquoi, mon Dieu, pourquoi?... »

La poigne vigoureuse d'Ermengarde remit la jeune femme debout, non sans que ses genoux ankylosés lui eussent arraché une plainte, mais ce fut pour la garder contre elle, l'envelopper de toute sa tendresse rude et chaleureuse.

« Parce que l'heure était venue, Catherine, une heure que, très certainement, il n'aurait pas voulue différente!

– Il est mort pour moi... à cause de moi!

– Non, il est mort parce que Dieu l'a voulu... et peut-être bien parce que lui-même l'a voulu! Aux âmes comme la sienne, seul le martyre apporte une réponse satisfaisante. Vous gardiez en vous le souvenir de l'enfant, du jeune garçon mais vous ne connaissiez pas l'homme et sa soif inapaisable d'absolu. Moi, je l'ai connu! De son Dieu, il eût accueilli les pires disgrâces comme une bénédiction, il eût accepté la lèpre, la peste comme une faveur. Vous ne savez pas à quel point il souhaitait donner sa vie pour ses frères! Il est exaucé, à présent, et vous savez aussi bien que moi qu'il est mort heureux... mais oui, heureux puisqu'il a pu utiliser son dernier souffle pour calmer une souffrance, apaiser une angoisse chez un être qu'il aimait! Le frère Landry est mort, mais votre époux vit et il était joyeux de pouvoir vous le dire! Venez maintenant, il nous faut le rendre à ses frères... Sacrebleu! Mais qu'avez-vous? »

Avec un hoquet horrifié, Catherine venait de s'arracher de ses bras. Ses yeux étaient pleins d'horreur.

« Arnaud vit? Mais où, mais comment?... Est-il toujours le compagnon de ce démon de Robert? Oh! Ermengarde, dites-moi qu'il n'était pas avec lui, qu'il n'a pas participé à cette abomination? L'idée qu'il a pu être l'un des bourreaux de mon pauvre Landry est intolérable!...

– Ne pensez pas cela, dame Catherine! coupa vivement Bérenger. Vous connaissez messire Arnaud mieux que personne. Il est rude, dur, violent, tout ce que vous voudrez, mais il craint Dieu et, jusqu'à ce qu'il se croie victime d'une injustice, il a toujours été vrai et preux chevalier!... Pensez seulement qu'il vit, et ne cherchez pas d'autres raisons de le détester. »

A travers ses larmes, Catherine sourit au page défendant si vaillamment son seigneur et se tut. Pour rien au monde elle n'eût voulu entamer la foi de l'adolescent et c'eût été le faire que lui expliquer ses doutes, lui faire comprendre que, justement, elle n'était plus très sûre de bien connaître son époux.

Que sous la fière silhouette d'Arnaud de Montsalvy ait pu surgir même un seul instant la personnalité sanglante de l'écorcheur la Foudre, c'était une chose qu'elle n'aurait jamais pu imaginer deux mois plus tôt. Elle se fût laissé couper en morceaux plutôt qu'admettre que ce fût seulement possible. Il lui avait pourtant bien fallu se rendre à la dramatique évidence. En outre, elle connaissait trop l'aveugle jalousie d'Arnaud envers tout ce qui touchait au passé de sa femme. Que Landry eût parlé d'elle avec un rien de tendresse avait pu suffire à faire du mari son ennemi.

Et, tandis que, dans l'aube grise et fraîche, elle regagnait Châteauvillain à travers les bois où le chant d'une alouette triomphant comme la Résurrection, répondait au glas triste et doux du petit couvent, Catherine ne savait plus très bien s'il y avait en elle plus de joie que de crainte, plus d'espoir que d'angoisse. Il lui fallait bien remettre à plus tard la solution d'un problème sans réponse possible et se contenter de ce cadeau du destin, précieux et redoutable tout à la fois : Arnaud était vivant!

Cette fois, la petite troupe n'eut plus besoin de descendre dans la rivière pour rejoindre la rampe du château. L'incendie était éteint. La ville basse n'était plus qu'un amas de ruines noires et de scories parmi lesquelles erraient les soldats d'Ermengarde déjà occupés à déblayer. La vieille comtesse n'était pas femme à contempler longuement le résultat d'un désastre et, avant de rejoindre le couvent, elle avait donné ses ordres en conséquence.

Il s'agissait d'enlever les décombres au plus tôt, de battre la campagne à la recherche de ce qu'il pouvait rester des habitants enfuis au hasard des routes et des bois et de les convaincre de revenir. On les hébergerait dans les dépendances du château et, si la place y était insuffisante, la comtesse avait donné ordre d'installer au bord de la rivière, dès que l'on aurait fait place nette, les grandes tentes de joute ou de guerre de son défunt mari en attendant que l'on eût reconstruit en hâte quelques maisons, reconstruction à laquelle les habitants de la ville haute, qui avaient beaucoup moins souffert, étaient instamment priés de contribuer dans la mesure de leurs moyens. Pour la dame de Château-villain, le titre de châtelaine n'était pas simplement une honorable formule vide de sens.

En arrivant au château, on trouva aussi des nouvelles. Le sire de Vandenesse, revenu bredouille de son expédition et d'une humeur massacrante, y menait grand tapage, lancé dans une violente dispute avec le sénéchal de Châteauvillain chargé de la défense du château en l'absence de la comtesse.

Dressés l'un en face de l'autre sur le perron du grand logis, les deux hommes s'affrontaient, mais les hurlements étaient surtout le fait de Vandenesse qui tentait d'écraser son adversaire sous une méprisante fureur tandis que le sénéchal, un homme déjà âgé, ne lui opposait qu'une politesse glacée jointe à une détermination intransigeante.

C'était justement la voix nette de ce dernier qui se faisait entendre quand la petite troupe pénétra dans la cour. Vandenesse, pour sa part, reprenait souffle entre deux tirades furieuses.

« Dans ce château, seule dame Ermengarde a droit de justice haute, moyenne et basse; on ne touchera pas à cet homme tant qu'elle ne sera pas là. »

Le sujet de la dispute gisait entre les deux hommes sur les marches de l'escalier. C'était un homme tellement chargé de chaînes qu'il n'avait plus guère

forme humaine. Du sang apparaissait sur son justaucorps de cuir éraillé.

« J'arrive! brailla Ermengarde en poussant son
cheval. Qu'est-ce qui ne va pas ici? Pourquoi mal-
menez-vous mon sénéchal, sire baron?

– Nous avons ramené ce prisonnier, grogna Vandenesse, et ce personnage s'oppose à ce que nous
l'interrogions.

– L'interroger? Il me semble bien avoir entendu
le mot « justice » voltiger jusqu'à moi. Vous n'en-
tendriez pas « exécuter » par hasard?

– Je connais le sens des mots que j'emploie,
comtesse! Je désirais questionner cet homme mais
je comptais pour cela me servir de votre salle de
torture. Vous en avez bien une, tout de même? »

L'éclat de rire d'Ermengarde retentit jusqu'au
fond de la cour, mais alluma une lueur méchante
dans l'œil du baron.

« Bien sûr que nous en avons une... et bien
équipée encore! Un vrai musée des horreurs!
L'aïeul de mon défunt époux en était immensément
fier. Seulement, depuis le temps qu'elle n'a pas
servi, je défie quiconque d'utiliser un de ces damnés
outils dévorés par la rouille. Vous auriez dû laisser
le baron essayer, Gagneau, ajouta-t-elle en se tournant vers son sénéchal, je gage que l'expérience eût
été amusante. Il se serait sûrement cassé quelque
chose... »

Au mépris de toute courtoisie, Vandenesse haussa
furieusement les épaules : l'humour d'Ermengarde
dépassait son entendement.

« Je pensais que le siège de votre château vous
aurait rendue moins sensible, dame Ermengarde!
Au surplus, point n'est besoin d'instruments compliqués. Quelques braises bien rouges et une paire de
tenailles devraient suffire... »

Catherine eut un haut-le-cœur. La mort affreuse
de Landry l'avait sensibilisée à l'extrême à l'endroit

de toutes ces souffrances imbéciles infligées gratuitement à autrui. Le seul mot de torture lui donnait envie de hurler.

« Quand donc les hommes cesseront-ils de voir, dans les supplices, leur suprême recours? s'écriat-elle! Avez-vous seulement essayé de poser quelques questions à cet homme? Et d'abord où l'avez-vous trouvé? »

De fort mauvaise grâce, le seigneur de Vandenesse raconta son aventure. Les traces laissées par la horde du Damoiseau étaient trop fraîches et trop profondes pour être difficiles à suivre mais, quand elles avaient fait défaut, les poursuivants n'avaient eu que bien juste le temps de s'apercevoir qu'on les attendait le pied ferme et qu'ils étaient en fait tombés dans une embuscade. Robert de Sarrebrück n'était pas homme en effet à se laisser courir après sans prendre quelques précautions...

« Notre nombre étant inférieur, il pensait sans doute avoir raison de nous aisément, mais il a trouvé à qui parler! s'écria le baron. Nous n'avons laissé qu'un homme sur le terrain et j'ai réussi, en lui échappant, à ramener l'un des siens.

– Autrement dit, conclut Catherine froidement, tout le monde a échappé à tout le monde! Vous m'aviez pourtant promis la tête du Damoiseau, messire... »

Tout en parlant, elle s'était approchée du captif qui geignait sur l'escalier, troussé comme un poulet et le nez sur la pierre. Soudain, avec une exclamation elle se laissa tomber à genoux auprès de lui, prit la tête poisseuse entre ses mains... Cet homme, elle le reconnaissait, c'était l'Auvergnat que l'on appelait le Boiteux, l'un des hommes d'Arnaud, celui-là même qui avait aidé Gauthier à le soigner...

« Eh bien, Catherine, que faites-vous? » murmura Ermengarde.

28

La jeune femme ne répondit pas mais ses yeux se posèrent, chargés d'orage, sur le baron.

« Je connais cet homme et c'est moi qui l'interrogerai. Délivrez-le! ordonna-t-elle si impérieusement que l'autre fronça les sourcils, protestant :

– Vous n'y pensez pas? Ce serait...

– Ce serait faire preuve d'un semblant d'intelligence! Ne voyez-vous pas qu'il est en train de mourir? Quelles réponses pouvez-vous espérer d'un cadavre? »

Déjà, sans plus s'occuper de Vandenesse, Gauthier était en train de trancher les liens de l'homme qui, délivré, s'étala sur l'escalier comme une tache d'huile et ne bougea plus.

« Vous ne voulez pas aussi qu'on le mette au lit? persifla Vandenesse.

– Justement si! Je vous en prie, Ermengarde, ordonnez à deux de vos soldats de transporter cet homme au château. Gauthier le soignera. Espérons seulement que j'aurai le temps d'en tirer quelque chose... »

La comtesse de Châteauvillain connaissait trop son amie pour discuter avec elle quand elle voyait briller dans ses yeux certaine flamme batailleuse. Pour une raison ou pour une autre, Catherine était prête à affronter tout Châteauvillain pour préserver cet écorcheur blessé. Aussi, un instant plus tard, le Boiteux, porté par deux hommes et suivi de Gauthier, disparaissait dans l'une des chambres de la forteresse sur laquelle lui et ses pareils s'étaient si longtemps cassé les dents.

Quand une heure plus tard, la messe dite pour le repos de l'âme du frère Landry s'acheva dans la chapelle du château, Catherine trouva Gauthier qui l'attendait sur le seuil. A son coup d'œil interrogateur, il répondit par un sourire.

« On vous demande, dame Catherine.

– Moi?

– Eh oui! Votre rescapé est mal en point mais pas assez pour n'avoir rien entendu de votre intervention. Il sait très bien qu'il vous doit la vie.

– Jusqu'à ce qu'on le pende! grogna Vandenesse qui s'était approché sans qu'on l'entende. J'y vais aussi... »

Les yeux gris de l'écuyer prirent l'aspect du granit.

« Dame Catherine seulement! fit-il sèchement. Le blessé veut lui parler mais à vous il ne dira rien. En outre, il est trop faible pour recevoir de nombreuses visites. »

Le baron marmotta bien quelque chose sur le plaisir qu'il y aurait à accommoder de certaine façon les truands blessés et leurs gardes-malades mais tourna cependant les talons et, les mains nouées dans le dos, rejoignit Ermengarde.

Accommodé par une pile d'oreillers, sous des courtines vertes qui accentuaient l'aspect cadavérique de son visage, le Boiteux, qui souffrait d'une large blessure à la poitrine, semblait sur le point de passer de vie à trépas. Sa respiration emplissait la chambre d'un bruit de feuilles froissées mais à l'entrée de Catherine, une petite lueur s'alluma dans son œil délavé.

« Je vous ai demandée... pour vous dire merci, noble dame... et aussi pour savoir quelque chose : ... pourquoi... m'avez-vous sauvé?

– Vous ne l'êtes que très provisoirement! Si Gauthier vous guérit, vous avez de grandes chances de retomber aux mains de quelqu'un dont le rêve est de vous pendre haut et court! »

Le Boiteux haussa ses épaules massives où quelques touffes de poils formaient un bizarre archipel.

« Si ça l'amuse, j'y vois pas d'inconvénient. A

condition qu'il me laisse le temps de faire ma paix avec Dieu, il peut bien me faire ce qu'il veut, votre baron! J'ai assez vécu! Mais vous, demandez-moi tout ce que vous voulez. L'autre aurait pu m'arracher la peau pouce par pouce sans que j'ouvre la bouche pour autre chose que pour gueuler. Vous, c'est pas pareil...

— Alors, dites-moi ce qu'il est advenu de mon époux... Où est-il, à l'heure présente? Avec le Damoiseau? Son prisonnier peut-être?...

— Prisonnier? Pourquoi ça? Y avait pas de raison. Non, voilà trois jours qu'il est parti. Il a emmené Cornisse, ajouta-t-il avec une amertume qui trahissait une obscure jalousie, mais c'est vrai que c'est Cornisse qui l'a le plus soigné... avec le moine s'entend! Et faut dire aussi que dans les premiers temps c'était pas facile. On a bien cru qu'il allait y rester, le capitaine. Et puis d'un seul coup, ça a été mieux. A partir de ce moment-là, il s'est retapé très vite! »

Un soupir de soulagement dégonfla la poitrine de la jeune femme. Trois jours!... Donc Arnaud n'était plus là quand le damoiseau de Commercy avait supplicié Landry...

Mentalement, elle remercia Dieu de lui avoir au moins épargné cela.

« Mais pourquoi est-il parti? Et pour où?...

— Ma foi, j'en sais trop rien! Ça l'a pris tout d'un coup. Tout ce que je sais, c'est qu'un soir, il s'est disputé avec messire Robert. Il criait si fort qu'on pouvait sûrement l'entendre depuis le bout du village. Il disait qu'il en avait assez de rester là, en faction devant une place trop forte pour qu'on en vienne jamais à bout, qu'il y avait mieux à faire ailleurs.

— Et que répondait le Damoiseau?

— Ça, personne n'en sait rien. C'est un homme qui ne crie jamais. Messire Arnaud, lui, ne s'en privait

31

pas. Mais justement il criait trop fort. Tout de même, il m'a bien semblé qu'il parlait de la Pucelle... Oui, c'est ça! s'écria tout à coup le Boiteux avec la satisfaction d'un homme qui trouve soudain la solution d'un problème longtemps cherché... c'est bien ça! Il a parlé de la Pucelle, il a dit comme ça qu'il n'y avait qu'elle à pouvoir quelque chose pour lui, qu'il la ramenèrait auprès du roi et qu'à eux deux ils chasseraient les Anglais et les Bourguignons jusque dans la mer! C'est tout de suite après que j'ai entendu rire le Damoiseau! Faut dire que ça a toujours été un grand sujet de disputes entre eux, cette sacrée histoire de Pucelle! Le capitaine la F..., je veux dire messire Arnaud, jurait qu'elle était vivante, qu'il l'avait revue un jour où il patrouillait avec quelques hommes du côté de Vaucouleurs. Le Damoiseau, lui, disait qu'il avait rêvé, que la fille de Domremy avait bien été brûlée par les Anglais et que les Anglais ne faisaient jamais les choses à moitié. Mais messire Arnaud s'entêtait...

– Quelle stupidité! gronda Catherine. Il était à Rouen, et j'y étais aussi le jour où Jehanne a été... mon Dieu! je pourrais vivre mille ans que je n'oublierais pas cette abominable vision : son corps, son visage dans les flammes... et cette affreuse odeur de chair brûlée! Mon époux doit être devenu fou. Il a dû être victime d'une ressemblance! A moi aussi il avait parlé de cette rencontre mais je lui avais dit ce que j'en pensais!

– Ça n'avait pas dû le toucher beaucoup! Si vous voulez mon avis, noble dame, il est allé la rejoindre! »

Catherine sentit la colère s'emparer d'elle, balayer ces joies qu'elle avait eues de le savoir vivant et les mains nettes de sang de Landry. Hélas! si Arnaud était guéri, il semblait désormais atteint d'incurable stupidité. Comment pouvait-il confondre une aventurière de bas lieu – car elle ne pouvait

32

pas être autre chose! – avec Jehanne d'Arc, avec celle dont un regard suffisait pour que les bonnes gens tombassent à ses pieds, celle qui, envoyée de Dieu, avait soumis des armées, et plus encore : les rudes capitaines qui avaient nom La Hire, Xaintrailles ou le bâtard d'Orléans?

La jeune femme était trop franche envers elle-même pour ne pas comprendre qu'une amère jalousie se mêlait à sa colère, en formait le fond. Sa dernière rencontre avec Arnaud lui avait fait découvrir non la mauvaise foi masculine en général, ce qui n'était pas pour elle une nouveauté, mais celle de son époux. Pour qu'il se fût laissé prendre si facilement à une ressemblance, ou qu'il eût fait semblant de façon si magistrale, il fallait que cette femme inconnue eût éveillé en lui quelque chose de plus intime que l'idéal, un sentiment peut-être, ou un désir... En retrouvant sa femme, les réactions du seigneur de Montsalvy avaient été très exactement celles d'un mari pris en faute : il s'en était tiré en s'accusant et en criant plus fort qu'elle. Et voilà qu'à présent, à peine guéri, c'était vers cette créature, la prétendue Jehanne, qu'il se tournait aussitôt? C'était à en perdre la raison...

La logique, le devoir voulaient pourtant qu'il choisît entre deux idées primordiales : faire au plus tôt sa paix avec le roi ou bien rentrer directement à Montsalvy où l'on devait avoir grand besoin de lui. Mais non! Arnaud ne trouvait rien de plus urgent que se précipiter aux trousses d'une aventurière en criant bien haut qu'il entendait l'aider à bouter définitivement l'ennemi hors du royaume!

Brusquement, Catherine se tourna vers la fenêtre auprès de laquelle Gauthier de Chazay s'était retiré, par discrétion. Une idée, peu agréable, mais qui pouvait tout expliquer, venait de lui traverser l'esprit.

« Mon époux était blessé à la tête quand nous l'avons quitté. Se peut-il qu'il soit devenu... »

Gauthier hocha la tête et s'approcha.

« Fou? Je n'en crois rien. Il était blessé au visage, dame Catherine, pas au crâne. En outre, et bien que je n'aie pas eu beaucoup de temps pour connaître messire Arnaud, j'ai à son sujet une opinion. Me permettez-vous...

– Non seulement je le permets mais je vous le demande.

– Eh bien, je dirai qu'il m'est apparu comme un homme obstiné, attaché à ses idées personnelles jusqu'à l'entêtement et jusqu'à l'aveuglement. Or, il s'est mis dans la tête que cette femme est bien Jehanne d'Arc, miraculeusement échappée aux flammes ou ressuscitée, pourquoi pas? N'était-elle pas l'envoyée de Dieu?... Il a tellement envie d'y croire qu'il nie jusqu'à ses propres souvenirs et c'est au point que, même si les doutes lui sont venus, il a dû les chasser avec colère. J'ajoute que votre rencontre n'a rien arrangé... Il va désormais s'accrocher à sa chimère avec d'autant plus d'entêtement qu'il pense avoir à se plaindre de vous. »

Catherine haussa les épaules.

« C'est ridicule!... » Elle ramena son regard violet sur le blessé qui l'observait, inquiet. « Avez-vous parfois entendu mon époux parler de moi, après mon départ? M'a-t-il cherchée? »

L'inquiétude du Boiteux se changea en une véritable angoisse tandis que, par une sorte de miracle, il réussissait à retrouver assez de sang dans son corps épuisé pour empourprer son visage.

« Cherchée? Non... pas vraiment! Il croyait, comme nous tous d'ailleurs, que vous aviez trouvé refuge ici. C'était la seule solution puisqu'il n'y avait pas de traces.

– Mais parlait-il de moi? »

Le Boiteux devint ponceau. Apparemment, le

meurtre lui était plus facile que le mensonge et Catherine, sentant qu'elle le mettait mal à l'aise, insista :

« Je vous en prie, dites-le-moi... même si ce n'est pas très agréable à entendre; car je gage qu'il ne s'agissait pas de louanges.

— Une fois... oui... il a parlé de vous! Mais par le grand saint Flour, patron de ma ville natale, j'aimerais mieux ne pas répéter ce que...

— Et moi je l'exige! Il le faut! Et si vous croyez me devoir quelque chose... »

Alors, le Boiteux parut exploser, comme un tonneau trop plein qui fait sauter sa bonde. Se redressant sur ses oreillers, il cria entre deux râles asthmatiques :

« Tant pis... vous l'aurez voulu! Il vous a traitée de putain, noble dame! Et il a crié que, si vous osiez retourner à Montsalvy, il vous en ferait chasser à coups de fouet! »

Epuisé, le blessé se laissa retomber en arrière avec une toux caverneuse. Catherine avait fermé les yeux. Elle était devenue si pâle que Gauthier, craignant un évanouissement, saisit sa main en jetant un coup d'œil furieux à son patient.

« Pardonnez-moi..., haleta celui-ci, mais elle a voulu que je parle... »

Déjà la jeune femme se reprenait, essayait un sourire.

« Ce n'est rien! Ne vous faites pas de reproches. Il vaut mieux savoir les choses et je vous remercie... Maintenant, dites-moi si vous savez... pourquoi le Damoiseau est parti si précipitamment? Pourquoi, surtout il a fait mettre à mort le frère Landry. Pour le moment, voyez-vous c'est... la seule chose importante parce que rien ne l'explique et qu'une chose inexplicable ne peut cacher qu'un danger. »

Désireux sans doute de se faire pardonner la

brutalité de son aveu précédent, le Boiteux ne se fit pas prier.

« Je ne sais pas grand-chose, mais je crois que tout ça va ensemble. A la nuit tombée, le jour même où le captaine la Foudre... je veux dire messire Arnaud a quitté le Damoiseau, deux hommes sont arrivés au camp. Ils étaient vêtus de noir, sans insignes ni rien qui puisse les faire reconnaître mais ils montaient de beaux chevaux et ils ont demandé à parler au chef. Seulement, chez messire Robert, les gardes sont bien montées. Il ne suffit pas d'employer un ton arrogant pour aller jusqu'à lui. Il faut aussi montrer patte blanche... surtout quand il fait nuit. Et les deux hommes après quelques hésitations ont dû dire ce qu'ils étaient : des envoyés du duc de Bourbon. J'étais là, je les ai entendus. Mais ils avaient un accent bizarre.

— Un accent?

— Oui... Je crois que c'étaient des Aragonais, ou plutôt des Castillans... Cet accent-là m'a rappelé le temps où nous combattions avec ce loup-cervier de Villandrado. En les entendant parler, j'ai eu tout de suite l'impression que ces envoyés du duc de Bourbon étaient des hommes à lui...

— Ils pouvaient être l'un et l'autre, murmura Catherine, désagréablement impressionnée par la réapparition soudaine de ce vieil ennemi. Rodrigue de Villandrado a épousé une bâtarde du duc. Il lui est tout dévoué...

— Vous m'en direz tant, fit le Boiteux qui n'était pas très au fait des alliances princières. Toujours est-il qu'ils sont restés au camp et que c'est dans la nuit même de leur arrivée qu'on a mis le moine à la torture. Il a été pris derrière la tente du Damoiseau, écoutant ce qui s'y disait. Tout au moins on a cru qu'il écoutait et on a voulu lui faire dire ce qu'il avait entendu. Mais il n'a pas parlé. Peut-être qu'il ne savait rien, au fond... conclut l'homme qui ne croyait guère, apparemment, à l'héroïsme sous la question.

– Mais pourquoi est-il resté au camp après le départ de mon époux? Pourquoi n'est-il pas rentré au prieuré?

– Je crois qu'il pensait que son ouvrage n'était pas terminé. Il voulait convaincre le Damoiseau de lever le siège.

– Et le siège a été levé mais il n'y était pour rien! soupira tristement Catherine. Il est mort... et pourtant ce n'est pas lui qui a convaincu Robert de Sarrebrück de s'en aller n'est-ce pas?

– Non. C'est les deux hommes en noir. Ils ont dit que ce siège était inutile, qu'il y avait mieux à faire ailleurs et surtout beaucoup plus d'or à gagner. »

Catherine fronça les sourcils.

« Comment savez-vous cela, vous?

– Vous voulez dire, moi un simple traîne-savate, hein? Je comprends que ça peut vous paraître bizarre mais, je vous l'ai dit, j'étais de garde... et j'ai toujours été d'un naturel curieux. Seulement, moi, je ne suis pas un pauvre saint homme de moine à l'âme pure et naïve comme celle d'un petit enfant. Non seulement j'ai l'oreille fine mais je sais écouter sans avoir l'air de rien... et surtout sans me faire prendre!

– Je comprends. Alors vous savez où il y a mieux à faire et plus d'or à gagner?

– Je sais! A Dijon!

– A Dijon! s'écria Catherine abasourdie. C'est impossible à moins que le Damoiseau ne soit fou. Il n'a qu'une poignée d'hommes en comparaison des troupes qui gardent la ville, que le duc y soit ou pas!

– Oh! C'est pas d'un siège qu'il est question, bien sûr...

– De quoi alors?

– D'un prisonnier... d'un prisonnier important

que le duc Philippe garde dans une tour de son propre palais. D'un prisonnier qui vaut beaucoup d'or... beaucoup plus même d'après les envoyés de Bourbon! Paraîtrait qu'on discute ferme de sa rançon pour le moment, que le duc Philippe serait tout prêt à le relâcher mais contre une si grosse somme qu'il y aurait de quoi mettre à genoux les finances du roi et de quelques autres. Je dois vous dire qu'à moi, tout ça m'a paru un peu obscur. Je ne fréquente pas beaucoup les grands personnages. »

Catherine et Gauthier se regardèrent. Pour eux, les paroles du Boiteux n'avaient rien d'obscur. Le prisonnier de Philippe, c'était le jeune roi René, duc d'Anjou, le fils de Yolande, capturé par les Bourguignons à la bataille de Bulgnéville et tenu depuis en étroite prison dans la tour Neuve[1], au palais de Dijon. René, pour lequel Catherine avait reçu, à Saumur, une lettre que les événements des derniers mois ne lui avaient pas permis de remettre et que, d'ailleurs, perdue au fond de son chagrin, elle avait totalement oubliée...

Doucement, Gauthier qui lisait à livre ouvert sur le visage de la jeune femme, murmura :

« Vous avez toutes les excuses, dame Catherine! N'importe qui en aurait fait autant à votre place : il vous a été impossible de continuer votre route... »

Mais elle refusa la facile absolution.

« Non. J'avais une mission, j'aurais dû la remplir... et... »

Elle s'arrêta. Ce n'était ni l'heure ni le lieu de discuter de ses états d'âme, en face d'un soudard blessé qui, visiblement, cherchait à comprendre. Elle revint à lui :

« C'est donc à cause de ce prisonnier que le

_____

1. Le roi étant aussi duc de Bar, la tour porte, depuis sa captivité, le nom de Tour de Bar.

38

Damoiseau est parti. Que doit-il donc faire? L'enlever?... C'est impossible. Il doit être bien gardé. »

Le Boiteux chercha son souffle. Il avait du mal à respirer et souffrait visiblement. Un instant, il demeura étendu, les yeux clos et devint si pâle que Catherine, croyant qu'il était en train de mourir, se pencha sur lui.

« Vous vous sentez plus mal?... »

Au bout d'un moment, il ouvrit les yeux, sourit faiblement.

« Je m' sens pas au mieux mais il faut que je finisse... Le Damoiseau doit protéger les deux hommes... et eux doivent s'arranger pour que... le prisonnier ne quitte jamais sa prison, plus jamais. Vous comprenez?...

– C'est limpide! fit Gauthier. Plus de prisonnier, plus de rançon...

– Et comme le duc de Bourbon doit marier sa fille au fils du prisonnier, il n'a aucune envie que la fortune passe tout entière dans les mains du duc Philippe ni qu'on lui réclame une dot trop importante pour boucher les trous. En outre, la haine qui oppose Bourbon à Bourgogne n'est un secret pour personne. Que René meure dans sa prison et la guerre se rallume..., acheva Catherine. Eh bien, je crois que notre devoir est tout tracé. »

Elle remercia le Boiteux, l'assura qu'il n'avait plus à craindre la corde, désormais, et qu'elle le prenait sous sa protection.

« Essayez de guérir. Ensuite, vous serez libre... »

Mais il la rappela comme elle allait quitter la chambre.

« Si vous êtes contente de moi, dame, faites mieux encore. Prenez-moi à votre service. Sur la mémoire de ma pauvre mère, je vous serai fidèle. Et puis, quand vous aurez retrouvé le capitaine la F...,

39

je veux dire votre époux, je vous servirai tous les deux! »

Elle lui sourit, émue de cette fidélité fruste envers un homme qui, cependant, l'avait abandonné. Arnaud possédait décidément le talent de s'attacher les cœurs et les dévouements de ses soldats même quand ils n'étaient que des routiers et qu'il en faisait fi... surtout quand il en faisait fi! D'ailleurs n'en allait-il pas de même avec ceux qu'il disait aimer? Catherine ignorait ce que serait leur prochain revoir mais, ce qu'elle savait bien, c'est que ce revoir aurait lieu, qu'il ne pouvait pas en être autrement tant que l'un et l'autre vivraient...

« Soit! dit-elle enfin, quand vous serez guéri, allez à Montsalvy, entre Aurillac et Rodez. Je vous donnerai une lettre pour l'abbé Bernard qui, en notre absence y exerce pleinement les droits seigneuriaux. »

Le blessé montra tant de joie qu'en quittant la chambre, la jeune femme emporta l'impression que sa promesse allait faire davantage pour la guérison du Boiteux que les drogues de Gauthier.

Dans le couloir, elle trouva Vandenesse qui faisait les cent pas. Il accourut vers elle dès qu'il l'aperçut :

« Vous êtes restée longtemps, fit-il d'un ton acerbe qui la fit sourire car il donnait la mesure exacte de son attente impatiente. J'espère qu'à présent la justice va pouvoir suivre son cours.

– La justice? Quelle justice? La vôtre, baron? je n'y crois guère. J'ai appris de cet homme tout ce que j'en espérais, et plus encore. Je lui ai une vraie reconnaissance. Aussi autant vous dire tout de suite qu'il est désormais sous ma protection. »

Sous une brusque poussée de bile, Vandenesse verdit.

« Ce qui veut dire?

– Que je vous interdis d'y toucher et qu'en cas

de... d'accident, vous auriez à en répondre non seulement devant moi mais devant le duc Philippe auquel, grâce à lui, je vais peut-être rendre un grand service. Enfin, depuis une demi-heure, il fait partie de ma maison et, si Dieu lui accorde guérison, ce que j'espère, il ne quittera Châteauvillain que pour rejoindre Montsalvy. »

Le baron éclata d'un rire qui évoquait tout ce que l'on voulait sauf la gaieté.

« A Montsalvy? chez vous?... Le loup dans la bergerie autant dire! Le beau serviteur que vous aurez là! Et votre époux...

– Mon époux connaît les hommes infiniment mieux que vous ne l'imaginez, sire baron. Je serais fort étonnée s'il n'acceptait pas celui-là. Quant à Monsalvy, notre fief, il n'a, croyez-moi, rien d'une bergerie peuplée d'agneaux bêlants... Le Boiteux y trouvera sa place... A présent, souffrez que je vous donne le bonjour. Vous me pardonnerez de ne pas vous tenir compagnie plus longtemps mais j'ai à faire mes préparatifs de départ.

– Vous partez? Où allez-vous? »

Catherine serra ses mains l'une contre l'autre dans le geste qui lui était familier lorsqu'elle souhaitait se maîtriser. Elle mourait d'envie d'envoyer au diable cet obsédant bonhomme auquel, dans son for intérieur, elle reprochait de n'avoir pas su dégager Châteauvillain assiégé. Il l'avait préservé, évidemment, et c'était déjà quelque chose mais avec un peu plus d'énergie et les forces dont il disposait, il aurait peut-être pu obtenir un meilleur résultat. Cependant, comme il était assez bien en cour alors qu'elle-même ignorait à quelles couleurs elle était habillée dans les souvenirs du duc Philippe, son ancien amant, ce n'était peut-être pas le moment de s'attirer une recrudescence d'inimitié.

« Pardonnez-moi de ne pas vous l'apprendre, dit-elle enfin sans que la douceur de sa voix trahît l'effort... Lorsque je suis arrivée ici, j'étais investie d'une mission. J'ai été empêchée de l'accomplir jusqu'à ce jour mais, puisque la voie est désormais libre, il serait inadmissible de la différer plus longtemps.

– Une mission? Vous auriez des secrets?...

– Justement : ils ne sont pas miens!

– En ce cas... et quelle que soit cette mission, vous aurez besoin d'aide. Le pays est loin d'être sûr. Il reste des garnisons anglaises, des routiers. Je ne poserai pas de questions mais je vais avec vous! »

La jeune femme se sentit rougir jusqu'à la racine de ses blonds cheveux. Au Diable l'importun! Sa fatuité lui interdisait-elle de comprendre qu'elle en avait assez de lui, de sa présence, de ses regards appuyés, de ses galanteries sournoises? Elle allait peut-être se laisser aller à la colère et dire des choses désagréables lorsque Gauthier, qui était demeuré en arrière pour donner encore quelques soins au blessé, sortit de la chambre, des linges sur les bras et un bassin à la main.

« N'est-il pas un peu tôt, messire, pour abandonner une forteresse que vous étiez venu assister? Le Damoiseau est parti mais il peut revenir.

– S'il devait revenir, il n'aurait pas brûlé ses cantonnements. Non, j'en suis certain, il ne reviendra pas et Châteauvillain n'a plus rien à craindre. Au surplus, je ne suis pas le capitaine de sa garnison. Je dois rejoindre mon maître... »

Le long visage de l'écuyer s'orna d'un sourire beaucoup trop amène pour être sincère cependant que son sourcil gauche, naturellement plus haut que l'autre, remontait encore d'un bon doigt, lui composant une figure parfaitement hypocrite.

« En ce cas, nous aurions mauvaise grâce à refuser, fit-il d'une voix si onctueuse que ce fut au tour de Catherine de relever légèrement les sourcils. Je crois être l'interprète de dame Catherine en affirmant que nous serions extrêmement heureux de voyager sous votre protection puisque nous allons prendre la même direction. Celle du nord, n'est-ce pas? Mais... serez-vous prêt à partir après-demain? Le délai vous paraîtra peut-être un peu court pour remettre en marche une compagnie aussi importante que la vôtre?

– Nullement, mon ami, nullement... affirma le baron d'un air protecteur. Je serai prêt car je vais dès à présent voir à faire plier bagages...

– Avez-vous perdu l'esprit? chuchota Catherine indignée dès que le baron, calmé et ravi, eut disparu à l'angle du couloir. Me faire voyager avec ce pompeux imbécile que je ne peux souffrir? Et pourquoi donc après-demain alors que nous savons, vous et moi...

– Parce que cette nuit même nous aurons quitté le château! fit Gauthier paisiblement. Pour peu que dame Ermengarde veuille bien jouer au baron la comédie que je lui indiquerai, nous aurons une bonne avance sur lui quand il s'apercevra de notre départ. Et comme il doit rejoindre le duc, que le duc est en Flandres et qu'il s'imagine que nous y allons aussi, il n'aura rien de plus pressé que de nous courir après dans la direction diamétralement opposée à la nôtre. »

Catherine regarda son écuyer avec une surprise où entrait une nuance d'admiration et une autre d'agacement. Il était temps qu'elle redevienne elle-même car, si elle n'y prenait pas garde, ce gamin allait bientôt se mêler de lui dicter sa conduite minute par minute. Un peu vexée et poussée par un démon malin, elle ne lui offrit qu'un sourire réticent.

« Au fait, pourquoi tenez-vous tant que cela à ce que nous refusions l'escorte du baron? Que sa compagnie m'irrite est une chose mais une autre est qu'il a parfaitement raison quand il dit que la région n'est pas encore très sûre.

– Raison de plus pour continuer à garder Châteauvillain! Et puis, si vous voulez le fond de ma pensée, dame Catherine, – et je ne serais pas autrement surpris que ce soit aussi le fond de la vôtre – je n'ai pas une confiance illimitée dans le sire de Vandenesse. C'est peut-être à cause de vous mais j'ai souvent eu l'impression qu'il souhaitait voir le siège s'éterniser et qu'en tout état de cause, il ne faisait pas grand-chose pour y mettre fin. Visiblement, vivre avec vous lui allait parfaitement... »

La jeune femme garda le silence un instant, pesant dans son esprit chacune des paroles de son écuyer. Elles rejoignaient trop bien ses propres pensées pour qu'elle essayât de les refuser... mais pour rien au monde elle n'en serait convenue de bonne grâce.

« Ce qu'il y a d'agaçant avec vous, Gauthier de Chazay, c'est que vous avez toujours raison! » soupira-t-elle.

Ramassant la traîne de sa robe sur son bras, elle se dirigea d'un pas majestueux vers l'escalier...

CHAPITRE II

À L'ENSEIGNE
DU GRAND SAINT BONAVENTURE

Le surlendemain, alors que l'on approchait de la fin du jour, trois cavaliers remontaient lentement la grande rue Notre-Dame, à Dijon, la plus riche de la ville, celle où voisinaient en un alignement assez fantaisiste les maisons des commerçants les plus importants.

Depuis que, dans l'éclat orangé du soleil penchant vers son déclin, Catherine avait découvert, d'une hauteur, le hérissement des innombrables clochers de la ville, semblables aux mâts d'une escadre entassée dans un port, elle n'avait plus prononcé une seule parole et, laissant la bride sur le cou de son cheval, elle s'était laissé porter silencieusement vers les grandes tours d'entrée. Il y avait onze ans qu'elle n'avait foulé le sol de Dijon. L'heure appartenait aux souvenirs...

Onze ans!.. Onze ans déjà que, par un jour d'automne semblable à celui-ci, elle avait quitté, pour la féerie de Bruges et l'amour du duc Philippe, une ville qui avait été son refuge et son amie avant de s'écarter d'elle et, sans lui devenir franchement hostile, de lui laisser entendre que sa place n'y était plus marquée.

C'était en 1425. Son étrange époux d'alors, le grand argentier de Bourgogne Garin de Brazey, venait d'être condamné à mourir de la main du

45

bourreau pour sacrilège et rébellion contre le duc après avoir tenté de tuer Catherine elle-même. Son magnifique hôtel de la rue de la Parcheminerie était jeté bas comme une masure de charbonnier, et ses trésors disséminés aux quatre vents.

Bien qu'elle n'eût rien à redouter de la colère d'un prince dont elle était la maîtresse depuis plusieurs mois et dont elle attendait même un enfant, la dame de Brazey avait préféré, par décence, quitter une ville où, en dépit de l'implantation bourgeoise de sa famille, elle ne pouvait plus rencontrer qu'une certaine méfiance. Par décence... mais aussi par ordre, car Philippe le Bon voulait auprès de lui, pour l'aimer tout à son aise, celle qui n'était pas pour lui la femme d'un condamné mais la créature qu'il aimait le plus au monde. A Dijon, cet amour était devenu impossible car il eût fait scandale. Mais dans la lointaine Bruges, la perle de la Bourgogne flamande, il ne choquait personne et, durant quatre années, Catherine avait dominé, reine sans couronne, la cité des canaux, des dentelles et des pierres dorées.

Et puis, les liens qui l'attachaient à Philippe étaient tombés d'eux-mêmes. Leur enfant était mort alors même que le Duc s'apprêtait à épouser en troisièmes noces l'infante Isabelle de Portugal. En même temps, Catherine apprenait que, dans Orléans assiégée par l'Anglais, l'homme qu'elle aimait sans espoir depuis tant d'années se battait, en grand danger de n'en jamais sortir vivant. Pour le rejoindre au moins dans la mort, elle avait tout quitté sans un regret, sans même un regard : son petit palais de Bruges, ses toilettes, les trésors que Philippe lui avait donnés, tous les biens qui la faisaient riche...

Parmi ceux-là, il y avait eu, avec le titre de comtesse, des terres en Bourgogne, un château à Chenôve, près de Dijon mais ce grand domaine n'avait jamais représenté à ses yeux autre chose que de grands parchemins abondamment décorés de sceaux multicolores : elle n'y avait jamais mis les pieds.

De tout cela, d'ailleurs, il ne lui restait plus rien car, en épousant Arnaud de Montsalvy, elle avait définitivement tourné le dos à sa vie d'autrefois. Abandonné par elle, blessé dans son orgueil comme dans son amour, Philippe de Bourgogne n'avait plus eu aucune raison de laisser à la disposition de l'épouse d'un ennemi la moindre parcelle de bonne terre bourguignonne. Tout ce que Catherine savait de lui, à présent, c'était qu'il ne l'avait pas oubliée; qu'il lui gardait peut-être une tendresse puisque les hostilités définitivement closes entre le roi Charles VII et lui par le traité d'Arras en 1435, il avait fait porter jusqu'à Montsalvy, à la Noël précédente, un merveilleux portrait de Catherine, sous la forme d'une Annonciation peinte par son ami d'autrefois, Jean Van Eyck. Mais ce pouvait être aussi bien une marque de tendresse constante qu'un présent d'adieu définitif, offert pour solde de tous comptes.

A présent, la jeune femme s'étonnait, tandis que les pas de son cheval retraçaient un chemin jadis familier sur les pavés inégaux de la rue, de ne pas éprouver plus d'émotion à l'évocation de ces souvenirs. En devenant Catherine de Montsalvy, elle avait changé de peau, presque changé d'âme et tout ce qu'évoquait sa mémoire lui apparaissait à présent comme une belle histoire qui lui aurait été contée un jour, une fantastique aventure arrivée à une certaine Catherine qui n'était pas tout à fait elle. La dame de Brazey était bien morte...

Par contre, l'enfant qu'elle avait été autrefois, la petite Catherine Legoix, reprenait vie et se rapprochait, peut-être parce que Landry l'avait ramenée en la tenant par la main comme il l'avait fait tant de fois jadis. Tout naturellement, sans même s'assurer d'une auberge, Catherine, à peine franchie la porte Guillaume, avait pris le chemin qui menait à la rue du Griffon et à la maison de son enfance parce qu'avant toute chose, elle avait envie d'embrasser son oncle Mathieu, car, en dépit de ses relations de concubinage avec une aventurière de bas étage, la jeune femme lui gardait une tendresse à cause de tout ce qu'il avait représenté pour l'enfant puis pour la jeune fille d'autrefois.

En longeant le jardin du palais, un attendrissant verger jadis planté d'herbes potagères par la duchesse Marguerite de Flandre, grand-mère de Philippe et qui avait gardé son nom, le regard de Catherine atteignit la flèche de la Sainte Chapelle ceinte à mi-hauteur d'une gigantesque couronne ducale. C'était là que se tenaient les chapitres de la Toison d'or. Si la revenante trouvait du plaisir à contempler la chapelle, ce plaisir venait moins de ce superbe symbole de sa beauté que du son harmonieux des cloches qui, à cette heure, y sonnaient l'angélus. C'était pour elle la plus douce des bienvenues... et elle en oubliait presque la dangereuse mission qui lui incombait : déjouer le répugnant complot tramé, pour une vile question d'intérêt, contre la vie d'un roi captif... Elle en oubliait aussi qu'elle n'allait peut-être pas trouver, chez son oncle, l'accueil chaleureux qu'elle eût été en droit d'espérer en d'autres temps.

Depuis qu'une certaine Amandine La Verne était entrée dans sa vie, il avait dû beaucoup changer, l'oncle Mathieu, car la femme semblait forte. N'avait-elle pas réussi à le tirer de sa douillette retraite dans sa maison des vignes de Marsannay, pour le ramener à sa boutique de la rue du Griffon ?

N'avait-elle pas réussi à lui faire chasser sa propre sœur? Le pronostic n'avait rien d'encourageant...

Aussi, en tournant le coin de la rue, Catherine sentit-elle les battements de son cœur s'accélérer...

C'était étonnant pourtant comme le temps pouvait s'abolir à la simple vue d'un décor familier! La rue bordée d'échoppes était exactement la même qu'au soir où, avec sa mère, sa sœur Loyse, Sara et Barnabé le Coquillart elle était arrivée, fragile adolescente, chez son oncle Mathieu fuyant Paris en révolte...

Les derniers rayons de soleil se reflétaient en éclats vifs sur l'enseigne peinte et découpée du « Grand Saint Bonaventure ». La grande feuille de tôle bougeait doucement sur sa potence, au vent léger du soir et la robe décolorée du saint en prenait une sorte de jeunesse.

« On dirait qu'il se passe quelque chose dans cette rue », fit soudain derrière Catherine la voix enrouée de Bérenger.

De la robe du saint, les yeux de la jeune femme redescendirent vers la terre pour constater qu'un attroupement s'y était formé tout juste sous l'enseigne : une poignée de commères, quelques gamins, deux vieillards appuyés sur de gros bâtons et un portefaix accouru de toute évidence du marché au Blé voisin. Mais tous regardaient avec passion un événement qui semblait avoir pour théâtre l'intérieur de la boutique.

« Ce n'est pas dans la rue qu'il se passe quelque chose, dit Catherine, c'est chez mon oncle. Allons voir! On dirait qu'on s'y dispute. »

En effet, des éclats de voix passaient comme des rafales sur les têtes des spectateurs. Mais la dame de Montsalvy n'eut même pas le temps de mettre pied à terre : un homme aussi haut qu'une armoire et rouge comme une brique venait d'apparaître au seuil du magasin, repoussant devant lui à deux mains une grande femme maigre et toute vêtue de noir qu'il jeta littéralement à la rue.

« Allez au diable, espèce de diseuse de patenôtres! hurla-t-il d'une voix dont le son éraillé attestait une fréquentation assidue de la bouteille. Et n'y revenez plus! Sinon vous vous apercevrez qu'ici c'est moi qui commande et que celui qui m'en délogera n'est pas encore sorti du ventre de sa putain de mère! »

La foule s'ouvrit avec un « oh! » scandalisé. Catherine s'élança vers la femme qu'un bras secourable venait de sauver d'une chute dans la poussière.

« Madame... » commença-t-elle. Mais ses yeux s'agrandirent soudain et la phrase, demeurée en suspens, s'acheva en un soupir suffoqué.

« Loyse!... Doux Jésus! »

Il devait y avoir une bonne quinzaine d'années qu'elle n'avait revu sa sœur et, à se retrouver aussi soudainement en face d'elle, elle éprouvait un choc dont elle ne parvenait pas à démêler s'il lui était réellement très agréable ou non.

De son côté, et en dépit d'un empire sur elle-même parvenu presque au sommet d'une légende, l'abbesse des Bénédictines de Tart ne put s'empêcher de le ressentir elle aussi.

« Catherine! s'écria-t-elle. Toi, ici? Mais d'où viens-tu?

– De Châteauvillain où notre mère est morte et où nous avons subi un siège. Mais toi, Loyse? comment se... »

L'aînée des ex-demoiselles Legoix fronça les sourcils avec un léger reniflement désapprobateur.

« Il ne faut plus m'appeler Loyse, dit-elle. Je suis la mère Agnès de Sainte Radegonde. »

Catherine réprima un sourire. Cela ressemblait

bien à l'ancienne Loyse, toujours si durement repliée sur elle-même, de s'attacher aux apparences extérieures qui pouvaient lui servir de rempart! D'ailleurs, physiquement, elle n'avait que très peu changé. Plus maigre sans doute et le teint passé du blanc pur à un ton d'ivoire délicat. Son nez qui avait toujours été un peu long tournait à la lame de couteau; mais les yeux bien fendus avaient gardé leur joli bleu d'azur.

« Tu ne voudrais tout de même pas que je t'appelle ma mère? fit-elle avec une pointe d'ironie qui ne fut d'ailleurs pas perçue.

— Mes filles disent « mère Agnès ». Toi seule as le droit de m'appeler « ma sœur ».

— Cela va être commode! marmotta Catherine entre ses dents tandis que Loyse considérait sans aménité excessive ses jeunes compagnons et demandait :

— Qui sont ces garçons?

— Mon écuyer, Gauthier de Chazay, mon page Bérenger de Roquemaurel. A présent... ma sœur, m'expliqueras-tu quel est ce rustre qui, si j'ai bien vu, vient de te jeter à la porte de chez nous? »

La colère de Loyse, un instant calmée par les surprises du revoir, repartit de plus belle.

« Un suppôt de Satan! Le maudit frère de la traînée dont notre malheureux fou d'oncle a fait sa compagne. Une gueuse immonde qui a nom...

— Je sais! Est-ce... qu'il l'a épousée?

— Je l'ignore car il est impossible de l'approcher. Pour savoir où nous en sommes et dans l'intention de lui faire visite, j'ai demandé à monseigneur l'évêque une dispense et la permission de quitter quelques jours mon couvent. Mais ces gens montent une garde féroce et tu as pu voir par toi-même comment s'est achevée mon ambassade...

— En effet. Eh bien, voyons ce qu'il en sera de la mienne... »

Suivie de ses deux compagnons dont les yeux brillaient d'un éclat égal à l'idée d'en découdre avec le dragon du logis, Catherine se dirigea vers le magasin. Avant d'en franchir le seuil elle avisa l'un des gamins qui continuaient à stationner dans la rue avec ce sûr instinct des badauds qui sentent si une pièce est terminée ou s'il y a encore un acte ou deux.

« Veux-tu gagner une pièce d'argent?

– La belle question! Qui ne voudrait, noble dame?

– Alors réponds d'abord à une question. Qui commande la garde du palais? Est-ce toujours messire Jacques de Roussay?

– Oui-da! C'est bien lui. »

Fouillant dans son escarcelle, Catherine en tira la pièce annoncée qu'elle mit dans la main de l'enfant.

« Trouve-le et ramène-le ici! Dis-lui que Catherine t'envoie...

– Catherine qui?

– Catherine suffira. Dis-lui de venir tout de suite chez maître Mathieu Gautherin et d'amener quelques archers. J'aurai sans doute besoin que l'on me prête main-forte.

– Qu'avez-vous besoin de la Garde? protesta Gauthier indigné. Ne sommes-nous donc plus capables de vous faire respecter?

– Normalement, oui, encore que les dimensions de cet homme aient de quoi donner à réfléchir. Mais pour ce que je veux faire, quelques hommes d'armes seront plus convaincants.

– Et que veux-tu donc faire? demanda Loyse inquiète.

– Voir notre oncle, de gré ou de force et, sur la mémoire de notre mère, je te jure que je ne quitterai pas cette maison sans y être parvenue!... »

L'intérieur de la boutique était sombre et, en arrivant du dehors, Catherine, tout d'abord, ne vit rien mais retrouva l'odeur de drap neuf et de cire chaude qu'elle avait toujours connue. Puis ses yeux s'habituèrent, retrouvèrent le dessin des armoires murales à pentures de fer où l'on rangeait les tissus les plus précieux...

Une voix onctueuse surgit des profondeurs obscures de la boutique, du réduit où tant de fois Catherine, penchée sur les gros livres reliés de parchemin, avait tenu les comptes de son oncle...

« Que puis-je présenter à Madame? Me voilà toute à son service et j'ose affirmer que nulle part dans la ville, elle ne trouvera meilleur assortiment de draps d'Espagne, de Flandres ou de Champagne, de soies d'Orient... »

La propriétaire de la voix qui venait d'apparaître derrière le grand comptoir ciré où demeuraient quelques pièces de tissus était une femme de taille moyenne qui pouvait avoir le même âge que Catherine elle-même. Brune de peau avec des yeux d'une curieuse couleur verdâtre, elle portait avec assurance une coiffe de fine toile garnie de dentelles qui contenait mal une masse de cheveux noirs. Sa taille était assez fine mais sa gorge opulente tendait insolemment le beau velours de sa robe, d'un gris-vert assorti à ses yeux, sur lequel cliquetaient des chaînes d'or. Un tablier de même toile que la coiffe protégeait cette toilette de bourgeoise opulente que Catherine, les yeux soudain rétrécis, détailla en l'estimant avec la sûreté d'un connaisseur. Si cette femme était la maîtresse de l'oncle Mathieu, elle lui coûtait cher. Mais il fallait reconnaître qu'elle était assez belle et qu'en tout état de cause elle avait tout ce qu'il fallait pour faire naître chez un vieillard les idées folles du démon de midi.

En même temps, Catherine était envahie d'une curieuse impression : celle d'avoir déjà vu cette femme quelque part. Mais où et dans quelles circonstances?... L'impression étant trop vague et le souvenir trop ténu, sa voix froide coupa court à l'énumération des richesses de la maison.

« Vous êtes Amandine La Verne?... »

Les épais sourcils noirs de la femme se relevèrent tandis que le sourire commercial s'effaçait de sa bouche.

« Je... oui, c'est moi mais je ne...

– Je suis la comtesse de Montsalvy et je viens voir mon oncle Mathieu! dit Catherine tranquillement. Conduisez-moi vers lui!... » Puis comme l'autre la regardait sans mot dire en se détournant légèrement vers Loyse qui venait de faire son apparition elle ajouta : « La révérende mère abbesse que vous venez de vous permettre de jeter dehors est ma sœur. Je tiens à vous faire savoir que vous aurez beaucoup plus de mal à vous débarrasser de moi! »

Bouche bée, Amandine contemplait l'élégante silhouette de cette visiteuse inattendue, à la fois surprise et irritée secrètement de la trouver si belle dans ce simple costume de voyage de beau drap de couleur prune. Comme toute la Bourgogne, elle connaissait l'histoire de cette femme que l'amour du duc avait faite quasi légendaire mais qui, disparue depuis longtemps, avait fini par perdre toute réalité en dépit des descriptions larmoyantes qu'en faisait ce vieil âne de Mathieu Gautherin. Et voilà qu'elle surgissait à présent, cette Catherine de Montsalvy avec sa beauté intacte, son pur visage cerné par les plis légers d'un grand voile vert amande et ses grands yeux couleur de violette froidement plantés dans les siens qui ne pouvaient s'empêcher de se détourner!...

« Mathieu? Il n'est pas là », articula-t-elle enfin

sans le moindre empressement. Après quoi, éprouvant sans doute le besoin d'un secours, elle appela :

« Philibert! Viens un peu par ici!...

– Voilà, voilà! »

La silhouette de l'homme qui avait eu maille à partir avec Loyse s'encadra si bien dans la porte du réduit qu'elle la boucha complètement. Si l'on cherchait bien, il présentait avec sa sœur une très vague ressemblance, encore qu'il fût plus jeune et que l'expression de sournoise douceur de l'une fût remplacée chez l'autre par les stigmates sans nuances d'une brutalité primitive. Son rôle dans la maison devait être celui du molosse chargé de faire respecter les volontés de la maîtresse et d'éloigner les curieux.

« Qu'est-ce que c'est, Mandine? T'as encore besoin de moi? grogna-t-il en se curant les dents avec une plume d'oie.

– Ils veulent voir le père Mathieu! fit sa sœur en désignant du menton les quatre visiteurs.

– Encore? C'est quoi? Une maladie?... » Puis, brusquement il découvrit Loyse et prit feu : « Qu'est-ce que vous venez faire ici, vous? Est-ce que je vous ai pas défendu cette maison?...

– En voilà assez! coupa Catherine sèchement. Nous exigeons de voir notre oncle immédiatement!

– Vous n'avez aucun intérêt à refuser », gronda Gauthier qui, taquinant son épée, sentait la moutarde lui monter au nez devant la grossièreté du personnage.

Philibert ouvrait déjà la bouche pour s'enquérir sans doute de l'identité de cette dame glaciale mais Amandine, se haussant sur la pointe des pieds, lui chuchota quelques mots à l'oreille et la mine renfrognée de l'homme s'épanouit brusquement en un sourire.

« Oh! Madame est... oh! Quel honneur!... Et tu

laisses Madame debout, Amandine?... Vite, un siège, un...

— Il ne s'agit pas de cela! Je ne suis pas venue visiter la maison ni vous faire la conversation. Je veux voir mon oncle et sur l'heure!

— Nous comprenons bien, noble dame... et ce serait pour ma pauvre sœur et moi-même une vraie joie de vous conduire à lui... seulement il est pas là!

— Pas là? Où est-il donc?

— Probablement à sa maison de Marsannay. Les vendanges approchent, vous savez, et le père Mathieu...

— Cela vous gênerait de dire maître Gautherin! s'écria Loyse outrée des façons du bonhomme.

— Bon, maître Gautherin si ça peut vous faire plaisir! C'est un si bon ami pour nous... »

Catherine nota mentalement que Philibert mentionnait l'oncle Mathieu comme un simple ami alors qu'elle avait craint jusque-là que la belle Amandine se fût fait épouser. Heureusement il n'en était rien...

« Vous devriez pousser jusqu'à Marsannay, continuait Philibert quand une nouvelle voix se fit entendre à l'entrée de la boutique.

— Ce n'est pas la peine, il n'est pas à Marsannay. Cela fait au moins trois mois qu'il n'y a pas mis les pieds! »

Celui qui venait de parler était un petit homme mince et fluet que Catherine reconnut aussitôt comme étant un ancien ami et voisin de son oncle, un maître tailleur qui possédait aussi une maison de vignes dans la Côte. Elle alla vers lui avec un joyeux sourire.

« Maître Duriez! Je suis si heureuse de vous revoir! Comment vous portez-vous? »

La figure chagrine du petit tailleur, prolongée d'une barbe follette, s'éclaira soudainement.

« Par Notre Dame! Mais c'est Catherine!... La petite Catherine! Que te voilà grande! Mais toujours aussi belle! Que je t'embrasse!... »

Il s'élançait déjà vers elle quand, soudain, il s'arrêta, devint tout rouge et baissa la tête.

« Oh! je vous demande pardon, noble dame... j'étais si heureux de vous voir... je m'attendais si peu... j'ai oublié...

— Rien du tout! Et moi je n'ai pas oublié! Embrassez-moi, maître Duriez et laissez la noble dame de côté. Pour vous, je suis toujours Catherine. Ne changeons rien à nos habitudes. »

Sous l'œil amusé de Gauthier et celui vaguement scandalisé de Bérenger qui commençait à trouver que tous ces gens de peu en prenaient bien à leur aise avec sa noble maîtresse, le tailleur et la jeune femme s'embrassèrent avec enthousiasme.

« Ah! fit maître Duriez, tu ne peux pas savoir ce que je suis heureux que vous vous soyez enfin décidées, les femmes de la famille, à venir voir un peu ce qui se trame ici! Quand on m'a dit qu'on avait vu arriver Loyse, je suis venu pour lui prêter main-forte et voilà que toi aussi tu es là! C'est trop de bonheur!... On va peut-être enfin savoir ce qu'est devenu ce pauvre Mathieu!...

— Que voulez-vous dire? intervint l'abbesse. Il y a longtemps que vous ne l'avez vu?

— Que trop longtemps! On a cessé de se voir depuis que votre mère est partie, chassée par cette femme, et qu'il a rouvert le magasin pour elle. A cette occasion, nous avons eu... des mots! J'ai essayé de lui ouvrir les yeux, de lui faire entendre raison! Mais il ne voulait rien entendre. Il était coiffé de cette Amandine! gronda-t-il en désignant d'un doigt tremblant de colère ladite Amandine qui frémissait et semblait sur le point de se jeter sur lui. Il n'y en avait que pour elle! Les vieux amis ne comptaient plus.

– Et c'est ce qui vous gênait, hein? cria la femme incapable de se contenir plus longtemps. Et ça vous gêne toujours que le Mathieu il m'aime! Seulement vaudrait mieux en prendre votre parti parce qu'on va bientôt s'épouser! Je serai la maîtresse ici et à Marsannay, et partout, vous entendez?

– Tu l'es déjà, Amandine! T'es chez toi ici, braillait le frère en contrepoids. Et vous autres, vous allez en sortir, et plus vite que ça, les nièces, les vieux copains, les larbins et tout le saint-frusquin! J' vous ai assez vus et vaut mieux pour vous que j' me mette pas en colère. »

Il avait saisi sur le comptoir la grande mesure en bois qui servait à auner les tissus et, la brandissant au-dessus de sa tête comme un bâton, s'avançait menaçant sur le groupe mais déjà Gauthier avait tiré son épée et se jetait en avant, faisant aux deux femmes un rempart de son corps.

« Pose ça! ordonna-t-il. Tu fais trop de bruit pour avoir la conscience tranquille, l'ami! Et il est grand temps qu'on t'apprenne la politesse. Allons, recule!... Recule si tu ne veux pas que je t'embroche comme un dindon! »

Philibert regarda tour à tour le jeune homme et la pointe acérée appuyée sur son ventre et émit une sorte de hennissement. Mais, au lieu de reculer comme on le lui ordonnait, il fit un saut en arrière si brusque et si rapide qu'il surprit Gauthier. En même temps il lançait la mesure sur son adversaire qui, atteint au bras, lâcha son arme. Alors, avec un hurlement de triomphe, le géant se jeta sur lui. L'écuyer disparut sous sa masse.

Ce que voyant, Bérenger s'élança au secours de son ami en empoignant à deux mains la tignasse de Philibert qui poussa un barissement d'éléphant malade tandis qu'Amandine, armée d'un gourdin qu'elle avait prestement récupéré sous le comptoir, entreprenait de rejeter Catherine, Loyse et le tailleur hors du magasin, comptant sans doute sur la crainte qu'elle et son frère exerçaient visiblement sur les gens du quartier pour les empêcher d'intervenir.

En effet, atteint en pleine figure et saignant du nez, maître Duriez dont le courage n'était peut-être pas la vertu dominante, s'enfuit en criant à l'aide sans d'ailleurs qu'aucun des spectateurs bougeât pour autre chose que lui ouvrir un passage. Mais les deux sœurs, dans la boutique, s'unirent pour tenir tête à la mégère tandis que les badauds du dehors, tel le chœur antique, se mettaient à invoquer un secours qu'ils ne semblaient nullement disposés à fournir eux-mêmes. La mêlée intérieure devint générale.

Au bout de quelques instants, le combat parut tourner nettement à l'avantage de la famille La Verne. Loyse à demi assommée essayait de reprendre ses esprits derrière le comptoir tandis qu'Amandine, à califourchon sur Catherine, faisait de grands efforts pour l'étrangler avec son voile. Quant à Philibert, il s'était débarrassé de Bérenger d'un coup de coude qui lui avait coupé le souffle et il livrait à présent au malheureux Gauthier un combat dont l'issue ne faisait aucun doute : malgré son courage, le jeune homme était voué au massacre.

Soudain, l'espoir changea de camp, le combat changea d'âme : la loi faisait son entrée dans le magasin... Et Jacques de Roussay en personne, semblable à quelque incarnation de l'archange saint Michel, se rua au secours de Catherine qui était en train de perdre connaissance.

Amandine vola littéralement dans les airs tandis que quatre archers mettaient fin aux souffrances de Gauthier en maîtrisant Philibert. Quant à Catherine, elle se retrouva debout en face de son sauveur qui la contemplait avec des yeux pleins d'étoiles et l'expression émerveillée d'un enfant qui reçoit son cadeau de Noël.

« Catherine! soupira-t-il. C'était donc vrai! C'est bien vous...

— Naturellement c'est bien moi! Qu'est-ce que vous imaginiez mon ami?

— Je ne sais pas. Quand ce gamin est venu me dire que vous me demandiez, j'ai failli le renvoyer avec une taloche mais il vous a décrite si soigneusement que j'ai fini par le croire. Pourtant, vous auriez dû me prévenir de votre retour. Savez-vous qu'il y a des joies qui tuent? »

Elle lui sourit, se haussa sur la pointe des pieds pour poser un baiser sur sa joue puis, reculant de deux pas pour mieux le considérer :

« Vous êtes trop solide pour cela, Jacques! Et pour un mourant, vous me semblez en assez bonne forme. Vous avez le teint vermeil, l'œil vif, l'allure imposante. Peut-être êtes-vous un peu moins mince que jadis... »

En effet, le jeune capitaine dégingandé de jadis, ne rêvant que plaies et bosses et légèrement brouillon, avait fait place à un homme dont la quarantaine était en pleine possession de ses forces et dont les cheveux blonds, surgis du casque qu'il venait d'enlever, n'avaient rien perdu de leur épaisseur indisciplinée. Mais, incontestablement, le tour de taille de l'officier avait doublé de volume. Roussay était à présent l'image du Bourguignon type : insolent de belle santé et passant peut-être plus de temps à table qu'à cheval.

« Vous voulez dire que j'ai engraissé comme un cochon! grogna-t-il. Que voulez-vous? On s'encroûte à Dijon qui n'a plus de capitale que le nom! Et l'on tue le temps comme on peut! »

Un ange passa, traînant après lui une collection de bouteilles vides mais, avec un énorme soupir, Jacques de Roussay reprenait :

« A présent, si vous m'expliquiez la raison du combat auquel nous avons mis fin? Ces gens vous

ont attaquée, j'imagine. Je voudrais savoir pourquoi ? »

En quelques mots, Catherine le mit au fait de la
situation, racontant comment elle était arrivée au
moment précis où Loyse se faisait jeter dehors et
comment les La Verne prétendaient lui interdire
l'approche de son oncle Mathieu.

« On vous a déjà dit qu'il était pas là! glapit
Amandine qui se débattait aux mains des soldats.

– Où est-il en ce cas?

– Est-ce que je sais? Il est parti un matin, en
disant qu'il voulait faire un petit voyage en... Savoie,
ou en Champagne, je ne sais plus bien. Depuis on
n'a plus de nouvelles.

– Comme c'est vraisemblable! Il y a des années
que mon oncle avait pris l'horreur des grands
chemins qu'il avait trop parcourus et qui d'ailleurs
ne sont plus sûrs depuis longtemps. Ce n'était plus
de son âge, ni de ses rhumatismes. D'ailleurs, quand
il partait, c'était toujours avec plusieurs valets. A
propos où sont les serviteurs de cette maison?

– Ceux qu'il a gardés sont à Marsannay. Pour ici,
une servante suffit aux gros ouvrages et je m'occupe
du reste, fit Amandine avec importance. Quant à
l'âge de Mathieu, vous me la baillez belle! Est-ce
qu'une femme comme moi c'était de son âge?
Pourtant, je pourrais vous en dire...

– Ça suffit comme ça! coupa Roussay. On ne vous
demande pas vos secrets d'alcôve. Une chose est
certaine : maître Gautherin est bien quelque part.
Le tout est de savoir où et j'ai l'impression que
vous, vous le savez...

– Je suis certaine qu'il est ici, murmura Catherine. Cela doit tenir à la mauvaise volonté que
mettent ces gens...

– Ces gens! Non mais dites donc, braila Philibert,
faudrait voir tout de même à ne pas nous prendre
pour...

61

– J'ai déjà dit que ça suffisait! gronda le capitaine qui se tourna vers Catherine pour ajouter : La meilleure manière de trouver la vérité est de visiter cette maison de fond en comble. C'est ce que nous allons faire. Vous autres, ajouta-t-il pour ses hommes, vous me gardez soigneusement le frère et la sœur. Venez Catherine! »

Escorté de la jeune femme, de Loyse et des deux garçons, il se dirigea vers le réduit aux écritures que Catherine ne revit pas sans émotion ainsi d'ailleurs que le reste de la maison où s'était écoulée la plus grande partie de son adolescence. Rien n'avait changé et il fallait rendre cette justice à Amandine La Verne que tout était aussi parfaitement tenu qu'au temps où Jaquette, la mère des deux sœurs, et Sara s'en occupaient.

Mais, à part dans la cuisine, qui tenait tout le reste du rez-de-chaussée et où une servante effarée cessa d'éplucher des légumes pour les regarder bouche bée, la maison se révéla totalement vide. La chambre même de l'oncle Mathieu était dans le même ordre parfait que le reste de la maison avec seulement la légère brume de poussière et le côté impersonnel des pièces inhabituées.

« Je commence à croire que ces gens ont dit la vérité et que votre oncle a quitté les lieux, soupira Roussay visiblement contrarié.

– Mais c'est impossible, vous dis-je. Où voulez-vous qu'un homme de son âge soit allé... et tout seul?

– Je ne sais pas, moi... En pèlerinage, peut-être? On y va à tout âge. »

Catherine haussa les épaules avec emportement.

« En pèlerinage! L'oncle Mathieu! Laissez-moi rire! On voit bien que vous ne le connaissez pas...

– Ecoutez, Catherine : il faut bien qu'il soit quelque part ce bonhomme? Et comme il n'est pas ici... »

Brusquement, la jeune femme changea de couleur. Elle devint si pâle qu'il lui fallut s'appuyer au chambranle de la porte.

« Mon Dieu!...

– Qu'avez-vous? s'inquiéta Jacques. Vous êtes souffrante?

– N...on, mais il vient de me venir une idée si affreuse, si... Jacques! Et si ces gens l'avaient fait disparaître?

– Vous voulez dire qu'ils pourraient l'avoir... tué?

– Pourquoi pas? L'oncle disparu, ils peuvent demeurer ici indéfiniment... et je voudrais bien savoir ce qui aurait pu les en empêcher? Le pauvre homme était seul avec eux. Seul et à peu près sans défense. »

Il y eut un silence. L'idée faisait son chemin dans l'esprit de Roussay qui, visiblement la tournait et la retournait dans tous les sens. Sans d'ailleurs parvenir à lui trouver une conclusion satisfaisante car il finit par soupirer.

« Evidemment! Tout est possible. Mais je n'ai aucun droit pour arrêter qui que ce soit sur un simple soupçon.

– Je vous en prie, Jacques, cherchons encore! murmura-t-elle enfin. Nous finirons bien par trouver au moins un faible indice. Je sens qu'il y a ici quelque chose de louche.

– A moins de démolir la maison pierre par pierre, je ne vois pas ce que nous pourrions faire de mieux! » bougonna Roussay.

La visite recommença mais sans apporter plus de résultat. Il fallut bien se résigner et Catherine, la mort dans l'âme, regagna la boutique.

« Alors? lui lança la femme l'œil arrogant. Vous l'avez trouvé votre cher oncle? Vous voilà contente, hein? Vous avez bien empoisonné la vie d'honnêtes gens qui ne vous demandaient rien? Seulement, sous prétexte qu'on est madame la comtesse, ou madame l'abbesse, ajouta-t-elle à l'adresse de Loyse qui, le teint cireux et les yeux clos, s'était laissée tomber sur une escabelle, on se croit tout permis, on a tous les droits, pas vrai? Et vous vous imaginez que ça va se passer comme ça?...

— Pour le moment, oui! coupa Roussay en empoignant Amandine par le bras. Et je vous conseille de baisser le ton, la belle, car tant que Mathieu Gautherin ne sera pas retrouvé, vous ne serez pas tirée d'affaire. On ne vous lâchera pas avant de savoir ce qu'il est devenu...

— Vous ferez sagement, je crois, articula calmement une claire voix féminine qui domina un instant le tumulte de protestations d'Amandine et de son frère, car je vous amène une pauvre créature qui peut avoir des choses intéressantes à dire. »

Sur le seuil, flanquée d'une servante visiblement terrifiée qu'elle tenait d'une main ferme, se tenait une grande femme blonde âgée d'environ vingt-cinq ans, éclatante et fraîche, dont le corps opulent était habillé d'un superbe velours ciselé du même brun que ses yeux. Les amples manches de sa robe, découpées en feuilles de chêne et descendant jusqu'à terre, laissaient voir une doublure de satin gris assorti à la jupe de dessous qu'un pan de la robe, relevé par une agrafe d'or montrait coquettement. Une sorte de haut tambourin formé d'une torsade de velours brun et de satin gris dont les pans s'enroulaient autour de son cou coiffait avec une certaine majesté l'aimable visage de cette femme devant laquelle Jacques de Roussay s'inclina courtoisement avec un empressement qui n'échappa pas à Catherine.

« Je viens de chez vous, sire capitaine, continua la nouvelle venue, car je désirais que cette fille refasse pour vous le récit dont elle m'avait régalée. Mais l'on m'y a appris que vous étiez justement parti

pour le « Grand Saint Bonaventure » et je me suis
hâtée de vous suivre, pensant que je pourrais vous y
être utile... Sainte Vierge bénie! s'exclama-t-elle en
découvrant soudain Loyse qui se redressait péniblement. Vous étiez donc là, révérende mère?... Mais
que vous est-il arrivé? Vous êtes pâle et, Dieu me
pardonne, vous vous soutenez à peine.

– Ce n'est rien, dame Symonne! soupira Loyse en
s'efforçant de sourire. J'ai eu maille à partir avec
ces gens... mais je ne crois pas que vous connaissiez
ma sœur, la comtesse de Montsalvy. Catherine,
ajouta-t-elle en se tournant vers la jeune femme,
damoiselle Symonne Sauvegrain, était déjà et de
longtemps, une bienfaitrice de notre couvent mais,
depuis qu'elle a épousé messire Jehan Morel,
conseiller et gouverneur de la Chancellerie de monseigneur le duc, elle a encore amplifié ses bienfaits.
J'ajoute qu'elle a eu l'insigne honneur de nourrir de
son lait monseigneur le comte de Charolais[1] et que
madame la duchesse lui porte une toute particulière amitié. »

Le blond visage de la nourrice ducale s'illumina
d'un sourire, cependant que ses mains se tendaient
en un geste d'accueil charmant.

« La célèbre Catherine!... Quelle joie de vous
rencontrer! Ainsi vous étiez à Dijon et personne ne
le savait?

– Je n'y suis que depuis une heure, répondit la
jeune femme conquise par la chaleur et l'amitié que
dégageait cette femme. Et je suis venue tout droit
ici dans l'espoir de revoir mon oncle dont je suis
sans nouvelles depuis des années. Mais, ne disiez-
vous pas que vous pourriez nous apprendre quelque chose?

– Je le crois! Cette enfant, ajouta-t-elle en poussant devant elle la petite servante, est la jeune sœur

1. Le futur Charles le Téméraire.

d'une de mes chambrières. Elle est en place tout près d'ici, chez maître Seguin, le faiseur de coffres de mariage qui vient de mourir et dont le petit jardin est mitoyen de celui qui s'étend derrière cette maison. Or, ce tantôt elle est accourue chez moi, toute défaite et en larmes, en suppliant qu'on voulût bien la garder car elle refusait de retourner dans la maison des Seguin. Allons, Marthon, un peu de courage!... raconte ton histoire comme tu me l'as racontée... »

L'histoire était courte. Peut-être impressionnée par la mort de son maître, Marthon avait fini par se persuader que la maison était hantée, principalement les resserres à bois du fond du jardinet, où l'on entreposait aussi bien les bûches à brûler que les billes de bois pour les coffres et qui jouxtait par un côté l'appentis où, chez Mathieu Gautherin, on avait un poulailler et une resserre à outils. Marthon affirmait y avoir entendu des bruits bizarres. Or, ce jour-là, étant seule à la maison, elle avait eu besoin de quelques bûches pour sa cuisine et, maîtrisant sa crainte, elle était allée dans la resserre. Mais à peine y était-elle entrée qu'un gémissement, si affreux qu'il ne pouvait venir selon elle que de l'autre monde, l'en avait chassée, sanglotante et le cœur fou.

Alors, plantant là son ouvrage et ne songeant plus qu'à se protéger de l'âme en peine de son maître, elle s'était enfuie en courant pour chercher refuge auprès de sa sœur chez dame Morel. Celle-ci, ayant entendu par hasard le récit échevelé et hoquetant de la pauvre fille, lui avait alors posé quelques questions, puis s'était décidée à l'emmener voir Jacques de Roussay.

« J'ai trouvé cette histoire étrange, dit Symonne. Depuis quelque temps, maître Gautherin, dont je suis une des bonnes clientes et que j'estime, avait disparu de sa boutique. On le disait souffrant, trop souffrant même pour recevoir ses meilleurs clients. Cela m'a étonnée. Votre oncle a toujours été l'énergie et la courtoisie mêmes, ajouta-t-elle pour Catherine. En outre, ces gens m'ont, depuis longtemps, inspiré une méfiance, vague peut-être, mais dont je ne pouvais me défendre. Voilà pourquoi je suis venue jusqu'ici avec Marthon. »

Le regard de Catherine croisa celui de Roussay.

« Nous avons visité la maison de la cave au grenier, fit-elle avec une douceur pleine de menace en constatant qu'Amandine venait de perdre quelques-unes de ses belles couleurs – mais qui aurait songé au poulailler ? »

Il lui répondit par un large sourire et par un geste à l'adresse de ses hommes qui, à sa suite, se précipitèrent au fond du jardin.

Ils y trouvèrent Gauthier et Bérenger, au milieu d'une troupe piaillante de volailles effarouchées, occupés à essayer de faire sauter le gros cadenas qui maintenait fermée une porte en bois mal dégrossi mais visiblement neuve. Les deux garçons n'avaient eu besoin que d'un coup d'œil pour comprendre et abandonner la boutique pour le poulailler quand la nourrice du jeune Charolais avait exposé à son auditoire les terreurs de Marthon. Ils n'étaient cependant pas encore venus à bout de leur ouvrage car, si les planches de la porte montraient des interstices, le cadenas était solide.

« Peste ! remarqua Roussay goguenard à l'adresse d'Amandine que deux soldats amenaient, on ne risquera pas de vous voler vos œufs et j'espère que vous avez pensé à donner une clef à vos poules ! Au fait, vous pourriez me la donner, cela simplifierait tout ?

– Je ne l'ai pas ! grogna la femme, butée. Ce placard ne sert plus depuis longtemps. La clef doit être perdue.

– Avec une porte neuve ? Comme c'est vraisemblable! Il est vrai que cela sent bien mauvais, par ici. Allez, vous autres, arrachez-moi ces planches puisque l'on ne peut venir à bout de ce damné cadenas. »

Attaquée à la hache, la porte ne résista guère et s'abattit, découvrant un réduit obscur d'où monta une puanteur telle que Roussay arrêta du bras Catherine et Loyse qui se précipitaient déjà.

« Non! Avec une telle odeur, il se peut que nous trouvions seulement un cadavre, d'autant qu'on n'entend aucun bruit, aucun gémissement. Laissez-moi entrer d'abord avec l'un de mes hommes. Viens avec moi, Baudron... »

Un instant après, tous deux ressortaient portant avec des précautions dont le dégoût n'était pas exempt un paquet informe de couvertures sales et de linge dégoûtant à un bout duquel pendait une tête dont les cheveux et la longue barbe en broussaille étaient gris de crasse et grouillants de vermine.

« Oncle Mathieu! cria Loyse horrifiée. Dans quel état!...

– Est-ce qu'il est mort? souffla Catherine.

– Non. Il respire encore mais il est inconscient. C'est comme s'il était sous l'influence d'une drogue, dit Roussay. En tout cas, il n'est pas brillant et on dirait qu'il était temps que vous arriviez, les nièces! On va le porter dans la cuisine.

– Je vais dire à la servante de faire chauffer de l'eau, dit Gauthier. Il faut le laver pour pouvoir l'examiner.

– Entendu! Occupez-vous de ça! » reprit le capitaine avec un visible soulagement. Puis, se tournant vers Amandine qui faisait des efforts désespérés pour se libérer de la poigne de ses gardiens : « Alors, la belle? Qu'as-tu à dire à ça? Il a un drôle d'aspect, ton patron, pour un homme parti courir les grands chemins. J'imagine que tu vas nous dire qu'il s'est enfermé tout seul dans le poulailler et que tu n'en savais rien? »

Elle cracha comme une chatte furieuse.

« Croyez ce que vous voulez et allez au diable! S'il est venu là c'est que le diable l'y a mené! Sur tous les saints du Paradis je peux jurer qu'on le croyait parti...

– Vraiment! Eh bien! tu pourras jurer autant que tu voudras sur les outils de maître Arny Signart, notre tourmenteur-juré ma jolie. Reste à savoir s'il te croira. Allez! qu'on m'emmène tout ce beau monde à la maison du Singe[1] sans oublier, bien sûr, le petit frère qui nous attend sagement dans la boutique. Moi, je vais de ce pas raconter l'histoire au vicomte-mayeur. »

Deux soldats transportèrent le malheureux drapier auprès de la cheminée de la cuisine désertée par la servante. Puis, tandis que Roussay emmenait ses prisonniers à travers les huées et les jets de pierre de l'attroupement qui s'était reformé spontanément dans la rue, les deux sœurs entreprirent de débarrasser leur oncle toujours inconscient de son cocon nauséabond avec l'aide de Marthon que Symonne Morel-Sauvegrain avait laissée tandis qu'elle rentrait chez elle pour en ramener des serviteurs et un brancard.

« Vous ne pouvez demeurer dans cette maison, dit-elle à Catherine. Vous logerez chez moi. Votre oncle y aura tous les soins nécessaires et nous enverrons un gardien pour que la maison ne soit pas pillée. »

Elle n'avait rien voulu entendre des protestations de Catherine et les avait balayées d'un désinvolte mouvement d'épaules.

« Ma maison est neuve et elle est immense! En

---

1. La prison.

outre, elle est loin d'être pleine car mon époux se trouve actuellement à Gand auprès du duc... »

Il n'y avait plus qu'à s'incliner.

« L'hospitalité qu'elle t'offre est sans arrière-pensée, remarqua Loyse lorsque la belle nourrice eut disparu. C'est simplement un mouvement du cœur. Vois-tu, la duchesse Isabelle a fort bien choisi la nourrice de son fils car Symonne est certainement la femme la plus généreuse que je connaisse. »

En attendant, les deux sœurs détortillaient Mathieu plus qu'elles ne le déshabillaient car son emballage de draps et de couvertures pourris l'entravait au moins autant qu'il le recouvrait. Parfaitement inerte, le pauvre homme bien que très amaigri représentait encore un poids assez considérable et sans l'aide de Gauthier, elles n'y fussent probablement pas arrivées. Quant à Bérenger, pris d'une nausée, il était allé respirer dans la rue.

Chez Catherine, la pitié et l'inquiétude dominaient le dégoût mais Loyse, elle, accomplissait son devoir de charité filiale avec une fureur qui grandissait d'instant en instant à constater l'état affreux de son oncle car, à mesure que les loques immondes étaient jetées au feu, le corps couvert de plaies se révélait d'une maigreur tragique.

« Regarde-moi ça! vitupérait l'abbesse en attrapant avec les pincettes de l'âtre un lambeau que Catherine venait de couper avec les grands ciseaux de la boutique. Regarde dans quel état ce vieux fou s'est laissé réduire par sa ribaude! Ce n'est pourtant pas faute de l'avoir prévenu...

— Je crois qu'il l'aimait... Tu sais, quand on aime, on ne voit rien, on n'entend rien, on ne comprend rien...

— Je devrais savoir que tu es orfèvre en la matière! susurra Loyse avec un regard oblique. Quant à moi je n'aurai jamais assez de grâces à rendre au

Seigneur d'avoir daigné me protéger de telles turpitudes... »

Catherine choisit d'ignorer l'intention acide. Depuis la détestable aventure vécue dans sa jeunesse aux mains du boucher Caboche, durant l'Insurrection parisienne de 1413[1], Loyse montrait, pour l'amour, une aversion proche de l'horreur qui d'ailleurs était presque entièrement responsable de son entrée en religion. Il était donc inutile de relever son propos et les pensées de la jeune femme ne s'y attardèrent pas.

Ce qu'elle cherchait à comprendre c'était la raison qui avait conduit Amandine à réduire Mathieu à un état si misérable puisqu'elle régnait déjà sur lui au point d'en avoir obtenu qu'il chassât de la maison sa propre sœur. Il eût été plus simple de le tuer. A moins, bien sûr qu'il fallût à tout prix le garder en vie le plus longtemps possible. Mais alors pourquoi?...

1. Voir *Il suffit d'un amour...*, tome I.

CHAPITRE III

LES SOUPIRS DE JACQUES DE ROUSSAY...

Le dos étayé par de gros oreillers confortablement bourrés de duvet de canard, l'oncle Mathieu dévorait d'épaisses tartines de boichet[1] qu'il trempait dans un bol de lait grand comme un petit saladier. Depuis qu'il était sorti de l'étrange sommeil dans lequel ses bourreaux le plongeaient dans la journée au moyen d'un mélange d'herbes, il semblait ne pouvoir se rassasier. Et il eût dévoré à longueur de journée si Catherine ne s'était gendarmée pour lui imposer des heures de repas régulières.

« Il n'est pas bon de s'empiffrer après avoir souffert la faim, mon oncle, prêchait-elle. Cela pourrait vous conduire à un engorgement dangereux capable de vous mener de vie à trépas.

– Bah!... Pour ce que me réserve la vie, à présent!...

– Il vous reste, grâce à Dieu, mon oncle, bien des moyens de vivre doucement le temps qu'Il vous accordera encore. Vous serez vite remis sur pied et vous aurez le choix entre plusieurs solutions. Ou bien vous retirer à Marsannay, dans vos vignes où vous trouviez la vie si douce...

– Tu me vois, tout seul à Marsannay... à présent que ma pauvre Jaquette, ta sainte mère à qui j'ai

----

1. L'ancêtre du pain d'épice.

73

fait tant de peine, n'y reviendra plus? J'y végéterais comme un vieux croûton...

— Alors, venez vous installer à Montsalvy. Le pays vous avait plu quand vous y êtes venu pour le baptême d'Isabelle. Vous fîtes même amitié avec Saturnin Garrouste, notre bailli et chacun serait heureux de vous revoir. Et puis il y a les enfants que vous verriez grandir... Mon petit Michel vous aime beaucoup...

— Mais ton mari, lui, ne m'aime guère! Je ne peux pas le lui reprocher d'ailleurs : c'est un seigneur, un guerrier et je ne suis moi qu'un ancien drapier... un rappel désagréable de ta condition première, ma fille! Et puis c'est un grand voyage. Enfin, le climat est rude dans ton pays de montagne.

— Eh bien, soupira-t-elle il vous reste encore une possibilité : Loyse, je veux dire la mère Agnès de Sainte Radegonde, vous offre de venir vous établir auprès d'elle dans une maison avec jardin que son couvent possède à Tart-le-Bas. Vous y seriez...

— Aspergé d'eau bénite, enfumé d'encens et accablé de patenôtres du matin au soir et du soir au matin! Madame l'abbesse ne m'a pas caché son sentiment en nous quittant ce matin : il est temps que je songe à demander pardon de mes péchés et à faire mon salut car je n'ai plus longtemps à vivre et, si je ne m'amende, messire Satan m'attend déjà en ricanant, en attisant ses chaudières et en rémoulant sa grande fourche. Merci bien! J'aime encore mieux périr de solitude à Marsannay! Au moins il me restera mon vin!... Loyse me mettrait à l'eau claire et au pain sec du repentir!... »

L'entrée d'une petite femme, si petite que sa grande coiffe en toile de Frise empesée lui mettait le visage à mi-chemin des pieds, dispensa Catherine d'un nouvel effort de conciliation et elle se leva pour la laisser approcher du lit, non sans un secret sentiment de soulagement. Bertille, qui avait nourri de son lait Symonne Sauvegrain dans sa petite enfance, lui tenait lieu, à présent de femme de charge. Elle était connue de tout Dijon et cela lui conférait une sorte d'autorité.

Pour l'instant, elle apportait un onguent qu'un valet venait de chercher à l'officine de maître Bourillot, le grand apothicaire du bourg, afin de soulager les nombreuses écorchures, dues à la vermine.

Elle s'approcha du malade et jeta un regard scandalisé sur le plat qui avait contenu le boichet et qui ne contenait plus que le couteau.

« Vous mangez trop, Mathieu Gautherin! dit-elle sévèrement. Ce n'est pas que l'on songe à vous mesurer la nourriture, mais vous vous faites du mal. »

Sous sa crinière poivre et sel qui lui donnait assez l'air d'un vieux lion hargneux, Mathieu lui jeta un regard provocant.

« J'ai faim, moi! Vous ne devez pas savoir ce que c'est que d'avoir faim, vous, avec vos joues roses et votre taille dodue...

— Dodue, dodue! Dans un moment, il va me dire que je suis grosse, ce malappris!

— Je ne dirai jamais rien de tel puisque cela vous sied, dame Bertille, mais ne venez pas me reprocher... »

Profitant de l'occasion, Catherine gagna la porte sur la pointe des pieds et quitta la chambre, laissant Bertille et Mathieu, qui se connaissaient de longue date, poursuivre leur discussion sans que ni l'un ni l'autre songeât d'ailleurs à la retenir. Depuis leur arrivée, Bertille s'était instituée l'infirmière et la garde-malade de l'oncle et leurs relations, établies jusqu'à présent sur le simple plan de cliente à fournisseur, semblaient prendre brusquement une nouvelle direction. Décidément, ce vieil ours de Mathieu Gautherin avait pris goût aux femmes durant son aventure malheureuse avec Amandine.

A ce propos, il n'avait pas été très difficile d'obtenir de lui le récit de ses misères. A peine revenu à une conscience claire et lesté d'un premier repas, Mathieu s'était libéré des souvenirs cruels qui empoisonnaient sa mémoire et de l'impuissante fureur accumulée au long de son calvaire.

Entre lui et sa maîtresse, tout avait été au mieux durant quelques mois. Amandine se montrait prévenante, tendre même, et attentive aux moindres désirs du vieillard qu'elle soignait avec une sollicitude de mère, de fille et d'amante tout à la fois.

Et puis, d'un seul coup, les choses avaient changé lorsque le frère était apparu par un soir gris et pluvieux. Philibert, à ce qu'il prétendait tout au moins, revenait de Terre sainte et il était en si triste état que la chose, à première vue, n'avait rien d'extraordinaire. Les soins d'Amandine avaient immédiatement changé de direction tandis que Mathieu, désireux de faire plaisir à son amie, s'était montré accueillant et cordial.

Mais, peu à peu, l'intrus s'était implanté. A mesure que revenaient ses forces, la place qu'il prenait augmentait de surface et, finalement, il avait fini par parler quasiment en maître sur le territoire du « Grand Saint Bonaventure ».

En dépit d'Amandine qui tentait d'expliquer le mauvais caractère de son frère par ses malheurs récents, les yeux de maître Gautherin avaient tout de même fini par s'ouvrir le jour où, revenant inopinément de la halle aux Champeaux pour prendre son escarcelle qu'il avait oubliée, il avait trouvé son Amandine dans le cellier, adossée à une futaille et les jupes troussées jusqu'à la taille, occupée à recevoir de Philibert un hommage vigoureux mais aussi peu fraternel que possible.

A l'indignation du vieil homme, tous deux avaient répondu par des moqueries et des sarcasmes et, comme Mathieu prétendait les jeter tous deux à la rue, ils lui étaient tombés dessus avec un bel ensemble, l'avaient réduit à l'impuissance, ligoté, bâillonné et transporté dans la cave d'abord puis dans le poulailler pour y subir le supplice que l'on sait.

« Quand vous serez décidé à signer une promesse de mariage en bonne et due forme, lui dit Amandine, vous reprendrez votre place dans la maison.

— Plutôt mourir! riposta Mathieu fou de rage! Jamais je ne donnerai mon nom à une putain!

— Alors, ce sera la mort! Mais ce sera long... très long pour vous donner le temps de réfléchir! On vous donnera à boire mais pas à manger. Et gourmand comme vous êtes, vous demanderez grâce bien vite... »

Et le martyre de Mathieu Gautherin avait commencé. Amandine le nourrissait uniquement d'eau claire et, chaque matin d'une sorte de tisane de belladone qui l'endormait afin qu'il n'ameutât pas le quartier par ses cris. Chaque soir, quand il s'éveillait, Amandine ou Philibert venait lui apporter son eau et posait une question, toujours la même.

« Est-ce que vous êtes décidé au mariage? »

Et Mathieu répondait non, toujours non. De plus en plus faiblement à cause de ses forces qui l'abandonnaient mais sa volonté demeurait inchangée. Mieux valait pour lui se laisser mourir, même dans ces conditions affreuses car il ne gardait plus la moindre illusion sur ce qui l'attendait : qu'il acceptât d'épouser la fille La Verne et, peu de temps après les noces, très certainement, il recommencerait à dépérir d'un mal mystérieux qui l'emmènerait promptement à la tombe, en admettant que la chose ne se soldât pas tout simplement par un coup de couteau ou une solide dose de poison dès qu'il aurait fait d'Amandine une dame Gautherin et, par conséquent son héritière.

« Vous m'avez rendu plus que la vie, mes filles, dit-il aux deux sœurs en se réveillant entre leurs deux visages penchés sur son lit, vous m'avez rendu le droit de mourir proprement! Soyez-en bénies... »

La belle maison neuve des Morel-Sauvegrain qui, avec ses fenêtres en double accolade, ses vitraux et l'élégante balustrade sculptée qui soulignait son toit de tuiles vernissées ajoutait un magnifique ornement à la rue des Forges[1], s'était refermée comme le poing d'un géant amical sur Catherine, son oncle et ses gens, accordant à la jeune femme une précieuse journée de rémission, de réflexion et de repos. Celle-ci en avait profité pour tisser avec la blonde Symonne la trame d'une amitié et pour essayer de se renseigner discrètement sur les conditions de détention du royal prisonnier que le Destin lui donnait à tâche de préserver.

Mais ce qu'elle avait pu apprendre était mince car c'était tout ce qu'en savait le commun des mortels à Dijon : René d'Anjou, roi de Sicile et de Jérusalem, était enfermé au palais ducal, dans la tour Neuve, étroitement gardé et c'était tout...

En quittant la chambre de son oncle, la dame de Montsalvy passa dans la sienne et s'habilla pour sortir. Contrairement à ce qu'il avait promis, Jacques de Roussay n'était pas revenu après l'arrestation de la « famille » La Verne et il était plus que temps qu'elle allât voir elle-même comment approcher le prisonnier...

Elle quitta la maison sans avoir rencontré per-

1. Elle n'a guère changé et appartient à l'antiquaire Damidot.

sonne. Symonne était partie le matin même pour ses terres maternelles de Foissy, près d'Arnay-le-Duc. Quant aux serviteurs ils avaient tous disparu comme par magie. Même Gauthier et Bérenger étaient introuvables...

L'explication du phénomène sauta aux yeux de Catherine en sortant : une foule s'entassait autour du pilori dressé en permanence au confluent du bourg et de la grande rue Notre-Dame[1] où les valets du bourreau étaient occupés, le maître ne s'abaissant pas à ces besognes subalternes, à boucler le carcan de fer autour de la gorge d'un voleur de poules aux étalages. Mais le délinquant était si gros que le carcan menaçait de l'étrangler et le public riait autant de ses contorsions que des efforts des valets. Toute la maisonnée de Symonne était là ainsi que Bérenger.

Mécontente de le trouver devant ce pilori, Catherine alla taper sur l'épaule de son page.

« Trouvez-vous vraiment plaisir à ce genre de spectacle, Bérenger ? »

L'adolescent rougit mais le regard qu'il leva sur la jeune femme était limpide.

« Non, dame Catherine. Seulement Gauthier m'a dit de l'attendre ici. Et comme je n'avais rien d'autre à faire...

– Evidemment. Et... où donc est à cette heure maître Gauthier ?

– D'honneur, je n'en sais rien. Nous sortions de compagnie pour aller faire une partie de paume quand il a vu passer un homme qui descendait la rue. Aussitôt, il s'est arrêté... « Va jouer sans moi, « m'a-t-il dit. J'ai mieux à faire... » et il s'est élancé sur la trace de cet homme sans permettre que je l'accompagne en m'ordonnant simplement de ne

_____
1. Prolongement de la rue des Forges.

bouger d'ici et de l'attendre. Mais si vous sortez, je vous accompagne...

– C'est inutile. Gauthier a dit de l'attendre, attendez-le donc. Quant à moi, je vais simplement prier à l'église voisine. Tout de même, dites-lui qu'il ferait mieux de s'abstenir de suivre n'importe qui dans une ville qu'il ne connaît pas... »

Elle s'éloigna vers Notre-Dame dont la curieuse façade peuplée de gargouilles apparaissait au bout de la rue en se demandant ce qui avait pu passer par la tête de Gauthier pour s'élancer ainsi sur la trace du premier passant venu; mais elle faisait confiance à l'habileté et à l'intelligence du garçon pour qu'il ne se fourrât pas dans un mauvais cas. De toute façon, elle ne souhaitait pas être accompagnée dans la visite qu'elle se proposait de faire à son ami Roussay, son passage à l'église n'étant qu'un prétexte.

Néanmoins, elle y entra un instant comme elle l'avait annoncé, ne fût-ce que pour s'éviter un mensonge. Et puis, avant d'entamer réellement ce qu'elle considérait comme une mission sacrée, elle éprouvait le besoin d'un tête-à-tête avec la petite Vierge Noire devant laquelle, en son adolescence, elle avait passé tant d'heures puis, devenue l'épouse du grand argentier de Bourgogne, versé tant de larmes. Elle était sûre d'y puiser un courage nouveau et aussi, peut-être, des idées plus claires si la chance voulait que le sanctuaire fût à peu près vide à cette heure de l'après-midi. Car, de tout temps, Catherine avait éprouvé une peine infinie à prier au milieu d'une foule. Il lui fallait le silence, la pénombre et la paix d'une nef déserte. Alors, peut-être parce qu'elle avait l'impression que Dieu était à elle toute seule, son âme pouvait oublier les misères terrestres et se mettre à la recherche de l'Infini... Ce dont elle était parfaitement incapable au milieu d'une foule de commères dévidant machinalement des patenôtres ou nasillant des cantiques en pensant au menu qu'elles serviraient le soir à leur époux...

Bienheureusement, la chapelle où veillait l'étrange et assez laide statue de Notre-Dame de Bon Espoir n'était occupée que par le brasillement des cierges. Catherine alla en prendre un, l'alluma et le joignit au buisson flamboyant puis s'agenouilla à même les marches de l'autel pour se lancer dans une fervente prière afin que la Mère de Dieu lui permît de sauver la vie du jeune roi captif. Mais elle s'aperçut bientôt qu'en fait c'était pour elle-même qu'elle priait car elle demandait surtout que tout allât très vite afin de pouvoir reprendre, le plus rapidement possible, le chemin de Montsalvy.

Il lui semblait que des années, des siècles s'étaient écoulés depuis qu'elle avait quitté la maison. En fait, il n'y avait pas six mois; mais les jours d'absence comptent au centuple lorsque l'on est séparé de deux que l'on aime.

Réconfortée par sa prière, Catherine, après une dernière génuflexion se disposa à quitter l'église. La plainte d'un moine mendiant l'arrêta sous le grand porche.

« Pour les âmes du Purgatoire et pour le salut de votre âme, donnez généreusement, noble dame! Vous serez bénie sur cette terre et glorifiée dans le Ciel. »

Machinalement, Catherine ouvrait son escarcelle quand, soudain, la voix geignarde changea de ton pour se faire à la fois chuchotante et joyeuse.

« Loué soit le Destin qui ramène ici la plus belle dame d'Occident! La prospérité de cette ville abandonnée du Ciel va renaître si la dame de Brazey nous revient! »

Surprise, elle considéra la silhouette tordue sous le froc de bure noire, le visage aux traits creusés, mangé de barbe mais dans la crasse duquel s'ouvraient des yeux clairs particulièrement vifs.

Des profondeurs de sa mémoire, un nom remonta comme un ludion.

« " Frère " Jehan! s'exclama-t-elle avec un sourire, vous avez donc déserté le parvis de Saint-Bénigne? »

Ce que l'on pouvait voir du visage de l'homme rougit de plaisir.

« Votre mémoire est aussi sûre que votre beauté est grande, noble dame, et je suis heureux d'y avoir place! Si je hante Notre-Dame, c'est parce que les chanoines de la cathédrale estiment qu'ils m'ont assez vu.

— Peut-être parce que vous leur en avez fait voir un peu trop non? Vous êtes un étrange confrère pour des religieux aussi... conformistes!... Mais je suis heureuse de voir que vous êtes toujours bien vivant, frère Jehan. Il y a si longtemps!... »

Il y avait longtemps, en effet, qu'avant son premier mariage, elle avait rencontré Jehan des Ecus, faux moine mais vrai truand, spécialisé dans la mendicité et les faux en tous genres. Il avait même été mêlé à une période sombre de sa vie mais, avec son ami Barnabé le Coquillard, il avait essayé de lui rendre un grand service, si grand que Barnabé en était mort et Catherine ne savait pas oublier un service rendu[1].

« Vous voulez dire, reprit Jehan avec un sourire amer, que ma carcasse devrait pourrir depuis longtemps dans les fosses du Morimont après avoir été décrochée du gibet ou extraite de la chaudière à

1. Voir *Il suffit d'un amour...*, tome I.

huile bouillante? Ce n'est pas facile de survivre chez nous mais je tiens encore à l'existence, au ciel bleu, au bon vin et aux belles filles. Alors je fais ce qu'il faut pour cela : je me garde soigneusement. Mais vous n'avez pas répondu à ma question, belle dame : vous nous revenez? »

Catherine secoua la tête.

« Non, mon ami. Je ne suis plus du tout la dame de Brazey. Ma vie est loin, au cœur des montagnes d'Auvergne, et je ne suis là que pour deux jours. Et puis, monseigneur Philippe ne me connaît plus, j'imagine...

– Monseigneur Philippe ne connaît plus rien du temps de la jeunesse! mâchonna le faux moine entre ses dents. Vous dites qu'il ne vous connaît plus mais il ne connaît pas davantage sa ville capitale. Il vit en Flandres, loin de nous, et Dijon, si vivante et si fastueuse jadis, devient lentement une bourgade. En vous apercevant, j'ai cru que le bon temps allait enfin revenir mais voilà qu'il n'en est rien. Notre seule raison est de servir de prison à un roi à présent... »

Frappée par ce reproche du truand qui rejoignait celui de Roussay, Catherine prit une pièce d'or dans son aumônière et la glissa dans la main sale.

« Que savez-vous du roi captif, Jehan? Que dit-on de lui par la ville?

– On ne sait rien... ou si peu! On dit qu'il est mieux gardé que le trésor de la Sainte-Chapelle, voilà tout! »

Jehan se tut soudain. Sous le capuchon poussiéreux, son œil se fit attentif. Un instant il considéra la jeune femme dont le regard soutint le sien.

« Il vous intéresse? souffla-t-il. Pourquoi? »

Catherine n'hésita qu'à peine. Elle savait depuis longtemps qu'elle pouvait faire confiance à cet homme, si noire que fût son âme.

« Je suis dame de la reine Yolande, sa mère, et

elle m'envoie pour le voir car elle est en peine de lui. Vous qui savez tout, Jehan, dites-moi au moins s'il est toujours vivant?

— Oh! pour être vivant, il l'est, ricana Jehan, et s'il lui arrive malheur, ce ne sera pas la faute de messire de Roussay qui le garde et le garde bien car il vaut cher, très cher à ce que l'on dit. Notre duc Philippe compte en tirer une rançon... royale. N'empêche qu'il pourrait bien un de ces jours lui arriver male mort.

— Que voulez-vous dire? » souffla Catherine.

Jehan des Ecus ne répondit pas tout de suite. Un groupe de trois commères bien en chair portant robes à gros plis, guimpes de toile fine et missels en beau cuir s'avançait d'un pas martial et le faux moine reprit sa voix geignarde et sa supplication mais elles passèrent sans même s'apercevoir de sa présence. Furieux, il cracha sur le sol qu'elles avaient foulé, revint à Catherine.

« Qu'il y a d'étranges hôtes, depuis trois ou quatre jours, dans la taverne de Jaquot de la Mer...

— Il existe toujours aussi, celui-là?

— Renseigner de temps en temps les espions du vicomte-mayeur, cela aide à vivre. Jaquot n'est plus si maigre et, pour lui, une affaire où il y a de l'or à gagner est toujours bonne à prendre.

— Que savez-vous de ces hôtes si étranges?

— Qu'ils ont justement l'argent facile, qu'ils tiennent avec Jaquot des conciliabules où, d'après une fille qui me veut du bien, le nom de la tour Neuve revient souvent... et que Jaquot a un cousin qui travaille aux cuisines du palais.

— Combien sont-ils?

— Trois. Et il y en a un qui doit être né de l'autre côté des Pyrénées... Maintenant, il vaudrait mieux vous en aller, dame Catherine. Ça va être l'heure du

Salut et mes pratiques pourraient s'étonner d'une si longue conversation. Où habitez-vous?

– Chez dame Morel-Sauvegrain...

– La nourrice de l'Héritier? Parfait... Je vous ferai savoir ce que je pourrai apprendre. Dieu vous garde, belle dame!

– Vous aussi... mon frère! »

Au-dessus de la tête de Catherine, les cloches se mirent en branle chassant des gargouilles un vol blanc de pigeons. Des gens s'approchaient en effet de l'église, par groupes ou isolés et le marguillier vint ouvrir les portes plus largement. La jeune femme s'éloigna, poursuivie par la voix de Jehan qui avait repris sa psalmodie pleurarde, comme pour un encouragement. La rencontre de cet ami oublié était providentielle car elle apportait des renseignements précieux. Les hôtes mystérieux de la louche taverne qu'elle connaissait trop bien ne pouvaient être que les hommes du Villandrado et du Damoiseau dont le gros de la troupe devait camper quelque part aux alentours de la ville. Et le fait qu'ils aient déjà des intelligences à Dijon était plus inquiétant...

Pressant le pas, Catherine longea le pourpris de la Duchesse, non sans jeter un regard plein d'appréhension à la tour Neuve dont la masse carrée s'érigeait puissamment au-dessus des arbres dorés par l'automne, dominée cependant par l'élancement fluide de la Sainte-Chapelle dont la flèche, ceinturée d'or, pointait haut dans le ciel pâlissant. Elle contourna la masse muette de la tour, gagna l'entrée du palais où veillaient, armés jusqu'aux dents, casque en tête et pertuisane au poing, les soldats de la garde ducale.

Il lui fallut parlementer assez longuement pour obtenir que l'un des hommes d'armes consentît à aller prévenir Jacques. Encore ne lui permit-on pas de franchir le corps de garde. De toute évidence Jehan des Ecus avait raison : palais et prisonnier étaient bien gardés!

Elle profita de l'attente pour examiner les alentours. L'entrée reliait la cour de la Sainte-Chapelle et la cour intérieure du palais, défendue par de hauts murs. La tour Neuve apparaissait toute proche, rattachée au grand corps de logis ducal par une galerie mais offrant avec lui un contraste frappant. Les hautes fenêtres étirées sur un étage du palais, avec leurs arcs en accolades légères et leurs vitres scintillantes, faisaient plus tragiques les épais barreaux défendant les rares ouvertures de la tour carrée.

« Il doit être impossible d'entrer là-dedans sans une autorisation », pensa Catherine en s'efforçant de compter les hommes d'armes qui patrouillaient devant la moindre ouverture de la prison royale, le malheureux doit y être comme un rat dans un piège.

Cela avait son bon et son mauvais côté. Si rusé qu'il fût, le Damoiseau et ses mauvaises intentions auraient autant de mal à atteindre René d'Anjou que Catherine avec sa lettre maternelle. Mais la collusion avec Jaquot de la Mer inquiétait sérieusement la jeune femme. Le tavernier n'avait-il pas un cousin aux cuisines? Et là où l'homme n'entre pas, le poison ne rencontre guère d'obstacles...

Elle en était là de ses cogitations quand on vint la chercher.

« Le capitaine attend la dame de Montsalvy, dit l'enseigne qui l'avait fait garder pratiquement à vue, avec une nuance de respect qu'il n'avait pas cru devoir lui marquer jusque-là. Si vous voulez bien me suivre... »

Jacques était chez lui, dans le logis donnant à la fois sur le jardin et sur les écuries qu'il occupait lorsqu'il était de service au palais et que Catherine connaissait bien. Lorsqu'elle était dame de parage de la duchesse Marguerite, elle y était venue par un jour d'été particulièrement chaud et elle avait bien failli, ce jour-là, tomber à la fois dans les bras et dans le lit du jeune capitaine.

La pièce où elle entra était à peu près semblable au souvenir qu'elle en gardait : de beaux meubles, des tentures de prix encadrant le lit, des armes, des pièces d'armure débordant d'un coffre et, sur un dressoir, des gobelets et des bouteilles dont quelques-unes étaient vides.

Ce qui manquait de liquide avait dû être absorbé assez récemment par Roussay car il avait le teint enluminé et l'œil plutôt vague mais ses cheveux mouillés racontaient aussi qu'il venait de se tremper vivement la tête dans l'eau. Il se hâtait de refermer son pourpoint vert lorsque, introduite par l'enseigne, Catherine pénétra dans son domaine. Il lui offrit un sourire à la fois joyeux et un peu contrit.

« Vous vous êtes donné la peine de venir jusqu'ici ? J'ai honte...

– Il n'y a vraiment pas de quoi. Le chemin n'est pas si long et comme je vous ai attendu avant-hier toute la soirée et hier toute la journée, j'ai pensé qu'il valait mieux que je vienne. Pourquoi ne vous a-t-on pas vu ? Vous n'aimez pas dame Symonne ?

– Que si ! C'est peut-être, avec la duchesse, la seule femme qui soit à la fois belle et vertueuse dans l'élégant bordel que constitue la cour de notre bon duc !

– Eh bien, voilà un jugement sévère !

– Même pas ! Je suis encore en dessous de la vérité. Le duc change de maîtresse aussi souvent que de chemise, répand des bâtards un peu partout et se conduit comme un faune dans son parc de Hesdin où il a fait disposer des jets d'eau cachés qui arrosent tout impromptu les fesses des dames sous leurs jupes quand elles passent... ce qui les fait automatiquement se retrousser. Ah! les choses ont bien changé depuis que vous nous avez abandonnés!...

– Allons, Jacques, ne soyez pas si amer, ni si injuste, dit Catherine en riant. Ce que vous m'apprenez est bien un peu surprenant mais, lorsque j'étais auprès du duc, nous ne cultivions pas spécialement la vertu, il me semble?

– Parce que vous étiez sa maîtresse? Mais ce n'est pas du tout la même chose! Il était veuf et il vous adorait : il y avait dans votre histoire quelque chose de respectable. Avec vous, la Beauté et le Charme avaient été hissés au trône mais aussi la décence et la discrétion et il n'était personne, à la Cour, qui ne comprît la passion de Philippe. Comment vous résister? Les peintres même faisaient de vous Notre-Dame d'Occident! Mais à présent...

– Eh bien? »

Jacques haussa les épaules avec emportement :

« A présent?... Savez-vous que l'on a pu voir notre grand duc besognant des servantes sur des coffres ou dans des coins sombres? Un tétin un peu insolent, un joli cul et le voilà qui déraisonne! Quelle pitié!

– Mais... la duchesse, dans tout cela? demanda Catherine un peu interloquée par ce débordement d'amertume.

– Elle? Elle est bien trop haute dame pour descendre à des scènes ou même à des reproches. Elle élève son fils, le jeune comte Charles, à qui elle s'efforce d'apprendre la continence... et elle prie! Mais sans grand espoir d'être entendue. Quand on est mariée à un bouc en folie, il faut bien se faire une raison. »

Il y eut un silence que le capitaine meubla par un soupir et par une visite à son dressoir où il se versa un plein gobelet de vin qu'il avala d'un trait sous l'œil pensif de sa visiteuse.

« Vous l'aimiez autrefois, reprocha-t-elle douce-ment. Alors pourquoi, maintenant... »

Il se retourna vers elle aussi brusquement que si une guêpe l'avait piqué.

« Pourquoi je vous dis tout cela ? Vous en venez à penser que je le hais n'est-ce pas ? Eh bien, non, ce n'est pas cela. Je ne le hais point et même je suis toujours prêt à mourir pour lui aujourd'hui, demain, tout de suite. Mais, au moins, qu'il m'en donne l'occasion, bon Dieu ! Qu'il nous laisse le servir, l'entourer, nous battre auprès de lui, nous, les Bourguignons de vieille Bourgogne, au lieu de nous laisser croupir au fond de nos châteaux, comme de vieilles femmes inutiles tandis qu'il ne souffre autour de lui que ses Flamands bouffis de graisse et de vanité ! On a vu, à Calais, le beau résultat de cette préférence !

– A Calais ? fit Catherine à qui ses propres affai-res n'avaient guère permis de s'occuper beaucoup de la politique intérieure bourguignonne. Que s'est-il donc passé ? »

Jacques lui jeta un regard courroucé :

« Vos montagnes d'Auvergne doivent être bien hautes, madame de Montsalvy, pour que vous igno-riez notre honte. A la belle saison, le duc Philippe a voulu reprendre Calais aux Anglais, poussé par les marchands de Gand et de Bruges dont le commerce des laines souffre depuis la paix d'Arras. Et il est allé tenté l'aventure avec ses Gantois et ses Bru-geois qui pensaient, dans leur outrecuidance, faire bon marché de la puissance anglaise. A aucun prix les hommes de Picardie ou de Bourgogne ne devaient prendre part à l'affaire. Seulement, « Mes-seigneurs de Gand ou de Bruges » comme ces faquins osent s'intituler. La raison en était simple : ils espéraient beau pillage et ne voulaient pas partager. Mais le résultat a été piteux car, voyant qu'ils ne venaient pas à bout de l'ennemi « Messeigneurs de Gand et de Bruges » ont tourné casaque, refusé d'entendre les prières... oui, les prières, vous m'entendez bien, Catherine, cria Jacques dans une soudaine explosion de rage, de leur seigneur et s'en sont retournés chez eux, traînant à leur suite le duc désespéré à qui ces beaux messieurs n'avaient même pas permis d'attendre l'arrivée du duc de Gloucester qui, cependant, l'avait défié! Voilà où nous en sommes! Voilà où nous conduisent les préférences stupides de Philippe le Bon! Il n'est pas un chevalier en Bourgogne qui ne se ronge les poings jusqu'au sang quand le nom de Calais vient à son esprit. Et pendant ce temps moi, moi, Jacques de Roussay, capitaine de cent lances, je n'ai rien d'autre à faire qu'à garder un petit roi qui, tout le jour, écrit des vers, peint des images ou regarde voler les oiseaux dans le ciel. A le garder... et à boire! »

En conclusion de son discours furibond, Roussay s'octroya une nouvelle rasade de vin nuiton. Catherine le laissa vider son gobelet puis, très doucement, murmura :

« Le roi René a été mis à si forte rançon qu'il représente un trésor, ami Jacques. Ce n'est pas si méprisable fonction que garder un trésor. Cela prouve au moins la confiance que met en vous le duc. Et j'imagine que vous vous acquittez de votre tâche au mieux.

– Oh! pour être bien gardé, il est bien gardé! ricana le capitaine. Aussi sévèrement qu'un criminel à cette différence qu'il n'est pas dans un cul-de-basse-fosse et peut voir le soleil. Mais, hormis une bonne nourriture de soldat, de quoi écrire ses poèmes et barbouiller à loisir, on ne le dorlote pas, croyez-moi! Pour moi, un prisonnier est un prisonnier, quel que soit son rang.

– Mais il est roi! s'écria la jeune femme scandalisée. Vous ne pouvez le traiter comme un criminel!

– Geôlier on me veut, geôlier je suis! fit Jacques en frappant du poing sur la table. Je m'en tiens à ma consigne.

– Et... vous ne lui accordez aucune visite?

– Aucune! pas même une servante bien qu'il se plaigne fort de sa continence forcée. Ah! si, tout de même : en décembre dernier, j'ai laissé pénétrer jusqu'à lui l'ambassadeur du très haut et très puissant seigneur Filippo-Maria Visconti, duc de Milan, venu voir de quelle oreille mon captif entendrait les secrets désirs du duc Philippe touchant sa rançon.

– Les secrets désirs? fit Catherine avec un haut-le-corps. Est-ce que l'extravagante rançon d'un million de saluts d'or ne lui suffit pas?

– Si Anjou pouvait la payer, oui, dit Roussay avec un rire jovial, mais comme il ne pourra jamais, notre bon duc se contenterait bonnement... de son duché de Bar... dont il n'a plus grand besoin puisque le voilà roi de Naples, de Sicile et autres lieux découverts à marée basse! »

Catherine n'en croyait pas ses oreilles. Décidément, les Bourguignons avaient, en effet, beaucoup changé! Elle connaissait depuis longtemps l'avidité territoriale du duc Philippe et même son manque de scrupules politiques mais de tels procédés pour arracher à un captif sa terre originelle étaient proprement scandaleux... tout autant d'ailleurs qu'un gentil garçon comme Jacques de Roussay transformé en porte-clefs hargneux.

Laissant son hôte se réconforter d'une troisième rasade, elle alla se poser gracieusement sur la bancelle garnie d'épais coussins rouges placée devant la cheminée, disposant les plis de sa robe de velours brun de la façon qui convenait le mieux à sa silhouette élégante puis, relevant avec décision sa tête fine dont les lourdes tresses dorées se couronnaient d'un chaperon de soie blanche, elle planta tranquillement ses prunelles violettes dans les yeux regrettablement rougeoyants de son ami.

« Jacques, dit-elle fermement, je veux voir le roi! »

Les mots eurent quelque peine à percer la brume légère dont le vin enveloppait la cervelle du jeune homme.

« Vous... voulez voir... qui? articula-t-il d'un ton incrédule.

– Vous avez fort bien compris : je veux voir le roi René... le prisonnier de la tour Neuve si vous préférez.

– Mais ce n'est pas possible, voyons!

– Si j'ai bien compris, ça l'est pour un ambassadeur. Or, je suis ambassadeur... »

Jacques éclata de rire avec plus de bonne humeur que de bon goût.

« Ambassadeur? Vous?... Dieu que c'est drôle! Et de qui, mon Dieu? »

Sans s'émouvoir, Catherine étendit devant elle sa main gauche à l'index de laquelle brillait la grande émeraude carrée qui ne la quittait guère.

« De Très Haute, Très Sage et Très Noble Dame Yolande, par la grâce de Dieu duchesse d'Anjou, reine de Sicile, de Naples, d'Aragon et de Jérusalem, et par sa propre grâce la plus grande dame d'Occident... quoi que puisse en penser un vain peuple bourguignon. Voici sa bague où vous pouvez voir ses armes gravées. Quant à moi, je suis de ses dames et elle m'envoie vers son fils à qui je dois remettre la lettre que voici, ajouta-t-elle en dégrafant le haut de sa robe pour en tirer le message. Une lettre qui, je vous en donne ma parole, ne contient aucun plan d'évasion mais seulement la tendresse d'une mère inquiète. »

Impressionné par le ton, devenu soudain très grave, de sa visiteuse, Roussay reposa son gobelet sans rien répondre. Visiblement il était embarrassé, ne sachant trop quel parti prendre. Mais Catherine n'était pas disposée à le laisser se perdre dans des réflexions fumeuses.

« Eh bien ? » fit-elle au bout d'un instant.

Jacques écarta les bras en signe d'impuissance.

« Je ne sais trop que vous dire, Catherine. Je vous reconnais bien volontiers la qualité d'ambassadeur... mais celui du duc de Milan avait sur vous l'avantage d'une autorisation expresse du grand chancelier de Bourgogne, messire Nicolas Rolin...

— ... qui était jadis de mes amis et ne me la refuserait certainement pas. Mais, Jacques, je n'ai ni le temps ni le goût d'aller la chercher en Flandres. Et puis, vous aussi êtes mon ami et vous me connaissez depuis assez longtemps pour savoir que je suis incapable de vous causer le moindre tort. Jamais, vous le savez, je ne ferais une chose qui puisse vous nuire, si peu que ce soit. Alors, en vertu de cette vieille amitié, menez-moi au roi, je vous en supplie. Il faut que je le voie, de mes yeux. Ne fût-ce que pour m'assurer qu'il est toujours vivant.

— Comment cela, s'il est toujours vivant ? rugit Roussay. Mais naturellement qu'il est vivant ! Pour qui me prenez-vous, Catherine ? Ai-je l'air d'un homme qui trucide discrètement les prisonniers d'Etat pour s'en débarrasser ?

— Ce n'est pas cela que je veux dire et je me suis mal exprimée. Ne vous fâchez pas, mon ami. Je voulais dire : qu'il est encore vivant à cette heure car, s'il l'est toujours, je ne suis pas du tout certaine que ce soit encore le cas demain ou même ce soir.

— Et pourquoi, diable, ne le serait-il plus ? Je l'ai

vu ce matin même et il était en parfaite santé. Bon Dieu, Catherine qu'avez-vous dans la tête? Mon ouvrage est bien fait même si je n'aime pas mon ouvrage. Je vous ai dit que le prisonnier était bien gardé. Il l'est, soyez-en sûre, même contre tout ce qui pourrait lui nuire.

— Justement, je n'en suis pas si sûre. Voulez-vous vous calmer, vous asseoir un instant ici, auprès de moi, et écouter sans m'interrompre l'histoire que j'ai à vous raconter? Ce ne sera pas long.

— Soit! Je vous écoute », fit le capitaine en se laissant tomber lourdement sur les coussins de la bancelle.

Aussi rapidement, aussi clairement qu'elle put, Catherine retraça pour Roussay les derniers événements de Châteauvillain avec la satisfaction de voir, à mesure qu'elle parlait, l'attention d'abord flottante de Roussay se fixer et se tendre. Lorsqu'elle acheva son récit, la mine distraite et vaguement offensée du capitaine était devenue sombre et soucieuse.

« Vous pensez au poison? dit-il enfin.

— Naturellement. C'est la première idée qui m'est venue puisque Jaquot de la Mer a un cousin aux cuisines.

— Ce serait prendre un bien grand risque. En outre, il faudrait savoir ce qu'il y fait. Tous les marmitons n'ont pas accès aux plats que l'on y prépare.

— C'est certainement plus facile que vous ne l'imaginez. Faites-vous goûter les mets que l'on sert au roi?

— N...on. Cela ne m'est pas apparu indispensable. Il n'y a ici que des bons serviteurs du duc... du moins je l'imaginais. Et puis la nourriture que l'on sert est simple... très simple!

— Même s'il est au pain sec et à l'eau, il est possible de lui nuire. Et puis, il n'y a pas que le poison. Vous ne connaissez pas le Damoiseau, n'est-ce pas?

– De réputation seulement et cela me suffit.

– Vous avez tort car la réputation est largement au-dessous de la vérité : c'est le diable en personne. A présent j'aimerais savoir ce qu'il adviendrait du capitaine Jacques de Roussay au cas où une mort prématurée lui enlèverait son précieux prisonnier? Comment, selon vous, réagirait monseigneur Philippe? »

Sous sa tignasse couleur de chaume, Roussay devint aussi vert que son pourpoint.

« Je ne l'imagine que trop! Il ne me resterait plus qu'une chose à faire : recommander mon âme à Dieu et me passer mon épée au travers du corps pour m'éviter la honte d'une exécution publique.

– Alors faites ce qu'il faut pour éviter ce grand malheur. Vous voilà averti par moi. C'est, je crois, une suffisante preuve d'amitié et... vous pourriez peut-être m'en octroyer une en échange?

– Par exemple, vous laisser voir le prisonnier? susurra Jacques mi-figue mi-raisin.

– Vous avez toujours eu de l'esprit comme un ange, mon ami », fit Catherine suave.

Brusquement, il la saisit aux épaules et, avant qu'elle ait pu esquisser un geste, il l'embrassa violemment sur la bouche.

« C'est plutôt vous, l'ange... à moins que vous ne soyez le diable, ma mie! De toute façon, je vous adore. »

Catherine retint une petite grimace. Le contact avec Jacques n'était pas très agréable à cause de l'odeur du vin mais elle ne le repoussa pas.

« Même si je suis vraiment le diable?

– Surtout si vous l'êtes car alors l'enfer me paraîtra plus séduisant que le Ciel. Pour vous j'irais plus profond et plus loin encore. D'ailleurs, vous le savez depuis des années n'est-ce pas? Voyez-vous, Catherine, je n'envie au duc Philippe ni sa couronne, ni ses terres, ni ses trésors mais vous, vous, oui, je vous ai enviée à lui! Follement... désespérément et pour une seule nuit d'amour... »

Sans brusquerie mais fermement, la jeune femme se dégagea des bras qui déjà se refermaient sur elle.

« Jacques! reprocha-t-elle doucement, nous voilà bien loin de notre sujet, il me semble! Il y a longtemps que vous n'avez plus rien à envier au duc et j'entends demeurer une épouse fidèle. Voulez-vous que nous revenions à notre prisonnier?... »

Le soupir de Roussay fut de taille à ébranler les murs mais il se leva sans mauvaise grâce.

« C'est vrai. Vous voulez que j'aille m'assurer qu'il est encore en vie?...

— Non. Je veux aller m'en assurer moi-même.

— C'est impossible... du moins à cette heure et dans ce costume. Avez-vous la possibilité de vous procurer un costume d'homme?... et un cheval?

— Pour le cheval je l'ai, pour le costume je pense que ce sera facile.

— Parfait. Alors, rentrez chez vous et revenez juste après le crève-feu, comme si vous veniez tout juste de franchir les portes avant leur fermeture, et annoncez-vous au corps de garde comme mon cousin, Alain de Maillet. Dites que vous avez à me parler d'urgence. Je serai auprès du roi car... il m'arrive parfois de faire une partie d'échecs avec lui pour le désennuyer, ajouta-t-il d'un ton honteux qui fit sourire Catherine. La garde extérieure est alors moins sévère puisque je l'assure moi-même à l'intérieur. Je vous ferai monter auprès de moi. »

Un élan juvénile jeta Catherine au cou de Roussay sur les joues duquel elle plaqua deux baisers sonores.

« Vous êtes l'homme le plus merveilleux du monde, Jacques, et je ne vous remercierai jamais assez! Soyez sans inquiétude : je saurai jouer mon rôle de façon à ne pas donner l'éveil.

– Je n'en doute pas, je n'en doute pas... Ah! pendant que j'y pense : un peu élégant le costume, s'il vous plaît! Nous ne sommes pas des croquants. »

Catherine se mit à rire et alla se regarder devant une glace pour rajuster les plis de son chaperon un peu dérangés par toutes ces embrassades. Dans le miroir, elle saisit le regard de Roussay qui s'attachait avidement à son cou, à la ligne de ses épaules.

« Comment faites-vous pour être toujours aussi belle? murmura-t-il. Vous allez emporter avec vous toute la lumière de cette pièce.

– Nous sommes de trop vieux amis pour les madrigaux, Jacques! Au fait, puisque vous êtes si heureux de me voir, comment se fait-il que l'on ne vous ait pas vu chez dame Symonne comme vous l'aviez promis? Vous avez eu trop à faire? »

Il y eut un silence comme si cette simple question embarrassait le capitaine. Mais il finit par prendre son parti et jeter, brusquement :

« Oui... enfin, non! j'étais gêné! Furieux après moi et après mes hommes.

– Pourquoi, grand Dieu?...

– Parce que... oh! autant que vous le sachiez après tout : le nommé Philibert a bien été jeté en prison... mais la fille La Verne nous a échappé en traversant le bourg. On n'a pas pu la retrouver... et je craignais que vous ne m'en teniez rigueur. »

Catherine fronça les sourcils. La nouvelle ne lui faisait pas plaisir. Il lui était désagréable de savoir libre et impunie la femme qui avait si froidement condamné le bon Mathieu à une mort lente et horrible. Mais elle avait trop besoin de Jacques pour manifester son mécontentement, si légèrement que ce soit. S'efforçant au contraire d'oublier que la fuite d'Amandine lui valait une ennemie de plus dans la ville, elle haussa les épaules avec une feinte désinvolture.

« Puisque vous tenez l'homme, c'est déjà bien... Cela vous permettra de retrouver la femme. Elle ne représente d'ailleurs plus un grand danger pour mon oncle. S'il n'en est pas guéri après ce qu'elle lui a fait endurer, c'est à désespérer de la sagesse des hommes.

— Aucun homme n'est sage lorsqu'il s'agit de la femme qu'il désire », fit Roussay d'un ton tellement lugubre que Catherine, craignant qu'il ne revînt à la charge, préféra ne pas entendre et se dirigea vers l'escalier suivie du capitaine qui s'était remis à soupirer. Le costume masculin serait peut-être une bonne chose pour venir le rejoindre cette nuit...

CHAPITRE IV

... ET LES LARMES D'UN ROI

La tour n'était pas très haute, pourtant l'escalier paraissait sans fin. Au poing de l'homme qui précédait Catherine la torche brûlait mal, fumait beaucoup et ne donnait guère de lumière. Aussi la jeune femme prenait-elle grand soin de ne pas buter sur les marches usées quand un tournant éclipsait la flamme.

Au-dehors, c'était le calme d'une nuit d'automne déjà froide, humide en tout cas, et cela se sentait dans la tour. Aussi Catherine bénissait-elle la précaution qui lui avait fait prendre des vêtements chauds et un manteau de cheval épais.

Se procurer lesdits vêtements masculins ne lui avait pas été difficile : elle s'était contentée de se rendre, flanquée de Bérenger, chez un tailleur et de rhabiller l'adolescent de façon convenable. Il commençait d'ailleurs à en avoir besoin et, comme il avait beaucoup grandi, sa taille et celle de sa maîtresse étaient voisines.

« De toute façon, il vous fallait des habits pour cet hiver, répondit-elle à ses protestations ravies. Choisissez donc en conséquence... mais tâchez de choisir des teintes discrètes! » ajouta-t-elle prudemment car elle connaissait le goût prononcé du jeune garçon pour les mélanges de couleurs hardies.

Le résultat s'était révélé satisfaisant. Bérenger

s'était laissé séduire par un justaucorps et des chausses vert printemps sans aucune adjonction de jaune ou de rouge. C'était la couleur même de la garde ducale et cela allait aussi bien à la blondeur dorée de Catherine qu'à ses propres cheveux couleur de châtaigne mûre. Un manteau de cheval noir et un chaperon vert complétaient l'ensemble et, ainsi déguisée, Catherine n'avait eu aucune peine à se faire passer pour le jeune Alain de Maillet, cousin poitevin du capitaine bourguignon.

A l'exception du double bruit de pas, la tour était silencieuse comme une tombe et ce silence ajoutait à l'angoisse, encore imprécise que Catherine avait emportée en quittant l'hôtel Morel-Sauvegrain, due au fait que Gauthier n'avait pas reparu.

Bérenger avait attendu vainement son retour tout l'après-midi et, s'il avait suivi avec plaisir Catherine chez le tailleur, il n'en avait pas moins repris sa faction au retour mais avec un énervement grandissant.

« Mais où est-il? Où a-t-il pu aller? » répétait-il continuellement.

Sa maîtresse s'était efforcée de le calmer en affichant une tranquillité qu'elle était bien loin d'éprouver. Elle eût donné cher pour être capable de répondre aux questions du page car elle connaissait suffisamment les bas-fonds de Dijon pour savoir qu'un homme pouvait y disparaître, en plein jour et sans laisser de traces, aussi aisément que dans les cours des Miracles parisiennes. Et c'était l'esprit soucieux qu'elle était partie pour la tour Neuve. La nuit qui commençait risquait d'être longue si, à son retour, elle ne trouvait pas Gauthier rentré au bercail car il faudrait bien, alors, se lancer à sa recherche.

On avait atteint le palier. Le soldat qui guidait le faux Alain de Maillet venait de s'arrêter devant une porte armée de barres de fer et d'énormes verrous près de laquelle veillaient deux hommes assis sur des escabeaux, leurs vouges étincelantes appuyées contre la muraille. Il jeta un mot à travers le guichet grillé qui ajourait la porte et celle-ci s'ouvrit presque instantanément, découvrant l'intérieur d'une pièce d'assez belles dimensions mais dont les fenêtres à meneaux étaient grillées de barreaux si épais et si rapprochés qu'ils ne devaient guère laisser passer de lumière.

L'ameublement en était succinct : un lit simple tendu de serge grise, une large table flanquée de deux bancs et un grand coffre sans ornements. Ni tapis ni tentures. Le seul luxe relatif tenait dans l'étroite cheminée en entonnoir où brûlaient quelques bûches et dans l'échiquier posé sur la table entre les deux personnages assis sur les bancs. Un chien à longs poils dormait, roulé en boule devant la cheminée.

La voix vigoureuse de Roussay accueillit Catherine.

« Quelle surprise, mon cousin! Quand on m'a fait savoir votre venue, je n'en croyais pas mes oreilles! Vous, si loin de votre cher Poitou? »

En même temps, il s'était levé et accolait l'arrivant avec de grandes tapes dans le dos qui le firent tousser.

« C'est que j'avais à vous entretenir d'affaires importantes pour notre parentèle, mon cousin et je n'ai que peu de temps... » répondit Catherine en se félicitant de ce que le Ciel lui eût accordé un timbre chaud et légèrement voilé plutôt qu'une claire voix typiquement féminine. Tout en parlant, elle ne pouvait détacher son regard de l'autre personnage, resté assis à la table et apparemment plongé dans les combinaisons savantes du jeu d'échecs.

Elle savait son âge, vingt-sept ans, mais en vérité il ne les paraissait guère bien qu'il fût solidement bâti et même un peu trapu. Cela devait tenir au blond attendrissant de ses cheveux, de vrais cheveux de bébé, à la fraîcheur de sa peau et à ses grands yeux, d'un si joli bleu de porcelaine qu'on en venait à oublier qu'ils étaient un peu à fleur de tête.

Mais en dehors de son élégance naturelle, rien dans son aspect actuel n'annonçait un roi : ses vêtements étaient négligés et sa barbe longue. René d'Anjou n'avait prêté aucune attention à l'arrivant, sans doute offensé dans sa dignité royale par ce qu'il croyait être le sans-gêne d'un Jacques de Roussay, osant recevoir des visites privées dans sa cellule.

Pour essayer d'attirer malgré tout son attention, Catherine ajouta :

« Je vous demande mille pardons d'avoir ainsi insisté pour vous voir car j'ai grand-peur d'être importun. Mais, mon cousin... ne pouviez-vous me recevoir ailleurs qu'ici?

— Nous venions, monseigneur et moi, de commencer une partie qu'il eût été désagréable d'interrompre. Et vous pensez bien, mon cher Alain, que j'ai d'abord demandé au roi sa permission. Sire, ajouta-t-il en s'adressant directement au prisonnier, le roi permet-il que je lui présente mon jeune cousin, Alain de Maillet, qui nous arrive tout droit de sa province ainsi que j'ai déjà eu l'honneur de le lui dire? »

Enfin, le regard de René d'Anjou se releva, froid et indifférent.

« Faites, messire, faites... mais, je vous en prie, oubliez un instant ma présence. J'étudierai la suite de la partie tandis que vous parlerez en toute

102

tranquillité, assis sur ce coffre par exemple. Ainsi, ajouta-t-il avec une hauteur toute royale, nous ne nous gênerons ni les uns ni les autres.

– Monseigneur est trop bon. Holà, soldat, voyez donc un peu ce que devient ce pichet de beaune que j'avais ordonné d'apporter et qui ne vient point? Veillez un peu à ce qu'on le monte à l'instant! »

Le soldat se retira tandis que Catherine, dont le profond salut n'avait même pas été honoré d'un regard du prisonnier, suivait Roussay vers le coffre en question. La porte se referma avec le même vacarme de barres et de verrous que tout à l'heure.

Pour mieux s'en assurer, Roussay alla jusqu'au guichet puis se retournant, sourit à Catherine qui l'observait passionnément...

Alors, d'un élan, elle fut aux genoux du prisonnier, arrachant le gant qui couvrait sa main gauche pour libérer l'émeraude gravée.

« Sire! chuchota-t-elle, daigne Votre Majesté m'accorder un instant d'entretien car je lui suis envoyée par son auguste mère. »

René d'Anjou sursauta. Son regard bleu, effaré, considéra un instant la mince forme verte puis se tourna vers Roussay toujours debout près de la porte.

« Mais... que signifie? »

Le capitaine sourit.

« Que je ne me serais pas permis, sire, d'introduire chez Votre Majesté un mien cousin, si bon gentilhomme soit-il... et que voici, aux pieds de Votre Majesté, un excellent ambassadeur de madame la reine Yolande, votre mère.

– Ma mère?

– Oui, sire, dit Catherine chaleureusement, votre mère qui veut bien m'honorer de sa confiance, qui m'a donné cet anneau où vous voyez ses armes... et dont voici le message! »

La lettre venait d'apparaître au bout de ses doigts et René s'en emparait avidement, effleurait le sceau d'un coup d'œil, le faisait sauter et dépliait le papier en se penchant vers les chandelles pour mieux lire.

Catherine vit que ses mains tremblaient. C'étaient les premières nouvelles directes que le prisonnier recevait de sa mère depuis des mois et son émotion, presque palpable, touchait la jeune femme.

Quand il eut achevé sa lecture, il en baisa tendrement la signature, replia la lettre et la glissa dans l'ouverture de son pourpoint. Puis, se retournant vers Catherine, toujours agenouillée, il la regarda longuement sans dire un seul mot mais avec une sorte d'avidité qu'elle ne tarda pas à trouver gênante, tout autant d'ailleurs que sa position inconfortable.

« Sire... » commença-t-elle au mépris de tout protocole mais ce seul mot eut un effet magique. René d'Anjou tressaillit comme s'il s'éveillait d'un songe et rougit.

« Oh! Pardonnez-moi! s'écria-t-il en se penchant vers elle pour lui prendre les deux mains et l'aider à se relever. Vous allez me prendre pour un rustre, ajouta-t-il avec un sourire qui lui rendit son âge. Une femme! Une femme jeune et belle que je laisse à mes pieds!

– Vous savez qui je suis? »

Il se mit à rire et son rire était si clair, si joyeux, qu'il fit reculer la nuit et l'atmosphère lugubre de la tour.

« Le miracle n'est pas grand. Madame la reine, ma mère, vous annonce, madame de Montsalvy... et vous décrit fort bien, du moins autant que j'en puisse juger sous cet accoutrement. Ne me ferez-vous pas la grâce d'ôter un instant ce camail, ce chaperon afin que je vous voie mieux? Il y a si longtemps que je n'ai vu de femme belle et ma mère dit que plus belle ne se peut trouver...

– Sire, intervint Roussay inquiet, que Votre Majesté songe que l'on va venir apporter le vin et que dame Catherine doit rester aux yeux de tous ici ce qu'elle a prétendu être en y entrant : mon jeune cousin. Si elle se décoiffait la supercherie ne tiendrait plus.

– Eh bien, attendons que le vin arrive mais ensuite, ensuite... oh! je vous en supplie, accordez-moi cette joie de voir un vrai visage de femme, des cheveux de femme... Rien n'est plus beau qu'une chevelure de femme!... Mais j'y pense, messire de Roussay, d'où vient que vous vous donniez tant de mal pour introduire auprès de moi une messagère de ma mère, vous dont la fonction est de me garder et qui, jusqu'à présent, avez accompli cette tâche avec une conscience extrême... digne des plus chauds éloges de votre maître? »

La raillerie légère cachait un reproche et le capitaine se raidit.

« Madame de Montsalvy est une amie de toujours, une amie très chère à qui je ne saurais refuser quoi que ce soit. En outre, et parce que je la connais bien, je sais qu'elle est incapable de me faire manquer à mon devoir ou de me causer un dommage quelconque. Enfin, je sais qu'eût-elle eu le loisir de demander permission à monseigneur le duc Philippe lui-même, il la lui eût accordée tout aussi facilement qu'à l'ambassadeur milanais de l'an passé.

– Eh bien, fit le roi en souriant à Catherine. Voilà, il me semble un grand et bel éloge et comme il paraît entièrement mérité; nous allons boire à cel...ui qui l'a inspiré puisque voici votre vin, messire! »

Les gardes venaient, en effet, d'ouvrir de nouveau la porte pour livrer passage, non au soldat de tout à l'heure mais à un valet portant avec des précautions quasi religieuses un plateau d'étain où des gobelets voisinaient avec une bouteille poudreuse mais déjà débouchée.

« Chaque fois que le roi consent à jouer avec moi, il me fait la grâce de goûter à mon vin personnel, dit Roussay avec une pointe d'orgueil.

– J'aurais mauvaise grâce, fit René. C'est un vin digne d'un roi en effet. Le capitaine s'y connaît! »

Le valet s'était approché de la table et y déposait son fardeau. Quand il entra dans la lumière des chandelles, montrant un visage neutre où rien n'accrochait spécialement le regard, celui de Catherine, placée en face de lui s'y posa machinalement et, cependant, s'y arrêta avec la curieuse impression de déjà vu que font éprouver parfois certaines choses et certaines gens.

Tandis qu'avec des gestes soigneux, l'homme versait le moelleux bourgogne dans les coupes, elle chercha vainement à quel souvenir était lié ce visage épais et terne. Elle était certaine que ce n'était pas un souvenir agréable mais, pour la minute présente, il lui échappait.

L'homme se retira. La porte se referma. Jacques s'approcha de la table, prit l'un des gobelets et, s'inclinant, l'offrit au roi qui le prit mais ne but pas tout de suite. Au creux de ses deux mains réunies en conque, il chauffait le vin tout en contemplant le reflet des bougies dans ses profondeurs sombres, tout en humant le parfum dégagé.

« L'odeur est du Ciel, remarqua-t-il au bout d'un moment, mais la couleur est de l'enfer, c'est celle du sang tel que je l'ai vu couler, un jour, sur le dallage d'une église... »

L'image de guerre que René évoquait opéra, dans l'esprit de Catherine, le déclenchement des souvenirs. Elle revit, tout à coup, l'église de Montribourg, ce village de la forêt, près de Châteauvillain, livré aux fureurs des écorcheurs que commandait pour le Damoiseau le capitaine la Foudre, alias Arnaud de Montsalvy. Elle revit les pauvres filles que les soudards obligeaient à danser nues sous les pointes de leurs épées, le butin entassé près de l'autel et surtout l'homme qui, assis sur un banc, en comptabilisait le détail. Un homme qu'elle avait entendu appeler le recteur... et qui était celui-là même qu'elle venait de voir, sous la livrée des ducs de Bourgogne, versant du vin dans la coupe d'un roi captif.

Elle regarda avec horreur le rubis liquide qu'elle tenait dans sa main et auquel ni elle ni Roussay n'avaient encore touché, attendant que René bût le premier. Puis, son regard retourna vers le roi. Souriant et les yeux mi-clos, il levait le gobelet vers ses lèvres, prêt à savourer. Le bord d'étain allait toucher sa bouche. Alors, avec un cri Catherine s'élança, rejetant violemment la coupe qui roula à terre, non sans éclabousser les vêtements du royal prisonnier.

« L'homme qui vient de sortir... cria-t-elle d'une voix rauque. Arrêtez-le! Faites-le chercher et ramener ici!...

– Etes-vous folle? articula le roi qui regardait avec stupeur la rigole rouge coulant vers la cheminée où le chien s'était réveillé au bruit de l'étain roulant sur les dalles.

– Je vous supplie de me pardonner, sire, mais ce vin... je suis à peu près certaine qu'il cache un danger.

– Un danger? En dehors de celui de l'ivresse, je ne vois pas bien lequel?

– Madame de Montsalvy voit du poison et des empoisonneurs partout! expliqua Roussay avec un sourire gêné qui déchaîna la colère de Catherine.

– Qu'attendez-vous pour faire ce que je vous ai dit? Courez, par Notre Dame! L'homme qui vient de sortir d'ici est l'un de ceux du Damoiseau! J'en suis sûre! Je l'ai reconnu! » Puis, saisie d'une inspiration soudaine, elle prit le gobelet demeuré intact sur le plateau et le tendit au capitaine : « Si vous ne me croyez pas, goûtez donc de ce vin, mon ami! Après tout, c'est votre vin! »

Il prit la coupe, la flaira... puis la reposa et, sans un mot quitta la pièce, appelant à sa suite les hommes de garde. Catherine et le roi demeurèrent face à face.

D'un geste machinal, René avait pris une serviette sur le coffre et s'en essuyait le visage et les mains sans regarder la jeune femme qu'il semblait avoir complètement oubliée. Le front barré d'un gros pli, il réfléchissait visiblement.

« Vous avez dit le Damoiseau? fit-il au bout d'un moment. Qui entendez-vous par là? Pas celui de Commercy, tout de même?

– Si, monseigneur. Robert de Sarrebrück, pour être plus précise.

– C'est impossible! Il est tenu captif à Bar, chez moi, pour ses incessantes révoltes de mauvais vassal et les grands maux qu'il fait subir à mes Lorrains.

– S'il était captif, il n'y est plus. Sire, croyez-moi car il n'y a pas si longtemps que j'ai eu affaire à lui dans des circonstances que je ne suis pas près d'oublier. Il s'est échappé, sire, ou bien on l'a relâché.

– C'est impossible! La reine Isabelle, ma bonne épouse, n'aurait pas fait ce pas de clerc. En outre, nous tenions aussi son fils en otage et..

– Je n'ai pas vu d'enfants avec lui et je serais surprise qu'il s'en fût encombré plus que de scrupules. Je gagerais facilement qu'il a pris la fuite sans se soucier de l'enfant, comptant cyniquement sur la bonté bien connue de Votre Majesté pour ne pas le faire pâtir de son évasion. Tout dernièrement encore, il assiégeait Châteauvillain, d'où je viens, et s'y comportait selon sa vraie nature : celle d'un routier, d'un écorcheur et d'un bandit. En outre, j'ai les meilleures raisons de croire qu'il est à présent à Dijon... fort occupé à comploter la mort de son seigneur sur laquelle il compte peut-être pour libérer son fils. Et, pour ma part... »

Un gémissement lui coupa la parole. C'était le chien qui l'avait poussé. D'un même mouvement Catherine et René se tournèrent vers la cheminée. L'animal, couché dans la rigole de vin qui tachait de rouge sa fourrure claire, bavait, les yeux déjà révulsés, battant l'air de ses pattes. Avec un cri, le roi se jeta à genoux près de lui, tâtant avec précaution le corps tétanisé.

« Ravaud!... Mon chien! Mon bon Ravaud!... Qu'est-ce que tu as?...

– Il a dû lécher un peu de ce vin maudit, sire, murmura Catherine. J'ai peur de n'avoir eu que trop raison. Il est empoisonné...

– Mon Dieu!... Du lait! Qu'on m'apporte du lait! Courez, madame! Allez dire qu'on m'apporte du lait sur l'heure! »

La jeune femme hocha la tête sans bouger.

« C'est inutile, sire! Voyez... c'est déjà fini! »

En effet, après un dernier spasme et un cri plaintif le corps du chien venait de s'immobiliser entre les bras de son maître. Il était mort.

Catherine frissonna, le dos parcouru par un désagréable filet de sueur glacée. Si la Providence ne lui avait pas permis de reconnaître le faux valet, trois cadavres joncheraient à cette minute le sol de la prison : le sien et celui de ses deux compagnons... Le Damoiseau et ceux qu'il employait devaient être pressés car leur poison était d'une effrayante rapidité. Et le plan était diabolique! Eût-il réussi que le malheureux Roussay, même passé de vie à trépas, eût été accusé d'avoir supprimé le royal prisonnier.

Et comme on le savait serviteur dévoué de son maître, la responsabilité de cette mort fût retombée aussitôt sur le duc de Bourgogne. Il y avait là de quoi rallumer entre France et Bourgogne une guerre qu'aucun traité n'aurait achevée...

Les yeux soudain humides, elle regarda sans rien dire le jeune roi. Toujours agenouillé, il tenait dans ses bras le cadavre de son chien et, le visage enfoui dans la fourrure de son cou, il sanglotait à présent, à gros sanglots déchirants d'enfant désespéré. De temps en temps, il balbutiait le nom de l'animal, comme s'il espérait contre toute évidence qu'il allait, à la voix de son maître, s'éveiller de l'éternel sommeil. Elle aurait voulu l'aider, le consoler mais elle n'osait même pas poser sa main sur ces épaules soudain rétrécies.

Le retour de Jacques de Roussay l'arracha à sa contemplation. D'un coup d'œil, le capitaine embrassa la scène, vit le roi prostré, le chien mort et Catherine debout, silencieuse contre le manteau de la cheminée. Quand leurs regards se rencontrèrent, la jeune femme vit que son ami avait brusquement pâli. De toute évidence, il venait, comme elle, d'imaginer brusquement ce qui aurait dû, normalement, se passer.

« Ah!... » fit-il seulement. Puis, au bout d'un instant : « Ainsi, vous aviez raison...

– L'homme ? Vous l'avez retrouvé ? »

Il hocha la tête négativement avec une sorte de rage.

« C'est à croire qu'il s'est enfoncé dans un mur, ou bien que, dissous dans le brouillard du soir, il est parti par une fenêtre, personne ne l'a vu revenir aux cuisines.

– Il sera sorti par la porte de la basse-cour. Sait-on qui il était ?

– Non. Le maître queux m'a dit qu'il n'était là que depuis trois jours, en remplacement d'un marmiton absent, un certain Verjus qui s'est blessé en tranchant une oie...

– Et ce Verjus est, naturellement, le cousin de Jaquot de la Mer, le cabaretier-sergent-ribaud et indicateur.

– Je crois... oui!

– Eh bien, mon ami, vous savez ce qu'il vous reste à faire, j'imagine? Fouiller la taverne de ce truand avéré qui se moque des lois depuis trop longtemps...

– Mais qui lui rend parfois de bien appréciables services! Non, ne vous fâchez pas, ajouta Roussay précipitamment, j'ai envoyé là-bas un sergent et dix archers avec l'un des cuisiniers, afin de fouiller la maison et de me ramener les suspects. Mais cela m'étonnerait que l'on trouve quelque chose...

– Moi aussi, riposta Catherine vertement. Jaquot est bien trop rusé. Le cousin a dû se blesser volontairement et comme il ne saurait être tenu responsable de son remplaçant, ces bandits vont protester de leur innocence. Quant à fouiller la maison, chez Jaquot, on ne trouve jamais que des buveurs, des joueurs et des filles! Ceux qu'il cache vraiment hantent rarement la salle de son cabaret. »

Elle n'ajouta pas la fin de sa pensée qui était de déception. L'énergie de Roussay semblait s'être affaiblie, elle aussi, dans l'inactivité. Celui qu'elle avait connu jadis eût été lui-même fouiller la taverne, en serait revenu avec deux ou trois suspects dûment enchaînés qu'il aurait jetés sans autre forme de procès au tourmenteur pour tenter d'en tirer quelque chose. Décidément, l'absence trop longue du maître ne valait rien à Dijon qui semblait se désintéresser de ses affaires les plus importantes et dont la devise majeure avait tout l'air d'être à présent : « Surtout, pas d'histoires!... » Pourtant, qu'il arrivât quoi que ce soit au précieux prisonnier et Roussay, de toute évidence, le paierait de sa vie. Mais peut-être n'avait-il plus tellement envie de vivre puisqu'il s'ennuyait tant?...

Refusant de creuser davantage la question, elle alla s'agenouiller auprès de René qui n'avait pas bougé. Sans le bruit de ses sanglots, on aurait pu croire que sa vie, à lui aussi, venait de s'arrêter.

« Sire, dit-elle doucement, ne pleurez plus! Vous vous faites du mal... »

Il releva un visage tellement ravagé par les larmes, un regard si douloureux, qu'elle se sentit fondre de pitié.

« Vous ne pouvez pas savoir! C'était mon ami, mon compagnon de toujours!... Je l'avais élevé. Il ne me quittait jamais et quand j'ai été pris, à la bataille de Bulgnéville, on m'a permis de le garder parce que... parce que... oh! je crois qu'il m'aidait à vivre. Que vais-je devenir à présent, sans lui?...

— Vous ne serez plus longtemps captif! Je ne sais ce que vous dit la reine, votre mère, mais je sais bien qu'en France chacun fait tous ses efforts pour obtenir votre libération...

— C'est en effet ce que dit ma mère, soupira-t-il. On s'efforce de rassembler le plus d'or possible, on essaie d'obtenir de Philippe qu'il baisse ses prétentions... mais elle dit aussi qu'à aucun prix, fût-ce à celui de ma vie, je ne dois céder mon duché de Bar.

— Souhaitiez-vous donc l'abandonner?

— Non... non, bien sûr! Pourtant, je jure qu'à cette heure je donnerais tous les duchés de la terre pour rendre la vie à mon pauvre Ravaud...

— Sire, intervint Jacques, à présent, il faut me laisser l'emporter pour le mettre en terre. »

Mais au lieu d'abandonner le corps du chien, René resserra son étreinte.

« Pas déjà?... pria-t-il tandis que de nouvelles larmes jaillissaient de ses yeux. Laissez-le-moi encore un peu...

– Plus vous attendrez et plus cruelle sera la séparation... »

Désolée, car elle se sentait indirectement coupable de la mort de ce chien puisque, sans le mouvement brusque qui avait jeté le vin à terre, Ravaud n'y aurait pas touché, Catherine obéit à une soudaine inspiration. Arrachant le chaperon et le camail qui lui emprisonnaient la tête, elle libéra ses cheveux qu'elle avait simplement tordus en tresses lâches. Ils croulèrent sur ses épaules comme un manteau d'or, l'enveloppant de lumière et lui rendant instantanément la plénitude de son charme féminin.

« Monseigneur, murmura-t-elle, vous avez perdu un ami mais vous avez trouvé, en plus d'une servante dévouée, une amie fidèle... une amie qui donnerait beaucoup pour adoucir votre peine! »

Il la regarda et ses yeux s'agrandirent comme si, tout à coup, les murs de sa prison venaient de s'ouvrir pour laisser entrer un flot de soleil.

« Comme vous êtes belle! » murmura-t-il avec une ferveur telle que Roussay, mécontent, fronça le sourcil mais n'osa rien dire.

Doucement, le roi laissa reposer à terre le corps inerte, se releva et prit les mains de la jeune femme pour la relever aussi mais ne les lâcha pas quand ils furent debout. Au contraire, il les garda plus étroitement entre les siennes et, un long moment, il la contempla avec un enchantement grandissant. Les flammes dansantes des chandelles faisaient vivre la fabuleuse toison dorée qui, pendant des années, avait hanté les sens et la mémoire du puissant duc de Bourgogne avant qu'il n'en traduisît la nostalgie par la création d'un prestigieux ordre de chevalerie.

Profitant de son extase, les yeux de Catherine tournèrent légèrement, cherchèrent ceux de Roussay puis redescendirent à terre jusqu'au cadavre blanc. Le capitaine comprit leur message, se baissa, chargea le chien dans ses bras puis, la mine renfrognée et la lippe mécontente, sortit de la pièce, non sans un ultime regard, lourd de soupçons, au couple qu'il laissait derrière lui. Il s'attendait visiblement à ce que, l'instant d'enchantement achevé, le roi sautât sur Catherine...

En fait, la jeune femme n'était pas loin d'en penser tout autant. René ne disait toujours rien mais son regard se chargeait d'un trouble qu'elle avait depuis longtemps appris à connaître chez tant d'hommes. Il avait libéré ses mains et les siennes plongeaient à présent dans la soie vivante des cheveux avec l'avidité d'un avare longtemps séparé de son trésor. Aussi, lorsque les doigts cessèrent de jouer avec ses mèches brillantes pour emprisonner fortement ses épaules, Catherine eut un mouvement de recul.

« Sire, reprocha-t-elle doucement. J'ai dit amie... »
Il eut un petit sourire contrit.
« Il est tellement d'amies différentes! Ne voulez-vous pas, pour moi, être douce amie? Vous êtes si belle et mon cœur est si solitaire, si délaissé!...

– Comment votre cœur peut-il être solitaire et délaissé quand tant d'amour veille sur lui de loin comme autant de tours de feu sur les navires au péril de la mer? Il y a votre épouse que l'on dit belle et bonne, votre mère dont je connais la tendresse, votre sœur, la reine de France qui vous est si fort attachée et puis toutes celles dont vous ne connaissez même pas le visage, filles ou femmes de vos Etats qui filent votre rançon et prient Dieu chaque jour afin qu'Il vous rende à leur affection. On vous sait bon, pitoyable, chevaleresque et généreux et il existe bien peu d'hommes au monde qui soient aimés autant que vous. Que venez-vous alors me parler de cœur délaissé?...

– Disons plutôt qu'il est vide et qu'il aimerait s'emplir de vous! Quant à mon pauvre corps, la faim le dévore. Ne me ferez-vous pas l'aumône d'un peu d'amour? Quand on est si belle, on doit être généreuse. »

Il se rapprochait, l'obligeant à reculer vers le mur où elle dut s'adosser sans plus de possibilité d'échapper aux mains avides qui se tendaient.

« Si je n'étais en puissance d'époux, monseigneur, balbutia-t-elle, je crois... que je serais généreuse mais je suis mariée... mère de famille et... et j'aime mon époux!

– Et vous ne l'avez jamais trompé? Votre beauté cependant a dû mettre la folie dans le sang de bien des hommes. N'en avez-vous écouté aucun?... »

Il était contre elle à présent, la cernant entre son corps appuyé contre le sien et ses deux mains qu'il appuyait au mur. Elle sentait contre elle des muscles durs, singulièrement vigoureux pour un reclus et sur son visage détourné pour éviter le baiser, la brûlure d'une haleine, puis deux lèvres sur sa joue qui erraient déjà à la recherche de sa bouche...

« Sire! balbutia-t-elle affolée, je vous en prie!... Le capitaine va revenir... dans un instant, il sera là...

– Tant pis!... Je vous désire trop! Il faudra que l'un de nous meure s'il veut m'arracher à vous! »

Elle ne pouvait pas lui échapper à moins de hurler et d'ameuter la garde. Avec une force insoupçonnable chez cet homme de taille moyenne, il avait passé un bras autour d'elle pour la river à lui et, de son autre main, il lui avait immobilisé le visage. Il l'embrassa longuement, goulûment comme s'il arrivait des profondeurs du désert et qu'elle fût une jarre d'eau fraîche. Et tout à coup, au contact de cette bouche d'homme, Catherine sentit faiblir sa résistance. Son corps, privé d'amour depuis trop longtemps, lui jouait le tour qu'il lui avait déjà joué plus d'une fois, dans les bras de Pierre de Brezé, au jardin de Grenade et dans la maison de Jacques Cœur. Elle avait oublié quelle étrange alchimie un baiser ardent pouvait opérer dans son corps et, lorsque la main du roi emprisonna l'un de ses seins, elle se sentit frémir de la tête aux talons. René était jeune, sain, vigoureux et passionné. A présent, non seulement elle n'avait plus envie de le repousser mais elle appelait de toute sa jeunesse la joie d'amour qui faisait exploser dans son corps de si brûlants soleils.

Mais, lorsque la main de René atteignit son ventre, il poussa une exclamation de colère.

« Au diable ce déguisement stupide! gronda-t-il... Déshabille-toi!... »

L'ordre brutal brisa l'enchantement et la dégrisa. Il avait desserré son étreinte : elle en profita, glissa de ses bras, revint vers la cheminée, respirant lourdement pour calmer les battements désordonnés de son cœur.

« C'est impossible, sire! Je vous l'ai dit, M. de Roussay va revenir. Que dirait-il s'il me trouvait nue?... »

Comme pour lui donner raison, la porte s'ouvrit avec son habituel vacarme de verrous et Jacques reparut. D'un même coup d'œil, il embrassa Catherine dont le désordre et l'émotion ne lui échappèrent pas, puis René rouge et les yeux flambants.

« Ah! » fit-il seulement.

Cette simple syllabe stigmatisant son désir frustré déchaîna la colère du roi.

« Sortez! cria-t-il... Allez-vous-en! Je veux rester seul avec cette femme.

— Votre Majesté s'égare! Je ne vois ici aucune femme, mais seulement mon jeune cousin Alain de Maillet! riposta Roussay froidement. Recoiffez-vous,

Catherine, et venez avec moi : il est temps de laisser le roi se reposer... »

Il s'interrompit. D'un bond de chat, René avait bondi jusqu'à lui, lui arrachait la dague pendue à sa ceinture et reculait vers la fenêtre.

« J'ai dit : sortez!...

— Que voulez-vous faire? cria Roussay furieux. Ne pouvez-vous être raisonnable? Rendez-moi cette arme!...

— Je vous ai déjà ordonné de sortir!... Seul! Si vous ne le faites dans l'instant, je me tue! »

Et, joignant le geste à la parole, René appuya la pointe acérée de la dague sur son cœur. Catherine frémit. Il était visiblement hors de lui et son visage reflétait une si farouche détermination qu'elle n'eut aucun doute sur ce qui allait suivre. Calmement mais fermement, elle ordonna :

« Faites ce qu'il vous demande, Jacques! Laissez-moi seule avec le roi!

— Etes-vous folle, Catherine? Voulez-vous dire que vous allez céder...

— Ce que je vais faire ne regarde que moi, mon ami. Laissez-nous un moment mais ne vous éloignez pas. D'ailleurs, les gardes ne comprendraient pas. »

Sans un mot, Roussay, raide d'indignation, mais dompté, tourna les talons et quitta la pièce. La porte retomba derrière lui. Alors, toujours aussi tranquillement, Catherine rejoignit René, lui prit l'arme qu'il ne songea pas à lui disputer, revint la poser sur la table puis se retournant vers le roi et plantant son regard violet dans le sien, commença à dégrafer son justaucorps, l'ôta et le jeta sur un escabeau. Mais, avant d'ouvrir l'ample chemise blanche qu'elle portait en dessous et qui s'enfonçait dans les chausses collantes, elle adressa à René un sourire de défi un peu méprisant.

« Dois-je continuer, sire? demanda-t-elle froidement. Vous m'avez ordonné, il me semble, de me déshabiller... exactement comme si j'étais une ribaude amenée ici pour votre plaisir, et non la messagère de votre mère? »

Les yeux rougis de René s'égarèrent. Secoué d'un long frisson, il passa sur son front une main tremblante puis, comme si ce simple mouvement lui coûtait un effort terrible, il se détourna.

« Pardonnez-moi!... murmura-t-il. J'avais oublié qui vous étiez... J'ai... j'ai eu un moment de folie!... mais aussi pourquoi êtes-vous cette tentation vivante? Pourquoi ma mère ne m'a-t-elle pas envoyé la plus laide guenon de ses duègnes au lieu de dame Vénus en personne? Elle me connaît pourtant! Elle sait que j'ai peine à résister à un joli visage, à un corps harmonieux... et que la prison n'a pu qu'exaspérer mes désirs. Pourtant, c'est vous qu'elle a envoyée... vous, la plus belle créature que j'aie jamais vue!

– Elle l'a fait parce que je devais venir en Bourgogne, parce qu'elle a confiance en moi, parce que... »

Elle se tut, traversée par une idée soudaine. Est-ce qu'en l'envoyant vers son fils, Yolande n'avait pas eu l'arrière-pensée de procurer au prisonnier un adoucissement momentané? Le contenu de la lettre qu'elle avait portée ne semblait pas d'une extrême importance politique. Pourtant, en la lui remettant, la reine avait embrassé chaudement sa messagère en disant : « Vous m'aurez rendu au centuple ce que je fais pour vous... » Et Yolande connaissait trop Catherine, les aventures redoutables qu'elle avait affrontées pour la croire capable de s'indigner d'une heure d'amour accordée à un malheureux prisonnier. Une mère peut avoir de ces idées étranges et oser demander un service de ce genre à une amie...

Doucement, Catherine s'approcha de René qui lui tournait le dos. La lueur des chandelles fit briller

118

les larmes qui roulaient le long des joues du roi. Sa longue main fine où l'émeraude scintillait mystérieusement comme l'œil d'une sorcière, glissa sur le bras du jeune homme.

« C'est à moi de vous demander pardon, sire! Votre mère savait parfaitement ce qu'elle faisait. S'il vous plaît de me prendre, je suis vôtre... »

Elle le sentit trembler sous sa main. Pourtant, il se raidit, se tourna vers elle, la prit aux épaules mais ne l'approcha pas de lui, se contentant de la contempler longuement, mince et gracieuse dans ces chausses collantes qui soulignaient le galbe de ses hanches et la finesse de ses jambes, avec l'auréole luxuriante de sa chevelure qui couvrait d'or sa chemise blanche.

« Vous êtes aussi bonne que belle, ma chère... mais vous avez à présent acquis trop de prix à mes yeux pour que je vous veuille tenir de votre charité. Oh! je ne renonce pas à vous prier d'amour un jour. Bien au contraire : je ne vivrai plus que dans l'attente de la nuit où vous viendrez à moi, librement et non parce que vous obéirez à un mouvement de pitié mais parce que, peut-être, vous m'aimerez un peu... »

Il l'embrassa doucement sur le front, alla prendre le pourpoint abandonné et le lui fit revêtir, puis s'accota à la cheminée pour la regarder, bras croisés, retordre ses cheveux et les escamoter de nouveau sous le camail et le chaperon drapés. Enfin, il lui tendit son manteau mais, avant de le lui poser sur les épaules, il prit l'une de ses mains dans la paume de laquelle il posa un baiser.

« Voici reparu le jeune seigneur de Maillet! soupira-t-il. Et je crois qu'à présent nous pouvons rappeler votre charmant cousin. »

Jacques ne devait pas être loin, car il apparut comme un diable hors de sa boîte dès la première syllabe de son nom.

Il devait maintenir la porte simplement poussée et garder l'oreille collée contre! pensa Catherine amusée. Au moins son supplice n'aura guère duré!...

Il semblait en effet, immensément soulagé et fit sortir Catherine un rien trop précipitamment, lui laissant à peine le temps d'un salut cérémonieux et la jetant presque dans les escaliers tant il avait hâte de l'emmener assez loin pour poser la question qui lui brûlait les lèvres.

« Que s'est-il passé? » aboya-t-il dès le premier palier en retenant Catherine par le pan de son manteau.

Elle lui offrit un sourire narquois.

« Mais rien, mon ami, absolument rien...

– Il ne vous a pas... »

Elle haussa les épaules.

« En dix minutes? Vous n'êtes guère galant, mon cher capitaine! En tout cas, j'espère que vous voilà guéri de vos stupides brimades de geôlier trop consciencieux?

– Que voulez-vous dire?

– Que vous devriez bien laisser venir ici, de temps à autre, quelque jolie servante, bien fraîche et bien stupide... ne fût-ce que pour faire un peu convenablement le ménage de ce taudis où vous osez loger un roi! Je vous souhaite une bonne nuit, mon cher cousin... Ah! j'allais oublier : voulez-vous me permettre encore deux conseils?

– Au point où nous en sommes, pourquoi pas? Dites toujours.

– Eh bien, d'abord, essayez donc de trouver un chiot de deux ou trois mois aussi semblable que possible au pauvre Ravaud... et puis prenez la saine habitude de faire goûter tout ce que vous servirez à votre prisonnier!

– Parce que vous imaginez que je n'y aurais pas pensé tout seul? cria Roussay hors de lui. Décidé-

120

ment, vous me prenez pour un crétin. Ça... mon cousin! »

Catherine éclata de rire, sauta en voltige sur le cheval qu'un valet lui amenait et, piquant des deux, quitta au grand galop le palais des ducs de Bourgogne pour s'enfoncer dans le dédale obscur et désert des rues de Dijon.

En regagnant l'hôtel Morel-Sauvegrain, elle vit que Gauthier était enfin rentré. Visiblement éreinté, il était assis, en compagnie de Bérenger, dans l'âtre de la cuisine et faisait griller des châtaignes en buvant du vin doux.

« Dieu soit loué, vous voilà! s'écria Catherine avec un soupir de soulagement. Où donc étiez-vous passé? Quelle aventure dangereuse avez-vous encore courue? Vous ne connaissez pas Dijon et, à peine arrivé, vous...

– Je ne connais pas Dijon soit, mais je connaissais l'homme que j'ai suivi : c'était l'un de ceux du Damoiseau et je l'ai même suivi toute la journée : il faut dire qu'il m'a fait voir du pays. Mais vous-même, dame Catherine, ne venez-vous pas de courir, vous aussi, une aventure? J'imagine que vous n'arrivez pas du salut sous ce déguisement? »

Elle haussa les épaules, ôta ses gants et s'approchant du feu lui tendit ses paumes froides. Elle se sentait lasse mais l'esprit singulièrement vif et éveillé.

« J'ai réussi à approcher le roi... fort heureusement d'ailleurs car, si vous avez vu un homme du Damoiseau, moi j'en ai vu un autre à la tour Neuve. Et en pleine action encore : on a tenté ce soir d'empoisonner René d'Anjou! »

Gauthier cessa un instant de faire rouler ses châtaignes dans le poêlon percé de trous et leva les sourcils :

« Dans sa prison? Au palais?...

— Exactement : en lui servant du vin empoisonné. J'ajoute que si je n'avais pas reconnu cet homme, à l'heure qu'il est non seulement le roi aurait cessé de vivre mais le capitaine de Roussay et moi serions morts avec lui. Une mort rapide et flatteuse, sans doute mais tout aussi définitive qu'une autre! » Brièvement, elle raconta ce qui s'était passé dans la prison tandis que Bérenger ponctuait son récit d'exclamations indignées et que les sourcils de Gauthier se fronçaient graduellement.

« Son coup fait, l'homme a disparu sans en attendre le résultat, soupira-t-elle enfin et, malgré toutes les recherches, on n'a pas pu le retrouver... J'aimerais savoir Gauthier ce qui vous amuse si fort dans cette histoire? » ajouta-t-elle, indignée, en constatant que son écuyer, non seulement avait perdu d'un seul coup sa mine sombre mais encore qu'il souriait, tout détendu, en épluchant ses fruits brûlants dont l'arôme emplissait la pièce.

« Simplement le fait que, parfois, le Ciel fait bien les choses tandis qu'il arrive au Diable de bâcler son travail. Comment est-il votre bonhomme?

— Un visage blanc, plat... sans rien de bien remarquable; des cheveux un peu roussâtres. La première fois que nous l'avons vu c'était dans l'église de Montribourg, ce village ravagé par les écorcheurs. Il tenait le compte des fruits du pillage et je crois qu'on l'appelait le recteur. Vous vous en souvenez peut-être...

— Je m'en souviens si bien que je l'ai suivi toute la journée, attendu toute la soirée devant la basse porte du palais et que...

— Vous savez où il est allé? s'écria Catherine. Ce n'est pas possible! Ce serait trop beau?

— Pourquoi donc? Je vous ai dit qu'il arrivait au Ciel de bien faire les choses. Tenez, dame Catherine, asseyez-vous sur cet escabeau, prenez quelques châtaignes et un gobelet de vin car vous me semblez bien lasse, et écoutez-moi.

– Lasse ou pas, il n'est pas question que je m'asseye, fit-elle avec un geste d'impatience. Vous allez venir avec moi au palais et vous indiquerez au capitaine de Roussay l'endroit où l'homme se cache afin que nous nous emparions de lui avant le jour. Allons, venez! »

Mais Gauthier se cala plus commodément sur son banc et mit une poignée de châtaignes fraîches dans son poêlon.

« Il vaut mieux attendre le lever du jour et l'ouverture des portes de la ville, dame Catherine.

– L'ouverture des portes?

– Oui. Le recteur s'est réfugié hors des murs, au bout d'un faubourg, dans un enclos à l'écart...

– Hors des murs? En pleine nuit? Allons donc! C'est impossible...

– C'est possible et je vous dirai comment si vous voulez bien m'écouter un instant. »

Gauthier raconta alors comment, après une longue attente, il avait vu son homme quitter très rapidement le palais et se mettre à courir à travers les rues dans une direction qu'il semblait connaître parfaitement, et qui était celle du nord. En voyant se profiler les murailles, le poursuivant avait bien cru que sa poursuite s'arrêtait là mais le fuyard s'était approché d'une poterne dont le garde devait dormir profondément car il lui avait fallu crier le mot de passe pour l'éveiller, circonstance qui avait permis à Gauthier de l'entendre parfaitement.

Celui-ci avait donc laissé le recteur sortir de l'enceinte puis, sans laisser au garde le temps de se rendormir, il était arrivé en courant comme s'il cherchait à rejoindre l'homme qui venait de passer. « Ça fait dix minutes que je cours après lui, confiat-il au factionnaire, si je ne le rattrape pas, il fera demain la plus grande bêtise de sa vie... » Puis, comme si la chose lui revenait brusquement il avait lancé le mot de passe qui était « Vergy » en ajoutant qu'il valait mieux que le garde l'attende car, sa commission faite, il entendait bien finir la nuit dans son lit à l'abri des bonnes murailles de la ville.

Tout s'était passé comme il l'imaginait. Le garde l'avait laissé passer. Heureusement la nuit était assez claire et il avait pu apercevoir le recteur qui était presque au bout d'un faubourg et s'enfonçait dans la campagne, se dirigeant vers un groupe de bâtiments, dominés par la flèche d'une chapelle, qui se trouvaient très à l'écart près d'un boqueteau.

« J'ai vu l'homme y entrer, conclut Gauthier et je suis revenu sans aller jusque-là. Je saurai y retourner bien sûr; malheureusement j'ignore comment s'appelle ce faubourg et, pour la vérité de mon personnage, je n'ai pas osé le demander au garde de la porte. Quant aux bâtiments, je pense qu'il s'agit d'un couvent. Il y a un vaste enclos ceinturé de hauts murs et, en face du portail sur le bord du chemin, il y a une grande croix de pierre. J'ajoute que l'endroit m'est apparu désolé et assez sinistre.

— Faut-il franchir un ruisseau pour y aller? demanda Catherine d'une voix si sombre que les deux garçons la regardèrent avec surprise.

— En effet. L'homme a franchi un petit pont en quittant le faubourg. Il y a un ruisseau qui paraît le ceinturer. Mais vous êtes bien pâle tout à coup? C'est ce couvent qui...

— Ce n'est pas un couvent. C'est la Maladière... la léproserie si vous préférez. Si c'est là que Jaquot de la Mer cache ses voyageurs compromettants, la cachette est bonne car nous aurons toutes les peines du monde à convaincre les soldats d'y aller. Et il faut que les hommes du Damoiseau soient bien déterminés — et bien payés — pour avoir accepté pareil endroit. Il est vrai que le logis des ladres et celui de ceux qui les soignent sont nettement séparés, mais tout de même!... »

Une nouvelle vague de souvenirs venait de surgir dans la mémoire de Catherine, des souvenirs qui étaient parmi les plus affreux et que ce mot de léproserie, par elle prononcé cependant, avait été remuer dans les profondeurs obscures où elle s'était toujours efforcée de les tenir[1]. Pour mieux les repousser, elle saisit le gobelet plein que Gauthier avait posé sur la pierre de l'âtre et le vida d'un trait. Le vin coula en elle comme une flamme et rejeta à leur abîme les ombres sinistres du passé. Elle passa sur son front sa main qui lui parut curieusement froide puis regarda tour à tour les deux garçons : Bérenger, les bras noués autour de ses genoux, sa brune figure figée d'horreur, et Gauthier qui rêvait, le regard perdu dans les flammes. Il fallait secouer cette torpeur...

« Vous ne saviez pas ce que c'était que cet enclos, dit-elle enfin en s'efforçant d'affermir sa voix, pourtant vous disiez qu'il fallait attendre le jour pour y aller chercher le recteur. Pourquoi donc ? La nuit, la surprise joue mieux.

— Peut-être mais il faut investir complètement un domaine important et il est toujours possible, à la faveur de l'obscurité, qu'un fugitif franchisse un mur, rampe dans l'herbe, s'éloigne. De jour, rien ne peut filtrer. En outre, une troupe armée, dans la nuit, fait du bruit. L'alerte est facilement donnée alors qu'il est courant de voir, le jour, une troupe de soldats quitter une ville... Néanmoins, nous irons, dès à présent en discuter avec votre ami le capitaine... »

Découragée, la jeune femme haussa les épaules.

« A quoi bon ? Les soldats les plus courageux s'épouvantent quand on parle de la Maladière. C'est

_____
1. Voir *Belle Catherine*.

un lieu maudit où règne l'affreux mal. S'il suffisait, encore, de l'entourer pour empêcher que l'on en sorte, cela serait possible. Mais pour en tirer le recteur et sans doute quelques autres, il faudra bien y entrer... et alors...

– Les truands en cavale et les hommes du Damoiseau y entrent bien, eux! Votre capitaine sera peut-être aussi courageux qu'eux et pourra peut-être réunir quelques hommes déterminés? En tout cas, il y aura moi!

– Et moi... chevrota Bérenger en écho d'une petite voix frêle qui s'efforçait courageusement de surmonter sa frayeur.

– Parfait! Alors, dame Catherine, si nous voulons attaquer à l'aube, il faut se décider maintenant. Allons toujours voir jusqu'où va le courage de votre ami... »

Il allait assez loin Dieu merci! Ce qui s'était passé dans la tour Neuve était trop grave pour que Roussay permît au coupable de lui glisser entre les doigts et dans ce cas il n'était pas question qu'aucun de ses hommes refusât de faire son devoir. D'ailleurs, le capitaine ne leur avait guère laissé le choix.

« Ceux qui reculeront seront pendus! » se borna-t-il à déclarer à ses soldats, plus morts que vifs quand ils surent qu'il s'agissait de fouiller la Maladière. Mais, en chef soucieux de la santé de sa troupe, il fit faire, dans la cour des cuisines, une distribution générale de linge à nouer sous le nez et de vinaigre pour les imbiber.

Deux heures plus tard, le recteur et quelques-uns des truands qui transformaient les rues nocturnes de Dijon en coupe-gorge étaient arrêtés (non dans l'enclos des lépreux d'ailleurs mais dans la ferme mitoyenne qui assurait aux malades la subsistance), enchaînés et menés sous bonne garde à la prison pour y attendre un jugement qui n'allait pas manquer d'être expéditif.

Ce jour-là, le cabaret de Jaquot de la Mer, plus maison close que jamais, n'ouvrit même pas ses volets. Une simple pancarte vint décorer la porte annonçant que, pour cause de funérailles en province, l'établissement serait fermé quelques jours. On n'est jamais trop prudent!

CHAPITRE V

DESCENTE AUX ENFERS

THÉÂTRE habituel des exécutions à Dijon, la place du Morimont avait toujours présenté un visage aussi étrange que sinistre. Cela tenait au déplaisant matériel installé en permanence au centre de ce large espace de terre battue, taillé en biseau comme un couperet de guillotine.

Au plein milieu de la place, face à l'hôtel des abbés du Morimont, puissante abbaye du diocèse de Langres, s'élevait l'échafaud proprement dit, plate-forme rectangulaire élevée de deux mètres au-dessus du sol et à laquelle on accédait par deux échelles. Une croix plantée dessus dominait une bille de bois grossier noircie et vernie de sang séché. De chaque côté de l'échafaud se dressaient la potence et la roue, semblables aux lugubres porte-cierges d'un affreux catafalque. Mais ce décor permanent n'impressionnait plus guère les gens du quartier qui y étaient habitués. Bien plus, il constituait une attraction de choix lorsque d'aventure un ou plusieurs condamnés devaient y jouer le premier rôle.

Ce matin-là, un matin aigre et gris de la fin novembre, la place était noire de monde. Il y avait des spectateurs jusque sur le toit des rares maisons, jusque sur le mur du moulin des Carmes et, naturellement, sur les montoirs à chevaux de l'hôtel abbatial. C'est que le spectacle attendu promettait d'être aussi inhabituel qu'intéressant puisque, délaissant pour une fois ses instruments traditionnels pour expédier les gens de vie à trépas, maître Arny Signart, exécuteur des hautes et basses-œuvres de la prévôté de Dijon, s'apprêtait à faire bouillir vivants deux condamnés. La chaudière était, en effet, le supplice réservé aux faux-monnayeurs et aux routiers pillards et, comme tel, il était assez rare. Aussi les habitants de la ville étaient-ils fermement décidés à ne pas en perdre une bouchée.

Tassé derrière le triple cordon de soldats casqués et armés, le public regardait le bourreau et ses aides avec une sorte d'horreur passionnée. Vêtu de chausses collantes couleur sang-de-bœuf, terminées par des poulaines de cuir noir, ses bras aux muscles noueux où les veines se tordaient comme des vipères bleues sortant de son jaque de cuir roussi, la tête emprisonnée dans un capuchon rouge, maître Signart ressemblait d'autant plus au diable qu'il était en train de remplir d'eau et d'huile une énorme chaudière de cuivre sous laquelle il avait déjà allumé du feu.

« Est-ce que... vraiment, on va jeter des hommes vivants dans cette marmite? chevrota Bérenger en tirant la manche de Gauthier. Je... je ne suis pas certain d'avoir envie de voir ça! »

Les deux garçons s'étaient installés sur le petit parapet de pierre qui bordait le cours du Suzon. Cela leur assurait, surtout à Gauthier, nettement plus grand que son jeune compagnon, une position dominante sur la mer de têtes mais leur ôtait toute possibilité de retraite autre qu'une chute dans le flot malodorant et encombré de détritus.

L'ancien étudiant tapota amicalement la tête du page.

« Moi non plus, fit-il avec un sourire encourageant, mais, ici, ce qui est important n'est pas tant d'assister à ce pot-au-feu pour cannibales que de voir s'il ne va pas se passer quelque chose d'autre et si le Damoiseau ne va pas essayer de tirer son bonhomme de la marmite de Lucifer. C'est bien là-dessus d'ailleurs que compte messire de Roussay. Regarde-le, là-bas, debout près de la tribune des juges! Non seulement il a doublé les archers de la prévôté de ses propres hommes mais il est armé en guerre comme s'il s'agissait de conquérir une province! Et puis il a sa tête des mauvais jours et ses yeux n'arrêtent pas un instant de fouiller la foule. Il cherche quelqu'un... Si tu veux mon avis, je suis sûr qu'il n'a pas plus envie que toi de respirer cette horrible odeur d'huile et qu'il se moque éperdument que le recteur soit pendu ou étripé plutôt que bouilli, mais ce qu'il espère c'est que le Damoiseau va sortir de son trou et qu'il lui sera enfin possible d'en découdre avec lui.

– Tu crois qu'il va venir, le Damoiseau?

– Cela dépend du prix qu'il attache au recteur. Mais au fond cela m'étonnerait. Ça fait trois bonnes semaines que nous sommes ici et le roi René est toujours bien vivant dans sa prison. Donc jusqu'à présent, le complot a échoué. Or, je ne crois pas que le beau Robert accepte facilement de rester sur un échec... surtout si l'on y ajoute celui qu'il a essuyé à Châteauvillain tout récemment. Se montrer ici serait presque de la folie... à moins qu'il ne dispose d'une force suffisante pour venir à bout de toute la garnison, auquel cas il aurait aussi vite fait de prendre la ville tout entière!

– Alors, allons-nous-en puisque tu dis toi-même qu'il ne se passera rien!...

– Je n'ai pas dit qu'il ne se passerait rien, j'ai dit que je n'en étais pas sûr. D'ailleurs, tu vois bien qu'il est impossible de bouger à présent... à moins de piquer une tête dans ce cloaque dont ton beau costume ne sortirait pas du même vert. Ah! je crois que les condamnés arrivent... »

Les cloches de l'église Saint-Jean, voisine, venaient en effet de se mettre en branle et déversaient sur la ville un glas bien assorti à la couleur du jour. Une sorte de frisson malsain parcourut la foule. Bérenger se roula pratiquement en boule sur son parapet, les genoux remontés à la hauteur du nez et la tête dans ses bras placés en couronne.

« Je ne veux pas voir ça! Ce sera déjà bien suffisant d'entendre... »

Sans lui répondre, Gauthier au contraire se hissa sur la pointe des pieds. Deux gros chevaux de labour couleur de poussière débouchaient sur la place, encadrés d'archers. Chacun d'eux traînait une claie sur laquelle le corps d'un homme à peu près nu était lié...

Le sort qui attendait ces hommes était si horrible que la foule, d'habitude si friande du passage des claies qu'elle ne se privait pas de couvrir d'injures et d'immondices, ne bougea pas, ne fit pas entendre le moindre son. On n'entendait, entre les battements de la cloche, que le frottement des claies sur la terre et le crépitement du feu...

Gauthier chercha Roussay des yeux. Raide sur son cheval, le capitaine n'accordait aucune attention aux condamnés et continuait à observer la foule, guettant la réaction qu'il espérait... Si le recteur allait finir bouilli c'était uniquement grâce à lui car, invoquant la raison d'Etat, il avait dirigé la sentence des juges de manière à ce que l'on crût dans le peuple que les condamnés étaient tous deux faux-monnayeurs car il ne pouvait être question de proclamer une tentative d'assassinat du royal prisonnier, surtout une tentative qui avait été si près de réussir et qui le mettait, lui-même, dans une situation difficile. On avait donc lié le cas du recteur à celui du pseudo-Philibert La Verne qui s'était révélé, à l'instruction, se nommer en réalité Colin le Long et avoir évité de justesse, dans un passé relativement récent, une première chaudière lyonnaise au bord de laquelle l'avait mené son talent certain à fabriquer les fausses pistoles vulgairement appelées « florins au chat »...

Les chevaux s'étaient arrêtés près de la marmite dans laquelle, à présent, le mélange d'eau et d'huile bouillait à grosses bulles qui éclataient en rejetant des gouttes brûlantes. Debout entre les claies, un moine, les mains jointes sur un crucifix, récitait les prières des agonisants tandis que les valets du bourreau détachaient les condamnés dont l'un, Philibert, sanglotait et implorait la terre entière tandis que l'autre, frappé de stupeur ou attendant quelque chose, n'opposait ni prières ni résistance.

Soudain, les yeux chercheurs de Gauthier accrochèrent un profil, rien qu'un profil détaché du reste de la tête par la masse noire d'un capuchon. Le visage tendu, blême, les dents serrées et les lèvres dures, Amandine s'apprêtait à regarder mourir son amant. Elle ne pleurait pas, elle, mais son regard devait brûler. Elle suait la haine impuissante par chaque fibre de son être. Et Gauthier pensa qu'elle avait dû aimer vraiment son pseudo-frère pour se risquer ainsi dans la foule, presque à visage découvert, alors qu'on la recherchait encore. Mais pour rien au monde, en dépit de ses crimes, le jeune homme n'eût dénoncé cette femme qui était en train de subir une si rude punition...

Peut-être parce qu'en poursuivant sa méditation, il ne parvenait pas à en détacher ses yeux, Amandine dut sentir le poids de ce regard, se détourna et, un instant le sien, dur et gris comme pierre, croisa celui du jeune homme. Elle dut le reconnaître car, très vite, elle tira son capuchon sur son front, glissa derrière son voisin et disparut, cachée par un énorme capuchon rouge qui ressemblait à une citrouille trop mûre.

Les cloches soudain cessèrent de sonner.

« Est-ce que ce n'est pas bientôt fini? hoqueta la voix décolorée de Bérenger qui non seulement fermait les yeux de toutes ses forces mais s'enfonçait les doigts dans les oreilles. J'aurais bien dû rester avec dame Catherine, et te lais... »

En dépit de ses précautions, il se tassa un peu plus sur lui-même et poussa un gémissement en écho à l'épouvantable hurlement qui éclatait : empoignant le malheureux Philibert, Arny Signart et ses aides venaient de le précipiter dans la chaudière...

La foule, elle aussi, parut se recroqueviller. Le cheval de Roussay s'agita tandis que les bourreaux s'en allaient prendre possession du second condamné.

« C'est maintenant ou jamais!... » souffla Gauthier qui, devenu aussi gris que son pourpoint, transpirait à grosses gouttes comme s'il eût pu sentir la chaleur du brasier.

Mais rien ne se passa, rien ne vint qu'un second hurlement plus terrible encore que le premier et une écœurante odeur de friture : Robert de Sarrebrück n'avait pas estimé son complice suffisamment important pour tenter un coup de force et l'arracher à cette mort abominable.

« C'est bien ce que je pensais, marmotta Gauthier pour lui-même, le Damoiseau n'en a pas fini avec l'occupant de la tour Neuve et il préfère ne pas révéler sa présence... »

Les cris inhumains s'étaient tus et Gauthier, descendu de son piédestal, se pencha vers Bérenger en lui tapant sur l'épaule.

« Tout est fini, à présent, dit-il. Nous allons pouvoir partir... Ce n'est pas facile, hein, mon fils, de se faire un estomac d'homme? ajouta-t-il avec un sourire encourageant en constatant la mine verdâtre du gamin. Mais quand tu seras chevalier et que tu iras à la guerre, tu en verras bien d'autres...

– A la guerre, on ne fait pas bouillir les prisonniers!

– On leur fait quelquefois pire! As-tu oublié Montribourg... et les exploits du capitaine la Foudre? »

Bérenger préféra ne pas relever l'allusion. Son ami, il le savait, détestait Arnaud de Montsalvy que lui-même reconnaissait pour son seigneur mais dont il déplorait la conduite présente sans trop le condamner cependant. Mieux valait changer de sujet de conversation et l'enfant s'efforça de sourire.

« Je suis prêt! fit-il en se relevant. Allons-nous-en... »

C'était plus facile à dire qu'à faire, la foule n'avait pas bougé d'un pouce car le spectacle, en effet, n'était pas terminé. Il fallait encore voir maître Signart et son premier valet grimper sur l'échafaud voisin de la cuve avec de longues gaffes pour en tirer les corps boursouflés des suppliciés qu'il devait, à présent, conduire aux Grandes Justices, sur la route de Beaune, au-delà de la porte d'Ouche, pour les accrocher au gibet et les y laisser pourrir pour la plus grande édification des passants.

Les deux garçons s'apprêtaient à prendre leur mal en patience quand l'un des nuages noirs, que le vent chassait depuis le matin par-dessus les toits pointus de la ville, creva subitement, déversant sur la foule une pluie glaciale et rageuse qui la mit en mouvement. Cela créa une énorme bousculade qui bloqua Gauthier et Bérenger contre leur parapet, les obligeant à attendre sous l'averse dont il leur était impossible de se protéger. Et ils ne virent pas la petite troupe, marchant sur la rive boueuse de la rivière, qui s'approchait d'eux à l'abri du muret de pierre...

Au moment précis où la pression de la foule se relâchait et où ils allaient enfin pouvoir s'en aller, ils basculèrent brusquement en arrière, happés sournoisement par des mains invisibles et brutales qui les réduisirent rapidement à l'impuissance.

Un instant plus tard, sans que personne se fût aperçu de rien, on les emportait, comme de simples paquets vers une destination mystérieuse...

Pour rien au monde, Catherine ne fût allée assister au barbare spectacle du Morimont. En outre, devinant comment Bérenger réagirait en face de la mort proposée sous un aspect aussi atroce, elle avait tout fait pour l'empêcher de suivre Gauthier. Mais le page, devinant que son ami avait une raison sérieuse de s'y rendre et, supposant que cette raison pouvait amener un danger, n'avait pas voulu le laisser partir seul. Catherine avait dû s'incliner.

Pour sa part, il lui fallait encore s'occuper des affaires de son oncle avant de quitter Dijon. La santé de l'ancien drapier venait, en effet, de donner des inquiétudes à son entourage; après quarante-huit heures de quasi-euphorie, le malade était tombé dans une sorte de prostration. Son appétit avait disparu, il refusait toute nourriture et durant plusieurs jours, Catherine avait bien cru qu'il ne survivrait pas.

Cela n'avait été, heureusement, qu'une alerte. La solide constitution de Mathieu l'avait sauvé une fois de plus ainsi que les soins attentifs de Bertille qui, décidément, s'attachait chaque jour un peu plus à son malade. Au point que Catherine en vint à se demander si un mariage ne serait pas possible entre ces deux-là, ce qui représenterait pour tout le monde la meilleure solution.

Le jour de l'exécution, la jeune femme s'était rendue hors de la ville dans l'une des métairies appartenant à son oncle pour y régler un différend. Cela lui avait permis de constater que les affaires Gautherin n'avaient pas souffert du passage d'Amandine La Verne car, souhaitant en devenir seule maîtresse, l'aventurière les avait menées avec habileté. La fortune du maître-drapier sortait intacte de l'aventure.

Aussi, en rentrant de son expédition, Catherine avait-elle décidé d'en finir avec l'avenir de son oncle et de régler la question le soir-même avec lui, Bertille et Symonne. A cause de Mathieu elle avait prolongé plus qu'elle ne le souhaitait son séjour à Dijon et elle était un peu lasse d'avoir à s'occuper de tant de gens alors que ses propres affaires étaient en si mauvais état.

Lorsqu'elle avait quitté Châteauvillain, Arnaud n'avait que peu d'avance sur elle et si elle n'avait eu à voler au secours du roi captif, s'il ne lui avait fallu arracher son oncle à la mort et le remettre sur le bon chemin menant à une paisible vieillesse, elle aurait pu, elle en était certaine, rattraper son époux, avoir avec lui une nouvelle explication, même violente mais en finir avec les malentendus, les jalousies, les rancœurs.

Elle se sentait assez forte pour lui ouvrir les yeux et l'arracher au mirage trompeur de la fausse Jehanne d'Arc car, ayant vécu plusieurs jours dans l'intimité de la Pucelle, elle possédait les moyens de dissiper toute équivoque et d'obliger l'aventurière à lever le masque. A cette heure, tout serait peut-être rentré dans l'ordre et peut-être cheminerait-elle auprès de son époux retrouvé avec la hâte de tendres parents avides de passer les fêtes de Noël avec leurs enfants... Mais Dieu seul savait où se trouvait Arnaud à cette minute! Dieu... ou peut-être bien le diable.

Lorsqu'elle pensait à son époux, Catherine démêlait mal ses sentiments profonds. Certes, elle l'aimait toujours car son amour était de ceux qui ne passent qu'avec la vie mais son sentiment n'avait plus la pureté intransigeante des premières années. La jalousie, la révolte en face de la cruauté d'Arnaud, la rancune pour son manque de confiance s'y mêlaient à la pitié que peut ressentir une mère pour son enfant malheureux. Arnaud avait échappé à la mort mais dans quel état ses terribles blessures avaient-elles laissé son corps... et son âme? C'était cela surtout que Catherine avait hâte de constater, c'était cela qu'elle voulait aller chercher en Lorraine.

Or, dans quelques jours, Symonne Morel allait quitter Dijon avec ses enfants et une partie de sa maisonnée pour rejoindre à Lille la duchesse Isabelle et son époux qui réclamaient sa présence pour les fêtes de la Noël. Catherine comptait faire une partie du chemin avec elle afin de profiter de son escorte jusqu'aux marches de Lorraine. Il fallait donc en finir au plus tôt avec les soucis que lui causait son oncle.

« Ce soir même, je parlerai à Symonne! » se promit-elle.

En mettant pied à terre devant la belle arche de pierre « en accolade » qui marquait l'entrée de la maison, elle vit justement Bertille debout sur le seuil. Protégée par une grande mante noire de l'aigre courant d'air qui remontait la rue, la gouvernante de Symonne semblait attendre quelque chose et fouillait des yeux les ombres grandissantes du soir. Elle devait être là depuis un moment car son nez était tout rouge et elle frottait ses mains l'une contre l'autre pour les réchauffer.

Laissant sa mule au valet qui l'avait escortée, Catherine s'avança vers elle.

« Que guettez-vous là, dame Bertille? J'espère que ce n'est pas de moi que vous êtes en peine?

– Non, madame la comtesse, ce n'est pas de vous encore que je sois heureuse de vous voir de retour, mais c'est de vos deux garçons, l'écuyer et le page! On ne les a pas revus de toute la journée, pas même pour le repas de midi auquel cependant ils tiennent fort l'un et l'autre.

– Ils ne sont pas encore rentrés? Mais, est-ce que cette exécution à laquelle ils ont voulu se rendre n'avait pas lieu ce matin d'assez bonne heure?

– Naturellement! Bien avant l'heure de prime[1] maître Signart avait écumé son pot-au-feu et ces affreux mécréants avaient fait leur entrée chez leur maître Lucifer. Mais moi je n'ai vu revenir personne.

– Enfin, où peuvent-ils être?

– Dieu m'est témoin que je l'ignore! J'ai envoyé à leur recherche jusqu'au Morimont. Or les valets sont revenus sans avoir trouvé la moindre trace. J'avoue que j'espérais un peu qu'ils soient allés à votre rencontre. Mais vous voilà seule.

– Vous êtes bonne de prendre tant de soin de ces deux garnements, s'écria Catherine mécontente. Mais je vous supplie de rentrer. Vous allez prendre froid et leur faute n'en serait que plus lourde.

– Vous n'êtes pas inquiète?

– Mon Dieu non. Gauthier est un garçon aventureux qui adore promener son grand nez dans les endroits les plus insolites et Bérenger le suit comme son ombre. Allons, venez! Ils finiront bien par rentrer. »

1. Midi.

Suivie de Bertille qui maugréait entre ses dents sur les inconséquences de la jeunesse, Catherine rentra dans la maison, alla embrasser son oncle et lui rendre compte de sa mission puis regagna sa chambre afin de faire un peu de toilette avant l'heure du souper.

Mais, quand la nuit fut close et que les valets sonnèrent l'eau avant de passer à table, elle commença à s'inquiéter car les deux garçons n'étaient toujours pas rentrés.

Le dîner fut lugubre. En dépit des efforts de Symonne pour la rassurer, alimenter la conversation et engager son invitée à faire honneur à sa cuisine, Catherine prit seulement un peu de bouillon. A mesure que le temps coulait, sa gorge se contractait un peu plus, refusant tout pasage à un aliment solide. Et ce fut avec un soupir de soulagement qu'elle quitta la table confortablement installée devant le feu qui flambait et où il eût fait bon s'attarder si l'inquiétude n'avait habité son esprit.

« Voulez-vous que j'envoie chez messire de Roussay? proposa Symonne. Je vous vois tellement tourmentée, ma pauvre amie, que j'ai peur de cette nuit que vous allez passer si ces deux garçons ne reparaissent bien vite.

– Cela ne servirait à rien. Nous ignorons où chercher. Et puis que peut-on faire en pleine nuit? Enfin, j'espère encore les voir revenir d'un instant à l'autre.

– En tout cas, s'ils ne sont pas ici à l'aube, j'enverrai chez messire Pierre Girarde, le prévôt de la ville, pour qu'il ordonne des recherches. Après tout, ce sera davantage de son ressort que de celui de la garde du palais. »

Les deux amies s'embrassèrent puis chacune rentra chez elle. L'oncle Mathieu, dûment réconforté par le petit repas fin que lui avait servi sa chère Bertille, dormait déjà comme un bienheureux.

Rentrée chez elle, Catherine alla ouvrir les volets de bois, peints de feuilles et de fleurs, qui protégeaient sa fenêtre et se pencha au-dehors. Les ténèbres de cette nuit l'attiraient comme un aimant. La rue ressemblait à un puits. Il avait plu au moment de la tombée de la nuit et, des grands toits pointus qui se découpaient sur le ciel à peine moins noir, des gouttes d'eau crépitaient encore dans les flaques avec un bruit lancinant.

Il faisait froid. Pourtant, la jeune femme avait l'impression d'étouffer... Sans refermer sa fenêtre, elle se retira dans l'intérieur de la chambre pour délacer sa robe, ouvrir sa gorgerette, sans néanmoins se résoudre à se dévêtir. Elle savait qu'il lui serait impossible de dormir tant qu'elle ne serait pas fixée sur le sort de ses jeunes serviteurs, surtout sur celui de Bérenger qui n'était encore qu'un enfant, après tout, et auquel l'attachait une affection quasi maternelle.

Et l'angoisse à présent s'emparait d'elle. Sachant combien elle se tourmentait toujours pour son page, Gauthier n'aurait jamais permis qu'elle vécût ces heures inquiètes si quelque chose n'était arrivé... quelque chose de grave! Mais quoi?...

Se souvenant brusquement que les marguilliers de Saint-Jean avaient déjà sonné le crève-feu et que sa fenêtre éclairée, largement ouverte sur la nuit, faisait risquer une amende à son hôtesse, elle se pencha pour souffler sa chandelle quand quelque chose siffla dans l'air et vint retomber avec un bruit sourd sur le plancher de sa chambre.

Elle se baissa vivement et ramassa une pierre, de taille moyenne, autour de laquelle un papier était attaché mais, tandis qu'elle déroulait l'étroite bande blanche, ses mains se glacèrent et son cœur se mit à cogner lourdement dans sa poitrine comme si elle pressentait qu'il y avait là un malheur.

Le texte, tracé d'une grosse écriture maladroite

mais parfaitement lisible, était bref. Quelques lignes seulement. Si terribles cependant qu'elle dut s'asseoir pour en assimiler le sens.

« *Si vous voulez revoir vos gens vivants et entiers, suivez le messager qui vous attend dans la rue. Sortez de la maison discrètement, sans prévenir personne et surtout ne vous avisez pas de faire capturer le messager et d'essayer de le faire parler. Il est muet et ne sait pas écrire. Si, dans une heure vous ne nous avez pas rejoints, seule, on tranchera une main à chacun des garçons, puis l'autre si vous tardez encore... puis la tête. Hâtez-vous!...* »

Un sanglot se noua dans la gorge de Catherine. Accablée, et comme si l'on venait de la frapper au ventre, elle se plia en deux sur son siège jusqu'à ce que sa poitrine touchât ses genoux, luttant contre une nausée subite. Au cœur de cette maison amie, elle se sentait tout à coup affreusement seule et désarmée, affrontée qu'elle se trouvait une fois encore à l'impitoyable monde des hommes avec pour seules défenses ses faibles mains de femme, son cœur de femme. Qu'allait-on encore exiger d'elle contre la vie et la liberté de ses jeunes compagnons? Et qui était cet « on » au visage de ténèbres que l'anonymat faisait terrifiant?...

La nausée passa. Un effort remit Catherine debout. Elle n'avait pas de temps pour s'apitoyer sur elle-même. Il lui fallait se hâter, se hâter pour que d'autres n'eussent pas à souffrir de sa faiblesse.

D'un pas encore tremblant, elle alla jusqu'à la fenêtre fouillant des yeux l'ombre dense qui, tout à coup se fragmenta en une ombre plus noire encore mais qui agitait quelque chose de clair, un chiffon blanc sans doute... Le messager était bien là. Sachant qu'on la voyait parfaitement, Catherine fit signe qu'elle descendait, rajusta ses vêtements, prit son grand manteau noir à capuchon, s'y ensevelit et souffla sa chandelle.

Gauthier lui avait montré comment sortir de la maison par la cuisine sans attirer l'attention des habitants lorsqu'ils étaient allés ensemble prévenir Jacques de Roussay avant l'expédition contre la Maladière. Il avait même poussé la conscience jusqu'à graisser les verrous à l'huile de lampe.

Ne sachant pas si elle reviendrait vivante de cette dangereuse expédition, Catherine laissa le billet bien en évidence sur la table de la cuisine afin que, si l'on devait la chercher, il y eût au moins un indice puis elle se disposa à quitter la maison, non sans un frisson de terreur.

La porte s'ouvrit sans bruit sous sa main et elle se retrouva dans la rue. Un vent vif chassait les nuages. Il lui parut que la nuit était un peu moins noire. Aussi n'eut-elle aucune peine à apercevoir celui qui l'attendait et qui tenait à la main un chiffon blanc. C'était tout ce que l'on pouvait en distinguer car, pour le reste, Catherine ne put voir qu'un paquet de hardes sombres dégageant une effroyable odeur de crasse.

Quand elle s'approcha de lui, le messager fit disparaître son chiffon et fit signe à la jeune femme de le suivre. Ensemble, ils descendirent le bourg en longeant les maisons, autant pour être mieux cachés que pour éviter les immondices qui transformaient la principale rue marchande de Dijon en cloaque permanent puis l'on se dirigea vers le Morimont dont l'aspect sinistre parut à la jeune femme frissonnante un affreux présage et la fit se signer d'une main tremblante.

A la hauteur du moulin des Carmes, l'homme dirigea sa compagne vers la berge du Suzon et la fit monter dans un bachot caché sous l'arche du petit pont. Elle comprit d'ailleurs très vite la raison de cette navigation nocturne sur le ruisseau puant quand elle vit que la grille qui fermait le tunnel, sous la courtine de la porte d'Ouche, avait été ouverte.

L'esquif glissa sans bruit sous la voûte dégoûtante d'eau tandis que ses occupants devaient se courber pour éviter de la heurter de la tête. Mais le passage était court et l'on déboucha bientôt à l'air libre, près de la masse formidable de la porte d'Ouche, à l'endroit où le Suzon rejoignait la rivière dont les eaux alimentaient les fossés de la ville. L'homme sans visage et sans voix qui pilotait Catherine tira plus vigoureusement sur ses avirons pour remonter le cours de l'Ouche en direction d'une ligne de moulins bâtis sur la rive droite.

Les grandes roues à aube brassaient l'eau avec un bruit de cascade. Leur écume arrachait à la nuit des éclats blancs. L'un des moulins, le dernier qui était plus qu'à demi ruiné, s'abritait sous une végétation sauvage près d'un boqueteau d'arbres dépouillés et se tenait à l'écart des autres comme un réprouvé mais non loin d'un bâtiment en aussi mauvais état que lui.

Comme tous les habitants de Dijon, Catherine connaissait bien ce moulin que l'on appelait le Moulin-Brûlé et qui passait pour hanté. Sa réputation était à peine moins mauvaise que le bâtiment voisin, une ancienne ferme qui, en cas de peste, servait d'hôpital. Hôpital était d'ailleurs un mot bien pompeux pour le refuge misérable que trouvaient là ceux qui, atteints du terrible mal, y venaient, chassés par la peur de leurs proches, pour y trouver un abri où il leur fût permis d'attendre la mort en paix s'ils en avaient le temps car la peste frappait comme la foudre.

Comme, l'épidémie passée, on y venait brûler les

144

corps, la vieille ferme originelle avait subi quelques incendies et le moulin voisin n'avait pas été épargné.

Les rames battaient vigoureusement l'eau tandis que le bateau se dirigeait vers ces ruines. Catherine n'en fut pas autrement surprise. Si, comme elle le supposait, elle devait avoir affaire à Jaquot de la Mer ou à ses fidèles, le lieu était tout indiqué puisque le roi de la pègre dijonnaise semblait montrer une prédilection pour les lieux maudits. Après la Maladière, le Moulin-Brûlé! C'était dans la ligne normale des choses. D'autant que les deux endroits présentaient l'avantage commun de se trouver en dehors des portes de la ville.

La pointe de la barque heurta la rive sur laquelle le messager sauta pour saisir une chaîne qui pendait au tronc d'un saule. Il y attacha le bateau tandis qu'une autre silhouette noire se détachait de l'arbre qui parut se dédoubler.

Le messager attira le bordage contre la rive puis s'assit tranquillement dans l'herbe cependant que le nouveau venu se penchait et prenait Catherine par le bras afin de l'aider à mettre pied à terre. Lui non plus ne dit rien mais, quand il l'attira à lui, Catherine sentit une odeur de graisse d'armes et crut, dans la fente du manteau, voir briller l'acier d'une cuirasse.

L'homme l'avait saisie sans douceur et elle essaya de se libérer de sa poigne.

« Vous me faites mal! » protesta-t-elle.

Un ricanement lui répondit et l'étreinte autour de son bras se resserra encore tandis que l'homme accélérait l'allure au risque de la faire tomber. Le sol était inégal et elle trébucha plusieurs fois sur des mottes d'herbe sèche avant qu'un escalier ne se présentât, un escalier qui plongeait dans le sol et au fond duquel brillait une faible lumière, semblable à un reflet dans les profondeurs d'un puits.

La descente ne fut pas longue. Pourtant elle

parut, à Catherine terrifiée, aussi interminable qu'un voyage aux Enfers et, cette fois, elle bénit la poigne rude qui lui écrasait le bras mais la soutenait car, sans cela, elle se fût peut-être rompu le cou au bas de cet escalier aux marches visqueuses.

Une porte faite de planches disjointes s'ouvrit en criant sous le coup de pied du compagnon de Catherine qui était une sorte d'homme des bois, velu de toutes parts avec une énorme verrue sur le bout du nez. Il poussa la jeune femme dans une grande cave large et basse, sentant fortement le salpêtre et la moisissure, dont les murs blanchâtres étaient éclairés par de grandes flammes, celles qui jaillissaient d'un large pot de fer, posé à même le sol.

Une assemblée d'hommes l'emplissait, masse de trognes gélatineuses ou hirsutes, hérissée ici et là par les vouges et les fauchards de guerre dont l'acier luisait sinistrement. Muette d'angoisse, Catherine détourna les yeux pour les fixer sur le fond du caveau où trois moines vêtus de frocs noirs attendaient, assis à une longue table éclairée de chandelles baveuses, les mains au fond de leurs manches.

Celui qui était assis au centre se leva et parut très grand à la prisonnière, qu'une bourrade de son gardien jeta à genoux sur le sol boueux.

« Soyez la bienvenue, belle Catherine! Vous avez été sage de ne point nous faire trop attendre. »

En même temps, il rejetait son capuchon mais le son de sa voix avait déjà renseigné Catherine et elle n'avait pas besoin que les flammes rouges du brasero éclairassent les traits purs, les grands yeux bleus et les cheveux pâles du faux moine pour reconnaître le Damoiseau... Un voile d'agonie passa devant ses yeux. Avec Jaquot de la Mer qu'elle avait connu jadis, elle avait une chance de s'en tirer mais elle connaissait trop le démon qui la dévisageait de ses beaux yeux sans pitié pour savoir qu'elle n'avait rien à attendre de lui, rien que la pire cruauté...

Même parvenue au fond du désespoir, elle avait trop de courage pour s'abandonner sans lutte. Une vague de dégoût et de haine qui s'enfla dans sa gorge la sauva de la peur et la remit debout, brûlante de colère. Et comme son gardien s'approchait pour la rejeter à terre, elle l'évita d'un saut de côté et levant la main, le gifla de toutes ses forces avant de se retourner vers Robert de Sarrebrück.

« J'aurais dû me douter qu'un piège aussi bas ne pouvait avoir été tramé que par vous! Car c'est un piège n'est-ce pas? Les deux malheureux garçons que vous avez fait enlever sont morts, à cette heure, sans doute?...

– Morts? Que non pas! Vous avez fait suffisamment diligence pour qu'ils soient encore en vie... et entiers. On vous les amènera tout à l'heure. Je n'ai qu'une parole!

– Une seule en effet! lança Catherine méprisante, et comme vous n'en avez qu'une, vous la reprenez volontiers afin qu'elle puisse encore vous servir! »

Le visage lisse du seigneur bandit verdit subitement comme si le fiel de son âme s'infiltrait sous sa peau délicate.

« A votre place, je prendrais garde à ma langue, belle dame! Vous n'êtes guère en état de jeter l'insulte à qui vous tient en sa puissance... J'ajoute...

– Finissons-en! Que voulez-vous pour rendre la liberté à mes serviteurs? »

Un lent sourire entrouvrit les lèvres du Damoiseau découvrant des dents blanches et pointues.

« Moi? Rien!...

– Comment, rien? »

Le sourire s'accentua tandis que, fouillant sous sa robe monastique, le beau Robert en tirait une petite boîte d'or qu'il ouvrit pour y prendre un clou de girofle dont il avait toujours sur lui une provision. Il se mit à le mâcher lentement afin de conférer à son haleine une douce senteur d'œillet.

« Ma foi, non : rien! Admirez mon élégance car je pourrais, vous tenant en ma puissance, me venger des désagréments sans nombre que je vous dois... depuis Châteauvillain. Eh bien non, je n'en ferai rien.

– Alors pourquoi m'avoir fait venir ici?

– Pour que justice soit rendue à quelqu'un qui, aujourd'hui, a beaucoup souffert par votre faute... »

Il claqua des doigts et, de la masse confuse des routiers et des truands qui encombraient le caveau, une femme vêtue de noir sortit et marcha vers Catherine d'un pas pesant. A son aspect, celle-ci sentit un frisson courir désagréablement le long de son dos. Le visage blême, les traits tirés, Amandine La Verne n'avait plus rien de l'accorte commère qui emplissait de ses minauderies la maison de Mathieu Gautherin. Les lèvres à demi retroussées sur ses dents comme une louve dont elle avait la maigreur tragique, elle s'enroulait d'un grand manteau noir, comme un spectre de son suaire.

Au fond de leurs orbites creusées, ses yeux, comme deux quinquets sinistres, brûlaient des feux de la folie. Elle était effrayante et Catherine épouvantée se sentit perdue.

Le Damoiseau qui observait les deux femmes avec un méchant sourire désigna Catherine de sa main blanche où une énorme escarboucle brillait d'un éclat sanglant.

« Voilà celle que tu m'as demandée, femme. A présent, tiendras-tu la parole donnée?

– Je la tiendrai dans un instant à condition que tu m'abandonnes entièrement cette garce qui a fait tuer mon homme. Me la donnes-tu?

– Que veux-tu en faire? La tuer?

– Bien sûr... mais pas tout de suite, pas trop vite!

148

Il faut qu'elle me paie au centuple ce que j'ai enduré ce matin, au Morimont... »

Le cri poussé par Catherine lui coupa la parole.

« Cette femme est folle! Ce n'est pas les tortures infligées à un vieillard sans défense que son amant a payées ce matin, c'est tout un passé de vols, de crimes et de fraudes et vous le savez très bien, Robert de Sarrebrück! Vous savez cela, vous savez aussi qui je suis. Pourtant en vertu de je ne sais quel marché infâme vous allez me livrer à cette furie. Et vous osez vous dire chevalier?... »

Le rire du Damoiseau passa sur ses nerfs comme une rape.

« La chevalerie? Ne me dites pas que vous croyez encore à ces vieilles lunes, pauvre sotte! La chevalerie, de nos jours ce n'est rien d'autre qu'un ornement, un peu ancien, un peu désuet mais toujours seyant. Cela impressionne la piétaille et fait rêver les filles. Voilà tout!

– Oh! je sais quel usage vous en faites! Je vous ai vu à l'œuvre contre des femmes, des enfants, des vieillards, contre des paysans sans défense. Mais jusqu'à présent, au moins, vous respectiez... à peu près, ceux de votre sorte. Avez-vous oublié que je suis l'épouse d'un de vos amis?...

– Et vous, avez-vous oublié que cet excellent ami vous a publiquement traitée de putain et juré qu'il vous ferait chasser à coups de fouet si vous aviez le front de vous présenter aux portes de sa ville? Il me remerciera un jour d'avoir fait de lui un veuf. Mais assez parlé, le temps presse. As-tu, oui ou non, ce que tu m'as promis, la fille? Alors donne-le-moi : ensuite tu feras ce que tu voudras. Nous avons assez perdu de temps dans ce trou puant. »

Un sourire sinistre étira les lèvres décolorées d'Amandine qui recula vers le fond de la cave et en revint tirant après elle un jeune garçon que, tout d'abord, Catherine crut être Bérenger. Mais ce n'étaient que les vêtements de Bérenger, le beau costume vert dont il était si fier, et Catherine eut un cri d'angoisse.

« Bérenger! Qu'en avez-vous fait?...

– On l'a simplement déshabillé et tout ce qu'il risque c'est un bon rhume, ricana la fille. Tu vois, capitaine, ajouta-t-elle en se tournant vers le Damoiseau, ce garçon mais surtout ses habits vont te permettre de pénétrer jusqu'à la tour Neuve. Tu lui donneras un cheval et tes hommes n'auront qu'à le suivre. Il sait sa leçon...

– Mais moi je ne la sais pas! riposta Sarrebrück hautain. Et je n'ai confiance en personne. Tu t'en apercevras si tu me trompes... Que doit-il faire?

– Se présenter à la porte du palais en disant qu'il est le cousin du capitaine de Roussay, qu'il se nomme Alain de Maillet et qu'une fois encore il a besoin de voir son parent d'urgence pour lui rendre compte d'une mission dont il l'a chargé. Comme on l'a déjà vu... ou quelqu'un d'à peu près semblable, on le laissera passer sans hésiter. Tes hommes entreront derrière lui et n'auront aucune peine à maîtriser les gardes de la tour, d'autant que le Roussay soupe cette nuit chez sa bonne amie... »

Catherine ne put retenir un cri de stupeur indignée.

« Comment avez-vous pu savoir tout cela? »

Roulant inconsciemment des hanches sous sa vêture quasi monastique, la veuve de Colin marcha vers elle et vint la regarder sous le nez.

« Tu devrais savoir, madame la comtesse, que je sais obtenir des hommes ce que je veux. Et puis j'ai toujours su choisir mes amants. Il y a beau temps que je couche avec l'un des sergents de la tour, exactement depuis qu'on y a amené le prisonnier. J'avais idée que ça pourrait me servir un jour. En plus, c'est un beau gars, qui fait bien l'amour...

– Vraiment? Cela vous va bien, en ce cas, de jouer les veuves éplorées! » railla Catherine.

La pâle figure d'Amandine se convulsa de fureur tandis que ses lèvres, à nouveau, se retroussaient sur ses gencives.

« Espèce de garce! T'es idiote ou tu fais semblant? Ecoute bien! Avant ce vieux grigou de Mathieu j'étais une fille publique mais discrète. Mon échoppe de friperie me servait autant d'alcôve que de boutique mais c'était une façade convenable. Je m'étais fait une bonne petite clientèle, dans les bons endroits, mais ça c'était le travail. Colin, mon Colin, c'était mon homme à moi! Je turbinais pour lui plus que pour moi-même parce qu'il était le seul qui comptait. C'était mon cœur, mon sang, mes tripes... »

Sa voix tendue se brisa dans un sanglot puis reprit, rauque et lasse.

« Et maintenant... jusqu'à la fin de mes jours et de mes nuits j'entendrai son hurlement quand on l'a jeté dans la chaudière! à cause de toi, putain, et de ta bourrique de sœur je pourrai plus jamais dormir vraiment, moi!... Mais il va bientôt être vengé, sois tranquille et c'est même lui qui va te punir. »

Saisissant Catherine par le bras avec une force nerveuse insoupçonnable chez une femme de cette taille, elle l'entraîna derrière la table sur laquelle, au passage, elle rafla une chandelle, puis se pencha vers une masse informe qui bosselait la terre sous une toile de bâche qu'elle arracha...

Révulsée d'horreur, Catherine tenta désespérément de reculer, le cœur au bord des lèvres à la vue du cadavre hideux de l'ex-Philibert La Verne. Mais Amandine tenait bon.

« Regarde dans quel état on me l'a mis! J'espère qu'il te plaît, à présent, ton ouvrage, parce que jusqu'à ton dernier souffle tu vas pouvoir en profiter. Tout à l'heure, je te le ferai épouser!

– Lâchez-moi! Vous êtes folle... Que voulez-vous dire? »

Les traits de la femme se tordirent sous l'empire d'une joie sauvage. Elle savourait dans chaque fibre de son être la terreur que Catherine n'arrivait plus à dissimuler, faisant de vains efforts pour se libérer de l'étau qui lui meurtrissait le bras.

« Que dans un moment, articula-t-elle lentement pour que chacun pût bien apprécier ses paroles,... quand tu auras fait ce qu'il faut pour remercier ces bons garçons qui m'ont aidée depuis notre arrestation à tous les deux, on t'attachera au corps de mon pauvre Colin et on vous enterrera tous les deux! Ça sera pour lui une bien douce consolation que coucher enfin avec la putain du grand duc d'Occident! Après... quand tu seras bien morte, on te déterrera et on te jettera sur un fumier, ma belle, parce que mon Colin il n'a pas besoin d'une ribaude pour dormir son dernier sommeil... »

Au prix d'un effort désespéré, Catherine recrue d'horreur réussit à arracher son bras. Affolée, cherchant désespérément un refuge, une aide dans cette masse de visages inconnus, une simple expression de pitié à laquelle il fût possible d'accrocher un espoir. Mais elle ne put y lire que la stupidité ou une ignoble joie. Ces brutes se pourléchaient déjà à l'idée du spectacle promis. Alors, apercevant le Damoiseau qui, toujours revêtu de sa robe de moine, se tenait à quelques pas avec ses deux lieutenants, observant la scène, elle courut à lui, s'accrochant à la bure noire de sa manche.

« Je vous en supplie, messire... sauvez-moi de cette folle! Si vous croyez avoir à vous plaindre de moi, tuez-moi mais ne me laissez pas subir la vengeance infâme de cette femme. Je porte toujours le nom de votre ami, de votre compagnon d'armes... je suis toujours une noble dame et mon époux a de moi des enfants. Ne les laissez pas déshonorer par une malade! »

D'une main impatiente, il détacha les doigts qui s'accrochaient à lui.

« Les histoires de femmes ne m'ont jamais intéressé! dit-il froidement en haussant les épaules. Et puis j'ai promis... N'as-tu rien d'autre à me donner, Amandine? C'est maigre.

— Si, monseigneur! Voici la clef de la prison que l'on a faite d'après l'empreinte de cire que mon ami m'a donnée. Vous n'aurez aucune peine à pénétrer auprès du prisonnier.

— Et vous allez le tuer ainsi, lâchement, dans l'obscurité d'une geôle? souffla Catherine si bouleversée qu'elle en oublia un instant sa propre terreur; vous, un capitaine, un chevalier je le répète, lui... un roi!

— Vous n'y êtes pas, belle dame, dit le Damoiseau en soupesant la grosse clef que l'on venait de lui donner. Il n'est pas question d'un assassinat... mais d'une évasion, d'une évasion qui va réussir! Nous autres, fidèles sujets du roi Charles, septième du nom, allons risquer nos vies pour libérer son beau-frère et le tirer des griffes de Philippe! Nous allons lui faire quitter la ville par le chemin même que vous venez d'emprunter... Evidemment, il sera très vite repris et alors, un coup malheureux remettra en question la succession du royaume de Sicile!... »

D'un vif mouvement, il lança la clef à l'un des deux hommes qui portaient, comme lui, un habit de moine...

« Tu as compris, Gerhardt? Prends et fais vite! Tu nous rejoindras sur la route de Langres... là où tu sais!

— C'est compris, capitaine! fit l'homme avec un fort accent germanique. Allez, vous autres! On y va! Et toi, mon garçon, ajouta-t-il en tapant sur l'épaule de celui qui portait le costume de Bérenger, tâche de bien jouer ton rôle! Sinon je t'embroche! »

Une dizaine d'hommes se séparèrent de l'assemblée. Ils étaient armés jusqu'aux dents mais, avant de sortir, ils revêtirent tous un tabard aux couleurs de Bourgogne qui, dans les rues de la ville, n'attireraient pas l'attention...

Espérant recevoir un coup de dague ou un coup d'épée, Catherine voulut se jeter sur eux mais instantanément, plusieurs paires de mains s'abattirent sur elle, l'immobilisant et la ramenant vers Robert de Sarrebrück qui, écartant sa robe et dévoilant ses jambes vêtues de fer, s'asseyait négligemment sur un coin de la table. Il choisit un nouveau clou de girofle puis, aussi aimablement que s'il la rencontrait dans une fête, sourit à Catherine dont les yeux brouillés de larmes ne voyaient plus rien.

« J'espère, ma chère, que vous admirez la finesse de mon plan : des serviteurs dévoués, les miens, auront arraché le roi à sa prison mais d'affreux Bourguignons l'auront repris et vilainement occis. Nous recevrons, plus tard, honneur et gloire. Philippe de Bourgogne portera toute la responsabilité du meurtre et la guerre, la bonne guerre fraîche et joyeuse, se rallumera entre France et Bourgogne pour bon nombre d'années... Enfin nous serons débarrassés de ce roitelet qui gênait trop de monde pour vivre vieux!

— Et qui avait osé, n'est-ce pas, vous tenir en prison et y tenir encore votre jeune fils?

— Tout à fait exact! Je n'aime pas laisser mes dettes impayées. C'est un principe. Alors, femme, qu'attends-tu pour faire commencer les réjouissances? Je devrai vous quitter avant la fin du spectacle mais j'aimerais assez participer au début... et faire participer quelques-uns de mes hommes avant de reprendre la route!..

– J'attendais seulement votre ordre, monseigneur! Allez, vous autres! Déshabillez-la! »

Instantanément, les mains qui tenaient Catherine s'activèrent en dépit des efforts désespérés qu'elle faisait pour leur échapper. Un couteau trancha les lacets de sa robe et, à grandes déchirures de tissu, on la dépouilla avec une hâte qui disait assez quel plaisir ses bourreaux y prenaient, sans oublier de pétrir et de pincer sa chair au passage. Une véritable tempête de rires et de jurons couvrit ses cris et ses supplications... Elle était à présent au centre d'un enfer de trognes immondes et de figures hideuses, soldats et ribauds mêlés et se battant déjà à qui la toucherait le premier.

La voix du Damoiseau domina le tumulte.

« Attachez-la sur la table, bande d'abrutis! Et ne vous battez pas. Il y en aura pour tout le monde!

– C'est pas possible! protesta quelqu'un. Elle crèvera avant. On est trop! Mais nous, les soldats, on doit passer les premiers! D'abord parce qu'on est pressés!... »

Catherine sentit un nœud enserrer son poignet puis l'autre. Des boucles de chanvre lui entourèrent les chevilles. Sur un ordre d'Amandine, on la bâillonna puis on la porta sur le bout de la table, les jambes liées aux pieds, les reins cassés par le rebord, les bras liés par-dessous... Incapable de crier, elle geignait à présent comme un animal blessé, priant de tout son cœur pour que la mort, une mort subite, lui épargnât ce qui allait venir... Mais si elle ne pouvait plus parler, elle pouvait encore entendre et ce qu'elle entendit ce fut, dans le brusque silence qui venait de se faire, le sifflement admiratif du Damoiseau.

« Par les cornes de son imbécile de mari, la garce est belle! Ce serait dommage de ne pas en profiter! Me laissez-vous l'étrenner, camarades? »

Une acclamation unanime lui répondit avec une

bordée d'encouragements obscènes. Alors, lentement, le Damoiseau s'approcha de la femme immobile et nue, les jambes maintenues ouvertes par les cordes, exposant la toison dorée qu'avait caressée un prince et la tendre vallée qu'elle abritait... Ses mains gantées de fer s'abattirent sur les épaules douces et d'une poussée si brutale qu'elle arracha une plainte à la victime, il entra en elle...

L'assaut fut douloureux mais bref. Un autre suivit, puis un autre et encore un autre. Au parfum d'œillet du Damoiseau succédèrent l'odeur de graisse d'armes, de sueur, de suint et de crasse de ses hommes. Ecartelée, labourée, déchirée, tout le corps meurtri, Catherine à demi inconsciente ne pleurait plus. Sous le bâillon qui l'étouffait et lui sciait les commissures des lèvres, elle geignait doucement, de plus en plus faiblement. Sa chair, tout son être n'étaient plus que souffrance... Un assaut plus cruel que les autres la fit bienheureusement basculer dans l'inconscience.

Elle était évanouie quand le Damoiseau et son escorte quittèrent le Moulin-Brûlé, la laissant livrée aux truands qu'Amandine à présent allait jeter sur le corps souillé de son ennemie afin d'achever l'avilissement et la destruction d'une beauté trop parfaite qui était peut-être son plus grand grief, même si elle ne s'en rendait pas tout à fait compte. Amandine était à ce point aveuglée par sa haine qu'elle ne comprenait même pas qu'en déchaînant sur ce pauvre corps la meute ignoble de ses compagnons, elle risquait de ne plus avoir entre les mains, après leur passage, qu'un cadavre!

Ce fut son propre gémissement qui tira Catherine de son miséricordieux évanouissement et aussi une vive sensation de froid. Mais elle ne crut pas longtemps qu'elle avait atteint les ténèbres glacées de la mort. Une soif intense lui dévorait la gorge. Son ventre était en feu, ses chevilles et ses poignets aussi sur lesquels, en se débattant, elle avait désespérément tiré, faisant entrer les cordes dans la peau tendre. Tout cela n'appartenait que trop à la réalité, à la vie... Elle n'avait pas encore atteint le fond de l'enfer.

Péniblement, craintivement aussi, elle entrouvrit ses paupières gonflées par les larmes, entrevit le ciel noir et une ombre plus dense qui était celle d'une branche d'arbre. Peu à peu, la conscience de ce qui l'entourait lui revenait. Elle était couchée à même le sol dans une étoffe qui lui râpait la peau... Il n'y avait aucun doute : elle était encore bien vivante même si tous les démons de la cave étaient passés sur son corps, ce qu'elle n'aurait jamais cru possible.

Et puis la mémoire lui revint de ce qui l'attendait encore, de ce qu'Amandine lui avait promis : l'ensevelissement sous la terre avec un cadavre déjà en cours de putréfaction. Quelque part, dans cette obscurité, les truands devaient être en train de creuser sa tombe. Elle entendait des bruits inquiétants, des craquements, des hurlements de fous... mais elle souffrait tant qu'elle n'avait même plus vraiment peur. Tout ce qu'elle souhaitait c'était d'être rapidement libérée de ce corps qui lui faisait si mal. Simplement, elle referma les yeux pour ne pas voir approcher Amandine et son affreuse joie...

Une main souleva sa tête. Aussitôt elle sentit, contre sa bouche, le rebord dur et froid d'un récipient.

« Tant qu'elle ne sera pas ranimée, tu ne pourras pas la faire boire, chuchota, lourde d'angoisse, la voix bien connue de Bérenger. J'ai bien peur qu'elle ne soit morte...

– Tais-toi et frotte-lui plutôt les pieds : ils sont glacés. »

Alors, n'osant encore y croire, elle rouvrit les yeux, reconnut le visage de Gauthier penché sur le sien. C'était lui qui lui tenait la tête et qui essayait de la faire boire tandis que les mains chaudes de Bérenger s'emparaient de ses pieds. Instinctivement, poussée par un irrésistible besoin de revenir vers une vie qui n'était plus l'enfer, elle but une gorgée d'eau. Celle-ci n'était pas très bonne mais elle étancha un peu sa soif.

« Elle boit! lança Gauthier triomphalement. Elle revient à elle. Dieu soit loué!

– Je crois tout de même qu'il était temps, fit tout près une autre voix masculine qui lui parut connue mais dont elle ne réussit pas à définir le propriétaire. Tous ces démons en voulaient! Ils l'auraient déchiquetée comme des loups!

– Nous ne vous remercierons jamais assez! reprit Gauthier. Sans vous, nous croupirions encore dans ce trou boueux et notre pauvre maîtresse serait morte. J'espère seulement qu'ils ne lui ont pas causé un dommage irréparable... Elle est tellement meurtrie.

– C'est solide, une femme! J'en connais plus d'une qui a connu le passage de toute une compagnie et qui s'en est bien remise... Ah! Voilà le moulin qui flambe. Ça va la réchauffer. »

Par-dessus le bord de l'écuelle où elle buvait à présent avec avidité, Catherine vit s'éclairer et rougir le cours de la rivière sur la berge de laquelle elle était étendue. En même temps s'élevait une tempête de cris et de plaintes mêlés à des bruits qu'elle ne pouvait encore définir et qui dominaient celui des roues à aubes.

Elle vit aussi Bérenger à peu près nu qui pleurait sans retenue sur ses pieds et l'homme dont elle n'avait pas reconnu la voix et qui se tenait debout

près de l'eau, regardant l'incendie. C'était le mendiant de Notre-Dame, c'était Jehan des Ecus...

Tournant un peu la tête, elle vit de hautes flammes lécher la masse informe de l'ancien moulin et,
sur ce fond infernal, des silhouettes noires de
soldats qui brandissaient des torches ou des armes.
Une ligne d'archers rangés en bon ordre abattait de
ses flèches tout ce qui réussissait à échapper à la
fournaise.

« Comment vous sentez-vous? demanda doucement Gauthier.

— Comme si l'on m'avait mise sur la roue et
rompue. Je crois... qu'il n'y a pas un pouce de moi
qui ne soit douloureux...

— Dès que messire de Roussay aura achevé son
ouvrage, on vous rapportera chez dame Symonne et
l'on vous soignera.

— Roussay?... Mais que s'est-il passé? Comment...
suis-je ici?...

— Grâce à cet homme, dit le jeune homme en
désignant Jehan des Ecus qui lui souriait, dressé
devant l'incendie du moulin comme Néron devant
celui de Rome. Il allait rejoindre quelques-uns de
ses confrères dans cette ruine quand on vous y a
traînée. Et il a vite compris que ce n'était pas pour
vous y offrir des fleurs. Alors, il est rentré dans la
ville et il est allé dire ce qu'il avait vu à messire de
Roussay. Il a perdu un peu de temps parce qu'il l'a
cherché d'abord au palais puis chez sa bonne amie
dont, heureusement il connaissait l'adresse... La
pitié de Dieu a bien voulu que le capitaine arrive à
temps pour vous sauver... et nous délivrer! »

Le regard de Catherine croisa celui, plein de pitié,
du faux moine. Elle devait être dans un triste état
pour qu'il la regardât ainsi, mais elle s'efforça de lui
sourire, sachant bien la valeur de ce qu'il avait fait
pour elle.

« Je vous dois... la vie, ami Jehan. Mais pourquoi

l'avez-vous fait? Vous?... Aller chercher Roussay pour le jeter sur vos amis, vos compagnons?... »

Jehan des Ecus haussa les épaules.

« Il n'y a d'amitié chez les truands que tant qu'ils restent entre eux, fit-il sombrement. En acceptant l'or du Damoiseau, en se faisant ses serviteurs, les truands ont cessé d'être mes frères et mes compagnons. Et puis vous, vous livrée à ces démons, à cette saloperie d'Amandine?... non, ça je ne pouvais pas le supporter! » Sa voix faiblit tout à coup, s'enroua tandis qu'il achevait, comme à regret : « Je... je... je crois que je vous ai toujours aimée, depuis que vous étiez cette belle enfant que l'on donnait de force au grand argentier de Bourgogne! Il y a des lumières qu'on n'oublie pas!

– Tout de même! Vous au palais, chez... »

Elle s'interrompit sur un cri.

« Mon Dieu! Le palais! La tour... le roi! Avez-vous pris le Damoiseau?

– Non... il venait de partir quand nous sommes arrivés. Je le regrette assez car c'est lui que je voulais et...

– Vite! Courez! Allez chercher messire de Roussay! Vite, il le faut! Ils vont tuer le roi...

– Vous avez la fièvre », dit Gauthier, fronçant les sourcils et tâtant son front brûlant...

Mais Bérenger, lui, était déjà parti en criant : « J'y vais! » et courait vers l'incendie de toute la vitesse de ses jeunes jambes. Follement, Catherine essaya de se lever pour le suivre luttant contre Gauthier.

« Vous vous occuperez de moi plus tard... Je sais bien que j'ai la fièvre mais... le roi René... ils l'ont fait évader et l'emmènent vers une embuscade où de faux soldats bourguignons vont l'abattre!...

– C'est donc ça? murmura Jehan des Ecus. Lorsque nous avons passé le pont de l'Ouche, j'ai cru voir une barque chargée d'hommes qui glissait le long du rempart. »

Déjà, Jacques de Roussay arrivait, remorqué par Bérenger. En quelques mots Catherine le mit au courant de la catastrophe suspendue au-dessus de sa tête. Un juron, trois questions sur le temps écoulé, le nombre d'hommes et la direction suivie – « la route de Langres » précisa Catherine – et il tournait les talons en criant :

« Je vais vous laisser deux hommes pour trouver un bateau et vous ramener à l'hôtel Morel-Sauvegrain... Si je suis encore vivant, j'irai vous y rejoindre au retour. »

Catherine l'entendit rameuter ses hommes. Ils surgirent de partout, quittant la surveillance du brasier dans lequel ils avaient enfermé les ribauds, et sans doute Amandine. La ligne des archers se rompit. Les soldats coururent vers les chevaux attachés aux arbres du boqueteau. Tous sautèrent en selle et, à la suite de Jacques qui éperonnait sauvagement son cheval en hurlant : « En avant, Bourgogne! », le lourd escadron s'ébranla, quittant le moulin en feu, dans un galop qui fit trembler la terre...

Epuisée, Catherine referma les yeux, laissant sa tête aller sur le bras de Gauthier. Les douleurs qui la ravageaient semblaient se faire plus cruelles encore... Un instant, il n'y eut plus autour d'elle que le ronflement du brasier, la chanson des moulins et le bruit du vent dans les branches... Les dernières plaintes des mourants s'étaient tues... Catherine et ses amis se retrouvaient seuls au centre d'un univers de mort...

Et puis, quelque part, la cloche d'un couvent sonna matines. Une autre lui répondit et puis une autre, et encore une autre... Il y eut un bruit de rames frappant l'eau et le glissement soyeux d'une barque dans le courant. Mais lorsque Gauthier voulut soulever le corps martyrisé de Catherine pour le porter dans le bateau qu'amenaient deux des soldats de Roussay, la douleur que la jeune femme éprouva fut si forte qu'à nouveau elle perdit connaissance...

Elle ne la retrouva qu'un instant, au creux du lit chaudement bassiné où Symonne et Bertille l'avaient couchée mais ce fut pour plonger dans un autre enfer, celui du délire et des fantasmes terrifiants du cauchemar au fond duquel l'entraînait la fièvre violente qui à présent se déclarait...

Elle ne vit pas, au petit matin, Jacques de Roussay, déchiré, couvert à la fois de poussière et de sang, une longue balafre ouverte dans la joue droite, venir lui dire que tout était rentré dans l'ordre, que René d'Anjou bien vivant venait de regagner la tour Neuve.

« De sa propre volonté, d'ailleurs! confia-t-il à Symonne. Quand nous sommes tombés sur le Damoiseau et sa bande, dont une partie campait dans les bois de Clanay, il aurait fort bien pu s'enfuir à la faveur de la bataille. Mais il n'en a rien fait. Tout au contraire, il a combattu avec nous et, quand force nous est restée, il est revenu vers moi et m'a dit simplement : « Je crois que vous m'avez « sauvé la vie, capitaine. A présent, il vous reste à « me ramener à Dijon. » Et comme je m'étonnais, il a haussé les épaules, ajoutant : « Je serais un ingrat « si je vous envoyais à l'échafaud pour m'avoir « laissé fuir. En outre, je vous rappelle, chose que « vous avez paru oublier bien souvent, que je suis « prisonnier sur parole bien plus que de vos ver- « rous. Un chevalier n'a qu'une parole. A plus forte « raison un roi... »

– Si j'ai bien compris, dit Gauthier, vous avez eu affaire à toute la bande du Damoiseau? Comment avez-vous pu en venir à bout avec si peu d'hommes?

– J'ai pris en passant les garnisons de la porte Guillaume, de la porte au Fermerot, de la porte Saint-Nicolas et aussi celle du châtel de Norges. Ça a été très suffisant. Nous avons fait bonne boucherie de ces mécréants dont certains osaient porter les couleurs de Bourgogne. Malheureusement, quelques-uns nous ont échappé et ont pu prendre la fuite...

– Et... le Damoiseau? »

Un large sourire que la blessure fit grimacer, illumina le visage saignant du capitaine.

« Captif! Ficelé, troussé comme un poulet avec une bonne longueur de chaîne. On l'a ramené discrètement à Dijon et demain, je l'envoie dans un chariot fermé et sous bonne escorte en Lorraine...

– Pourquoi en Lorraine? Vos prisons ne vous paraissent-elles pas suffisantes pour le garder?

– Ce n'est pas cela : je ne veux pas le garder parce que je ne veux pas que l'on sache que mon prisonnier a pu quitter sa tour, même un petit moment. Et puis je dois bien cela à monseigneur René d'Anjou : le damoiseau de Commercy était son prisonnier à lui et il lui a faussé compagnie. A présent, il regagne sa prison, tout rentre dans l'ordre! Un bon gros pot de vin me ferait bien plaisir, dame Symonne... et je connais peu de maisons où il y en ait de meilleur! »

La belle nourrice sourit et s'empressa :

« Je suis sans excuse, Jacques! Mais ce que vous disiez était si passionnant!... On va vous servir dans l'instant et aussi laver cette blessure... Venez avec moi jusqu'à la grand-salle... »

Comme elle ouvrait la porte un sanglot monta du lit où Catherine, un instant silencieuse, reprenait le cours de son rêve douloureux. Instantanément, Gauthier et Bérenger furent près d'elle. Ses lèvres étaient sèches et brûlantes. Tandis qu'à l'aide d'un tampon de charpie, Gauthier les humectait avec un peu d'infusion de tilleul, une plainte s'en échappa.

« Arnaud!... Arnaud, je reviens... ne t'en va pas... Attends-moi, mon amour!... attends-moi... Je veux rentrer... à la maison! »

Un flot de larmes s'échappa des yeux mi-clos tandis que, dans la masse dénouée des cheveux blonds, la tête de la malade se mettait à rouler dans tous les sens, comme pour chasser quelque chose. Les yeux bruns de Bérenger cherchèrent ceux de son ami.

« Reverra-t-elle jamais Montsalvy... et les petits! » balbutia-t-il d'une voix que les larmes enrouaient. L'ancien étudiant haussa les épaules avec accablement.

« C'est le secret de Dieu mais j'ai peur que la guérison, si elle vient, ne soit longue. Et l'hiver sera bientôt là... »

Comme pour lui donner raison, la première neige se mit à tomber sur Dijon...

DEUXIÈME PARTIE

OURAGAN SUR LES FLANDRES

CHAPITRE VI

JEHANNE-LA-FAUSSE

L'HIVER vint comme un envahisseur. En quelques heures, villes et campagnes s'habillèrent de silence immaculé. Le vent courut à travers les branches pour en détacher les dernières feuilles. Le ciel devint brume incertaine et rejoignit la terre...

Les portes des maisons couronnées de fumée grise se fermèrent frileusement. Les fenêtres se calfeutrèrent et chacun s'installa au coin de l'âtre flambant pour y attendre dans l'assoupissement du corps, la paix du cœur et la crainte de Dieu que le premier chant d'une alouette réveillât la nature et ramenât le temps des labeurs nourriciers. Mais, dans les taudis et les cabanes où se terraient les pauvres, la misère se fit plus noire et la mort s'embusqua patiemment...

Comme tant d'autres, Catherine aurait pu demeurer au creux de la douillette maison de Symonne Sauvegrain pour y attendre que le printemps lui permît de reprendre sa route sans trop de danger. Elle aurait pu apaiser doucement les douleurs de son corps ravagé, panser la blessure de son âme ulcérée de honte et de dégoût. Elle aurait pu, en effet... mais elle n'en avait rien fait. Quinze jours après l'horrible scène du Moulin-Brûlé, elle quittait Dijon et, sans autre escorte que Gauthier de Chazay et Bérenger de Roquemaurel, prenait le chemin du nord...

La fièvre violente qui s'était emparée d'elle lorsqu'on l'avait ramenée n'avait duré que quarante-huit heures. A l'extrême surprise de ses amis, et plus encore du discret médecin que Symonne avait appelé à son chevet, Catherine trois jours plus tard ouvrait les yeux et considérait d'un regard lucide la fenêtre aux vitres de laquelle le givre avait mis une dentelle.

Sa première sensation fut d'un certain bien-être. Elle se sentait lasse et soulagée tout à la fois comme si, après avoir longuement lutté contre les vagues furieuses d'une tempête, elle s'éveillait à l'aube d'un jour paisible, sur la grève où la dernière l'avait jetée... Mais la conscience revint et, avec elle, la mémoire.

Le bruit de ses sanglots réveilla Gauthier qui, après l'avoir veillée toute la nuit, dormait sur des coussins jetés devant la cheminée. Relevé d'un bond, il la regarda d'abord pleurer avec une sorte de stupeur, prit son poignet pour y chercher le pouls et en garda un instant sous son doigt le battement redevenu si vite et si miraculeusement régulier. D'abord incrédule, sa joie éclata.

« La fièvre est partie! Vous êtes sauvée, dame Catherine... sauvée! Dieu nous a entendus!... »

Alors, seulement, il parut s'apercevoir qu'elle pleurait. Vivement, il posa sa main sur le front crispé.

« Non..., fit-il sans se rendre compte que sa voix se chargeait de tendresse, non, il ne faut pas pleurer mais se réjouir car vous nous revenez des portes de la mort dont nous avons bien cru qu'elles allaient s'ouvrir pour vous! La vie a été la plus forte.

– Ma vie est finie!... »

Il se laissa tomber à genoux près du lit.

« Votre vie est... oh! non. Il ne faut pas dire cela!

Sinon vous allez nous mener au désespoir, Bérenger et moi puisque c'est à cause de nous que vous
avez subi le martyre! Je vous en supplie, essayez de
n'y plus penser, essayez d'oublier.

– Je ne pourrai jamais oublier... »

Elle s'était retournée contre le mur, refusant de
bouger car un simple regard, même affectueux lui
était insupportable. Elle se sentait souillée jusqu'à
l'âme, lépreuse, misérable comme si son corps
écartelé était encore exposé à la vue de tous. Elle
repoussait la pitié, la vie même et surtout le souvenir affolant de ses enfants, de son époux dont elle
oubliait à présent les crimes pour ne plus voir que
sa propre honte.

Comme elle refusait même de se nourrir espérant
simplement qu'une faiblesse grandissante la mènerait doucement à cette mort qui n'avait pas voulu
d'elle, Symonne, sans rien dire, sortit un soir puis
revint accompagnée d'une femme déjà âgée qui
portait avec assurance, sous une coiffe brodée et de
beaux cheveux gris, le visage le plus serein et le
plus aimable qui soit.

En quelques mots, dame Morel vida la chambre
des ombres désolées qui l'occupaient puis, demeurée seule avec sa compagne, elle s'approcha du lit
sur lequel elle se pencha.

« Catherine, chuchota-t-elle, je vous amène une
amie... une amie capable de vous comprendre. Elle
est sage-femme et elle souhaite vous examiner afin
de vous dire, sûrement, ce qu'il en est de votre vie
de femme. Car c'est cela, n'est-ce pas qui vous
ronge?... »

Le visage qui se retourna vers elle était à la fois
blême et si marqué pas les larmes qu'il en était
méconnaissable. Les lèvres gonflées y tremblaient
mais les paupières en demeuraient obstinément
closes comme si Catherine craignait de lire sa honte
sur le visage de son amie.

« Ma vie de femme? balbutia-t-elle. Oh! Symonne, comment pouvez-vous...

– Dites-lui plutôt pourquoi je peux la comprendre, coupa la nouvelle venue. Dites-lui que je suis de Sablé et que voici vingt ans, quand les Anglais sont entrés dans ma ville, j'ai été violée par une compagnie entière. Dites-lui que j'ai failli en mourir mais que j'ai eu la chance de rencontrer une matrone adroite et compatissante. Elle m'a soignée et, du même coup elle m'a donné le goût de porter secours à toutes celles qui ont à souffrir des violences des hommes. Et Dieu sait s'il y en a dans notre siècle de misère!...

– Mais je ne veux pas vivre, je veux mourir!...

– Pourquoi? Pour qui? Votre vie ne vous appartient pas. Vous n'avez pas le droit d'en disposer.

– Dieu pardonnera!

– Dieu n'a rien à voir là-dedans! Vous avez une famille. C'est à elle que vous appartenez il me semble?

– Ma famille?... » murmura Catherine amèrement mais en luttant visiblement contre les larmes qui lui venaient encore. Du fond de son chagrin, Montsalvy, son petit monde actif et courageux, sa terre, sa maison et tous ceux qui lui étaient si chers lui apparaissaient comme un paradis perdu dont les portes ne s'ouvriraient plus jamais pour elle. L'ange à l'épée flamboyante chargé d'en interdire l'accès avait le visage fermé d'Arnaud...

Néanmoins, pour faire plaisir à Symonne, elle consentit à se laisser examiner par cette femme dont on lui dit qu'elle s'appelait Prudence et dont les mains, comme la voix, possédaient une attentive douceur.

L'examen se révéla plus satisfaisant qu'on ne pouvait s'y attendre. Prudence, avec l'adresse d'une bonne ménagère, recousit ensuite, à l'aide d'un fil de soie, une déchirure et bien que la petite opération fût douloureuse, Catherine l'endura sans une plainte, heureuse au contraire de cette souffrance qui selon les concepts déviés de son esprit troublé rachetait un peu l'immense faute qui cependant n'était pas sienne.

Quant aux irritations internes, qui se traduisaient par des brûlures et des démangeaisons, l'application d'un baume à base de graisse de mouton et de plantes macérées dans du vin vint y apporter un soulagement appréciable.

« C'est celui qui m'a soignée jadis, expliqua la sage-femme à sa patiente. Il a fait merveille. Mettez-en durant les quelques jours au lit qui vous sont nécessaires et vous redeviendrez vous-même.

– C'est impossible! fit Catherine, butée.

– Que non! Vous verrez : le temps arrange bien les choses. La Noël approche. C'est la fête de la joie et Dieu dans sa miséricorde saura bien vous en apporter votre part. Un jour, vous oublierez vos... blessures de guerre ou, tout au moins, vous les ramènerez à ce qu'elles sont : un accident dont vous garderez le secret. »

Catherine en effet guérit à une surprenante vitesse, dont une part revenait indéniablement à sa jeunesse et à sa belle santé. Mais son âme, elle, refusa de guérir. A mesure que ses forces revenaient, il lui devenait plus pénible de vivre en société. La présence des hommes, surtout, lui était à charge. Et elle ne put se résoudre à recevoir Jacques de Roussay parce qu'il avait pu la voir écartelée, livrée comme une bête sur l'étal du boucher à l'assaut des soudards. Elle lui écrivit une lettre pleine d'amitié et de reconnaissance mais ne lui permit pas l'accès de sa chambre. Seuls Gauthier et Bérenger qui avaient été délivrés après elle et son oncle Mathieu lui semblaient à peu près supportables...

Le jour de la Saint-Eloi, Symonne Morel, en

rentrant de la messe à laquelle suivant la tradition elle avait assisté avec quelques-uns de ses fermiers, vint lui annoncer son départ imminent pour les Flandres et l'inviter à l'accompagner afin de passer Noël avec elle à la cour de Bourgogne.

« Il serait trop triste pour vous de demeurer seule ici, ma mie, lui dit-elle. Le dépaysement vous sera salutaire et nous ferons la route à petites journées. Vous avez laissé beaucoup d'amis, là-bas... Enfin, nous bénéficierons d'une escorte particulière. »

Elle tenait en réserve, en effet, une bonne nouvelle : le duc Philippe avait ordonné que le roi René fût extrait de la tour Neuve et conduit par-devers lui, avec tous les honneurs dus à son rang royal, jusqu'à Lille où il l'attendait pour discuter de sa mise en liberté. Jacques de Roussay conduirait l'escorte à laquelle la nourrice du comte de Charolais était invitée à se joindre étant donné les rigueurs de la saison et les dangers des chemins.

Catherine refusa. Elle préférait, dit-elle, demeurer à Dijon entre l'oncle Mathieu et dame Bertille dont les sentiments réciproques se précisaient et dont les accordailles devaient être bénies le lendemain même à Notre-Dame. Elle embrassa son amie, promit « quand elle se sentirait mieux » d'aller la visiter à Lille ou à Bruges et, deux jours plus tard, regarda partir calmement l'imposant cortège qui emmenait à la fois Symonne et René d'Anjou. Une longue route entre Jacques de Roussay et le roi dont elle savait pertinemment qu'ils la désiraient l'un et l'autre était une épreuve qu'elle se refusait à endurer...

Et ce fut seulement quand la ville fut retombée à son silence hivernal que Catherine donna à Gauthier l'ordre de faire leurs préparatifs de départ.

D'une même voix, Mathieu et Bertille s'indignèrent.

« Comment peux-tu nous faire cela? s'écria l'oncle tout prêt à pleurer. Tu avais dit que tu désirais demeurer avec nous jusqu'au printemps? »

Le sourire qu'elle lui offrit était plus triste que les larmes dont se gonflaient les yeux du brave homme.

« J'ai menti, dit-elle simplement. Je vous en demande bien pardon. Mais si j'avais dit où je désire me rendre, Symonne peut-être ne m'aurait pas laissée partir...

– Et tu crois que moi je te laisserai aller sans savoir où?

– Oui, parce que vous me connaissez depuis longtemps, que vous m'aimez bien et que là où je vais j'espère rencontrer la paix dont j'ai tant besoin... je redeviendrai peut-être moi-même. Et, je vous en supplie, ne m'en demandez pas davantage! »

Comment, effectivement, lui expliquer l'étrange projet qui avait germé dans son cœur douloureux et son esprit malade : gagner la Lorraine, s'y mettre à la recherche de la fausse Jehanne et d'Arnaud qui prétendait s'attacher à l'aventurière. Mais cette fois il ne s'agissait plus de reprendre son époux. Ce n'était plus possible après le malheur qui lui était advenu. Non, tout ce qu'elle souhaitait c'était le revoir une dernière fois... confondre l'aventurière pour en détacher Montsalvy, et puis tout dire, tout raconter de l'horreur subie dans le moulin, montrer sa souillure dans toute son horreur. Alors... très certainement, Arnaud la tuerait! Elle mourrait de sa main, cette belle main brune et forte qu'elle avait tant chérie, dont elle cherchait si passionnément les caresses naguère encore... Cette fois, la main bien-aimée lui donnerait une paix qu'il ne lui était plus possible de trouver en elle-même. Les portes de la mort ouvertes par l'homme qu'elle avait tant aimé et qu'elle aimait encore lui seraient douces, apaisantes et lumineuses...

C'était à cela qu'elle pensait encore tandis que le pas de son cheval résonnait sous la voûte noire de la porte Saint-Nicolas puis s'imprimait sur la neige fraîche où se perdait le dessin de la route de Langres.

« Où allons-nous donc? demanda Bérenger qui, en regardant l'immense et froide nature, se prenait déjà à regretter la douce chaleur de la maison Morel-Sauvegrain.

– Droit devant nous! » riposta Catherine laconiquement.

L'enfant, peu satisfait de la réponse s'apprêtait à poser une autre question mais un coup de coude de Gauthier vigoureusement appliqué dans ses côtes le fit taire, et l'on continua à chevaucher en silence.

Depuis qu'elle lui avait donné ses ordres de départ, l'écuyer observait attentivement sa maîtresse mais sans en rien dire, gardant pour lui seul les réflexions qu'elle lui inspirait.

En apparence, Catherine était exactement semblable à ce qu'elle avait toujours été dans sa beauté intacte mais, chaque fois qu'il lui adressait la parole, Gauthier avait la curieuse impression de s'adresser à quelqu'un d'autre. Il avait en face de lui la parfaite enveloppe, lisse et pure, de la dame de Montsalvy mais rien d'autre car les sentiments qui avaient toujours habité cette enveloppe semblaient à présent curieusement différents, étrangers même. En outre, les occasions qu'il pouvait avoir de scruter, de face, le beau visage fermé n'avaient jamais été si rares.

Tant que dura le voyage vers la Lorraine, il ne vit guère de Catherine que son dos ou un profil bien souvent détourné. Au lieu de voyager, comme naguère encore, encadrée par les deux garçons, qu'ils marchassent devant et derrière ou de chaque côté selon la largeur du chemin, elle allait à présent en tête de leur petite troupe sans plus jamais se retourner, l'œil fixé à l'horizon blanc continuellement renouvelé et se haussant parfois sur sa selle comme si elle cherchait à découvrir enfin un but connu d'elle seule. Aussi, à mesure que l'on avançait grandissaient de concert l'inquiétude de Gauthier et le chagrin de Bérenger qui cherchait en vain à comprendre pourquoi sa belle dame n'aimait plus ni ses chansons ni lui... Bien souvent, quand on reprenait le chemin à la pointe du jour tardif l'adolescent avait les yeux rouges. Mais Catherine ne s'intéressait plus à rien ni à personne...

Par Langres et le val de Meuse on gagna Neufchâteau où Catherine, enfin, consentit à sortir de son mutisme pour se mettre à interroger les rares passants que l'on rencontrait. Avaient-ils ouï parler d'une femme qui se prétendait Jehanne la Pucelle?... Savaient-ils où cette femme se trouvait à l'heure présente?...

Mais elle n'apprit rien. Les gens hochaient la tête, la dévisageaient avec une sorte de crainte comme si elle n'était pas tout à fait dans son bon sens, certains se signaient mais tous sans exception passaient leur chemin rapidement, parfois en haussant les épaules... Visiblement, dans cette petite enclave lorraine cernée par les terres bourguignonnes, les gens craignaient les ennuis et le seul nom de Jehanne les faisait rentrer sous terre.

Ce fut pire encore à Domremy, le petit village qui avait vu naître Jehanne, d'où elle était partie pour sa merveilleuse et tragique aventure. Le village, très petit, semblait mort et enseveli sous son épais manteau de neige. Les portes refusaient obstinément de s'ouvrir par peur des routiers et des pillards qui empruntaient continuellement le val de

Meuse car la misère alentour était grande. Seul le curé, un homme d'une cinquantaine d'années, consentit à recevoir les voyageurs et à indiquer la maison de la famille d'Arc, laquelle était d'ailleurs très voisine de sa petite église.

« Mais vous ne trouverez personne. Le père est mort. La mère et les deux frères vivent à présent à Orléans... dans une île, je crois... On dit que les gens de là-bas la leur ont donnée et qu'on leur paie pension.

– N'avez-vous pas entendu dire que Jehanne, miraculeusement sauvée du bûcher, était revenue par ici? »

Vivement, comme les villageois de Neufchâteau, le curé se signa tandis que son regard doux s'effarait.

« On dit tant de folies! Moi, je ne sais rien, foi de Guillaume Front... Je n'ai rien vu, rien entendu!... Personne ici ne sait rien! »

Lui aussi avait peur. Mais de qui? de quoi? De ses supérieurs hiérarchiques, de l'Eglise qui en pays normand avait condamné la Pucelle comme sorcière, hérétique et relapse? Des soudards bourguignons qui pouvaient s'abattre sur le pays comme sauterelles si leur duc apprenait la réapparition, même invraisemblable, même impossible de celle dont il avait eu si peur? Ou bien de l'aventurière elle-même, cette coquine qui s'entendait si bien à inciter les capitaines trop crédules à maltraiter les pauvres gens...

Sans insister, Catherine remercia et poursuivit son chemin. A Vaucouleurs, les gens s'ils se montrèrent moins peureux ne se gênèrent pas pour hausser le épaules et ce fut tout juste si l'aubergiste chez qui l'on avait pris logis ne les jeta pas à la porte.

« Jeannette, on l'aimait, fit rudement le bonhomme. On ne permet pas qu'on touche à son souvenir! Si vous cherchez une coureuse d'aventu-

176

res c'est pas ici qu'il faut venir : on l'aurait déjà pendue depuis longtemps!

– Qui vous dit que je lui veuille du bien?

– Que vous lui vouliez bien ou mal, peu me chaut!... Moi, je ne sais qu'une chose : Jeannette est morte sinon nous ne serions pas si malheureux! »

Tandis que les trois voyageurs partageaient le maigre repas qui leur fut servi d'assez mauvaise grâce et uniquement parce qu'en ces temps cruels une pièce d'argent était bonne à prendre d'où qu'elle vînt, Gauthier qui, depuis Dijon avait pratiquement laissé Catherine à ses pensées amères, se bornant à lui adresser la parole pour les seules obligations de la route, se décida à rompre le silence.

« Me direz-vous, dame Catherine, pourquoi vous cherchez ici celle qui se fait passer pour Jehanne d'Arc?

– Mais... parce que c'est ici qu'elle est venue, il me semble, et c'était naturel : le pays d'enfance...

– Ce n'est pas ici qu'elle est venue; vous devriez le savoir puisque l'aubergiste vous l'a dit : on l'aurait pendue!

– L'aubergiste dit n'importe quoi. Je me souviens, moi, des paroles de mon époux. Ah! oui je m'en souviens! Elles sont gravées là, ajouta-t-elle en désignant son front d'un geste farouche.

– Alors... voulez-vous me faire la grâce de me les répéter?

– Certes. Il a dit : « Je l'ai revue quand j'ai rejoint « Robert à Neufchâteau. Elle venait d'arriver à la « Grange aux Hornes près de Saint- Privey... »

– D'où vous avez conclu que Saint-Privey et Neufchâteau étaient voisins.

– Naturellement!

– Malheureusement il n'en est rien! Saint-Privey se situe tout près de Metz et votre erreur vient de ce que le capitaine de Montsalvy, suivant sans doute son idée, n'a pas jugé bon de donner plus d'explications. Je dois dire que les réponses que vous avez reçues étaient si brèves, si peu encourageantes que vous n'avez guère eu loisir de corriger votre erreur. »

Un peu vexée, Catherine considéra le jeune homme avec méfiance.

« D'où savez-vous cela, vous? Je n'ai jamais entendu dire que votre maison fût de Lorraine?

– Ma maison non, mais ma mère oui! dit Gauthier paisiblement. J'avais même un oncle chanoine qui habitait Saint-Privey... Malheureusement, il n'est plus de ce monde. Je crois donc, si vous voulez retrouver cette femme, que la seule chose à faire est de gagner Metz... où je parierais bien qu'on l'a reconnue beaucoup plus abondamment qu'à Domremy pour l'excellente raison qu'on ne l'y avait jamais vue. »

La tranquille logique du garçon déchaîna chez sa maîtresse une brusque colère.

« Vous auriez pu le dire plus tôt! Pourquoi vous être tu durant tout ce temps?

– Mais... parcê que vous ne m'avez rien demandé. Depuis que nous avons quitté Dijon, madame... nous avons, cet enfant et moi, la pénible impression d'avoir cessé de vous agréer. Vous aviez, je crois, naguère de l'affection pour nous... et vous l'avez prouvé avec quelle abnégation, quelle grandeur d'âme en vous sacrifiant. Mais, j'ai peur que l'épreuve n'ait été trop cruelle et qu'à présent vous nous détestiez autant que vous nous aimiez. »

Pour la première fois, quelque chose s'émut dans le cœur glacé de Catherine. Par-dessus la table où demeuraient les reliefs de leur repas, elle regarda son écuyer puis son page. A la lueur jaune de la chandelle dont l'odeur âcre emplissait ses narines, elle vit enfin sur le visage dur de Gauthier une tristesse qui ressemblait à un reproche, sur celui encore enfantin de Bérenger les traces d'un chagrin qui ne voulait pas finir.

« Où avez-vous pris tout cela? murmura-t-elle, touchée plus profondément qu'elle ne l'imaginait, par ce mot solennel de « Madame » qu'il avait employé.

– Dans votre attitude. Naguère vous me permettiez de vous garder, de vous protéger, souvent même de décider pour vous. Vous me laissiez mon rôle d'écuyer et vous vouliez bien même parfois lui donner les couleurs de l'amitié. A présent, j'ai l'impression d'être seulement pour vous un bagage...; peut-être même un peu encombrant.

– Vous êtes fou!... »

Elle se leva, s'approcha de Bérenger et, se penchant sur lui, entoura son cou de ses bras et posa sa joue contre les courts cheveux bruns que poussaient un peu dans tous les sens.

« Pardonnez-moi, mon enfant... dit-elle doucement, et ne croyez rien de ce que vient de dire Gauthier. Certes non, je ne regrette pas de vous avoir sauvé! C'est même la seule chose qui m'empêche de devenir folle : votre vie préservée. Et je crois bien que je vous aime plus encore qu'auparavant. Seulement...

– Seulement vous n'êtes plus vous-même!... »

Gauthier s'était dressé et, tandis que Bérenger vaincu par l'émotion sanglotait à la fois de joie et d'énervement dans le cercle des bras de Catherine, appuyé des deux poings à la table, il donna libre cours à sa colère.

« Et il est temps que vous redeveniez vous-même! Où êtes-vous, dame Catherine des bons et des mauvais jours? Où est votre sourire, où est votre courage? Où est la dame de Montsalvy qui savait tenir tête à une armée ou à une foule furieuse? »

Elle détourna la tête, gênée par ce regard gris habituellement si calme.

« Si je le savais...

— Moi je le sais! Elle est entre la vie et la mort. La vie où elle est encore... à son grand regret, la mort où elle voudrait tant être! Je me trompe? Allons, dame Catherine, dites-moi la vérité? Si vous avez encore pour moi un peu de l'ancienne amitié, dites-moi ce qui vous mène et vers où, et vers quoi? Dites-moi par exemple pourquoi vous tenez tant à retrouver cette aventurière au lieu de ne songer qu'à retourner vers vos enfants.

— Gauthier, Gauthier! soupira-t-elle avec lassitude. Vous le savez très bien. Vous savez que j'espère retrouver, dans ses entours, mon seigneur époux!

— Parce qu'après ce qui vient de vous arriver c'est lui que vous avez le plus envie de revoir? Puis-je vous dire ce que je pense, ce que je crois?...

— Dites!

— Que vous avez envie de le revoir, certes, mais simplement de le revoir... et pour la dernière fois, parce que toute votre vie vous l'avez aimé plus que tout au monde. Et qu'ensuite vous disparaîtrez sans que personne, pas même nous, puisse dire ce que vous êtes devenue. Un beau matin, vous ne serez plus là, tout simplement... Ce n'est pas cela?

— Peut-être... »

Il y eut un silence peuplé seulement par le crépitement du feu. Puis Gauthier se détournant, chercha des yeux, aux murs de torchis, quelque chose qu'il ne trouva pas. Alors, tirant la dague qu'il portait à sa ceinture, il la planta bien droit dans le bois de la table. Puis, étendant d'un geste solennel sa main au-dessus de cette croix improvisée :

« Moi, Gauthier-Gontran de Chazay, fils de Pierre-Gontran de Chazay et de Marie-Adelaïde de Saint-Privey, écuyer de très haute et très noble dame Catherine de Montsalvy, je jure par cette croix qu'au jour où ladite dame aura quitté ce monde par sa propre volonté... ou par toute sorte d'autre moyen par elle recherché, je trancherai moi-même le fil de mes jours terrestres afin de pouvoir continuer honorablement, dans l'autre monde, mon service auprès d'elle! Que le Seigneur Dieu et la Très Sainte Vierge Marie soient témoins de ceci! »

D'une brusque secousse qui faillit la jeter à terre, Bérenger se dégageait de l'étreinte de Catherine et, à son tour étendit sa petite main brune au-dessus de la dague.

« Moi aussi, je jure! Moi aussi!... »

Les jambes coupées, Catherine, bouleversée, se laissa retomber sur un tabouret. Elle enfouit son visage entre ses mains et se mit à pleurer.

« Pourquoi avez-vous fait cela, gémit-elle entre ses sanglots. Votre vie est devant vous, la mienne derrière moi! Et que puis-je faire d'autre après ce qui m'est arrivé? »

D'un même mouvement ils vinrent s'agenouiller près d'elle, chacun d'un côté.

« Que vous nous laissiez faire! Que vous nous rendiez votre confiance! C'est à nous de réparer, autant qu'il sera possible, le mal que nous vous avons fait sans le vouloir. Vous venez de le dire, vous n'êtes plus vous-même, vous souffrez...

– Je me fais horreur!

– Il n'y a aucune raison. Vous êtes une victime. Croyez-vous que nous, nous ne souffrions pas, nous à cause de qui vous avez enduré ce martyre, cette abomination? Alors laissez-nous vous délivrer en vous délivrant nous-même. Le jour où vous serez redevenue notre belle dame, le jour où dans votre maison retrouvée vous aurez reconquis votre bonheur, oubliant les mauvais jours, alors seulement nous saurons que nous pouvons avoir l'âme en paix... Jusque-là nous ne serons que des gardiens fautifs, des serviteurs qui ont failli à leur mission... »

Le lendemain matin, devant la porte de l'auberge où le patron, les pieds dans la neige, les regardait partir avec un visible soulagement, Gauthier aida Catherine à se mettre en selle puis, sans qu'aucun accord eût été conclu à ce sujet, prit la tête de la petite troupe qui continua à remonter vers le nord.

Comme il l'avait prévu, en arrivant à Metz, on trouva abondance d'informations concernant la fausse Pucelle qui avait été l'événement de l'été précédent. Elle était arrivée sur la fin du mois de mai à la Grange aux Hornes en compagnie de deux ou trois hommes d'armes et s'y était établie pour attendre l'arrivée de « ses frères » qu'elle avait envoyé chercher et qui habitaient la région. Ils étaient accourus et cela avait donné une grande scène de reconnaissance dont tout le pays gardait un souvenir ébaubi : cette jeune femme, c'était leur sœur bien-aimée, Jehanne d'Arc du Lys qu'ils croyaient morte et qui leur revenait miraculeusement! A la suite de quoi ils avaient appelé autour d'eux les principaux seigneurs de Metz, qui avaient fait le voyage de Reims au moment du sacre, le seigneur Nicole Louve et une foule d'autres afin qu'ils reconnussent la merveille et partageassent leur joie. Et tous, avec ensemble, avaient reconnu cette jeune fille qui, pour gagner la Lorraine depuis la mystérieuse retraite où elle était demeurée cachée si longtemps, avait pris le nom de Claude mais que tous, à présent nommaient Jehanne...

« J'aurais bien juré qu'ils la reconnaîtraient tous, confia à Catherine Gauthier qui, cette fois, s'était chargé de l'enquête. Et savez-vous combien d'entre tous ces braves gens avaient déjà vu la Pucelle avant cette arrivée miraculeuse? Un seul : ce messire Louve qui fut à Reims et qui vit Jehanne là-bas...; d'un peu loin bien sûr ce qui ne l'empêche pas d'être formel : c'est bien Jehanne d'Arc!

— Un seul? Vous oubliez les frères? J'ajoute qu'il y a là quelque chose de troublant, d'inquiétant... encore qu'il puisse s'agir d'une reconnaissance d'intérêt, destinée à ramener sur la famille d'Arc les générosités du roi!

— Peut-être, mais je croirais plutôt que les frères en question ne sont peut-être pas non plus les véritables mais des complices dûment stylés avec lesquels il aura été facile de s'entendre à l'avance. Souvenez-vous de ce qu'a dit le curé de Domremy : la famille d'Arc habite une île à Orléans et elle y est pratiquement entretenue par les gens de la ville. Or, la prétendue Jehanne a fait chercher, ici, à Metz, ses frères « qui habitent dans la région... »

— En tout cas, il faut croire que la ressemblance est grande entre Jehanne et cette créature, soupira Catherine... Souvenez-vous que mon époux qui, lui, connaissait bien Jehanne, l'avait approchée, avait combattu à ses côtés, demeure persuadé que celle-ci est l'authentique Pucelle... alors qu'il a vu, de ses yeux vu, la véritable Jehanne dans les flammes du bûcher!

— Il y a des ressemblances étonnantes... et il y a encore plus de gens qui meurent d'envie de croire au miracle! Peut-être vous-même serez-vous prise, dame Catherine, si vous rencontrez cette femme!

— Certainement pas! Jehanne, je la connaissais bien, moi, beaucoup mieux que mon époux... Je suis même certaine que je pourrai confondre l'aventurière. Le tout est de la rejoindre... ce qui semble moins facile que je n'aurais cru », conclut Catherine avec un soupir.

En effet, l'espoir de rejoindre la « Pucelle » à Metz s'était évanoui. Les gens de la ville étaient fort prolixes sur l'événement miraculeux de leur été mais ne pouvaient dire au juste où l'héroïne se trouvait présentement. Tout ce que l'on savait, c'était qu'elle avait été conduite à Arlon, chez la duchesse de Luxembourg qu'elle tenait essentiellement à voir, qu'elle y avait reçu le meilleur accueil, qu'on l'avait revue deux mois plus tard, casquée et cuirassée, brandissant un étendard qui était l'exacte réplique de l'original et qu'enfin, après une courte visite, elle était repartie en Luxembourg avec la bruyante troupe de seigneurs qui lui faisaient escorte...

La nouvelle avait de quoi surprendre, même quelqu'un d'aussi persuadé que Catherine que l'on avait affaire à une imposture. La duchesse de Luxembourg était la tante par alliance de Philippe le Bon, lequel avait de grandes chances d'être son héritier car elle était sans enfant. Elle était aussi la cousine du fameux général bourguignon Jean de Luxembourg, sire de Beaurevoir, qui avait livré Jehanne d'Arc aux Anglais et il était difficile de comprendre ce qu'entendait faire auprès d'elle celle qui se prétendait la Pucelle.

« Il n'y a rien à comprendre, conclut Gauthier philosophe, cela ressemble de plus en plus à une histoire de fous... »

Pourtant, cette ville de Metz qui se révélait si décevante pour Catherine allait tout de même lui offrir une bonne nouvelle, la première depuis bien longtemps : au cours de ses investigations, Gauthier trouva la trace du passage d'Arnaud de Montsalvy dans une auberge proche de l'église Saint-Thiébault. Deux hommes y avaient séjourné trois ou quatre jours deux mois plus tôt. L'un, que la servante interrogée décrivit comme étant « mi-soudard mi-valet » répondait assez bien au signalement de Cornisse. Quant à son maître « un seigneur très grand, très brun, très autoritaire et très beau en dépit d'une grande blessure qui lui gâtait la moitié du visage », sa description fit battre plus vite le cœur de Catherine. Ce ne pouvait être que son époux.

D'ailleurs, Montsalvy avait posé à peu près les mêmes questions que Chazay, reçu les mêmes réponses puis, sans daigner donner la moindre indication sur sa destination, il était parti sous la pluie violente d'une aube automnale, très certainement dans la direction du Luxembourg...

Il n'y avait rien d'autre à faire que suivre le même chemin. Et l'on se remit en route, abandonnant l'eau bleue de la Moselle que le ciel d'hiver ne grisonnait qu'à peine pour se jeter vers l'Ardenne à travers l'ondulement paresseux des bassins lorrains où, sous la croûte de neige, se montrait au creux des profondes ornières une terre grasse et rouge d'où un jour surgirait le fer que les Romains déjà avaient su exploiter aux alentours de Nancy.

Bientôt, ce fut la forêt, épaisse, l'Ardenne dense et noire, domaine à peu près inviolé des grandes hardes de cerfs, des sangliers énormes, des sorcières et des fées dont se peuplaient passionnément les multiples légendes, avec ses pentes abruptes de rochers schisteux et l'élancement écrasant de ses sapins plusieurs fois centenaires. Si sombre, si redoutable que s'y arrêtait la folie des hommes et qu'au seuil de ses profondeurs mystérieuses le soudard, l'homme de guerre hésitait, se signait comme l'eût fait l'enfant que chacun d'eux gardait bâillonné au fond de son âme noire et cherchait un chemin plus large, une route plus dégagée pour forcer ce dangereux bastion.

Les rares hameaux y étaient pauvres, isolés, glacés par les vents d'hiver qui faisaient grincer la forêt après avoir balayé de leur souffle coupant le haut plateau et avant de se glisser avec un sifflement sinistre dans les fentes rocheuses des étroites vallées. Le silence hivernal y était plus pesant que dans les vastes plaines et si profond qu'il permettait de percevoir la fuite rapide d'un lapin ou d'un écureuil apeurés par le pas cependant assourdi des chevaux...

Le 21 décembre, jour de la Saint-Thomas, on arriva en vue d'Arlon étagée sur sa colline et dominée par la masse imposante du château des ducs de Luxembourg. C'était un très puissant château, avec des courtines épaisses et des tours vertigineuses. De nombreux soldats aux armes luisantes en assuraient la garde et, au plus haut du donjon, la bannière ducale qui claquait contre le ciel gris faisait voisiner le lion rouge couronné de Luxembourg avec l'aigle noir de l'Empire.

Arrêtés un instant au bord de la vallée d'où jaillissait la ville, Catherine et ses compagnons contemplèrent le spectacle qu'elle offrait avec l'impression bizarre d'avoir changé de monde. Cela tenait à de simples détails, à l'accent rude de la patrouille rencontrée au sortir de la forêt et dont ils avaient eu quelque peine à se faire entendre, à la langue différente, à la forme des vêtements, des armes et des coiffes de femmes. L'odeur même de la fumée qui s'échappait des toits leur paraissait autre.

« Croyez-vous que nous parviendrons à nous faire admettre dans ce château? demanda Bérenger. Il est tellement imposant, j'ai bien peur que ce ne soit guère facile.

— Tels que nous voilà faits, sans aucun doute! fit Gauthier avec un regard à leurs vêtements fripés, à leurs houseaux maculés de boue. Mais je gagerais que dame Catherine, une fois toilette faite, n'aura guère de peine à obtenir audience. »

Catherine ne répondit pas. Son regard scrutait la volée de toits fumants qui semblaient grimper à l'assaut de la colline vers la flèche d'une église, cherchant à deviner lequel d'entre eux abritait

Arnaud, écoutant le rythme de son propre cœur pour deviner s'il allait s'accélérer secrètement... Mais à sa muette question il n'existait pas de réponse possible, tout au moins pour l'instant présent. Avec un léger haussement d'épaules qui ne s'adressait qu'à elle-même et qui pour les deux garçons ne correspondait à rien, elle murmura :

« La nuit commence à tomber. Il nous faut entrer dans la ville avant que les portes ne se ferment et nous mettre en quête d'une bonne auberge. Ce soir, la seule chose à faire est nous reposer... »

Et, tournant la tête de son cheval vers la gueule noire d'une porte montrant les longues dents de sa herse relevée, elle s'avança hardiment vers le premier poste de garde.

Après les boues du chemin, la ville qui avait fait toilette pour fêter la Nativité leur parut d'une propreté divine. Le froid avait cédé un peu et partout les dernières lessives séchaient au vent car la coutume interdisait de laver entre Noël et l'Epiphanie. Dans les maisons d'où s'échappaient des odeurs de pain chaud et de pâtisserie, on devinait les ménagères au travail et les visages que l'on croisait avaient un reflet de contentement que les voyageurs n'avaient pas rencontré depuis longtemps. Bien protégée par ses murailles et les troupes puissantes de sa duchesse, Arlon ressemblait à une île chaude perdue dans un désert de glace.

Les auberges étaient à l'image de la ville. Celle que Catherine choisit, près de l'église Saint-Donat, abritait une jolie porte peinte de neuf sous les branches dépouillées d'un bosquet de cornouillers. Elle leur offrit un logement propre, bien chauffé par une bonne cheminée, de l'eau chaude pour la toilette et une réconfortante soupe aux choux arrosée d'un joli vin de Moselle. Les lits étaient moelleux, les draps blancs parfumés aux herbes séchées et les trois voyageurs y dormirent leur meilleure nuit depuis la maison Morel-Sauvegrain, une nuit dont ils avaient le plus grand besoin et qui permit à Catherine, reposée, de voir les choses et les gens sous un jour un peu moins sombre.

Le lendemain, tandis qu'elle montait vers le château, un peu avant midi au pas tranquille de son cheval dont Gauthier avait briqué férocement le harnachement, elle se sentait une autre femme. Sa robe de velours violet, de la nuance exacte de ses yeux, s'assortissait d'un manteau à larges manches doublé de petit-gris. La même fourrure, en forme de toque d'où fusait une plume couleur de fumée agrafée d'une plaque d'or et d'améthyste, couronnait ses magnifiques cheveux blonds qu'elle avait lavés tôt le matin et qui brillaient comme des torsades d'or. Derrière elle, Gauthier et Bérenger, brossés et astiqués eux aussi, tenaient fort convenablement leur rôle. Aussi il ne vint à l'idée d'aucun des archers de garde à la barbacane du château de refuser l'entrée à cette inconnue en qui, sans même qu'elle eût décliné ses noms et qualités, il était facile de deviner une grande dame.

Les mœurs en Luxembourg étaient d'ailleurs simples et Catherine n'eut aucune peine à obtenir l'audience qu'elle demandait. Une courte attente sur le palier d'un large escalier de pierre, aux murs duquel pendaient des tapisseries, et un lansquenet haut comme une armoire et barbu comme Noé se chargea d'introduire la visiteuse après avoir indiqué du geste à Gauthier et à Bérenger de rester où ils étaient. Guidée par lui, Catherine fut conduite à une sorte d'antichambre et remise à une grosse femme, sans âge, vêtue comme une religieuse à cette différence près que sa robe était de beau drap rouge vif et que plusieurs chaînes d'or pendaient à son cou.

188

Cette femme examina Catherine avec une attention si soupçonneuse que celle-ci se demanda un instant si elle n'allait pas la fouiller. Mais il n'en fut rien. Satisfaite, sans doute, la femme qui ne parlait pas un mot de français étira les coins de sa bouche d'une façon qui pouvait passer pour un sourire et fit signe à Catherine de la suivre à travers une immense salle décorée de bannières, jusqu'à un oratoire où par la vertu de vitraux jaunes et roses une belle lumière dorée régnait qui, jointe à celle d'un buisson de cierges, rappelait un peu l'éclat du soleil.

Agenouillée sur des coussins de velours bleu devant une très belle Vierge due au ciseau de Claus Sluter, la duchesse régnante attendait sa visiteuse en priant.

A quarante-six ans, Elisabeth de Görlitz, fille de Jean de Luxembourg, duc de Görlitz, et petite-fille de l'empereur Charles IV, ne gardait plus guère de traces d'une beauté qui avait eu sa réputation. Empâtée par les nourritures trop riches, empaquetée de velours de Gênes à grands ramages dorés assorti au gigantesque hennin qui la casquait, elle répétait l'image de la donatrice peinte au coin de l'un des vitraux avec à peine plus de relief.

Ce n'en était pas moins un personnage de première importance, presque un point stratégique que cette grosse femme. Son premier mariage avec Antoine de Brabant, frère du duc de Bourgogne Jean sans Peur, avait fait d'elle la tante de Philippe le Bon mais son second mariage avec le frère d'Ysabeau de Bavière, l'ancien évêque de Liège Jean sans Pitié, en avait fait celle du roi Charles VII. Quant à son duché, coin puissant enfoncé entre France et Bourgogne, elle n'ignorait pas à quel point le duc Philippe s'y intéressait, Philippe qui avait si bien su dépouiller sans le moindre scrupule sa cousine Jacqueline de Bavière, comtesse de Hollande, qu'il avait réduite à la quasi-misère et qui en était morte depuis peu. Mais Elisabeth s'efforçait d'entretenir avec lui de bonnes relations, bien qu'elle ne l'aimât guère, car il était seul assez puissant pour barrer la route aux appétits de l'autre branche des Luxembourg, les comtes de Saint-Pol et leur frère, le redoutable seigneur de Beaurevoir qu'elle détestait de tout son cœur.

Tandis que Catherine plongeait dans sa révérence, la duchesse se signa, se releva et considéra un instant la jeune femme mais avec une absence d'expression telle qu'on pouvait se demander si elle s'apercevait réellement de sa présence.

« On me dit que vous êtes la comtesse de Montsalvy, dit-elle enfin. Nous avons eu récemment quelqu'un de votre nom ici... Etes-vous parents? »

Le cœur de Catherine manqua un battement.

« Je pense qu'il s'agit de mon époux, madame la duchesse. Il est blessé, malade... et je cherche à le rejoindre. C'est là, en fait, la raison profonde de l'audience que j'ai eu l'audace de demander. Votre Altesse Impériale consentirait-elle à me dire où je puis le trouver à cette heure? »

Elisabeth eut un geste évasif.

« Comment le saurais-je? Il était ici il y a plusieurs semaines et il n'est guère resté plus de trois jours. Ensuite, il est reparti après une scène fort pénible. Il est vrai qu'il est arrivé tout juste à temps pour assister au mariage...

– Le mariage?... Quel mariage? » s'écria Catherine oubliant complètement que l'étiquette lui interdisait d'interroger une princesse. Mais celle-ci ne parut pas même s'en apercevoir. Cette jeune femme très belle qui courait ainsi après son mari devait être pour elle un suffisant sujet de curiosité.

« Mais... celui de ma nièce, la Pucelle de France... Jehanne d'Arc du Lys qui a épousé ici, voici peu, le Seigneur Robert des Armoises! »

190

Les élégantes ogives de la voûte s'abattant sur elle n'auraient pas plus sidéré Catherine qui mit un moment à réaliser ce qu'elle venait d'entendre.

« Puis-je prier Votre Altesse Impériale de vouloir bien répéter ce qu'elle vient de me faire l'honneur de me dire? articula-t-elle quand le souffle lui revint.

— Quoi donc? Que la sainte Pucelle, miraculeusement sauvée du bûcher, s'est unie à un brave chevalier et que...

— La chose est déjà suffisamment ahurissante pour que l'on s'en étonne, coupa audacieusement la dame de Montsalvy, mais ce n'est pas de cela qu'il s'agit. J'ai cru entendre que Votre Altesse avait dit : ma nièce? »

La duchesse toisa l'insolente avec un mécontentement visible puis se lança aussitôt dans des explications avec une complaisance inattendue.

« Je l'ai dit et suis prête à le redire autant qu'il vous plaira, madame! Cette pauvre enfant qui osait à peine quitter la retraite où la méchanceté des hommes la tenait recluse m'a confié le secret de sa naissance... le secret qui explique tout : l'accueil du roi à Chinon, les armées qu'on lui a confiées, son étonnante autorité, sa grandeur...

— Ah!... Cela explique tout?...

— Naturellement! C'est cela qu'elle a glissé dans l'oreille du roi lors de leur première entrevue : elle est sa sœur, bâtarde je le veux bien, mais sa sœur réelle.

— Sa sœur? Tout simplement!... articula Catherine qui, sans trop savoir pourquoi eut, tout à coup envie de rire, peut-être à cause de la conviction béate dont faisait preuve son interlocutrice...

— Tout simplement! une fille cachée de la reine Ysabeau et d'un très haut seigneur, élevée secrètement aux confins du royaume par de braves gens à la demande de leur seigneur! Vous comprenez, à cette époque, la reine n'avait plus aucun rapport avec ce pauvre fou de Charles VI. Elle se sentait l'âme lourde et seule d'autant plus que le duc d'Orléans, qu'elle adorait, avait été assassiné. Elle a cherché une consolation, l'a trouvée sans peine... mais il n'était plus possible d'en avouer les fruits. Alors... »

Entendre cela était proprement effarant!

Catherine n'en pouvait plus : elle explosa, interrompant brutalement le verbiage mondain de la duchesse. Cette fois, elle n'avait plus du tout envie de rire.

« Jehanne, fille d'Ysabeau? De cette putain d'Ysabeau? L'ange fille de la boue? Voilà ce qu'a trouvé votre soi-disant Pucelle, cette misérable créature qui ose se faire passer pour la plus noble, la plus sainte, la plus pure créature que Dieu ait jamais créée en dehors de la Vierge Marie? Et il se trouve des gens pour croire à ces mensonges éhontés, à ces tromperies infâmes? Des gens tels que vous?

— Madame! Je vous interdis...

— Vous ne pouvez rien m'interdire : je ne suis pas de vos sujettes, Altesse! Comment une grande princesse, petite-fille et nièce d'empereur, a-t-elle pu ajouter foi à de telles infamies?

— Je n'ai ajouté foi qu'à la vérité! Jehanne est arrivée ici escortée d'hommes qui tous l'avaient connue jadis, qui juraient et attestaient son identité. Pourquoi ne les aurais-je pas crus? Je vous trouve bien impudente... et bien imprudente d'oser, vous une inconnue, venir ici pour me jeter un démenti aussi insolent et semer la discorde...

— Je ne sème pas la discorde, madame la duchesse. Cette femme a, je le vois bien, su à merveille vous circonvenir et surprendre votre cœur. Mais moi, j'en jure Dieu, elle ne me circonviendrait pas, elle ne me surprendrait pas! Dites-moi seulement où elle se trouve et je saurai bien lui arracher la vérité... » L'indignation faisait la duchesse aussi rouge que sa robe. Tellement que Catherine se demanda si elle n'était pas en train de jouer sa tête mais, sur ce chapitre, elle n'avait plus rien à perdre. Cependant, d'une voix haussée de plusieurs tons, Elisabeth s'écriait :

« Vous n'aurez pas loin à aller. Jehanne est ici même... Vous allez la voir et, à mon tour je jure que vous ne sortirez pas d'ici sans avoir proclamé que vous en avez menti, que vous avez cherché indignement à salir ma protégée, sans avouer que vous n'avez agi que par une basse jalousie de femme abandonnée... Votre époux...

– S'il plaît à Votre Altesse Impériale, nous laisserons le comte de Montsalvy en dehors de ceci, fit Catherine froidement, et nous nous en tiendrons à cette femme. Si elle est ici, je supplie Votre Altesse de la faire chercher et d'ordonner qu'on l'amène ici même, dans ce lieu fait pour la prière, afin qu'elle y répète pour moi ses prétentions.

– Soit! »

Elisabeth de Görlitz frappa dans ses mains. La grosse femme qui avait introduit Catherine reparut.

« La dame des Armoises doit être à l'armurerie, lui dit-elle en français. Va la chercher, Bathilde!

– Encore un mot, ajouta vivement Catherine. Puis-je espérer que mon nom ne sera pas prononcé? Il pourrait la mettre en garde.

– Il ne le sera pas. Une fille de Dieu n'a pas besoin de ces mises en garde! » dit la duchesse avec un superbe mélange de hauteur et de dédain.

L'oratoire, un instant, retomba au silence. La duchesse, oubliant délibérément sa visiteuse importune, était retournée s'agenouiller sur ses carreaux et priait de nouveau comme si elle était seule. Retirée dans l'ombre d'un pilier, Catherine la regardait, déçue. Elle avait espéré tellement mieux de la part de cette femme investie de puissance! Plus de générosité, de grandeur et surtout de largeur de vues. Avec quelle facilité, quelle incroyable crédulité n'avait-elle pas accepté l'invraisemblable invention d'une aventurière, elle qui s'agenouillait si aisément devant un Dieu auquel cependant elle refusait le pouvoir d'accorder une étincelle de sa divinité à une humble fille des champs! Parce que Jehanne avait commandé à des princes il fallait qu'elle fût princesse! Parce que la légende était trop belle il fallait la ramener aux dimensions sordides d'une Ysabeau de Bavière! Quel manque de foi et quelle dérision!...

Un pas autoritaire résonnant à l'extérieur de l'oratoire la tira de ses pensées amères. La porte s'ouvrit, une silhouette juvénile s'y encadra qui pouvait être celle d'un jeune garçon fastueusement vêtu de satin blanc et de velours bleu. Mais quand la silhouette s'avança dans la lumière, Catherine recula comme si une main invisible l'avait frappée et, par trois fois, en hâte, se signa, refusant de croire le témoignage de ses yeux car le visage de la nouvelle venue était celui-là même de Jehanne.

Un instant, Catherine chercha son souffle. Une telle ressemblance était hallucinante. Elle ne pouvait venir que de Dieu... ou du diable! Rien d'étonnant, en ce cas, à ce qu'un esprit prévenu comme l'avait été celui d'Arnaud s'y fût laissé prendre. Rien d'étonnant, non plus, à ce que des frères eux-mêmes...

Cependant, Elisabeth de Görlitz se relevait et se tournait vers l'arrivante qui venait de mettre genou en terre devant elle et se penchait pour l'embrasser.

« Mon enfant, dit-elle avec une soudaine douceur, il y a ici quelqu'un qui désire vous voir.

– Vraiment, madame. Et qui donc? »

Sans faire plus de bruit que le froissement de sa

robe sur les dalles, Catherine s'avança, toute sa méfiance revenue, tout charme rompu car la voix de cette femme différait de celle de la Pucelle. Cela pouvait être peu perceptible pour une oreille non exercée mais celle de Catherine, extrêmement sensible au charme ou aux sonorités déplaisantes d'une voix, était des plus fines et des plus sensibles. Il y avait là une note métallique qu'elle n'avait jamais entendue dans le timbre si clair mais si doux de Jehanne.

En s'approchant, elle nota une autre différence : la teinte des yeux. Ceux de Jehanne, la vraie, étaient de pur azur tandis que le bleu de ceux-là tirait davantage sur le vert. Dès lors, elle se sentit incroyablement forte et assurée et elle permit à la dame des Armoises de la dévisager un instant...

« Eh bien, madame ? fit la duchesse, d'une voix triomphante. Que dites-vous à présent ?... »

Catherine se contenta de sourire puis s'adressant directement à la nouvelle venue :

« Me reconnaissez-vous ? » dit-elle simplement.

La femme se mit à rire.

« Est-ce donc moi qui devrais vous reconnaître ? J'aurais cru le contraire. Et pourquoi le devrais-je, s'il vous plaît ?

– Parce que, si vous êtes vraiment Jehanne la Pucelle, vous me connaissez bien...

– Moi ? je vous... » L'exclamation involontaire cessa brusquement mais le sourire, un instant effacé, reparut aussitôt. « Mon Dieu, suis-je sotte ! Mais bien sûr nous nous connaissons ! D'ailleurs, vous êtes trop belle pour qu'il soit possible de vous oublier, madame. Nous nous sommes vues, n'est-ce pas, à la cour du roi Charles ?

– Bravo ! applaudit la duchesse. Bien sûr, vous avez connu Mme de Montsalvy à la Cour et... »

Elle s'arrêta court en s'apercevant qu'elle manquait à la parole donnée mais il était trop tard et le sourire se faisait triomphant sur le visage si semblable à celui de Jehanne. La femme déjà s'avançait vers elle, prête à l'embrasser.

« Oh! il n'y a pas que la Cour car nous nous sommes vues aussi dans d'affreuses circonstances, n'est-ce pas? A Rouen où vous avez tout fait pour me sauver... Sans imaginer un seul instant que d'autres allaient s'en charger. »

Catherine maudit intérieurement la langue intempérante de son époux. C'était lui, à n'en pas douter, qui avait si bien renseigné la fausse Jehanne... Elle allait être encore plus difficile à démasquer. Restait à savoir jusqu'où Arnaud avait poussé la confidence et l'évocation des vieux souvenirs...

« En effet, dit-elle tranquillement, mon époux et moi avons tenté de sauver Jehanne, mais elle ne nous a pas vus... sauf à l'instant où elle est montée sur le bûcher car nous avons dû assister à son martyre... jusqu'au bout! Je l'ai vue, madame la duchesse, de mes yeux vue quand on l'a liée au poteau, vue quand le bourreau a écarté les flammes pour que tous puissent s'assurer que c'était bien elle. Sa robe était brûlée, tout son corps saignait. Et c'était bien Jehanne. J'entends encore son dernier cri, sa dernière supplication à Jésus!... »

Troublée par la passion qui vibrait dans la voix de Catherine, la duchesse recula vers l'autel comme pour lui demander son aide mais la fausse Jehanne demeurait imperturbable.

« Le capitaine de Montsalvy, lui aussi, était sur la place du Marché, dit-elle tranquillement. Pourtant, il m'a parfaitement reconnue, lui!...

– Il avait tellement envie de vous reconnaître! Tellement envie de « la » voir revenir! Pour le bien du royaume et la beauté de l'aventure vécue sous sa bannière, pour la joie de se savoir au service de Dieu au sein d'une vie violente, de ce tumulte guerrier qu'il n'aime que trop!

– Il retrouvera tout cela! De nouveau, nous combattrons ensemble! »

L'amer sourire de Catherine se chargea de dédain.

« A qui pensez-vous faire croire cela? Quelle sorte de gloire et d'exaltation le seigneur de Montsalvy pourrait-il trouver sous une oriflamme menteuse? Et il le sait déjà, n'est-ce pas? Cela est si vrai que vous êtes ici, à parader sous vos habits d'homme, mais seule, au lieu de battre la campagne et de rameuter vos troupes!

– On ne se bat pas durant la mauvaise saison!

– Mais on peut recruter pour la bonne. Jehanne, la vraie, s'y emploierait... D'ailleurs, me direz-vous ce qu'est devenu messire Arnaud? Pourquoi donc n'est-il pas ici, avec vous?

– Mais... justement parce qu'il s'occupe, à ma place, de rassembler les troupes et que... »

Cette fois ce fut la duchesse qui l'interrompit d'un cri stupéfait où l'incrédulité se mêlait au scandale.

« Jehanne! Mais ce que vous dites n'est pas la vérité et vous le savez. Je croyais que jamais vous n'aviez menti, que vous ne saviez même pas ce que pouvait être un mensonge.

– La Pucelle ne savait pas! coupa Catherine. Mais cette femme n'est que mensonge. Je crois avoir, madame, le moyen de le prouver. Où donc, ajouta-t-elle en se tournant de nouveau vers son adversaire, où donc m'avez-vous vue pour la première fois? »

Elle jouait un jeu dangereux et le savait. Si Arnaud avait remonté, avec cette femme, toute la longueur de leurs souvenirs communs avec Jehanne, elle serait dans un instant confondue, privée d'arguments... ou presque, car il en était encore un qu'elle gardait en réserve. Mais quelque chose lui disait que Montsalvy n'avait pas été jusqu'à rappeler que lors de son entrée dans Orléans,

Jehanne d'Arc avait sauvé Catherine de la potence...
de la potence à laquelle il l'avait envoyée délibérément et dans l'espoir d'en finir une bonne fois avec
un amour obsédant. Ce sont de ces choses que l'on
ne confie pas volontiers!...

Jehanne la fausse eut un geste d'impatience.

« Quelle sottise! Ne l'ai-je pas déjà dit? Nous
nous sommes vues à Reims, au moment du sacre.

– Je n'y étais pas.

– Il est difficile, vous savez, quand on a vécu ce
que j'ai vécu de se souvenir de tous les visages
rencontrés, fit l'autre de mauvaise humeur. Je pense
alors que c'était à Orléans... oui, c'est cela, à
Orléans.

– Et dans quelles circonstances, je vous prie? »

Son cœur battait la chamade mais se calma
bientôt en constatant que l'aventurière cherchait
avec une ardeur qui creusait son front d'un pli
profond. Elle ferma les yeux, s'efforçant de prendre
un air inspiré.

« Attendez! Je me souviens! C'était à Orléans...
oui, à Orléans! Je revois tout à présent. La foule, les
cris... »

Le cœur de Catherine, cette fois, manqua un
battement. Ce n'était pas possible! On n'allait pas
lui décrire la scène que sa mémoire lui représentait
si intensément à cette minute précise?... Mais un
soupir profond dégonfla soudain sa poitrine car la
dame des Armoises ajoutait :

« Nous venions de reprendre la bastide des Tou-
relles. Vous vous êtes approchée de moi, vous...

– Non! »

Le mot claqua brutalement, jeté avec une sorte de
joie triomphante, et déjà Catherine ajoutait : « N'essayez pas d'inventer : ce que vous avez fait pour
moi, personne ne pourrait l'inventer, surtout pas
vous! »

Un élan soudain la jeta aux pieds d'Elisabeth de Görlitz.

« Je fais juge Votre Altesse! Au moment de son entrée dans Orléans, Jehanne d'Arc a arraché à la potence une femme que l'on menait au supplice. Cette femme, c'était moi! »

La duchesse eut un haut-le-corps.

« Vous?

– Moi-même! Je m'appelais alors Catherine de Brazey mais j'étais venue dans Orléans pour y rejoindre l'homme que j'aimais, Arnaud de Montsalvy, celui qui est devenu mon époux. J'avais été arrêtée et condamnée parce que l'on me croyait une espionne à la solde du duc Philippe de Bourgogne...

– ... dont vous étiez alors la maîtresse! compléta Elisabeth. A présent, je sais vraiment qui vous êtes. Relevez-vous, madame. Je crois... que je commence à ajouter foi à vos paroles...

– Il faut me croire, madame la duchesse, il le faut! Devant Dieu qui nous voit et sur le salut de mon âme, je jure que cette femme n'est pas Jehanne d'Arc. »

Des larmes soudaines, inattendues, emplirent les yeux d'Elisabeth. Elle revint vers l'autel mais sa démarche avait changé. Elle était lente, pénible comme si la traîne de sa robe, devenue d'un poids insupportable, lui causait une gêne extrême. Catherine l'entendit murmurer.

« Quel dommage! Allons, les miracles ne sont plus de saison. J'avais tant espéré! Mais la malédiction demeurera sur notre maison d'où est issu l'homme qui vendit la Pucelle aux Anglais!

– C'est faux! cria la dame des Armoises en un effort désespéré pour regagner le terrain perdu. Cette femme ment! Je suis Jehanne et la maison de Luxembourg régnera sur l'Europe. »

Mais le charme était rompu! En un instant l'aventurière avait perdu toute puissance sur la crédule princesse et déjà, comme une enfant capricieuse, celle-ci rejetait l'objet si vénéré la seconde précédente parce qu'il avait cessé d'être parfait...

« Vous savez bien que non... et que vous m'avez trompée! Je devrais vous faire jeter dans une fosse si profonde que les artifices de votre langue menteuse n'en pourraient plus jamais sortir mais j'aime Robert des Armoises qui est bon et preux chevalier. Et puisque aujourd'hui il se trouve à Warnebourg, nous le laisserons ignorer ce qui vient de se passer mais vous allez quitter Arlon sur l'heure, vous rendre dans vos terres de Lorraine et tâcher au moins de vous y faire oublier et de rendre heureux l'homme d'honneur que vous avez dupé! »

Contrairement à ce qu'attendait Catherine, la dame des Armoises ne parut ni honteuse ni accablée par l'arrêt d'exil qui la frappait. Tout au contraire, haussant les épaules avec insolence, elle parut se redresser offrant à la lumière dorée descendue du vitrail son profil trop semblable à celui de Jehanne.

« Dupé? Croyez-vous? Il a cru épouser une fille de France... et il a épousé une fille de France... même si je ne suis pas Jehanne! C'est beaucoup d'honneur pour un petit seigneur lorrain... »

Elle aurait pu parler longtemps ainsi, mais la duchesse de Luxembourg ne voulait plus rien entendre. Secouant la tête comme pour chasser les brumes d'un cauchemar, elle appliqua ses deux mains sur ses oreilles et, sans rien ajouter, laissa Catherine seule avec celle qu'elle venait de démasquer. La porte armée de bronze retentit derrière elle, étouffant l'écho décroissant de ses pas.

Un moment, les deux femmes se dévisagèrent, Catherine avec une sorte d'horreur incrédule. Une pareille ressemblance tenait du miracle... Heureusement, elle s'arrêtait à l'expression des yeux car jamais Jehanne n'avait eu cet air hautain, sarcastique et rusé qui ôtait tout charme à son sosie... Aussi, après un silence, ses lèvres laissèrent-elles tout naturellement échapper les mots qui s'y pressaient.

« Qui êtes-vous?... Qui êtes-vous vraiment?

— Je viens de vous le dire : une fille de France! Ma mère est reine...

— Si vous êtes fille d'Ysabeau la putain, vous n'êtes pas une fille de France... Et cela n'explique pas votre ressemblance avec la Pucelle. Car, malheureusement, je ne peux nier cette ressemblance... elle est très grande!

— Je ne vous le fais pas dire. Je sais, depuis longtemps que nous nous ressemblons comme pourraient se ressembler... des jumelles. Peut-être suis-je sa sœur?...

— Allons donc! Jehanne n'avait qu'une sœur, plus jeune, qui se nommait Catherine... »

Mais la dame des Armoises ne l'écoutait pas. La tête levée vers la lumière de la fenêtre elle semblait tout à coup partie très loin, ayant tout oublié de ce qui venait de se passer.

« Moi, je m'appelle Claude... à présent! J'aurais dû vivre dans un palais plus beau que celui-ci, avoir des suivantes, des pages, des joyaux... pourtant je n'ai eu qu'une misérable maison perdue au fond des bois et des champs en Lorraine, j'ai vécu chez « mes parents »... des paysans si grossiers que je ne pouvais les supporter... Quand j'ai été assez forte, je me suis enfuie après les avoir assommés avec un gourdin. Un soldat m'a recueillie. Il a été mon premier amant et il m'a appris la guerre. Moi aussi... comme Jehanne, j'ai combattu! J'aime la guerre! on y cotoie la mort de si près que la vie en devient plus succulente, plus riche! On peut s'en soûler comme d'un vin frais après la fournaise d'une bataille...

– Mais votre père! souffla Catherine. Qui était votre père? Le savez-vous?...

– Qu'importe?... Peut-être était-il prince, peut-être même roi... roi de quatre royaumes, peut-être n'était-il qu'un valet. Peut-être que je le sais, peut-être que je l'ignore... »

Le cerveau de Catherine travaillait intensément. Cette aventurière tout à coup lui posait une énigme indéchiffrable et qu'elle n'essaierait pas de déchiffrer parce qu'elle la dépassait et parce qu'elle ne se reconnaissait pas le droit d'en chercher le mot. Bien sûr, officiellement Ysabeau de Bavière, la triste épouse du malheureux Charles VI, avait donné le jour à son dernier enfant le 10 septembre 1407 et il était certes difficile à une reine de cacher une grossesse. Mais pour Ysabeau ce n'était pas impossible. D'abord, parce que devenue très grasse elle offrait une silhouette continuellement déformée et massive, ensuite parce qu'elle n'avait pratiquement plus de vie publique depuis longtemps, passant ses jours et ses nuits dans ses châteaux ou à son hôtel Barbette, couchée, seule ou non, à se gaver de sucreries et de mangeaille. A la mort du duc d'Orléans, son dernier amant en titre, elle n'avait que trente-six ans et elle n'était pas de celles qui savent se priver d'hommes... Quant à sa beauté, demeurée réelle en dépit de la graisse, une beauté de grosse lionne rousse, elle pouvait encore tenter plus d'un amant. Et cette femme venait de parler d'un roi régnant sur quatre royaumes! Se pouvait-il que Louis d'Anjou, l'époux de Yolande, le père de René se fût laissé aller au lit de la royale ribaude que son épouse méprisait ouvertement? Les hommes ont de ces curiosités parfois...

Mais, à ces curiosités-là, Catherine se refusait. D'un effort de volonté, elle chassa de son esprit ces pensées étranges sans pouvoir s'empêcher de regarder Claude des Armoises avec des yeux nouveaux où la pitié trouvait sa place. Qui saurait jamais trouver le secret de cette créature étrange dont le visage était pétri à l'image d'un ange et l'âme pleine de dangereuses obscurités?

« Alors, dit-elle enfin, pourquoi ne pas vous contenter de la vie digne, auprès d'un époux aimant, qui s'ouvre devant vous? Qu'avez-vous besoin de chercher encore l'aventure puisque vous avez trouvé un havre sûr? »

Claude haussa les épaules et sourit de son curieux sourire ambigu.

« Peut-être que j'aime l'aventure... mais peut-être suivrai-je votre conseil.

– Comme il vous plaira. Pourtant, avant que nous ne nous quittions... pour ne jamais nous revoir, acceptez au moins de me dire ce qu'est devenu mon époux!

– Pourquoi le ferais-je?

– Peut-être parce qu'à présent vous êtes mariée. Il a des enfants, un fief, des vassaux que la guerre met souvent en péril et qui ont besoin de lui. Il faut qu'il rentre à Montsalvy. »

Il y eut un silence, à peine troublé par le cliquetis léger de la chaîne d'or avec laquelle la guerrière s'était mise à jouer. Lentement, suivie par Catherine, les yeux agrandis d'angoisse, elle alla vers la porte de la chapelle. Elle semblait n'avoir rien entendu des paroles suppliantes qu'on venait de lui adresser. Craignant qu'elle ne sortît sans lui avoir répondu, la dame de Montsalvy s'apprêtait à les répéter mais, au seuil, Claude des Armoises s'arrêta, se retourna.

« Il rentre! dit-elle enfin.

– Vous en êtes sûre? »

Le visage trop semblable à celui de la Pucelle eut un sourire mélancolique.

« Le loup blessé a besoin de sa tanière pour y lécher ses plaies! Arnaud de Montsalvy croyait en moi... peut-être même qu'un moment il m'a aimée. Mais lorsqu'il est arrivé dans cette ville, les cloches de Saint-Donat emplissaient le ciel de leurs notes joyeuses annonçant le bonheur de Jehanne d'Arc; parce qu'elle allait entrer dans le lit d'un homme, Arnaud de Montsalvy a cessé de croire en elle... Oui, ce jour-là, sous ma robe brodée de perles et ma couronne de pierreries, il a refusé de me reconnaître. Il a compris que je n'étais pas... L'Autre! Et il est reparti en me maudissant... Rentrez chez vous! C'est là que vous le retrouverez! »

Puis, d'un geste si décidé qu'il en devenait brutal, elle ouvrit la porte et sortit de la chapelle. C'était fini... La victoire de Catherine était complète, aussi avait-elle des ailes en retraçant le chemin déjà suivi derrière la femme à la robe rouge réapparue comme par enchantement. Sa mine joyeuse frappa les deux garçons qui se morfondaient, assis sur une marche de l'escalier sous l'œil dubitatif du lansquenet. Avec une allégresse enfantine, elle les embrassa l'un après l'autre, tandis que l'œil du lansquenet se scandalisait.

« Est-ce que cela veut dire que nous avons gagné? demanda Gauthier que le baiser de Catherine avait fait virer au rouge brique.

– Entièrement, totalement! Et nous rentrons chez nous! Messire Arnaud nous y attend! »

Cette nouvelle déchaîna l'enthousiasme de Béranger qui dissimulait depuis trop longtemps un vif désir de revoir ses montagnes d'Auvergne, sa famille... et sa jolie cousine Hauvette. Mais Gauthier, qui n'avait pas les mêmes raisons que lui, retint une petite grimace. L'idée de retrouver le seigneur de Montsalvy, pour lequel il n'éprouvait qu'une sympathie fort mitigée, ne lui souriait guère. Néanmoins, il était déjà trop attaché à Catherine pour envisager seulement de s'en séparer et de retourner à ses chères études parisiennes. Il se contenta de sourire et garda pour lui ses réflexions qui n'avaient rien de joyeux. Messire Arnaud les attendait peut-être. Restait à savoir dans quelles dispositions? Ses dernières relations avec sa femme ne laissaient pas augurer grand-chose de bon de l'accueil qu'il pouvait leur réserver...

On redescendit gaiement vers l'auberge à travers le tumulte et les criailleries d'un marché en plein vent où se pressaient paysans en sabots et bourgeoises emmitouflées. En dépit de la dureté des temps les cochons étaient gras et les volailles exposées suffisamment dodues pour arracher à Bérenger un regard plein d'envie.

« Allons-nous reprendre la route aujourd'hui même? demanda-t-il avec un discret soupir. Il semblerait que l'on s'apprête à fêter dignement la Noël dans ce pays-ci. »

Catherine se mit à rire.

« Nous allons rester trois ou quatre jours pour remercier Dieu de nous avoir permis de mener à bonne fin nos missions et pour nous reposer un peu avant de nous lancer à nouveau sur les grands chemins. Celui de Montsalvy est long, et rude... »

Le projet fut reçu avec enthousiasme. Cet arrêt dans leur agréable auberge redonnerait certainement aux trois compagnons les forces et le courage dont ils allaient avoir besoin pour rentrer au pays.

La veille de Noël, Catherine monta jusqu'à la cathédrale pour s'y faire pardonner les péchés qu'elle n'avait pas commis et en retirer un regain de vaillance. Déverser dans l'oreille anonyme d'un prêtre, dont elle ne percevait qu'un profil vague et le souffle asthmatique, le flot d'horreur et d'amertume dont la nuit du Moulin-Brûlé avait empli son âme lui fit le bien que produisent les vomissements sur un estomac trop chargé. Et ce fut d'un cœur allégé qu'elle alla entendre, flanquée des deux garçons, la belle messe de minuit à laquelle toute la ville se rendit derrière le cortège aux flambeaux de la duchesse et de sa cour, une cour dont, à l'évidence, la dame des Armoises ne faisait plus partie...

Vêtue simplement et perdue dans la foule, l'épouse d'Arnaud regarda sans envie se dérouler devant elle les fastes de l'entourage ducal, la beauté des costumes de fête et l'éclat des joyaux. Plus rien de tout cela ne l'attirait. Ce qu'elle souhaitait de toute l'ardeur de son cœur demeuré simple et clair en dépit de tout ce que la vie lui avait fait endurer, c'était retrouver le calme de sa maison, les rires de ses petits et les lointains bleus de la Châtaigneraie, ses eaux vives et ses pentes abruptes fourrées de sapins noirs..., là seulement les souvenirs trop pesants s'allégeraient et, peut-être, s'envoleraient loin d'elle, emportés par le vent des montagnes!

Mais Dieu, apparemment, avait décidé qu'elle n'en avait pas encore fini avec les ennuis, car lorsque au matin elle voulut quitter son lit à l'appel de l'angélus pour commencer sa journée, Catherine fut prise d'un malaise brutal. Chavirée par un étourdissement, elle dut s'étendre à nouveau, le cœur cognant lourdement dans sa poitrine tandis que les murs de sa chambre se mettaient à danser et qu'une affreuse nausée lui soulevait l'estomac...

Quand le malaise se retira, elle resta un long moment immobile, foudroyée sur son lit. D'abord, incrédule. Puis, brusquement, elle éclata en sanglots.

Il ne pouvait être question de rejoindre son époux, maintenant ni jamais. L'ignoble scène orchestrée par le Damoiseau avait laissé des traces. Elle était enceinte...

CHAPITRE VII

UN ENVOYÉ DU CIEL

Doucement, avec une sorte de tendresse, Catherine tira la dague de son fourreau de velours. L'épervier de la poignée trouva sa place tout naturellement au creux de sa main. C'était une vieille amie... la fidèle compagne des jours noirs et des heures dangereuses. Souvent en caressant à sa ceinture sa forme familière, Catherine avait senti sa peur s'envoler, son courage renaître parce qu'elle représentait le dernier recours, la dernière porte du salut. Mais à l'heure du pire déshonneur l'arme fraternelle n'était pas à son côté parce que, cette nuit-là, l'épouse d'Arnaud l'avait oubliée... Aujourd'hui c'était à elle qu'il fallait demander le service suprême qu'elle n'avait pu lui rendre...

Un rayon du pâle soleil d'hiver éclos, comme une fleur des neiges, au matin de ce jour de Noël, fit luire l'acier bleu de la lame dont, d'un doigt précautionneux, Catherine essaya la pointe bien affilée.

Elle n'avait pas peur. La mort, elle l'avait rencontrée si souvent qu'elle lui était devenue familière. En mettant fin à ses jours elle allait mettre en péril du même coup le salut de son âme, mais elle ne s'y arrêtait même pas. Infinie justice, Dieu n'était-il pas aussi infinie miséricorde? En outre, périssant de sa propre main, c'était Arnaud qu'elle protégeait d'un crime car, elle en était persuadée, le seigneur de

Montsalvy n'épargnerait pas une épouse à ce point souillée. Il eût peut-être – et elle l'avait secrètement espéré – pardonné le viol, il n'admettrait pas sa preuve vivante et permanente.

Pourtant, en quittant Dijon, elle avait désespérément souhaité mourir de sa main en échange du simple bonheur de le revoir une dernière fois. C'était, au fond, une réaction d'égoïsme, mais à ce moment-là elle ignorait quelle trace horrible le viol multiple avait laissé en elle. Le meurtre alors serait double et dans ce cas mieux valait le garder pour elle.

Bien sûr, c'eût été bon de mourir à Montsalvy, où d'ailleurs sa vieille Sara possédait certainement le moyen de la délivrer. Mais comment y retourner avec ce poids de honte au creux de son corps? Comment poser sur les visages innocents de son Michel et de sa petite Isabelle des lèvres souillées par tant de lèvres? Comment leur imposer son contact? Comment, enfin, regarder en face, non seulement son époux, mais aussi tous ces braves gens de Montsalvy qui l'appelaient si tendrement « Notre Dame » et la vénéraient presque à l'égal d'un ange?

Le mieux était de partir maitenant, tout de suite, au début de ce beau jour de Noël, le plus doux et le plus joyeux de l'année. Son âme s'en irait vers Dieu – vers Dieu qui savait ses souffrances et ne la repousserait pas! – avec le chant des cloches qui montait dans l'air froid du dehors.

Calmement, elle s'agenouilla sur le carreau de la chambre pour une dernière prière où elle mit tout son cœur en recommandant au Seigneur tous ceux qu'elle aimait bien plus qu'elle-même. Puis, se relevant, elle hésita un instant à s'habiller. Mais l'épaisseur des vêtements rendrait le chemin de la dague plus difficile. Elle se contenta de brosser soigneusement ses magnifiques cheveux d'or afin qu'ils lui fissent un manteau de lumière, écrivit une lettre pour Gauthier afin que, sachant la vérité, il comprît et renonçât à son projet insensé de la suivre dans la mort puis, simplement vêtue de sa longue chemise de lin blanc qui l'enveloppait du cou aux talons comme une robe monacale, elle retourna s'étendre sur son lit, saisit la dague d'une main qui ne tremblait pas, en baisa la poignée et levant le bras, ferma les yeux...

Des coups précipités frappés à sa porte suspendirent le geste homicide, retenant instinctivement la main prête à retomber vers le cœur. En même temps retentissait la voix joyeuse du jeune Chazay.

« Dame Catherine! Dame Catherine! Eveillez-vous! Eveillez-vous vite! Il y a là quelqu'un qui demande à vous voir... Ouvrez-moi, s'il vous plaît! »

Elle ne répondit pas tout de suite mais son bras, lentement, redescendit le long de son corps. La vie, par cette voix jeune et gaie, la rappelait avec d'autant plus de puissance qu'elle semblait se faire l'écho d'une bonne nouvelle. Et Catherine, encore qu'elle ne vît pas bien quelle sorte d'événement heureux pourrait lui advenir dans sa situation présente, Catherine en oublia momentanément qu'elle voulait mourir.

Peut-être parce qu'elle n'en avait pas véritablement envie, parce que la mort n'était pour elle qu'un pis-aller et parce que l'ardent amour de la vie qu'elle avait toujours porté en elle comme un secret lui faisait espérer jusqu'à la dernière seconde un secours divin, miraculeux... un secours qu'elle avait appelé inconsciemment.

Elle voulut parler, demander qui était là mais

aucun son ne sortit de sa gorge nouée. La voix de Gauthier reprit, impatiente :

« Dame Catherine! Dame Catherine! N'entendez-vous pas? Dormez-vous si fort? Je vous amène un ami... »

Un ami? D'où pouvait lui venir un ami? Pourtant si fort était pour elle l'attrait de ce mot que Catherine jaillit de son lit, laissant tomber la dague qui résonna sur le sol, courut pieds nus jusqu'à la porte qu'elle ouvrit en grand, saluée par l'exclamation de son écuyer.

« Enfin, vous voilà! Regardez, dame Catherine! J'espère que je n'ai pas menti? C'est bien un ami, n'est-ce pas, que je vous amène? »

L'homme qui se tenait debout dans l'obscurité du couloir et dont elle ne pouvait distinguer que la silhouette noire surmontée d'un chaperon compliqué, s'avança dans la lumière libérée par la porte. Le cœur de Catherine manqua un battement mais pour repartir avec plus d'allégresse un instant plus tard car le nouveau venu, c'était Jean Van Eyck...

D'un même élan tous deux tombèrent dans les bras l'un de l'autre et s'embrassèrent avec un enthousiasme fraternel qui ne laissa guère de doute au jeune Chazay sur la chaleur de leurs sentiments réciproques. Ils n'avaient trouvé à se dire, pour ce premier instant, que le même mot :

« Vous!... C'est vous!... »

Peintre célèbre, valet de chambre du duc Philippe de Bourgogne mais plus souvent encore son ambassadeur officieux dans les cas délicats, Van Eyck était, en effet l'un des plus anciens amis de Catherine. Elle l'avait connu lorsqu'elle était la reine de Bruges et la maîtresse bien-aimée de Philippe...

En ce temps-là, Jean avait fait d'elle d'innombrables portraits mais le tout dernier il l'avait fait récemment et de mémoire. C'était l'exquise Annonciation qui ornait si joliment l'oratoire de la châtelaine à Montsalvy.

Leur dernière rencontre, à peine moins fortuite que celle-ci, remontait à près de deux ans. Ils s'étaient retrouvés par une nuit de tempête à l'hospice du col de Roncevaux[1] où Catherine et ses compagnons de pèlerinage s'étaient arrêtés, sur la route de Compostelle. Mais elle avait été à peine due au hasard car Van Eyck, appelé par Ermengarde de Châteauvillain, n'était venu que pour Catherine, pour la ramener auprès du duc Philippe qui ne parvenait pas à l'oublier. Et Catherine, afin de garder la liberté de suivre, une fois de plus, la trace de son capricieux époux, s'était enfuie au petit matin, faussant compagnie à ce vieil ami qui lui devenait un danger.

De cette brusque séparation, l'artiste ne semblait garder aucune rancune car il tenait la jeune femme serrée contre lui avec l'affection d'un père retrouvant l'enfant prodigue.

« Lorsque j'ai entendu ce garçon réclamer, en bas, du lait chaud pour la comtesse de Montsalvy, je n'en ai pas cru mes oreilles, s'écria-t-il riant et pleurant tout à la fois dans un désordre sentimental tout à fait inattendu chez cet homme paisible et froid. L'Enfant-Jésus aurait-il donc fait un miracle puisque vous voici! Que faites-vous donc en Luxembourg, belle dame... si belle! Toujours plus belle, je crois bien! Laissez que je vous regarde. »

Il l'écartait de lui, la tenant à bout de bras, les mains emprisonnant les épaules délicates, noyées dans le flot doré de la chevelure, enveloppant le visage de son amie de ce regard auquel rien n'échappe que possédaient ses yeux bleu clair un peu globuleux. La trace des larmes récentes ne lui échappa pas. Fronçant les sourcils, il répéta sa

1. Voir *Catherine et le temps d'aimer*.

question, resserrant un peu l'étreinte de ses mains sur les fragiles clavicules.

« Que faites-vous en Luxembourg, chez l'alliée de Bourgogne, madame de Montsalvy?...

— Je souhaitais rencontrer la duchesse Elisabeth pour apprendre d'elle quelque chose... et pour lui enseigner d'autres choses! » répondit la jeune femme en s'efforçant à un ton léger, presque mondain qui lui parut sonner assez faux. Van Eyck d'ailleurs ne se dérida pas.

« Vous ne seriez pas, encore une fois, à la recherche de votre infernal époux, par hasard?

— Qu'est-ce qui peut vous faire croire cela?

— Vos yeux rouges! Vous avez pleuré... et pleuré récemment. Lorsque je vous ai connue vous ne pleuriez jamais! Il est vrai que le seigneur Arnaud ne vous avait pas encore fait l'immense honneur de vous prendre pour épouse!

— Je sais que vous ne l'aimez pas, soupira Catherine, mais ne le chargez pas de tous les péchés de l'univers. Il n'est pas seul à posséder le pouvoir de me faire pleurer. D'ailleurs, je sais parfaitement où il est : chez nous, à Montsalvy, et je m'apprêtais à partir, dès aujourd'hui, pour le rejoindre... »

Elle parlait vite, avec ce qu'elle espérait être une profonde conviction, une vraie chaleur. Mais, pendant ce temps, Gauthier, qui était entré dans la chambre sur les talons du peintre, avait remarqué la dague demeurée sur les carreaux de grès, il avait vu la lettre disposée bien en évidence contre le chandelier de fer et, comme elle lui était adressée, il l'avait prise, lue... et ce qu'il lut le bouleversa à tel point qu'oubliant toute retenue il poussa le cri de colère qui fit retourner subitement les deux autres.

« Vous alliez faire ça?... En dépit de ce que vous m'aviez promis, de ce que j'avais juré, vous alliez faire ça?... Messire, s'écria-t-il en se précipitant sur

Van Eyck et en lui fourrant la lettre entre les mains, je vous fais juge! Tenez! Lisez cette lettre que l'on me laissait!... Ensuite, demandez à votre amie de quelle manière elle entendait accomplir ce départ dont elle vous parle si bénignement.

– Gauthier! gronda Catherine. Rendez-moi cette lettre sur l'heure! Comment osez-vous?

– Et vous? Comment osez-vous? fit-il sans même prendre la peine de retenir les larmes qui d'un seul coup inondaient sa figure bouleversée. Cette lettre m'était adressée, n'est-ce pas? Je l'ai lue! Quoi de plus naturel? Mais pourquoi? pourquoi?

– Puisque vous avez lu, vous le savez!

– Je n'arrive pas à y croire!... Cela ne mérite pas votre mort! C'est idiot, idiot de vouloir... »

Et, se laissant tomber sur le pied du lit, le pauvre garçon se mit à sangloter sans retenue, la tête dans les deux mains cependant que Van Eyck, la lettre rapidement parcourue, relevait sur Catherine des yeux agrandis d'incrédulité.

« Ce n'est pas vrai? articula-t-il enfin. Vous n'alliez pas?... »

Elle baissa la tête, honteuse à présent de ce mouvement de désespoir qui la déconsidérait aux yeux d'un vieil ami et à ceux de son écuyer.

« Je n'ai plus d'autre solution, dit-elle enfin. Si vous n'étiez pas arrivé ce serait fini. Mais vous êtes arrivé!

– Je ne cesserai jamais d'en remercier Dieu! fit Van Eyck gravement puis, se tournant vers Gauthier qui, peu coutumier des longues prostrations, s'essuyait les yeux aux revers de sa manche : Et puisque, de toute évidence, le Seigneur m'a envoyé ici tout exprès, je dois trouver les moyens de vous aider. Si vous me racontiez au juste toute l'histoire, mon garçon? Pendant ce temps votre maîtresse s'habillerait car cette chambre est sans feu, ses pieds sont nus, elle n'a qu'une mince chemise sur elle et doit mourir de froid. Nous allons descendre boire un pot de vin chaud et commander un repas. Mais vous me promettez, Catherine, de ne pas recommencer votre stupide tentative ? D'ailleurs, j'emporte cette arme.

– C'est inutile, Jean ! Vous avez ma parole. Dans un moment je vous rejoindrai. Mais, au fait, pourquoi donc êtes-vous ici, vous-même ? J'ai peine à croire que ce soit sur un ordre exprès de Dieu pour me tirer d'affaire, tout de même ? »

Van Eyck sourit et reprit l'épaisse houppelande doublée de martre qu'il avait posée sur la table en entrant.

« Disons que ses voies sont impénétrables ! Je suis ici pour annoncer à la duchesse qu'elle n'aura pas l'argent qu'elle ne cesse d'emprunter au duc Philippe. Et aussi pour la sermonner en son nom. C'est un gouffre d'argent que cette femme, un vrai panier percé... Elle est couverte de dettes et si cela continue l'unique solution qui lui restera...

– ... sera de vendre son duché à monseigneur le duc de Bourgogne, n'est-ce pas ? Allons ! il est bien toujours le même, fit Catherine avec un demi-sourire. Et vous aussi, Jean, qui vous chargez sans cesse de ses mauvaises commissions. »

Lorsque les deux hommes eurent quitté sa chambre, Catherine se hâta de faire un peu de toilette et de s'habiller. Alors qu'une heure auparavant elle ne songeait qu'à mourir, elle découvrait avec stupeur qu'elle avait froid, qu'elle avait faim... qu'elle avait encore envie de vivre. Elle ne savait pas bien quel secours le peintre pourrait lui apporter mais elle connaissait sa sagesse, sa prudence et son ingéniosité, toutes ces qualités qui faisaient de lui, outre son immense talent, l'un des serviteurs les plus appréciés de Philippe. Et puis c'était bon, pour une fois, de s'en remettre à quelqu'un d'autre et d'abandonner une partie de sa lourde charge entre des mains aussi habiles que les siennes.

Un moment plus tard, le visage rafraîchi, les yeux bassinés, Catherine soigneusement vêtue et coiffée rejoignait les deux hommes et Bérenger devant le grand feu flambant et le plantureux repas que Van Eyck avait commandé. Le page, déjà attablé et les yeux brillants de contentement, était en train de faire la conquête du peintre amusé par la figure brune, la mine expressive et l'esprit vif de l'enfant.

On commença par manger en silence, un silence que Catherine pour sa part n'avait pas envie de rompre. Elle qui n'était pas gourmande, trouvait, ce matin-là, une saveur nouvelle aux mets qu'on lui servait, au jambon d'Ardenne, au délicieux boudin de Noël aux herbes, au lait mousseux, aux massepains fondants tout fraîchement sortis du four.

Van Eyck mangeait en homme qui a couvert une longue route et qui a besoin de se refaire des forces : le repas terminé, il monterait au château pour délivrer son désagréable message à la duchesse. Bérenger dévorait avec le bel appétit de son âge. Seul Gauthier, après avoir englouti un tiers du jambon à lui tout seul, ralentit le rythme et même cessa brusquement de manger pour tomber dans une rêverie profonde, si profonde qu'il fallut le secouer pour qu'il consentît à en sortir.

« Réfléchir à table n'est jamais une bonne chose, dit, en lui tendant un gobelet plein d'eau-de-vie de myrtille, Van Eyck qui, en bon Flamand, mettait de la méthode en toutes choses et ne mélangeait jamais rien. Buvez cela, vous vous sentirez l'esprit plus chaleureux. D'autant que vous n'aurez pas de grands efforts à faire pour résoudre le problème qui vous préoccupe si visiblement.

– Cela m'étonnerait car le problème en question est d'ordre... médical. Je sais les plantes capables de libérer notre dame mais, outre que j'ignore où me les procurer dans ce pays, j'en redoute l'usage si peu de temps après l'épreuve dont vous n'ignorez plus rien maintenant ! »

Mais comme c'était un garçon qui ne refusait jamais un bon conseil, il vida le gobelet d'un trait et le reposa bruyamment sur la table sans pouvoir retenir un rot retentissant qui fit rire le Flamand...

Doucement, celui-ci posa sa main sur celle de Catherine qui venait de se crisper sur un morceau de pain et sourit à la jeune femme, déjà reprise par l'angoisse.

« Il n'est pas question de faire courir un danger si petit soit-il à une vie qui nous est chère. Je n'en maintiens pas moins que je connais la solution : elle se trouve à Bruges, Catherine... pas bien loin d'une maison que vous connaissez. »

Une lente rougeur envahit le visage pâle de la jeune femme. Le seul nom de Bruges lui rappelait tant de choses passées, tant de souvenirs dont beaucoup ne manquaient pas de charme car, toujours honnête avec elle-même, elle s'était avoué bien souvent qu'au temps où elle croyait Arnaud à jamais perdu pour elle, l'amour du duc Philippe lui avait été doux. Mais elle chassa fermement l'insidieux souvenir.

« Vous ne pensez pas à m'emmener là-bas, Jean ? Qu'irais-je faire à Bruges ?

– Voir une habile Florentine, une grosse femme qui fait partie de la maison d'un mien client et ami, le riche marchand Arnolfini... Cette femme s'est acquis, sous le manteau, une grande réputation en... remettant à neuf avant que la duchesse ne s'en avise, l'une de ses filles d'honneur avec laquelle monseigneur avait eu un entretien un peu long ! Elle

216

ne travaille que par relations et elle est plutôt chère mais avec elle le risque est réduit à rien. Vous voyez, ma chère amie, que vous avez tout intérêt à ce voyage, qui n'est d'ailleurs pas si long : environ quatre-vingts lieues, en faisant le léger détour par Lille où il me faudra m'arrêter une journée afin de rendre compte de ma mission. Mais, en compensation vous y trouverez un peu de réconfort auprès de la nourrice de monseigneur de Charolais, qui est de vos meilleures amies à ce que l'on m'a dit. Alors que dites-vous de mon projet? »

Catherine ne répondit pas tout de suite. Certes, le peintre lui offrait là une solution meilleure que tout ce qu'elle pouvait trouver mais elle éprouvait un sentiment bizarre fait à la fois de répugnance et du brusque désir de revoir la merveilleuse cité flamande, l'une des plus belles certainement de toute la Chrétienté, là où sa vie éternellement errante s'était un instant arrêtée. La répugnance venait surtout du fait que retourner vers Bruges c'était tourner peut-être le dos à sa vie de femme, s'éloigner encore de Montsalvy où cependant elle avait tellement envie de revenir pour n'en plus jamais bouger.

Gauthier, avec l'intelligence de cœur et d'esprit qui le caractérisait, devina les pensées qui se bousculaient. Il se pencha vers elle, cherchant son regard voyageur pour en arracher les nuages d'une stérile réflexion.

« Vous ne « pouvez » pas y retourner maintenant, dame Catherine... Pas dans cet état! Il faut aller à Bruges. Le chemin est plus long mais il est tellement plus sûr! Quelques semaines d'absence supplémentaires ne feront rien à la chose.

– Et puis les routes de la montagne sont trop dures en hiver, conclut Bérenger qui se sentait tout à coup un vif désir de voir ces Flandres fabuleuses dont les voyageurs parlaient avec admiration. On risquerait de mourir de froid dans la neige. Comme cela, nous reviendrons à Montsalvy avec le printemps. C'est si beau le printemps chez nous!... »

Sans rien dire Catherine se pencha et l'embrassa sur la joue poudrée de sucre fin.

« Il me semble que nous venons d'entendre la voix de la sagesse, fit Van Eyck avec bonne humeur. Qu'avez-vous à nous dire, Catherine? »

Elle les enveloppa tous trois de son regard redevenu comme par enchantement lumineux et doux.

« Que j'ai beaucoup de chance d'avoir des amis tels que vous!... Nous irons donc à Bruges et le plus tôt sera le mieux! »

Quand on quitta Arlon, quarante-huit heures plus tard, Catherine refusa farouchement la litière confortable que Jean Van Eyck prétendait lui offrir. Plus le chemin serait pénible et plus il lui plairait car les secousses et les fatigues d'une longue chevauchée étaient capables de lui éviter d'aller jusqu'en Flandre. Bon gré, mal gré, il fallut en passer par où elle voulait. Elle exigea même qu'on lui procurât des habits d'homme afin que l'idée de la traiter en faible femme ne vînt à personne.

Comme pour mieux la satisfaire, le voyage à travers l'Ardenne plus enneigée que jamais et les vastes étendues du Hainaut fut plus rude encore qu'elle ne l'espérait. Le froid se fit mordant dès que l'on quitta la capitale du Luxembourg. Il fallut lutter contre le gel, le verglas sur lequel glissaient les chevaux, les loups que la faim enhardissait et qui venaient rôder la nuit si près des rares maisons qu'il fallait les chasser en se privant de sommeil.

S'il eût été seul, Van Eyck, grand ennemi des intempéries et fort attaché à son confort, se fût sans doute arrêté dans quelque château durant plusieurs jours afin d'y attendre que le temps se fît un peu plus clément. Mais une sorte de hargne poussait

Catherine en avant. Les dents serrées pour lutter contre la fatigue, impitoyable pour elle-même plus encore que pour les autres, elle allait, forçant son corps à l'épreuve des douloureuses crampes qui lui nouaient les muscles, guettant les prémices d'une libération qui ne voulait pas venir.

A l'étape du soir, elle avalait une soupe chaude, un morceau de pain, un gobelet de vin quand il y en avait puis s'abattait comme une bête harassée sur sa couche, parfois tout habillée, pour y dormir d'un sommeil sans rêve. Mais l'aube revenue elle pleurait, de rage et de dégoût quand, mettant les pieds par terre, une nausée brutale la rejetait sur son lit, la tête vide, inondée d'une sueur froide et le cœur battant la chamade.

En dehors de ce malaise quasi quotidien, elle se portait à merveille. Van Eyck attrapa un gros rhume qui lui fit couler le nez et les yeux, Gauthier eut un torticolis et Bérenger se fit une entorse en effectuant des glissades sur un ruisseau gelé. Même, deux des valets du peintre ambassadeur tremblèrent de fièvre durant quarante-huit heures. Catherine, seule, n'eut rien et atteignit Lille dans une forme voisine de la perfection.

Quand, au bout d'une semaine, le grand beffroi apparut enfin à l'horizon, tendu comme un doigt géant vers le ciel bas, dans le hurlement du vent qui se levait, annonçant une tempête pour la nuit, Jean Van Eyck ne put retenir un soupir de soulagement : il toussait depuis la veille et il était prêt à vendre son âme pour une chambre bien close, un lit bassiné et des flots de tisane bouillante additionnée de vieux marc.

« Enfin, nous y voilà! exhala-t-il. Je commençais à croire que ce damné chemin ne finirait jamais. »

Catherine tourna vers lui un regard oblique, déjà méfiant.

« Le chemin n'est pas fini, dit-elle doucement. Nous sommes à Lille, il me semble... pas à Bruges!

— Je sais, je sais... Mais je croyais vous avoir dit que je devais m'y arrêter? Vous m'accorderez bien deux jours? Je suis moulu, ma chère amie... et j'aimerais arriver chez moi autrement que sur un brancard et avec une fluxion de poitrine!

— Soit! J'aurais mauvaise grâce à vous le refuser, mon pauvre Jean, puisque vous voici devenu si fragile! Vous étiez plus solide jadis! Serait-ce l'âge qui vient?

— Je ne suis pas fragile, ronchonna-t-il vexé, mais je n'ai plus vingt ans et il fait un temps à ne pas mettre un chrétien dehors!... Quant à vous, je vous trouve devenue bien rude tout à coup. Votre amitié était plus... moelleuse, jadis! »

Il semblait si malheureux, ayant perdu à cause de ce rhume toute sa superbe habituelle, que Catherine éprouva un remords à traiter si cruellement l'ami qui se dévouait pour elle. Se penchant vivement sur sa selle, elle posa un baiser rapide sur sa joue mal rasée.

« Il ne faut pas m'en vouloir, Jean! Je sais bien que je suis insupportable, odieuse et que je vous paie mal de votre amitié qui, elle, est toujours aussi moelleuse. Mais c'est que ce séjour à Lille me fait peur, voyez-vous, et que j'aimerais en être déjà repartie.

— Pourquoi donc? Je croyais que vous aimiez dame Symonne Morel, que vous vous réjouissiez de la revoir. »

D'un mouvement de la tête, Catherine désigna droit devant elle, le grand étendard aux armes de Bourgogne qui répété à multiples exemplaires claquait dans le vent sur les tours du palais et le couronnement du beffroi, l'étendard qui proclamait la présence du duc.

« Elle, oui... mais lui... lui je ne veux pas qu'il sache ma présence!

– Quelle idée? bougonna Van Eyck. Pourquoi donc la saurait-il?

– Mais... parce que vous pourriez la lui apprendre, mon ami. Oh! tout à fait incidemment, bien sûr, presque par étourderie, en même temps que vous lui rendrez compte de votre mission... »

Le visage du peintre où jusqu'alors le nez seul était rouge, s'empourpra d'un seul coup.

« Me croyez-vous donc capable de telles machinations? »

Il semblait si offusqué, si vertueusement offensé, qu'elle ne put s'empêcher de rire.

« Bien sûr, je vous en crois capable! Le duc a en vous le modèle des serviteurs. Avez-vous oublié qu'à Roncevaux, il y a deux ans, j'ai dû vous fausser compagnie discrètement pour vous empêcher de me ramener à lui pieds et poings liés... ou presque?

– C'est vrai. Mais c'est qu'aussi l'occasion était trop belle!

– Ne l'est-elle pas cette fois-ci? Je crois, moi, qu'elle est encore plus belle et j'ai peur que mon retour auprès de votre cher seigneur ne soit chez vous une idée fixe. Et je me demande même si vous avez vraiment l'intention de me ramener à Bruges, si justement, dans votre pensée, le voyage ne s'arrête pas à Lille, ainsi que vous venez de le laisser échapper, il y a un instant.

– C'est ridicule! Pourquoi donc ne vous ramènerais-je pas à Bruges, pourquoi ne rentrerais-je pas chez moi?

– Parce que, d'après ce que j'ai appris à Dijon, il ne faisait pas bon vivre à Bruges, ces temps derniers, pour les fidèles serviteurs de Philippe. Le peuple, les corporations sont en révolte contre leur prince qui prétend réduire leurs privilèges à cause de leur mauvaise conduite devant Calais et qui refuse d'abattre les fortifications du port voisin de l'Ecluse, leur bête noire. Et je connais assez les gens de Bruges, mon ami, pour savoir qu'il est très difficile de calmer leurs révoltes. D'autant que le sang a déjà coulé.

— Décidément, l'Histoire s'écrit différemment, suivant que l'on est Bourguignon ou Flamand, s'écria Van Eyck qui s'énervait. Mais nous n'allons pas faire, à présent, de la politique de plein vent. Je me bornerai à vous dire ceci : la ville est calme depuis que, le 13 décembre dernier, le duc y est venu. On s'est mis d'accord sur une sorte de compromis. Secundo, je ne vous ai pas menti, quoi que vous en pensiez : j'ai bien réellement l'intention de vous conduire à la Florentine! Vous voilà satisfaite?

— Peut-être mais...

— Pas de mais! Et souffrez qu'à mon tour je pose une question simple : pourquoi, avec ces idées derrière la tête, m'avez-vous suivi?

— Mais parce que j'avais bien l'intention de vous obliger à me mener à destination. Et puis, je pensais qu'au cas où vous en tiendriez vraiment pour Lille, le secours de Symonne ne m'y manquerait pas. A présent, cessons de nous disputer. C'est trop bête! Promettez-moi seulement de ne rien faire pour que je rencontre le duc. »

Van Eyck marmotta quelque chose entre ses dents, se pencha pour vérifier la gourmette de son cheval, resserra autour de son cou le large pan de velours de son chaperon puis, finalement, avec un énorme soupir qui renseigna Catherine beaucoup mieux qu'une confession écrite, il finit par se rendre à merci.

« C'est bon! Vous avez ma parole... mais permettez-moi de vous dire que cela aussi c'est trop bête! »

L'ombre épaisse d'une porte monumentale engloutit la petite caravane. On ne s'arrêta au corps de garde que juste le temps pour Van Eyck de produire son laissez-passer permanent dont le chef de poste baisa le sceau de cire rouge et pour Catherine de s'enquérir du logis des Morel qui se trouvait d'ailleurs tout voisin du palais ducal. Derrière eux, on baissa la herse et l'on releva les ponts car la nuit venait.

Mais, au-delà des murailles, la ville ne semblait pas disposée à s'enfoncer dans l'obscurité et le sommeil. Tout au contraire : à l'abri de ses portes closes elle se préparait pour la dernière des fêtes qui marquaient le temps de Noël : celle de l'Epiphanie dont on était à la veille.

En s'enfonçant vers le cœur de la ville éclairée par une multitude de pots à feu, Catherine et ses compagnons eurent l'impression d'entrer dans une kermesse. Les cloches sonnaient à toute volée, pour appeler la population à la cathédrale en vue de la grande cérémonie du soir. A travers les carreaux des maisons on pouvait voir briller les énormes feux des cheminées et les atours des riches bourgeoises de la ville, épouses de drapiers ou de changeurs. Dans les rues étroites dont on avait soigneusement balayé la neige pour la remplacer par des jonchées de paille sur laquelle, tout à l'heure, passerait le cortège ducal, des troupes de petits enfants habillés en rois mages galopaient de maison en maison, chantant des cantiques et se faisant bruyamment ouvrir les portes pour recevoir gâteaux et douceurs qu'ils entassaient dans des paniers. Sous les arcades de la Grand-Place des mar-

chands ambulants et des bateleurs s'étaient installés réunissant, autour de leurs éventaires ou de
leurs cordes tendues, un grand concours de peuple
et la circulation n'était pas des plus faciles dans le
majestueux quadrilatère de hautes maisons de brique, peintes et dorées comme des images. Un peu
plus loin, bâti de brique lui aussi, s'élevait l'énorme
palais que Philippe le Bon venait tout juste de faire
achever[1] et qui sous ses flots d'oriflammes semblait
vivre d'une vie personnelle dans la lumière des
torches, portées par les gardes échelonnés sur les
chemins de ronde et dans les galeries.

« Voici la maison de votre amie », dit soudain
Van Eyck en désignant une belle demeure, voisine
de la Chambre des Comptes dont les fenêtres
sculptées s'abritaient sous un majestueux pignon
rouge et or.

Au moment précis où ils s'apprêtaient à traverser
l'espace qui les en séparait, une fanfare de trompettes éclata, si proche que Catherine tressaillit. Tournant instinctivement la tête vers le Palais dont les
portes, en s'ouvrant, venaient de libérer une mer de
lumières et de bruits, elle vit le cortège des souve-
rains qui, précédés de longues trompettes d'argent
et de timbaliers vêtus de velours armorié, s'en allait
par la Grand-Place jusqu'à l'hôpital Comtesse pour
y faire largesses aux malades avant d'aller à Notre-
Dame assister à la bénédiction de l'eau, en l'honneur du baptême du Christ, et à celle de l'or, de
l'encens et de la myrrhe en mémoire des Rois
Mages.

La foule reflua devant les trompettes, bousculant
Catherine qui, séparée tout à coup de ses compagnons, se retrouva coincée à l'angle de la place. Son
cheval, trop fatigué pour opposer une défense quelconque, s'était laissé pousser sans résistance.

1. Le palais Rihour.

Hissée, par la taille de l'animal, au-dessus des têtes elle demeura là au bord d'une fabuleuse rivière d'or, de pourpre et de lumière, regardant couler devant elle le flot scintillant des pages, des écuyers, des seigneurs et des dames mais sans le voir véritablement car, tout de suite, elle aperçut Philippe et ne put en détacher ses yeux. Il y avait si longtemps qu'elle ne l'avait vu.

Il s'avançait à pied, seul avec la duchesse Isabelle dont il tenait la main, au milieu de l'espace laissé vide par le respect. Entièrement vêtu de noir à son habitude, mais d'un noir d'écrin sur lequel ressortaient les fulgurances d'une chaîne de diamants, de perles et de rubis assortis à l'énorme agrafe qui étincelait à son chaperon. Et Catherine songea qu'il n'avait guère changé depuis leur dernier et dramatique revoir sous les murs de Compiègne[1]. Plus maigre peut-être... plus hautain aussi parce que plus sûr de lui et de sa puissance. Elle n'avait eu alors devant elle que le duc de Bourgogne. A présent, il était véritablement le prince que, dans les cours d'Europe, on appelait de plus en plus le grand duc d'Occident...

Comme elle était bien assortie à lui, la grande femme blonde, mince et de si fier maintien dont il tenait le bout des doigts! Elle était belle d'ailleurs, d'une beauté calme et discrète mais réelle, due à la finesse de traits, à la coupe nette du profil, à l'eau calme des yeux. Vêtue de noir, de blanc et d'or avec une fabuleuse parure de rubis venue de son Portugal natal, elle portait un hennin ennuagé de dentelles de Malines, si haut qu'il réduisait un peu la taille, cependant élevée, de son compagnon. Un compagnon qu'elle ne regardait pas. Et Catherine ne put s'empêcher de remarquer que l'expression de ce visage était mélancolique, qu'un pli de tris-

1. Voir *Il suffit d'un amour...*, tome II.

tesse orgueilleuse marquait le coin des lèvres encore fraîches...

Pourquoi donc les duchesses de Bourgogne étaient-elles ainsi vouées à la mélancolie? Autrefois, à Bruges, elle avait vu passer devant elle la toute jeune Michelle de France, première épouse de Philippe que le tombeau n'allait pas tarder à réclamer et, déjà, Catherine avait été frappée par sa tristesse douloureuse. Cela tenait bien sûr à ce qu'aucune d'elles ne pouvait être heureuse auprès d'un homme à ce point habité par la luxure et les feux dévorants de l'amour charnel... Comme Michelle, Isabelle de Portugal portait sa couronne ducale à la manière d'une couronne d'épines.

Une volée d'acclamations salua le couple. Près de Catherine, un homme taillé comme un bûcheron poussa un « Noël! » si vigoureux qu'il fit trembler l'air, aussitôt suivi d'un « Vive notre bon duc, vive notre bonne duchesse! » digne d'un bourdon de cathédrale. Ce fut si vigoureux que même Philippe tourna la tête, cherchant le possesseur d'un gosier tellement puissant.

Il ne devait jamais le connaître car son regard froid, errant sur la houle des têtes, accrocha le cheval et sa cavalière... et ne bougea plus, cependant qu'un sursaut visible faisait frémir ses épaules. Incapable de bouger, incapable aussi de détourner son propre regard, Catherine fascinée vit les yeux bleu glacier s'animer d'une surprise mêlée de doute puis, soudainement, s'illuminer. Elle comprit alors qu'elle était reconnue, s'affola, chercha à se libérer de la foule qui l'enserrait mais c'était impossible sans blesser une ou deux personnes et il lui fallut rester là, clouée comme à un pilori à l'angle d'une maison sous le regard dévorant du prince qui l'avait tant aimée...

226

La surprise de Philippe avait été si forte que, sans même s'en être rendu compte, il s'était arrêté, lâchant la main de son épouse qui, instinctivement, chercha, elle aussi la raison de cet arrêt inattendu. Catherine, dont le visage s'empourprait lentement, dut supporter le poids de deux regards bien différents, puis celui d'autres encore...

Un murmure glissa sur la foule puis la voix de la duchesse s'éleva, haute et claire, déjà méprisante.

« Venez-vous, monseigneur? On nous attend!... »

Comme à regret et toujours sans cesser de fixer Catherine, Philippe reprit la main de sa femme, se remit en marche, s'éloigna, traînant après lui la suite du cortège scintillant dont la vague aux couleurs multiples le cacha bientôt aux yeux de Catherine. Derrière le couple ducal, le roi René et le connétable de Richemont, venu discuter de la rançon du royal prisonnier, passèrent, sacrifiés...

Catherine, encore bouleversée, ne les vit même pas!...

Ce fut seulement quand la traîne de la dernière dame, le plumet du dernier courtisan eurent disparu que la foule qui l'emprisonnait consentit à s'écarter, la laissant libre de rejoindre les trois hommes qui avaient dû demeurer de l'autre côté de la rue. Naturellement, l'œil perspicace de Van Eyck n'avait rien perdu de la courte scène et il ne put retenir un soupir contrarié quand la jeune femme, tremblante encore de l'émotion ressentie, jeta presque son cheval contre le sien.

« Jean, je ne peux pas rester! Il faut que je parte! Il faut que je sorte de cette ville sur l'heure...

– Il vous a reconnue, n'est-ce pas?

– Cela ne fait aucun doute! Aidez-moi, Jean, je vous en supplie! Je ne veux pas rester une minute de plus ici! Je préfère les bois, la nuit, le froid... les loups même, plutôt qu'une heure de plus dans Lille!

– Comment voulez-vous que je vous fasse sortir, mon amie? Les portes sont closes et croyez-moi les ordres qui les maintiennent fermées sont sévères. Tenez-vous à faire courir un risque à de braves gens simplement parce que vous craignez... quoi au juste? Que l'on vous arrête? Vous n'avez rien fait de mal! Que l'on essaie de vous joindre?... Encore faudrait-il savoir où vous allez passer cette nuit! Croyez-moi, laissez-vous conduire chez votre amie Symonne. Passez-y la bonne nuit dont ces garçons et vous-même avez le plus grand besoin. Pendant ce temps... et dès après les cérémonies, je me rendrai au palais pour rendre compte de ma mission. Et demain, dès l'ouverture des portes, nous quitterons Lille...

– Vous ne parlerez pas de moi? Vous le jurez? »

Le peintre eut un petit sourire si triste qu'il ressemblait assez à une grimace.

« Je pourrais m'offenser, Catherine, mais je vous vois si effrayée! Je vous le jure! Il ignorera que je suis arrivé ici avec vous. Venez, à présent... »

Mais il était écrit que Catherine n'atteindrait pas encore la belle maison lilloise de Symonne Morel. Surgi comme par enchantement de la foule anonyme, un beau jeune homme vêtu de soie et d'or apparut soudain devant elle, s'inclina respectueusement mais ce fut à Van Eyck qu'il s'adressa.

« Si cette dame est bien, comme je le suppose, la comtesse de Montsalvy, voulez-vous, messire Van Eyck, me faire l'honneur de me présenter à elle? »

La voix du jeune homme était douce mais, derrière son élégante silhouette, celles bien moins distinguées d'une escouade de gardes se montraient. Visiblement contrarié et peut-être inquiet, le peintre ambassadeur acquiesça de mauvaise grâce.

228

« Si vous y tenez vraiment! Ma chère amie, souffrez que je vous présente donc messire Robert de Courcelles, écuyer de monseigneur le duc... Souhaitez-vous encore quelque chose, messire Robert?

– Non pas, messire Van Eyck et je vous remercie! Madame, ajouta-t-il en revenant à Catherine, mon maître, très haut et très puissant seigneur Philippe, par la grâce de Dieu duc...

– Abrégeons, mon ami, abrégeons! coupa Van Eyck impatienté. Outre que nous savons tout cela par cœur, on gèle dans cette rue!

– Comme il vous plaira! fit Courcelles vexé. Or donc mon maître m'envoie vers vous, madame, pour vous prier de vouloir bien m'accompagner car il désire, sitôt la cérémonie terminée, avoir avec vous un moment d'entretien.

– Vous accompagner où? demanda la jeune femme avec hauteur.

– Au Palais où l'on aura pour vous toutes sortes d'égards, où l'on ne vous retiendra pas longtemps à ce que l'on m'a dit et où...

– Et où je n'irai pas, messire! Dites à votre maître que je le salue et lui rends l'hommage dû à son rang, que je le remercie de son... invitation mais que je suis femme, lasse car je viens d'accomplir une longue route et que je ne souhaite rien d'autre, à cette heure, que me reposer au coin d'un bon feu...

– Le feu ne manquera point, coupa Courcelles soudain très agité et j'ai reçu l'ordre de ne pas revenir sans vous! »

Catherine eut un haut-le-corps et fronça les sourcils.

« Est-ce à dire que vous m'arrêtez?

– En aucune façon mais, je l'ai dit je crois, monseigneur souhaite vous entretenir un moment, il me l'a fait entendre et vous savez peut-être qu'il n'admet pas que ses ordres soient discutés... ni ses invitations éludées. Venez donc sans plus vous faire prier, madame... ou bien, si vous préférez prendre un peu de repos avant l'audience, j'aurai le devoir de vous accompagner là où vous vous rendrez, d'y attendre votre bon plaisir... et de vous ramener ensuite au Palais! »

Van Eyck avait suivi cette joute oratoire avec un visage de plus en plus soucieux. Quand le regard de Catherine revint à lui comme pour lui demander conseil, il hocha la tête, murmura entre ses dents :

« J'ai peur que vous ne puissiez y échapper, Catherine, sinon...

— Sinon je risquerais de mettre dans l'embarras ceux qui dans cette ville, vont me donner l'hospitalité n'est-ce pas? J'ai parfaitement compris! Eh bien, messire, soupira-t-elle en se tournant vers l'écuyer ducal, je crois qu'il ne me reste plus qu'à vous suivre. Mais à deux conditions.

— Lesquelles?

— Vous éloignerez cette escorte armée qui donne à votre ambassade une bien déplaisante couleur. Je la crois inutile du moment où j'ai décidé d'accepter... l'invitation!

— C'est trop naturel! Ensuite?

— Mes gens m'accompagneront et attendront la fin de l'audience pour me ramener là où je vais.

— Je vais aussi avec vous! s'écria Van Eyck.

— J'aime mieux pas. Allez plutôt chez Symonne et demandez-lui si elle veut bien nous accueillir cette nuit. Eh bien, messire, vous ne m'avez pas répondu : puis-je me faire accompagner de mon écuyer et de mon page? »

Courcelles haussa les épaules avec plus d'agacement que de courtoisie.

« On ne m'a rien dit là-dessus mais les usages de

la Cour vous y autorisent et moi je n'y vois pas d'inconvénient.

— En ce cas allons! A tout à l'heure, messire Jean », ajouta Catherine en appuyant intentionnellement sur le « à tout à l'heure ». Puis, serrant ses mains l'une contre l'autre comme elle avait coutume de le faire quand elle sentait venir un combat ou simplement un instant critique, elle tourna la tête de son cheval vers le Palais et, sans même attendre Robert de Courcelles qui n'eut d'autre ressource que courir derrière elle, la dame de Montsalvy se dirigea vers la demeure de son ancien amant, bien décidée à n'en sortir qu'avec les honneurs de la guerre.

CHAPITRE VIII

LA NUIT DES ROIS

« Ainsi, c'était bien toi! Je ne m'étais pas trompé... »

Dans la galerie étroite, presque intime sous l'éclairage doux de ses hautes bougies rouges où Courcelles avait laissé Catherine en lui recommandant d'attendre, Philippe de Bourgogne venait d'apparaître et le temps, brusquement, s'abolissait à cause de ce ton familier, de ce tutoiement affectueux qui effaçait les années.

Autre chose encore les abolissait : le fait que le duc n'avait pas changé. Bien sûr, il y avait seulement sept ans qu'ils ne s'étaient rencontrés, depuis la tragique entrevue devant Compiègne où Catherine avait, vainement, tenté d'obtenir la libération de Jehanne d'Arc. Philippe était toujours aussi mince, aussi blond, aussi noble d'aspect... Peut-être quelques plis légers s'ajoutaient-ils à sa bouche mais, en vérité, non, il n'avait pas changé et il semblait penser qu'il en allait de même entre eux... Aussi Catherine refusa-t-elle le rapprochement.

Pliant le genou dans un profond salut qui maintenait les distances, elle murmura :

« Monseigneur!... »

Repoussant le cérémonial qu'elle prétendait lui imposer, le duc fut près d'elle en trois pas rapides, la prit aux épaules pour la relever avec une force irrésistible et la maintint à bout de bras pour mieux la regarder. Elle s'étonna du changement soudain qui s'était produit en lui. Le prince froid et solennel de tout à l'heure avait complètement disparu pour faire place à un homme heureux.

« Cela existe donc les miracles? s'écria-t-il chaleureusement. Voilà tant d'années, Catherine, que j'implore le Ciel de te ramener à moi! Quand je t'ai aperçue tout à l'heure, quand j'ai compris dans un éclair qu'il m'avait enfin entendu...

– Il ne vous a pas entendu, monseigneur : je ne vous reviens pas... »

Sur le point de l'attirer à lui, il s'arrêta, fronçant déjà le sourcil :

« Non? En ce cas que fait en Flandres la dame de Montsalvy... et sous des habits d'homme?

– Il y a bien longtemps que j'ai, pour voyager, adopté ce costume infiniment plus commode qu'une robe à traîne dans les longues chevauchées. Vous le saviez, jadis...

– Soit! Mais cela ne dit pas ce que vous venez chercher dans mes Etats, madame, puisque apparemment la pensée... affectueuse d'en visiter le prince ne vous était même pas venue. Répondez-moi franchement : si je vous avais fait chercher, vous aurais-je rencontrée?

– Non, monseigneur. Je ne me suis arrêtée à Lille que pour une nuit... »

Elle sentit alors qu'il s'éloignait d'elle. Le duc de Bourgogne venait de reparaître dans sa majesté distante et son humeur soupçonneuse. Cela n'arrangeait pas plus Catherine que l'empressement de tout à l'heure. Quelle raison valable lui donner de ce voyage? Fallait-il à lui aussi en dévoiler la vraie raison, ressusciter encore une fois avec des mots l'horreur du Moulin-Brûlé, retrouver la honte, avouer qu'elle s'en allait à Bruges chercher l'avorteuse qui la libérerait du fardeau tangible de sa malédiction? Brusquement, elle sourit, sachant le pouvoir de cette arme bien féminine sur Philippe. Une idée lui venait...

« Le temps d'embrasser une amie chère, simplement! enchaîna-t-elle si naturellement que le duc ne remarqua pas l'hésitation.

– Le nom de cette amie?

– Dame Morel-Sauvegrain, chez qui je suis restée quelque temps à Dijon cet automne.

– Tiens donc? Voilà une amitié que j'ignorais et qui doit être bien vive pour avoir arraché la comtesse de Montsalvy à ses montagnes d'Auvergne, à la cour du roi Charles... à un époux bien-aimé, plus aimé que ne fut jamais époux sous la lumière du soleil! A moins que ladite amitié ne soit que prétexte à une curiosité... peut-être profitable... »

Le sourire de Catherine s'effaça. Redressant bien haut sa petite tête fière, elle planta avec indignation son regard violet dans les yeux froids du prince.

« Souffrez que je vous arrête, monseigneur! Dans une seconde, Votre Altesse va me traiter d'espionne.

– J'avoue que le mot me venait à l'esprit, fit-il avec un petit rire déplaisant. N'appartenez-vous pas corps et âme à l'ennemi?

– L'ennemi? Le duc de Bourgogne semble faire bon marché de ce fameux traité d'Arras si cruel au cœur de tout bon sujet du roi Charles! J'avais entendu dire que les ennemis de Votre Seigneurie se cherchaient plutôt, à présent, de l'autre côté de la Manche et que les fleurs de lys de France et de Bourgogne avaient désormais le droit de pousser de conserve. Me serais-je trompée?

– Non pas! Le traité a trop d'avantages pour que je le dédaigne.

– C'est encore heureux! »

Le ton était si raide que, malgré lui, Philippe se mit à rire :

« Il semble que vous n'ayez pas changé, comtesse! Vous possédez toujours au suprême degré l'art, si féminin, de retourner les rôles et de vous faire accusatrice pour éviter d'être accusée. Pourtant... vous ne vous en tirerez pas si aisément. Je veux savoir pourquoi vous êtes allée à Dijon et pourquoi vous suivez à présent dame Symonne jusqu'ici.

– Messire de Roussay qui a escorté jusqu'ici le roi de Sicile n'a-t-il rien dit de ce qui s'était passé certain soir, dans la tour Neuve, voici quelques semaines? N'a-t-il rien dit d'une tentative d'assassinat perpétrée contre la personne du roi?...

– Si fait! C'est même la première raison qui m'a poussé à le faire venir ici. Le danger avait été trop grand et la réussite d'un tel projet pouvait avoir des conséquences dramatiques. Mais comment pouvez-vous savoir cela, vous?

– Simplement parce que j'étais au palais ce soir-là. La Très Haute Dame Yolande, duchesse d'Anjou et mère du roi René, dont je suis dame d'atours m'avait chargée, puisque je me rendais en Bourgogne au chevet de ma mère mourante, de m'assurer que son fils était bien traité et ne souffrait de rien de plus que de la privation de liberté. Le Ciel a voulu que je me trouve là... juste à temps pour constater que messire de Roussay montait bonne et sûre garde.

– Alors pourquoi ne m'en a-t-il rien dit?

– Parce que je l'en avais prié. Nous sommes de vieux amis, vous le savez bien, monseigneur et... je ne voulais pas réveiller certains souvenirs dans la mémoire de Votre Altesse au simple bruit de mon nom... sans doute parce que j'ignorais comment ils seraient reçus. En se taisant, Jacques s'est comporté à la fois en bon serviteur de son duc... et en fidèle ami.

– Votre mère est morte? Je l'ignorais...

– Elle repose désormais à Châteauvillain, chez dame Ermengarde qui l'avait accueillie en amie. »

Le son de la dernière parole s'éteignit. Vint un silence troublé seulement par le crissement léger des poulaines de Philippe qui s'était mis à marcher lentement le long de la galerie, les mains nouées derrière son dos. Au bout d'un moment qui parut interminable à Catherine, il murmura :

« C'est encore un de vos talents cela : vous créer des amis à toute épreuve! Comment faites-vous?

– La recette est simple, monseigneur. Il suffit d'aimer...

– Le mot est trop grand.

– Pourquoi? J'ai toujours pensé que l'amitié c'était l'amour privé de ses ailes, l'amour... quotidien, paisible, dévoué, et qui, débarrassé de la chair et de ses outrances, ne ment jamais, ne blesse jamais!

– Vous en parlez comme une prêtresse de son dieu! fit-il avec un peu d'agacement. C'est un culte, ma parole, et j'imagine que c'est ce culte qui vous a jetée sur les chemins impossibles de l'hiver pour passer... une seule nuit chez une amie? J'avoue que j'ai peine à y croire.

– C'est normal. J'ajoute qu'en venant chez Symonne je comptais joindre l'agréable à l'utile. Je souhaitais, en effet, m'assurer, avant de retourner vers les miens, et afin que je puisse considérer ma mission comme entièrement remplie, que le roi René recevait du grand duc d'Occident l'accueil que l'on doit à un cousin et que plus aucun danger ne le menaçait. »

Catherine avait débité son énorme mensonge avec un aplomb et un calme qui la surprit elle-même. C'était presque trop parfait et elle craignit un instant que cela ne ressemblât un peu à une leçon soigneusement apprise. Mais Philippe était

trop occupé à se mettre en colère pour s'en apercevoir.

« L'accueil que l'on doit à un cousin? Ma parole,
cette péronnelle me prend pour un boutiquier? Ah!
ça, madame de Montsalvy, imaginez-vous qu'un duc
de Bourgogne puisse attendre de quiconque un
conseil sur sa façon de recevoir?...

— Ce n'est pas cela...

— Non? Alors quoi? Vous vouliez voir si je n'avais
pas fait venir votre précieux roitelet pour l'égorger
au coin d'un bois ou bien lui offrir une coupe de
mon merveilleux vin de Beaune déshonoré par un
poison?... Et d'abord, pourquoi vous intéressez-vous
à ce point à ce benêt? Vous l'aimez peut-être? »

Le long visage vexé de Philippe avait quelque
chose de comique et Catherine se permit un sourire :

« Je l'aime... bien! C'est un ami!

— Encore!... En ce cas pourquoi n'êtes-vous pas
venue avec lui? Dame Morel faisait partie de son
escorte...

— Elle me l'avait offert mais j'étais malade alors,
incapable de voyager. Je suis restée tranquillement
chez elle jusqu'à mon rétablissement et...

— ... et à présent vous voilà! Pour une seule nuit?
Et... où comptez-vous aller demain?

— Mais... je l'ai déjà dit, monseigneur : je rentre
chez moi près des miens...

— A Montsalvy?

— A Montsalvy!

— Où, j'imagine, votre époux vous attend avec
impatience? »

Une aigreur jalouse perçait dans la voix du duc.
C'était un nouveau piège à éviter. Calmement,
Catherine hocha la tête.

« Mon époux sert le roi... et le roi doit être encore
dans les Etats du comte de Foix.

— Ce qui veut dire que messire Arnaud doit se

trouver lui aussi quelque part dans le sud. Vous n'êtes donc pas si pressée de rentrer, madame, et puisque vous avez pris tant de risques, dépensé tant de temps et de fatigue pour le service de René d'Anjou, vous souffrirez bien d'en dépenser un peu pour celui d'un... ancien ami? Ou bien n'y a-t-il point de place pour moi dans l'ordre de votre chevalerie personnelle? »

Catherine plongea dans une profonde révérence destinée surtout à dissimuler son embarras. Elle ne s'en tirerait pas aussi facilement qu'elle l'avait espéré.

« La première place... toujours... a appartenu à Votre Seigneurie!

– Eh bien, prouvez-le-moi!

– De quelle manière?

– En participant tout à l'heure au banquet des rois. On va vous conduire à un appartement où vous pourrez faire toilette...

– Mais, monseigneur...

– Pas de mais! Je ne l'accepterai pas. Ce soir, vous serez mon hôte pour la dernière fois peut-être. Si vous tenez tant à passer une nuit chez dame Morel vous y passerez celle de demain. Mais cette nuit des Rois je la réclame pour... la Bourgogne. Ainsi vous pourrez retrouver d'un seul coup beaucoup d'anciens amis...

– Mais c'est impossible! Comment faire accepter à la duchesse votre épouse la présence à sa table d'une...

– ... ancienne maîtresse? Il faudrait pour cela qu'elle vous connaisse. En outre, il y a beau temps que ce genre de chose ne la trouble plus. Elle n'aime au monde que son fils et Dieu!

– Peut-être parce que vous ne lui permettez d'aimer que son fils et Dieu?...

– Elle est bien trop grande dame pour la chaleur de l'amour. Son corps m'a donné un fils vigoureux mais ne semble pas disposé à m'en donner d'autres! Au surplus, et si je vous ai bien comprise, n'êtes-vous pas, en quelque sorte, ambassadrice de la reine Yolande auprès de son fils? Dès lors, rien de plus naturel que votre présence. Vous avez pu voir d'ailleurs que le connétable de Richemont est aussi de mes hôtes. Vous êtes également amis je crois?

– Très!... soupira Catherine en se demandant quel accueil allait lui réserver le Breton. Mais... j'aimerais autant ne pas le rencontrer ici! »

Le sourire qui était revenu sur le visage de Philippe se fit sardonique.

« Pourquoi donc? Vous craignez qu'il ne rapporte au seigneur de Montsalvy votre présence à notre cour? Quelle idée! Un ambassadeur n'a pas de ces craintes. Et puis, Richemont n'est pas fort bavard! Acceptez-vous?

– C'est un ordre?

– Mais non... une simple prière... »

Mais une prière qu'il eût été vraisemblablement dangereux d'ignorer. Et puis, Catherine avait trop l'expérience des mauvais tours que Philippe, sous les dehors de la plus exquise courtoisie, s'entendait comme personne à machiner pour ne pas sentir où se trouvait son intérêt. Il fallait accepter... ou feindre d'accepter.

Elle le fit dans une révérence protocolaire se bornant à prier seulement qu'on lui permît de rejoindre ses bagages chez Symonne afin de s'y préparer pour le banquet. Mais le duc refusa.

« Il ne saurait être question de demi-mesures, madame. Je désire que vous soyiez pour cette nuit entière l'hôte de ce palais. Après tout, je ne vous demande rien... qu'un peu d'illusion : je veux m'imaginer un instant que, par la magie des Trois Rois, le temps est revenu. Je vais vous faire conduire à votre appartement... »

Il frappa dans ses mains et presque aussitôt un

homme portant les nouvelles couleurs du duc, gris et noir, en épais satin brodé d'or apparut, s'inclina silencieusement.

« Conduisez la comtesse de Montsalvy à l'appartement que j'ai donné ordre de préparer. Quant à vous, madame, nous nous reverrons. Dans un moment, j'enverrai vous chercher celui qui sera, pour ce soir, votre chevalier servant, pour qu'il vous mène à table. Rassurez-vous, ajouta-t-il avec un sourire, ce sera encore un ami... »

Tout en suivant son guide, Catherine commença par le prier de prévenir son écuyer et son page mais il lui fut répondu que les deux jeunes gens avaient été conduits quelques minutes plus tôt chez dame Morel-Sauvegrain puisqu'ils n'avaient aucun service à assurer ce soir auprès de leur maîtresse... Décidément, Philippe ne laissait rien au hasard...

Lorsque après une infinité de couloirs, de galeries, de passages et d'escaliers son guide ouvrit une porte épaisse et basse puis s'effaça pour la laisser passer, Catherine lorsqu'elle eut franchi le seuil qui lui parut celui d'une aurore, s'arrêta, médusée, doutant du témoignage de ses yeux... La chambre qu'elle découvrait, joyeusement éclairée par le grand feu flambant dans la cheminée de pierre blanche et par une forêt de bougies roses, c'était la sienne! C'était exactement la chambre qui avait été décorée pour elle à Bruges, celle où elle avait connu tant de nuits d'amour avec Philippe, qu'elle avait quittée huit ans plus tôt pour s'en aller au chevet de son fils mourant et où, jamais, elle n'était revenue.

Comme dans un rêve, elle s'avança sur les épaisses fourrures blanches jetées sur le dallage, détaillant avec stupeur le merveilleux velours de Gênes rose des tentures, les meubles d'argent, les chandeliers massifs, les grands lys des vases, les miroirs et même, timbrant la hotte de la cheminée, les armes qu'au temps de son règne elle s'était choisies : la chimère bleue sur champ d'argent... Tout était exactement semblable au décor dont elle gardait encore le souvenir si vivant, tout jusqu'à la robe de satin blanc brodée de perles étalée sur la courtepointe rose et argent. Tout ce qu'elle avait laissé à Bruges... et qu'elle retrouvait à Lille...

L'évocation fut si précise, si vivante qu'instinctivement Catherine se tourna vers la petite porte à demi cachée par les rideaux du lit et qui menait à la pièce des bains, s'attendant à la voir s'ouvrir et Sara apparaître sur le seuil... Pour échapper à ce qu'elle crut être une hallucination, elle ferma les yeux, appuyant même ses mains sur ses oreilles pour mieux isoler son esprit, essayant de calmer l'émotion soudaine qui accélérait les battements de son cœur. Mais quand elle ouvrit les yeux, quand ses mains retombèrent, tout était encore semblable... à une seule exception près : en face d'elle le miroir vénitien lui renvoyait l'image grise et terne d'un jeune homme aux houseaux tachés de boue, au visage pâle sous les plis du chaperon défraîchi, un jeune homme qui jurait effroyablement avec cette chambre précieuse dans laquelle il semblait ne pouvoir se résoudre à s'avancer.

Deux femmes surgirent alors sans que Catherine sût dire d'où elles apparaissaient, deux femmes à la peau sombre, vêtues de blanc, des esclaves peut-être achetées à Venise ou à Gênes et amenées jusqu'aux rives de la mer du Nord. Philippe, elle le savait depuis longtemps, appréciait leurs services attentifs et pratiquement muets... Elles saluèrent profondément puis, avec de grands rires neigeux qui illuminaient leur teint luisant, elles s'emparèrent de Catherine et en un rien de temps la débarrassèrent de son attirail de coureur des grands chemins.

Les houseaux, les chausses collantes, le pourpoint, le camail qui enserrait la tête, la chemise, tout vola, tout disparut comme par enchantement et le miroir cette fois rendit à Catherine une autre image d'autrefois : celle de sa nudité sensuelle et grande sur laquelle les mains noires, avec des gestes émerveillés, étalaient le manteau fabuleux des cheveux d'or dénoués.

Et puis ce fut le bain parfumé de verveine, ce bonheur délicieux oublié depuis longtemps et qui vint à bout de sa dernière réticence. Avec un soupir voluptueux, Catherine s'abandonna à sa chaleur odorante, laissant l'eau verte imprégner sa peau, l'assouplir, en faire glisser la poussière, la sueur et la fatigue... Il y avait si longtemps qu'elle n'avait connu un luxe aussi raffiné car même son beau château de Montsalvy ne lui offrait rien de tel...

Elle se sentit si bien, tout à coup, si détendue qu'elle en perdit la notion du temps. Les yeux clos, elle laissait son corps, délivré de toute pesanteur, flotter dans l'eau caressante. C'était, en vérité un bain miraculeux car il rejetait pour un temps les soucis, les idées sombres, la peur du lendemain et en même temps rendait à Catherine le goût de la féminité, le désir d'être heureuse encore...

Sur le point de s'endormir, elle se laissa soulever hors du bain, envelopper dans une fine toile de Frise chauffée devant le feu, essuyer... Puis les mains noires qui, brusquement lui rappelèrent Grenade et les soins minutieux de Fatima, se mirent à oindre et à masser sa peau qui redevenait miraculeusement souple et douce. On la parfuma – et ce parfum bien sûr était celui-ci même dont elle avait usé jadis, coûteuse composition apportée du Levant par les caraques ventrues des marchands – on brossa longuement ses cheveux qui sous les mains habiles des baigneuses reprirent tout leur éclat mais, à la grande surprise de Catherine on ne les recoiffa pas en nattes serrées capables de supporter le poids et les épingles d'un hennin. Les servantes se contentèrent de les relever et de les emprisonner dans une large résille de perles fines qui en ramenait la longueur au milieu du dos.

De même, aucune chemise ne lui fut offerte et la robe de satin blanc glissa comme de l'eau fraîche tout le long de son corps. C'était une très grande robe, ceinturée juste sous la poitrine par une torsade de perles, avec de larges manches qui glissaient sur les bras nus et les découvraient facilement. Le décolleté en était si généreux qu'il encadrait plus qu'il ne cachait les seins de la jeune femme dont les pointes roses effleuraient le tissu. Des bas de soie attachés au-dessus du genou par des jarretières de dentelle et des petites pantoufles de satin blanc complétèrent cette toilette étrange. Mais quand les deux femmes sombres la prenant chacune par une main la ramenèrent dans la chambre rose et la posèrent devant le miroir, Catherine, inquiète et séduite, découvrit le reflet d'une princesse de légende... et aussi que le temps, les souffrances et l'adversité avaient été sans pouvoir sur sa beauté : elle était plus royale que jamais.

Surprise, un peu éblouie aussi, elle prit plaisir, malgré elle, à se contempler ainsi un instant. Dans les profondeurs du palais, une musique lointaine et joyeuse se faisait entendre. La fête sans doute était commencée et l'on allait venir la chercher...

Une angoisse brusquement lui serra la gorge. Cette robe qui la déshabillait plus qu'elle ne la vêtait n'était pas faite pour subir les regards d'une foule. Philippe pensait-il donc l'exposer ainsi à demi nue aux regards de ses invités, à ceux de son épouse, de René d'Anjou, d'Arthur de Richemont?... A aucun prix elle n'y consentirait!...

Un soupir la fit retourner brusquement et elle vit qu'il était là. Tête nue, vêtu d'une longue robe noire qui l'emprisonnait de la nuque aux talons mais sur laquelle brillait une fabuleuse Toison d'or, il se tenait debout à quelques pas d'elle, bras croisés, adossé au chambranle de la porte. Il la regardait sans rien dire mais l'expression affamée de ses yeux était plus éloquente qu'une prière :

« Jamais tu n'as été si belle!... murmura-t-il et sa voix était si lourde de passion contenue que Catherine se sentit frémir mais avec l'insidieuse sensation de plaisir dont aucune femme, même la plus fidèle, ne peut se défendre en face d'un homme qu'elle sait tenir en son pouvoir. Jamais je ne t'ai autant aimée! Tu ne sauras jamais à quel point je t'aime! »

Il n'avait pas fait un mouvement, pourtant elle recula d'un pas comme devant un danger.

« Que veut dire cela?

— Rien. Je t'aime...

— Mais enfin, vous m'aviez annoncé un ami... pourquoi êtes-vous ici?

— Parce que je t'aime...

— Mais le banquet... la fête des Rois!

— Tu n'iras pas... et moi non plus! Les Rois, les ducs, les princes souperont sans nous! Moi, cette nuit, je ne veux qu'une reine... toi! Je t'aime! »

Appuyée contre une crédence, elle crispa ses doigts sur l'argent glissant, ferma les yeux pour résister au vertige qui montait. C'était comme si un abîme s'ouvrait soudain devant ses pas, un abîme où, tout à coup, elle mourait d'envie de se jeter... Elle tenta héroïquement de s'en défendre.

« Ce n'est pas vrai!... fit-elle d'une voix si faible qu'elle l'épouvanta. Vous avez une épouse, des maîtresses sans nombre, des bâtards... que venez-vous me parler d'amour!

– Parce que j'en ai le droit. Parce que je n'ai jamais aimé que toi...

– C'est impossible!...

– Crois-tu?... Regarde cette chambre, ta chambre, celle où tu m'as donné tant de bonheur, celle où je t'ai aimée sans jamais arriver à l'assouvissement.

– Ce n'est pas ma chambre. Nous ne sommes pas à Bruges!

– En effet. Pourtant, elle existe partout, cette chambre, dans tous mes palais, je l'ai fait reproduire minutieusement, amoureusement... »

Cette fois, elle rouvrit les yeux, de larges yeux effarés si dilatés qu'il se mit à rire.

« Non, je ne suis pas fou! Va à Bruxelles, à Dijon, à Hesdin, sans parler de Bruges, bien sûr, où ta maison demeure intacte, partout tu la retrouveras... comme tu retrouveras cette image. »

Vivement, il alla jusqu'à l'un des panneaux de velours, appuya sur un motif invisible et le mur s'ouvrit découvrant un grand portrait que Catherine considéra avec stupeur car non seulement elle ne l'avait jamais vu mais encore elle n'en soupçonnait même pas l'existence. Une lente rougeur envahit son visage, son cou, sa gorge car le long panneau de peuplier la montrait nue, une rose à la main à l'exception d'un seul bijou; une chaîne de rubis soutenant le bélier de la Toison qui semblait naître de l'or frisé de sa touffe féminine.

« Qui a fait cela? souffla-t-elle.

– Van Eyck... sur mes indications! Lui aussi t'aime et moi je pouvais décrire chaque pouce de ton corps. Il m'en a fait cinq... identiques. Diras-tu encore que je ne t'aime pas?

– C'est insensé... c'est de la folie! La duchesse...

– N'a jamais vu ces chambres et ne les verra jamais. Moi seul en ai la clef et seules ces esclaves muettes s'en occupent quand je leur en donne l'ordre!

– Mais... pourquoi?

– Pour te retrouver parfois, pour retrouver ton parfum, l'atmosphère que tu aimais. C'est vrai, j'ai des maîtresses sans nombre parce que ma chair a besoin d'une chair femelle mais aucune, jamais, n'a été admise à briller auprès de moi comme tu brillais toi! Alors, quand je suis trop las de toutes ces femmes, quand je suis las de mon cœur vide et de ma tête politique, je fais allumer du feu dans l'une de ces chambres, j'y fais mettre des fleurs, des chandelles, j'y fais servir à souper et je bois, je bois jusqu'à ce que le souvenir de ta chair devienne insupportable... et puis je vais m'agenouiller devant toi, devant ton image... et je fais l'amour. Tout seul!... A présent, viens! »

Il s'approchait d'elle et lui tendait la main. Elle recula pour éviter le contact de cette main comme si elle eût été rougie au feu.

« Non!... »

Il se mit à rire.

« N'aie pas peur! Je ne vais pas te jeter sur ce lit, si tentant soit-il. Je t'ai invitée à souper, il me semble? Alors viens souper! On nous sert! »

Il était écrit que cette nuit Catherine irait d'étonnement en étonnement. Le sol s'ouvrait lentement. Une table toute servie monta du trou béant qui se referma sans plus de bruit. C'était une table fleurie, doucement éclairée et chargée de vaisselle d'or d'où montaient des odeurs délicieuses. Des hanaps ciselés et sertis de pierreries contenaient des vins chatoyants.

Doucement, Philippe prit la main de Catherine, la conduisit à la cathèdre d'argent garnie de coussins placée près de la cheminée et la fit asseoir, les pieds sur une grande peau d'ours. Puis, avec autant d'habileté et d'élégance que l'un de ses écuyers tranchants il emplit un petit plat d'or de belles tranches de saumon.

Elle le regardait faire avec un étonnement qui se changeait en amusement. Il semblait avoir soudain tout oublié des confidences si étranges qu'il venait de lui faire. Joyeusement il emplit une coupe et la lui offrit.

« Mon meilleur vin de Beaune! Celui dont je suis le plus fier. Buvons à la nuit des Rois! A la plus belle nuit de l'année... A la plus belle dame d'Occident! »

Ils trinquèrent ensemble, burent et Catherine laissa, avec plaisir, le vin chaleureux couler en elle, réveillant le souvenir assoupi d'autres heures aussi détendues.

« Pourquoi, dit-elle cependant, m'avoir joué cette comédie?

— Laquelle?

— Ce banquet solennel auquel vous vouliez que j'assiste?...

— Autrefois, j'étais Philippe, pour toi... et tu me disais tu!... » reprocha-t-il doucement. Puis, changeant de ton : « Aurais-tu accepté si je t'avais dit que je te voulais pour moi seul, que j'étais décidé à abandonner mes hôtes, ma cour pour quelques heures de notre ancienne intimité?

— Non, je ne crois pas... dit-elle franchement.

— Tu ne crois pas? Mais peut-être n'en es-tu pas tout à fait sûre?

— Peut-être...

— Merci! Buvons encore! »

Le souper fut gai, amical. Philippe était joyeux et Catherine retrouvait, non sans plaisir, le compagnon charmant qu'il avait été si souvent jadis, bien loin des charges et des grandeurs de la couronne. Il lui dit les derniers vers de ses poètes, chanta la dernière chanson, lui raconta les derniers potins, glissa même quelques informations purement politiques, entre autres sa décision de rendre prochainement sa liberté au roi René... Catherine l'écoutait les yeux mi-clos, envahie d'un bien-être qui lui paraissait tout nouveau après tant de misères et de tribulations.

Quand on en fut au dessert, il vint s'asseoir à ses pieds, sur la peau d'ours et lui offrit des dragées qu'elle se mit à croquer. Il avait posé le drageoir sur ses genoux où l'une de ses mains se posa elle aussi mais si doucement que Catherine un peu perdue dans les brumes du vin trop généreux ne protesta pas. Appuyée aux coussins de velours, elle rêvait, laissant son esprit vagabonder à travers les souvenirs d'autrefois, le mettant en quelque sorte en vacances de ses chagrins habituels.

Elle ne parut pas s'apercevoir que Philippe lentement se redressait, s'agenouillait, laissait ses mains remonter insidieusement le long de ses cuisses qu'elles caressaient; mais, derrière ses paupières baissées elle en suivait en frémissant le lent cheminement. Avec anxiété aussi. Se pouvait-il que son corps, si monstrueusement malmené voici encore si peu de temps, pût retrouver si vite, et avec tant d'exigence, le grand besoin d'amour qui avait failli la jeter dans les bras de René d'Anjou? Or les mains de Philippe, chaudes et habiles, de Philippe qui avait toujours été un amant incomparable faisaient naître en elle les sensations oubliées de jadis, ces appels profonds, ces explosions brûlantes qui, longtemps, lui avaient tenu lieu de bonheur.

Elle entendait son souffle qui se faisait haletant. Les mains remontaient toujours mais, aux approches de son ventre, elles s'arrêtèrent et, avec un indescriptible sentiment de triomphe elle comprit qu'il hésitait, qu'il n'osait pas, lui, le maître de terres plus vastes qu'un royaume.

Quelque part, une voix d'homme se mit à chanter en s'accompagnant d'un luth tandis que dans le lointain une horloge sonnait minuit. Catherine, alors, releva les paupières. Elle le vit tout près d'elle, les lèvres tremblantes, les yeux implorants et brusquement lui sourit.

« Pourquoi t'arrêtes-tu, Philippe? Pourquoi ne pas célébrer toute cette nuit des Rois à notre façon? »

Un soleil de joie incrédule éclata soudain dans les yeux du prince.

« Tu veux bien que?... »

Elle pencha vers lui son visage jusqu'à toucher ses lèvres.

« Je veux que tu m'aimes, que tu m'aimes une dernière fois comme tu savais si bien m'aimer jadis! Je veux te donner cette nuit tout entière... et je veux savoir si l'amour d'un homme peut encore me faire éprouver autre chose que l'horreur!... »

Une demi-heure plus tard, elle savait que Prudence avait fait du bon travail et qu'à défaut de son âme, le mécanisme délicat de son corps ne gardait aucune trace des violences subies, que la joie d'amour était toujours la même et qu'en tout état de cause, la sagesse serait d'essayer d'oublier dès que la science de la Florentine aurait fait disparaître les dernières marques tangibles du malheur. Dans les bras de celui qui, jadis, lui avait appris l'amour, Catherine recevait un étonnant bain de jouvence car, pour Philippe, le plaisir était un art nuancé, délicat et il savait y apporter une attention et une douceur rares chez les hommes de ce temps rude. La femme qu'il enveloppait du réseau savant de ses caresses recevait tant qu'elle ne pouvait s'empêcher de donner à son tour.

Plus tard, étendue dans la soie froissée du lit tandis qu'il reposait, Catherine les yeux grands ouverts, le corps délicieusement las mais l'esprit léger, découvrit qu'au lieu d'éprouver un quelconque remords d'avoir aussi complètement trompé Arnaud elle en tirait une satisfaction maligne comme d'une vengeance réussie mais dépourvue de toute amertume. Elle avait trop souffert par lui pour ne pas trouver à cette revanche un goût d'autant plus délicieux qu'il n'aurait pas de suite. Demain, elle repartirait vers de nouvelles difficultés, de nouvelles douleurs, mais le souvenir de l'oasis rose de cette nuit des Rois lui serait secourable comme un chaud rayon de soleil entre deux ondées glaciales.

Tout à l'heure, après que Philippe eut fait exploser pour la première fois le plaisir au fond de sa chair, il avait demandé :

« Pourquoi m'as-tu dit que l'amour te faisait horreur? Ton mari est-il donc, en définitive, cette brute sans cœur que je soupçonnais? »

Et elle s'était trouvée gênée, hésitante, tentée peut-être de lui dire la vérité. Mais dire la vérité c'était faire pénétrer la violence brutale du viol dans ce doux asile de volupté. Elle s'y était refusée et s'en était tirée par un éclat de rire et une boutade.

« Un mari ce n'est bien souvent qu'un mari! Et puis, surtout, les temps cruels que nous vivons montrent trop souvent l'amour sous ses couleurs les plus atroces, celles de l'assouvissement brutal. J'ai vu bien des choses abominables depuis que nous nous sommes quittés... »

Pour le détourner de ces questions dangereuses, elle lui avait rendu ses caresses, réveillant très vite un désir qui ne demandait que cela.

Quand les cloches du couvent voisin sonnèrent matines, le duc s'éveilla et d'un baiser réveilla Catherine qui avait fini par s'endormir.

« Il faut que je te laisse à présent, mon cœur, et Dieu m'est témoin que cela m'est pénible; mais la nuit s'achève.

– Déjà? »

Dans l'ombre rose de l'alcôve éclairée par la veilleuse elle le vit sourire, ravi et ému.

« Merci pour ce déjà, fit-il en lui baisant la main... Mais, Catherine, si la nuit t'est apparue si brève, pourquoi ne pas la continuer... la recommencer? Reste! Reste-moi encore un peu. Aujourd'hui et la nuit prochaine! J'ai encore tant de caresses à te donner! J'ai encore tellement envie de t'aimer.

– Non. Il ne faut pas... Car demain tu me demanderais de rester davantage et moi... oh! Philippe, non je t'en prie!... »

Il étouffa sa protestation d'un baiser tandis que ses doigts légers glissaient le long de son ventre vers l'intimité déjà brûlante de sa chair qu'ils n'eurent guère de peine à forcer. Avec un soupir heureux Catherine s'abandonna, s'ouvrit comme la corolle d'une fleur sous l'assaut d'une abeille... Et la houle violente du plaisir les emporta de nouveau, si forte et si profonde que la jeune femme épuisée glissa doucement dans le sommeil.

Elle ne s'aperçut pas que Philippe glissait du lit, s'enveloppait de sa longue robe noire et quittait la chambre tiède après un dernier baiser posé sur son épaule...

Ce fut une main froide sur cette épaule qui la tira du sommeil. Dans l'ombre de la chambre, Catherine, les yeux encore brouillés vit la forme sombre d'une femme debout auprès de son lit. Les bougies mourantes ne donnaient plus qu'une faible lumière et aucune clarté ne filtrait encore aux interstices des volets de bois plaqués sur les vitraux des fenêtres.

« Levez-vous! dit une voix calme. Il est temps pour vous de partir... »

Quelque chose dans le ton acheva de réveiller Catherine. Elle s'assit sur le lit, ramenant instinctivement le drap de soie contre ses seins.

« Qui êtes-vous? » demanda-t-elle.

La femme dont le visage était caché par un pli des rideaux s'en dégagea. C'était la duchesse et Catherine se sentit pâlir.

« Madame..., commença-t-elle, mais l'étrange visiteuse ne lui laissa pas le loisir de continuer.

– Je vous en prie, faites ce que je vous dis! Levez-vous et habillez-vous. Je vous ai apporté des vêtements car on ne vous en avait laissé aucun, afin sans doute de vous mieux retenir. Ensuite, je vous conduirai moi-même hors du palais. »

La voix était sans colère mais irrésistible. Isabelle de Portugal n'en avait pas besoin pour se faire obéir. Ses yeux clairs n'étaient que froideur et Catherine, humiliée, dut se résoudre à quitter l'abri dérisoire du lit, à laisser ces yeux-là contempler un instant sa nudité, à enfiler enfin la chemise qu'on lui tendait. Mais ce ne fut qu'un instant. Dès que sa dignité fut à l'abri du fragile rempart de lin blanc, elle reprit courage.

« Pourquoi vous donner cette peine, madame la duchesse? Il vous serait si facile de me faire jeter dehors par vos servantes ou par vos gardes?...

– Non. C'est la seule chose que je ne puisse faire car on ne me la pardonnerait pas, justement parce qu'il s'agirait de vous.

– En usez-vous ainsi avec toutes les femmes que monseigneur le duc honore... » demanda Catherine avec une légère insolence.

Les épaules d'Isabelle eurent un intraduisible mouvement de dédain.

« Ces créatures? Pour qui me prenez-vous?... Elles disparaissent bien d'elles-mêmes sans que j'aie à m'en soucier.

– Alors pourquoi moi? »

Il y eut un silence que Catherine employa à lacer la robe de velours noir qu'on lui avait apportée.

Lentement, la duchesse alla vers le panneau dissimulant le portrait et en fit jouer le mécanisme.

« Parce que, vous, ce n'est pas la même chose. Parce que, depuis des années j'appréhende votre retour et parce que lorsque je vous ai reconnue hier soir, j'ai compris que ce que j'avais tant craint était arrivé. Vous êtes revenue... vous, la seule qu'il ait jamais aimée, la seule qui sachiez tenir captifs aussi bien son âme que ses sens! Croyez-vous que je ne sache pas ce qu'il cherche au fond de tous ces corps de femmes que son insatiable virilité poursuit? Votre souvenir... vous... le désir inconscient de vous voir renaître en une autre. Croyez-vous que j'ignore, ajouta-t-elle plus bas avec une indicible amertume, que cette Toison d'or, fondée au moment de notre mariage, ce n'était pas à moi qu'elle était dédiée ainsi que le clament sur commande les poètes de cour, mais à une autre... passionnément aimée, jamais oubliée! »

Impressionnée par la colère mêlée de douleur qui vibrait dans le ton d'Isabelle, Catherine murmura :

« Comment avez-vous su? Je croyais que vous ignoriez tout de cette histoire... de cette chambre?

— De ces chambres? Elles sont bien cachées cependant car l'architecte qui les a conçues a su à merveille en dissimuler les entrées mais le duc devrait savoir que rien n'échappe à la curiosité maligne des valets ou des bouffons... J'étais mère depuis trois mois et Philippe déjà désertait ma couche quand le mien m'a montré l'une de ces chambres. Et j'ai pu apercevoir, une nuit, le prince que j'ai épousé, le père de mon fils agenouillé nu devant cette image païenne lui rendant un culte démoniaque et répugnant. Voilà pourquoi je veux que vous partiez... Oh! certes, si vous restiez les autres disparaîtraient, toutes les autres. Mais tout à son bonheur de vous avoir reprise, le duc néglige-

254

rait l'Etat, la Couronne! Ses nuits dans votre lit et ses jours à vos pieds, voilà ce que serait sa vie. Allez-vous-en! Le bien de l'Etat l'exige et moi, souveraine de cet Etat, je l'ordonne! Une escorte vous attend en bas pour vous conduire hors des frontières. »

Doucement, Catherine alla refermer le panneau, revint vers Isabelle et, tout à coup, sourit.

« J'eusse préféré que vous disiez : moi, l'épouse, je le veux! N'aimez-vous donc pas votre seigneur?

— Cela ne vous regarde pas! Là n'est pas la question d'ailleurs. Et puis peut-on aimer un faune, un bouc perpétuellement en rut?...

— Bien sûr! mais si c'est ainsi que vous le voyez c'est parce que vous ne l'aimez pas! A ceci dit, l'escorte est inutile. Je ne suis pas venue pour rester et cette nuit n'aurait pas eu lieu si le hasard ne m'avait placée sur le passage de votre cortège. Je ne devais rester que cette seule nuit à Lille, une simple halte avant de repartir. Le temps de reprendre mes gens et mes bagages et j'aurai quitté cette ville pour n'y plus revenir. Vous n'aurez qu'à faire enlever ces portraits qui vous déplaisent avec juste raison et à m'oublier.

— Fort bien! En ce cas, si vous êtes prête suivez-moi... »

Isabelle se dirigeait vers la porte. Catherine s'enveloppa dans un grand manteau noir ourlé de renard puis embrassa du regard la chambre chaude encore de l'odeur d'amour, le lit ravagé, les reliefs du petit repas, les braises encore rouges de la cheminée et la chimère bleue dressée au-dessus.

« Une seule question encore, madame la duchesse. »

Agacée, hautaine, Isabelle se retourna au seuil :

« Vous abusez! Laquelle?

— Vous n'aimez pas l'amour, n'est-ce pas?... »

L'étroit et beau visage de la Portugaise blonde se

255

colora d'une profonde rougeur. Un éclair de colère brilla dans ses yeux.

« Qu'appelez-vous amour? Cet assouvissement des instincts les moins avouables? Cette agitation dégradante où la dignité humaine disparaît? Cet attouchement contraire à la chasteté, à l'ordre divin?...

– Non. Cette communion de deux sensibilités au plus secret d'elles-mêmes, cette folie délicieuse, qui s'achève en anéantissememt bienheureux d'où l'on émerge pour délirer encore. Ce...

– Assez! coupa Isabelle. Nous ne parlons pas le même langage et je n'ai que faire de vos sensations!...

– Peut-être. Mais en ce cas, ne vous étonnez pas qu'un homme cherche ailleurs ce que son épouse lui refuse!

– Je suis fille de roi, sœur de roi! Je n'ai pas à me soucier de complaisances compatibles seulement avec l'état de ribaude! »

Catherine s'enveloppa plus étroitement dans son manteau, baissa le capuchon sur son visage et soupira.

« Vous avez raison, madame la duchesse, nous ne parlons pas le même langage. Mais j'aurais cru qu'en Portugal où le soleil a tant de force et la terre tant de parfum, même une princesse pouvait aimer l'amour!... »

Quelques instants plus tard Catherine s'échappait de la demeure ducale par une petite porte dérobée et se dirigeait vers la maison de Symonne. Le jour commençait à peine à se lever mais il se levait tard en cette saison hivernale et la ville où partout claquaient les volets des échoppes et des boutiques était déjà au travail. Il avait neigé un peu avant l'aube et une couche immaculée de neige épaisse recouvrait toutes choses cachant la boue et les immondices des ruisseaux, adoucissant les toits aigus des maisons. Catherine marchait vite, heureuse de se sentir tout à coup alerte et plus jeune. Ce matin, aucune trace des affreuses nausées habituelles! Et elle aurait pu penser que son état était redevenu normal, que sa grossesse n'était qu'un cauchemar dont l'amour de Philippe l'avait délivrée. Bien sûr il n'en était rien et à présent il fallait songer sérieusement à cette délivrance définitive qui barrait le cours de l'avenir.

Chez Symonne où seuls les serviteurs étaient éveillés mais où de toute évidence elle était attendue, elle demanda que l'on allât au palais prévenir messire Van Eyck car elle désirait lui parler de toute urgence. On lui répondit qu'il n'y aurait pas si loin à aller et que le peintre avait accepté l'hospitalité des Morel et devait sommeiller encore.

« Eh bien, allez le prévenir! » ordonna-t-elle.

Elle n'eut pas longtemps à attendre. Quelques secondes plus tard Van Eyck accourait, les cheveux en désordre, enveloppé à la hâte dans son manteau de voyage qui lui tenait lieu de robe de chambre, mais très éveillé.

« Par tous les saints du Paradis, où diable étiez-vous Catherine? Nous nous le sommes demandé la plus grande partie de la nuit.

— Comme si vous ne le saviez pas? Au Palais bien sûr!

— J'en conviens mais où, au palais? Nous étions morts de peur et nos craintes augmentaient avec les heures. Nous pensions à des choses affreuses.

— Lesquelles?

— Allez savoir! Vous étiez d'une telle humeur hier que je me demandais si vous n'aviez pas été jetée en prison. Quand nous avons su par dame Symonne que Monseigneur n'avait pas paru au banquet des Rois, qu'il avait abandonné ses hôtes sous un vague prétexte de malaise, quand il m'a été impossible, à moi, son valet de chambre, d'obtenir l'importante audience dont j'avais besoin, j'ai tout imaginé. Le duc, après une entrevue pénible, vous avait fait arrêter, incarcérer puis, furieux et malheureux il s'était enfermé, refusant la fête, remâchant sa colère et sa déception comme il lui arrive si souvent de le faire... Un instant, même, j'ai pensé que peut-être il vous avait tuée.

– Tout simplement? Quelle imagination! Il ne vous est pas venu à l'idée que j'aie pu passer la nuit avec lui?

– Passer... la nuit avec le duc? Toute la nuit?...

– Toute la nuit! Non, Jean, ne prenez pas cette mine de chat qui a découvert un bol de crème. Cette nuit, il a été mon amant, en effet tout comme jadis, mais c'était pour la dernière fois. Nous ne nous reverrons plus. Un adieu, en quelque sorte... définitif! »

Sous son harnachement, Van Eyck haussa les épaules.

« Quelle stupidité! Il vous aime, Catherine, et...

– Oh! je sais qu'il m'aime. J'en ai eu la preuve surabondante dans cette chambre rose, copie fidèle de ma chambre de Bruges à l'exception toutefois de ce que l'on trouve derrière les panneaux! On dirait que vous vous entendez à merveille à peindre non seulement ce que vous connaissez bien, mon ami, mais encore ce que vous n'avez jamais vu! Et il paraît que vous avez répété cet exploit à... cinq exemplaires? Compliment! »

Devenu rouge comme une brique il lui jeta un regard indigné.

« Six!... fit-il.

– Six? Comment cela?... Le duc m'a dit cinq!

– J'en ai fait un pour moi mais je n'ai pas jugé utile de le lui dire, grogna-t-il. Et si vous voulez en savoir plus encore non seulement je n'en ai aucun regret mais encore j'ai passé à ces images les moments les plus enivrants de toute ma vie! Ah!

que c'était doux, que c'était délicieux d'esquisser les contours de ce corps que monseigneur décrivait avec des mots de poète, puis d'en faire naître la chair, la couleur, d'en caresser les formes! Mon pinceau était animé par sa pensée et ses souvenirs d'amour! Et vous auriez voulu que je ne garde rien pour moi de ces instants uniques où nous vous faisions renaître entre nous? Vous surgissiez lentement de mes mains dans tout l'éclat de votre grâce, avec tous les secrets enfin révélés, pour moi, de votre féminité... »

Abasourdie, Catherine écoutait sans en croire ses oreilles la tirade passionnée du peintre. Elle savait depuis toujours qu'il avait pour elle plus que de l'affection mais elle croyait à un amour abstrait d'esthète et d'artiste, un amour désincarné en quelque sorte. Elle n'avait jamais imaginé qu'il pût la désirer avec cette ardeur, une ardeur qui n'était pas sans l'inquiéter pour la suite de leurs relations. Si elle devait demeurer quelque temps chez lui, à Bruges, qui pouvait dire comment les choses risqueraient de tourner? Pour couper court au flot lyrique, elle choisit de se mettre en colère.

« Ma parole, les hommes sont fous! Et plus fou que vous mon cher, je n'en vois guère si ce n'est votre maître! Qui a jamais rien entendu de plus insensé?...

– Peut-être! riposta Van Eyck douché et maussade, mais sa folie à lui semble avoir été, cette nuit, payée de retour! Oserai-je jamais en espérer autant?

– Certainement pas! Et, Jean, si vous voulez que nous demeurions toujours les bons amis que nous avons été jusqu'à présent, nous ne parlerons plus jamais de cette... période un peu trouble de vos relations avec le duc, pas plus que de ces étranges portraits.

– J'imagine que vous vous préférez en madone ? fit Van Eyck amèrement.

– Sans le moindre doute... même si cela vous paraît plein d'outrecuidance...

– Cela peut difficilement passer pour de l'humilité. Autrement dit vous préférez l'adoration de tous à celle d'un seul... »

Catherine poussa un soupir excédé.

« Si vous le voulez bien, Jean, nous discuterons ce point-là plus tard et autant que vous voudrez. A présent, je pars ! Dans une heure je dois avoir quitté la ville.

– C'est impossible, voyons ? Dois-je vous rappeler que si vous avez passé la nuit avec le duc, je n'ai pas encore eu, moi, le privilège de l'approcher ? Et il faut que je lui parle. Je suis ambassadeur que diable !

– Je le sais mais il n'empêche que je dois partir tout de suite. Ecoutez : Bruges n'est pas si loin. Dix-huit lieues tout au plus. Je peux les faire avec la seule escorte de Gauthier et de Bérenger. Je vous attendrai chez vous voilà tout ! Maintenant, je vais chercher les garçons... mais qu'avez-vous ? Vous n'êtes pas bien ? »

Van Eyck, en effet, était devenu aussi rouge que son vêtement, un beau pourpre sombre, et il semblait tout à coup très malheureux.

« Ecoutez, Catherine, je voulais vous le dire au moment où nous arriverions à destination mais il n'est pas possible que vous alliez chez moi... surtout sans moi !

– Pourquoi ? Vous avez donné des consignes tellement sévères à vos gens ?

– Ce n'est pas cela. Je... je suis marié !

– Quoi ? Vous êtes...

– Oui. J'ai épousé Marguerite trois mois à peine après votre départ, dès mon retour du Portugal. C'est le duc, bien entendu, qui a arrangé ce mariage, très avantageux, pour me récompenser de mon ambassade. Une récompense si l'on veut d'ailleurs.

– Mais enfin... pourquoi ne l'avoir jamais dit? C'est absolument stupide! Nous sommes de si vieux amis...

– Je n'en ai pas eu tellement l'occasion, vous savez. Combien de fois vous ai-je vue depuis? A Roncevaux et puis, ces jours derniers à Luxembourg... et c'est tout!

– Voilà une semaine que nous sommes ensemble. Il me semble que vous avez eu largement le temps...

– Je sais... mais voyez-vous, je ne suis pas tellement satisfait de ce mariage bien que j'en aie une fille. Ma femme et moi nous entendons plutôt mal et la plupart du temps je préfère l'oublier. Et puis j'étais si heureux de vous avoir retrouvée! Il me semblait que le temps s'était aboli, que tout était redevenu comme autrefois...

– Votre femme est jalouse?

– Incommensurablement! »

Il baissait le nez comme un gamin pris en faute, si drôle tout à coup, que Catherine éclata de rire.

« Mon pauvre ami! Mais en ce cas pourquoi m'avoir offert l'hospitalité de votre maison? D'ailleurs, je n'avais pas vraiment l'intention de l'accepter pour ne pas faire jaser les gens de la ville dont je connais la langue agile depuis longtemps.

– Mais parce qu'il n'y a aucune raison pour que vous ne veniez pas chez moi une fois ma femme dûment prévenue. Ce n'est pas une mégère, tout de même, et j'ai bien le droit d'aider une amie en difficulté. Nous irons... »

Doucement, elle lui ferma la bouche de sa main.

« Nous irons moi et les miens à l'hostellerie de la Ronce-Couronnée. Cela me rappellera le temps où je venais à la foire de Bruges avec mon oncle Mathieu et nous y serons très bien.

– Vous êtes folle! Vous installer dans une auberge pour y faire une fausse couche? C'est de la démence! En ce cas, pourquoi ne pas rentrer tranquillement chez vous? Avez-vous oublié que vous possédiez une belle maison dans notre ville? Vous la possédez toujours, savez-vous?

– Je le sais mais il est impensable que j'y aille. Pour tout le monde ici, je rentre en France. Le duc Philippe devra toujours ignorer mon séjour à Bruges... et la duchesse Isabelle aussi.

– La duchesse? Que vient-elle faire là-dedans. »

En quelques phrases, Catherine raconta sa brève entrevue avec l'épouse de son amant, sans se défendre d'un plaisir secret en voyant s'allonger à mesure le visage de son ami. Etant donné la façon dont les choses s'étaient passées et sa déception quand elle avait refusé, hier, de s'attarder à Lille, elle en était venue à penser que Van Eyck n'avait jamais eu réellement l'intention de l'emmener chez lui, qu'il escomptait bel et bien qu'au passage à Lille Catherine verrait Philippe et qu'elle irait ensuite, le plus simplement du monde, occuper son ancienne demeure pour le temps de l'avortement... ou pour plus longtemps peut-être?

A cette minute, il ressemblait trait pour trait à un renard qu'une poule aurait pris.

« Ainsi, elle sait? soupira-t-il enfin et sa déception était si évidente que la jeune femme se remit à rire.

– Eh oui, mon pauvre ami, elle sait! Et comme vous êtes sans doute le plus grand peintre de ce temps, elle ne doit garder aucune illusion sur l'auteur de ces chefs-d'œuvre. Votre facture est inimitable.

– Je me demandais aussi pour quelle raison je

n'avais jamais trouvé, auprès de ma souveraine, accueil et sympathie... Je le sais, à présent...

– On ne peut pas plaire à tout le monde. Vous avez l'affection de votre maître, contentez-vous-en! J'ajoute d'ailleurs qu'il ignore totalement, et la duchesse aussi à plus forte raison, que je suis arrivée ici avec vous et que je vais à Bruges. Pour tous deux, je rentre en France et vais rejoindre mes montagnes d'Auvergne. Il est préférable pour tout le monde qu'ils continuent à le croire. A présent, je vais embrasser Symonne et faire préparer mes garçons...

– Bien! soupira Van Eyck un peu soulagé tout de même. Après tout vous avez peut-être raison. Partez devant mais n'allez pas trop vite : je vous rejoindrai en route peut-être. Et puis, avant de quitter cette maison, revenez me voir, j'ai encore un ou deux conseils à vous donner afin de faciliter votre séjour. Il n'est peut-être pas utile que l'on vous reconnaisse, là-bas... »

Une heure plus tard, Catherine, à nouveau flanquée de Gauthier et de Bérenger dévorés de curiosité mais se gardant bien de poser la moindre question, franchissait les remparts de Lille par la porte regardant vers la France afin que les espions de la duchesse puissent croire à son retour au pays natal. Cela allait l'obliger à un assez grand détour car la route de Bruges se trouvait tout juste à l'opposé mais la sagesse et surtout la prudence l'exigeaient.

Elle venait de franchir le pont-dormant et guidait son cheval au milieu des charrettes des forestiers apportant du gibier et les carrioles des marchands entrant ou sortant de la ville quand le bruit d'une cavalcade se fit entendre derrière elle avec les cris des gardes qui criaient « Place! Place! »...

Craignant que ce ne fût le duc, elle s'écarta, fit ranger son cheval sous un arbre noir dont la neige soulignait chaque branche. Tout le trafic d'ailleurs s'arrêtait et, maugréant plus ou moins, paysans et marchands se rangeaient tant bien que mal de chaque côté du chemin tandis qu'une fanfare de trompes éclatait presque à leurs oreilles. Une troupe de cavaliers surgit, précédée de piqueurs et de valets de chiens retenant à pleins poings leurs molosses aux muscles impressionnants. Catherine frémit. Si c'était le duc et si elle était reconnue elle serait immanquablement retenue à Lille d'où elle pouvait être à peu près certaine que la duchesse Isabelle ne la laisserait sans doute plus sortir vivante...

Mais ce n'était pas le duc. C'étaient, chevauchant botte à botte sur de superbes chevaux normands, le connétable de Richemont et le roi René, qui armés d'épieux sertis d'or massif s'en allaient courre le sanglier. Néanmoins le soupir de soulagement de Catherine ne dura qu'un très court instant et elle ne put s'empêcher de jurer entre ses dents. Le regard froid du prince breton accoutumé à surveiller continuellement ses entours venait de s'arrêter sur son visage, attiré sans doute par l'élégance inattendue de cette femme vêtue de velours et de renard noir.

Epouvantée, Catherine vit la froideur se changer en surprise et en intérêt. Le connétable de France esquissait déjà un sourire et elle comprit qu'il l'avait reconnue. Alors, délibérément, elle détourna la tête, baissant autant qu'elle le pouvait son capuchon sur son visage.

« Mais... fit Gauthier stupéfait, pourquoi ne voulez-vous pas le voir, dame Catherine? C'est messire de Richemont! C'est votre ami.

– Peut-être! mais je n'ai pas envie de le voir! Pour l'amour du Ciel, Gauthier, quittez cet air idiot!... Le connétable de France est bien la dernière personne que j'aie envie de rencontrer en pays bourguignon et vous devriez le comprendre.

– J'ai peur en ce cas qu'il ne vous ait reconnue...

– Moi aussi! Mais peut-être, croyant à une ressemblance, n'attachera-t-il guère d'importance à cette rencontre. »

Il ne manquerait plus, en effet, qu'Arthur de Richemont la crût passée à l'ennemi!...

Quand elle osa relever la tête, la cavalcade était passée et s'éloignait vers l'est tandis que l'embouteillage des carrioles envahissait de nouveau le chemin...

CHAPITRE IX

UNE DAME-PÈLERINE

La vue de Bruges sous son ciel d'hiver arracha un cri d'admiration à Bérenger et un long sifflement au froid Gauthier. Surgie de la plaine blanche moirée de longs canaux glauques, elle paraissait immense mais trouvait moyen de ne pas faire étalage de sa puissance en parant de grâce jusqu'à ses remparts.

Bâtie sur l'eau de la Reie comme Venise, sa rivale méditerranéenne, sur sa lagune, la reine des Flandres dressait vers des cieux sans cesse changeants ses dentelles de pierre blonde qui semblaient enfermer dans leur épaisseur ce soleil qui leur faisait si souvent défaut. Et, sous la gigantesque flèche légèrement penchée du beffroi où les veilleurs se trouvaient si haut qu'ils se croyaient à mi-chemin de Dieu, ce n'étaient que pignons dorés ponctuant fastueusement le moutonnement des tuiles roses qui, peu à peu remplaçaient le chaume et le bois. Ainsi le voulait le duc, fier de sa belle cité et désireux de préserver ses merveilles des incendies continuels. Il n'était jusqu'à sa ceinture de défense qui, posée sur l'eau profonde, ne se parât d'une broderie de saules, de buissons et de lierre. Défendue par ses canaux et ses lacs, Bruges avait à peine besoin de ses murailles...

L'image était belle, pure, nette comme une enluminure précieuse. Et brusquement tout se brouilla. Le vent se leva en hurlant et charriant dans ses tourbillons la neige encore fraîche, bouleversant la belle image comme dans ces boules de verre avec lesquelles jouent les enfants. Et les voyageurs se hâtèrent vers la porte de Courtrai, avides d'un abri et de la chaleur d'un coin de feu.

L'auberge de la Ronce-Couronnée, dans la Wolles-traat, l'active rue aux Laines, leur offrit tout cela avec en outre pour Catherine le parfum des souvenirs d'antan. Rien n'y avait changé en apparence. C'était toujours la même impeccable propreté, les mêmes rutilances de cuivres et d'étains briqués à grand renfort de son et d'huile de coude, les mêmes effluves gourmands montant des vastes cheminées, et le ventre de maître Cornélis, le propriétaire, était peut-être plus rebondi encore que par le passé, même si son haut bonnet blanc laissait passer plus de mèches grises que de mèches blondes... même si un gros pli soucieux creusait à présent son front rose et sa bouche bien nourrie.

Ce pli, d'ailleurs, Catherine l'avait remarqué sur la plupart des visages qu'elle avait croisés sur son chemin et, tout de suite elle avait senti que l'atmosphère de la ville n'était plus la même. L'énorme gaieté flamande, ses cris et son vacarme qui, naguère encore retentissaient dans Bruges vingt-quatre heures sur vingt-quatre avaient fait place à des murmures, à des voix contenues, à des chuchotements. Dans la salle de la Ronce-Couronnée même, si les nez étaient toujours aussi rouges qui plongeaient dans la mousse des chopes de bière, les yeux, au-dessus, étaient froids et circonspects. On aurait dit que la ville entière retenait son souffle, comme si elle attendait quelque chose...

« Vous m'aviez dit, dame Catherine, que cette belle ville était aussi la plus joyeuse du monde? reprocha Bérenger. J'en ai connu de plus gaies.

– Elle l'était et plus que je ne saurais dire. Mais les choses vont mal. Rappelez-vous ce que nous a raconté messire Van Eyck... »

Entre Luxembourg et Lille, le peintre-ambassadeur avait eu largement le temps de leur brosser un tableau de la situation flamande, un tableau aux couleurs déprimantes.

Après le traité d'Arras qui avait, dix-huit mois plus tôt, ratifié la paix entre la France et la Bourgogne, les Anglais se considérant comme trahis par leur allié bourguignon s'étaient livrés à toute sorte de vexations, concernant surtout les trafics maritimes et le commerce des riches cités lainières de Flandre. Leurs troupes avaient en outre ravagé quelques bourgades et si cruellement que le duc Philippe, poussé par Gand et Bruges, avait décidé de mettre le siège devant Calais.

Or, ce siège de Calais avait été un désastre. Ayant plus d'orgueil que de vertus militaires, les riches bourgeois de Gand et de Bruges, voyant que la flotte bourguignonne n'arrivait pas, avaient décidé purement et simplement de s'en aller en dépit des supplications du duc Philippe qui venait tout juste d'accepter un défi en champ clos du duc de Gloucester. La rage au cœur, Philippe avait dû plier bagages sans attendre son adversaire.

A la suite de cela, l'amiral bourguignon Jean de Hornes avait laissé, par pure couardise, les vaisseaux anglais ravager la côte entre Nieuport et le Zwyn, emportant un butin appréciable. L'amiral avait été assassiné mais le port de l'Ecluse[1] dont dépendait la plus grande partie du commerce de Bruges s'était refermé comme une huître, chassant les marchands brugeois et se déclarant indépen-

1. Sluis.

dant. Or, depuis sa fondation l'Ecluse était vassale de Bruges qui exerçait sur elle une pleine et entière souveraineté.

Enfin, depuis bien longtemps, les trois grandes cités flamandes : Gand, Bruges et Ypres qui avaient vécu dans une princière indépendance grâce à leur richesse et à leur puissance[1] formaient entre elles une sorte de fédération à laquelle le duc Philippe prétendait à présent imposer un quatrième membre : le Franc, autrement dit l'ensemble des communes et villages à vocation agricole ou tisserande qui composaient l'environnement de Bruges et Gand y compris bien entendu l'Ecluse. C'était réduire encore les anciens privilèges et la révolte avait grondé dans Bruges où, durant l'été, les puissantes corporations avaient planté leurs bannières sur la place du Marché du Vendredi en signe de mécontentement, réclamé hautement la confirmation de leurs anciens privilèges sur l'Ecluse et le Franc.

Cela n'avait rien arrangé, tant s'en faut. Depuis le malheureux siège de Calais, les griefs s'amoncelaient dans l'esprit du duc Philippe (ses espions n'allaient-ils pas jusqu'à prétendre que l'Angleterre payait Bruges et Gand pour y entretenir la rébellion?) et il se refusait farouchement à confirmer les anciens privilèges. Il menait un jeu subtil et ondoyant, en atermoyant, en gagnant du temps... en préparant peut-être ses forces pour mieux attaquer.

Un véritable dialogue de sourds avait suivi qui n'avait rien arrangé et ne faisait au contraire qu'envenimer les choses.

---

1. Au point qu'un siècle plus tard, l'empereur Charles Quint devait considérer comme le plus important et le plus flatteur de ses titres celui de Bourgeois de Gand.

On en était là et c'est dans cette atmosphère troublée, incertaine et dangereuse que Catherine arrivait pour chercher la solution de ses propres problèmes. Mais ces problèmes lui semblaient justement d'une telle importance qu'elle ne s'appesantit pas outre mesure sur les malheurs de cette ville qu'elle aimait pourtant, sinon pour les regretter et souhaiter que tout redevînt bientôt comme par le passé.

Bruges était sortie entièrement de sa vie d'autrefois et, dans cette auberge qui avait entendu ses rires insouciants de jeune fille, elle ne se sentait qu'à peine différente des voyageurs hollandais, écossais ou italiens qui s'y pressaient. Elle s'était d'ailleurs soigneusement gardée de se faire reconnaître ou de donner un nom qui pût réveiller les mémoires.

Sur le conseil de Jean Van Eyck, elle s'était annoncée sous le nom d'une certaine dame Berneberghe, d'Armentières, venue à Bruges pour y faire pèlerinage au Saint-Sang et en obtenir la guérison d'une maladie. Naturellement, son aspect extérieur allait de pair avec le personnage qu'elle prétendait incarner : sous une coiffe dont les bavolets compliqués ombrageaient ses traits, la guimpe sévère qui enveloppait ses épaules et son cou ne laissait passer qu'une partie du visage, le linge blanc s'arrêtant sous la lèvre inférieure et au ras des sourcils. Pas un de ses cheveux d'or n'était visible et pas davantage les formes charmantes de son corps sous une robe de drap gris fer taillée à l'allemande qu'elle avait trouvée chez un fripier de Courtrai.

A Bérenger qui s'indignait de voir ainsi accoutrée son élégante maîtresse, Catherine s'était contentée de dire :

« J'ai habité cette ville, jadis, assez longtemps pour que certains puissent encore se souvenir de moi. Oh! je n'ai certes pas l'outrecuidance de me croire inoubliable et je suis persuadée que l'on m'a largement oubliée... mais je préfère ne courir aucun risque. En outre, je pense que j'aurai plus de chance, ainsi, d'être acceptée par l'épouse de notre ami Van Eyck, si nous l'approchons.

– Ce sera sage en effet, soupira Gauthier. D'après ce que j'ai pu comprendre, cette femme doit être une redoutable mégère. J'espère que nous pourrons éviter de la rencontrer. »

Catherine l'espérait aussi.

Elle décida même d'éviter soigneusement la dame quand le lendemain Van Eyck vint la visiter à la Ronce-Couronnée. Elle eut en effet du mal à le reconnaître car ce n'était plus le même homme. Le peintre un peu bohème d'autrefois à l'œil acéré, l'ambassadeur ducal à la langue alerte et facilement hautain, le compagnon de voyage aimable et volontiers galant, l'ami passionné, tous ces personnages divers s'étaient fondus en un être monolithique, grave, compassé, à la voix retenue, au ton mesuré, à la politesse exacte : un grand bourgeois. Le fait qu'il s'agît d'un bourgeois de Bruges ne changeait rien à la chose car le ton général de Bruges étant à la mélancolie, Jean s'était fait d'un seul coup plus triste que tous les autres. C'était comme si, avec le velours noir de ses vêtements de ville, il s'était mis un masque.

La vêture austère de Catherine parut le remplir d'aise et, entrant dans le jeu qu'il avait indiqué lui-même, il s'inquiéta de la santé de dame Berneberghe, l'informa à très haute voix du fait que le bedeau responsable de la Chapelle du Saint-Sang se tiendrait à sa disposition le soir même pour la mener à la relique et ajouta qu'il se ferait lui-même un devoir de venir la prendre un peu avant le coucher du soleil. Il avait été décidé, en effet, que la dame-pèlerine ne ferait qu'un très court séjour...

Ayant dit, il s'apprêtait à partir mais cette comédie, qui se déroulait dans la salle de l'auberge, parut tellement distrayante à Catherine qu'elle ne put s'empêcher de la prolonger un peu.

« Vous avez fait diligence, messire Van Eyck, et je vous en suis profondément reconnaissante mais fallait-il tant de hâte? Je pensais ce jourd'hui faire visite à dame Marguerite, votre vertueuse épouse, auprès de laquelle vous m'aviez si aimablement invitée à Lille. N'aurai-je donc pas le plaisir de la voir?

– Hélas! mon épouse est souffrante et ne saurait recevoir. Elle me charge de vous dire tous ses regrets car elle espérait beaucoup rencontrer une dame d'aussi grand mérite mais je crois que, pour cette fois, cela ne sera guère possible! »

Il avait rougi malgré lui et détournait les yeux, si visiblement gêné que Catherine faillit lui éclater de rire au nez. Ses retours à la maison, où Marguerite devait régner en souveraine absolue, n'étaient certainement pas empreints de délirante tendresse et Catherine en venait à se demander ce qui se serait passé si acceptant son invitation elle était arrivée en même temps que lui. A présent, peut-être Jean n'avait-il jamais eu réellement l'intention de l'emmener chez lui et en arrivant dans la ville il eût sans doute trouvé un bon prétexte pour l'installer à l'auberge... en admettant qu'elle continuât de refuser farouchement de reprendre logis dans son ancienne demeure du quai du Rosaire...

Ne voulant pas retourner plus longtemps sur le gril un vieil ami qui, par-dessus le marché, prenait de tels risques conjugaux pour lui rendre service, elle le laissa partir et conseilla à Gauthier et Bérenger d'aller visiter la ville tandis qu'elle-même se préparerait à l'expédition du soir. Car selon elle, ce fameux rendez-vous, pris avec le bedeau, ne pouvait signifier qu'une seule chose : la Florentine la recevrait le soir même afin que son séjour dans la ville fût aussi bref que possible.

Elle était un peu choquée d'ailleurs que Van Eyck eût masqué d'une aussi sainte intention – un pèlerinage au Saint-Sang! – cette visite à une avorteuse qui constituait bien réellement un crime aux yeux de Dieu mais elle n'était pas en situation d'imposer ses volontés, trop heureuse encore d'avoir trouvé cette aide providentielle sans laquelle il ne lui fût plus resté d'autre issue que la mort.

Vers la fin du jour, quand Van Eyck vint la chercher, elle s'enveloppa de son manteau noir, prit un gros livre d'heures et le suivit, les coiffes baissées sur le visage, dans l'attitude convenant à une pieuse créature.

« Où allons-nous? demanda-t-elle quand ils se furent suffisamment éloignés de l'auberge.

– Mais... je vous l'ai dit : à la chapelle!

– Nous y allons vraiment? Je croyais...

– Nous y allons d'abord! Il ne faut pas que l'on puisse soupçonner la raison réelle de votre présence ici. Voyez-vous, dans les temps que nous vivons ici, je dois faire preuve d'une extrême prudence car les bons serviteurs du duc Philippe ne sont pas tellement bien vus. Pour un rien, nous serions même en danger.

– Alors pourquoi rester? Installez-vous à Lille ou à Hesdin jusqu'à ce que le calme revienne. N'avez-vous pas déjà vécu plusieurs années à Lille, jadis?

– En effet mais j'ai choisi de vivre ici et je veux y rester.

– Vous n'y êtes pas né, cependant?

– Non. Je suis né loin d'ici, dans une petite ville au fond du Limbourg, à Maeseyck dont je n'ai gardé aucun souvenir. Ici il y a le ciel, les couleurs, l'éclat, la beauté et même la splendeur, tout ce que l'on ne trouve nulle part ailleurs, tout ce dont je ne puis plus me passer. J'ai vécu dans bien des endroits, Catherine, mais je mourrai à Bruges. Voilà pourquoi je prends, pour vous aider, tant de précautions... des précautions qui vous choquent un peu n'est-ce pas? ou qui vous déroutent?

– Je pensais qu'il s'agissait surtout de votre épouse. »

Le soupir qui lui échappa représentait une manière d'aveu mais Jean reprit :

« Bien sûr, il y a mon épouse... et Dieu sait que je n'ai pas fini de regretter mon mariage! Mais, même pour vivre loin de Marguerite, même pour redevenir libre, je ne pourrais pas renoncer à Bruges. A présent, songez à vos dévotions, nous arrivons. Ensuite quand la nuit sera tombée, nous passerons de la chapelle à l'hôtel de ville que nous traverserons pour aller à notre rendez-vous... »

En dépit de la crainte qu'elle éprouvait et qui s'amplifiait à mesure qu'elle approchait d'une épreuve peut-être redoutable – un avortement présentait toujours de graves dangers – Catherine joua son rôle de façon satisfaisante. D'autant plus qu'elle n'eut pas à se forcer, une fois agenouillée devant l'ampoule sainte qui brillait, rouge dans un soleil d'or et de diamants, pour implorer du Ciel le pardon du sacrilège qu'elle était en train de commettre et aussi la protection divine pour ce qui l'attendait... Dans une heure, si la femme n'était pas aussi habile qu'on le lui avait dit, elle serait peut-être déjà en train de mourir...

Et ce fut en silence et le cœur contracté qu'elle quitta le sanctuaire à la suite de Van Eyck, gagna le canal voisin et prit place dans une barque où un homme attendait.

« Mène-nous où tu sais », dit le peintre et le petit bateau se mit à glisser sans bruit sur l'eau paisible. La nuit était noire à présent mais des lanternes disposées sur les petits ponts ou aux angles des maisons permettaient de suivre une route sans se perdre. Le temps s'était considérablement radouci depuis la veille. La neige avait fondu, laissant la place à une boue désagréable cependant que de minces filets d'eau s'égouttaient encore des toits.

Le trajet n'était pas long et fut vite parcouru. On aborda non loin de l'église, toute récente encore, du Saint-Sépulcre dont Catherine reconnut la tour à lanterne et le petit dôme de bois. Puis, tandis que la barque allait s'abriter sous un pont voisin, Catherine et Jean s'engagèrent dans la rue au Poivre au bout de laquelle s'élevait la masse puissante de la porte Sainte-Croix.

« C'est là! » fit le peintre en s'arrêtant devant une jolie porte de bois ouvragé qui se cachait dans un renfoncement coincé entre l'arrière d'un entrepôt et le mur d'un jardin. Cela assurait une certaine discrétion aux gens qui étaient appelés à franchir cette porte car l'ombre était plus épaisse encore dans ce créneau. D'ailleurs, il y avait peu de monde dans la rue où les magasins d'épices fermaient dans le vacarme de leurs volets de bois.

Van Eyck frappa trois coups discrets à l'aide du petit marteau de cuivre poli et la porte s'ouvrit presque instantanément sur le trou noir d'un corridor au fond duquel brillait une lumière douce. Il faisait tout juste assez clair pour révéler la blancheur d'un tablier et d'une cornette de lin sur la tête d'une femme dont il était impossible de distinguer le visage.

« Entrez, messire, et vous aussi madame, fit une voix ensoleillée par un joyeux accent méditerranéen. Vous êtes exacts. Suivez-moi, s'il vous plaît... »

Ils la suivirent au long du couloir et à mesure que l'on approchait de la lumière qui venait d'une porte entrouverte, Catherine pouvait distinguer mieux la Florentine et sentait s'apaiser un peu ses angoisses... C'était une femme d'une quarantaine d'années, petite et très brune avec une peau couleur d'ivoire qui semblait aussi douce que de la soie. Elle était ronde avec un visage plein dans lequel brillaient deux yeux très noirs. Sous son tablier blanc dont les plis fraîchement amidonnés montraient de belles cassures nettes, elle portait une robe de laine rouge clair et Catherine qui s'était attendue sans trop savoir pourquoi d'ailleurs à quelque mégère édentée bâtie sur le modèle de la Ratapenade, la sorcière de Montsalvy, trouva cet ensemble un peu rassurant. Cette femme, au moins, était la propreté même!

La pièce dans laquelle on l'introduisit ressemblait tout à fait à son occupante et n'avait rien d'une auge puante. Avec son dallage noir et blanc luisant de propreté, les petits carreaux verts sertis de plomb de ses fenêtres, ses meubles si bien encaustiqués qu'ils paraissaient de satin sombre et les cuivres étincelants rangés sur le manteau de la grande cheminée de pierre où brûlait un bon feu, c'était un modèle de netteté flamande. Dans ces conditions, Catherine avait peut-être une chance sérieuse de s'en tirer sans drame.

« Carlotta, commença Van Eyck, voici la dame dont je vous ai parlé. Elle a grand besoin de votre aide.

– J'espère pouvoir la lui donner. Veuillez vous étendre sur cette table, madame, dit-elle en désignant la grande table de chêne placée devant la cheminée. Quant à vous, messire, retirez-vous dans la chambre à côté », ajouta-t-elle en allant ouvrir une porte située tout au fond de la pièce.

L'examen fut rapide et parfaitement indolore. La

Florentine avait des mains d'une grande légèreté, qu'elle alla d'ailleurs laver soigneusement quand ce fut fini, au grand étonnement de Catherine occupée à rajuster ses vêtements. Elle n'avait jamais vu personne agir ainsi, après avoir touché un corps humain ou soigné un malade en dehors de son vieil ami Abou-al-Khayr et de Sara bien entendu. C'était encore un bon point pour l'ancienne servante du maître Arnolfini.

– Eh bien? » dit-elle au bout d'un moment de silence que Carlotta ne semblait guère disposée à rompre. Celle-ci haussa les épaules.

« Il n'y aucun doute. Vous êtes enceinte d'environ deux mois.

– Vous pouvez faire quelque chose?

– On peut toujours faire quelque chose, le tout est de savoir comment. Voyez-vous, madame, interrompre une grossesse présente toujours un danger et moi je n'aime pas le danger parce que j'aime la vie. Cela ne se fait pas en cinq minutes et avec n'importe quel moyen. Alors il faudrait que vous consentiez à demeurer dans cette ville quelque temps. Or, messire Van Eyck m'a dit que vous étiez pressée...

– Pas à ce point-là! Il a toujours été convenu que je séjournerais quelque temps ici. Evidemment, j'habite l'auberge et...

– ... et il faudrait que l'on vous trouve un endroit plus tranquille. Le mieux serait peut-être que vous restiez ici, si vous n'y répugnez pas.

– Ce serait volontiers mais votre maison ne paraît pas grande et j'ai deux jeunes serviteurs avec moi. Je ne peux les laisser puisque je suis censée être venue ici en pélerinage. »

La Florentine eut un sourire qui lui enleva vingt ans.

« Il y a plus de place que vous n'imaginez et dès demain je peux vous recevoir. Je m'y suis d'ailleurs préparée. Pour ce soir rentrez simplement à la Ronce-Couronnée. Demain matin, vous quitterez la ville mais vous y reviendrez avant la fermeture des portes et par celle qui est au bout de cette rue comme si vous aviez oublié quelque chose à Bruges. Personne ne soupçonnera votre présence chez moi si vos serviteurs veulent bien ne pas sortir d'ici. A moins, bien sûr que vous ne préfériez prendre logis chez messire Van Eyck... si vous en avez la possibilité, ce dont je doute.

– Pourquoi donc en doutez-vous? »

Carlotta se mit à rire.

« Parce que je connais dame Marguerite et qu'en dépit de votre... accoutrement de dame d'œuvres vous êtes trop belle pour qu'elle vous accepte de bon gré. Ainsi donc vous reviendrez demain?

– Avec joie si vous voulez bien de moi. Et merci, merci de venir si généreusement à mon aide.

– Généreusement? C'est le seigneur-peintre qui se montre généreux car si j'aime aider mon prochain, j'ai un très gros défaut : j'aime l'or et je suis très chère! ajouta-t-elle avec une franchise qui enlevait tout côté choquant à ses paroles. Car la plupart des belles choses coûtent cher... »

Dans le bachot qui au long des canaux déserts la ramenait avec Jean vers l'hôtel de ville et le Saint-Sang, Catherine, rassurée, laissa pour la première fois depuis des mois son esprit vagabonder autour de pensées où le gris tenace de l'angoisse faisait place insensiblement à la rose aurore de l'espoir. La paix et la délivrance, sinon le bonheur, devenaient possibles...

Rentrée à la Ronce-Couronnée, elle remercia Van Eyck avec l'ancienne chaleur de leurs relations habituelles mais mit nettement les choses au point avec lui : dès son retour France elle lui ferait envoyer, par son banquier Jacques Cœur, une somme correspondant à ce qu'il aurait dépensé pour elle. Il ne s'agissait pas qu'il eût des difficultés avec une ménagère qui devait avoir l'œil sur la bourse commune.

« Sur la bourse commune, oui... mais pas sur certains fonds secrets que j'ai en dépôt chez mon ami Arnolfini et qu'alimente la générosité du duc. Certains portraits de vous m'ont rapporté beaucoup d'or, ajouta-t-il avec un sourire. Et si j'en dépense un peu pour vous, mon amie, ce n'est, croyez-moi, que justice. Ne prenez donc nul souci de cela. A présent, je vous souhaite une bonne nuit. Nous nous reverrons... discrètement, chez Carlotta où j'irai l'un de ces soirs prendre de vos nouvelles. »

Il la quitta sur un salut cérémonieux, bavarda quelques instants avec maître Cornélis, salua quelques marchands étrangers qu'il connaissait et, finalement, quitta l'auberge, laissant Catherine remonter chez elle où elle soupa gaiement entre Gauthier et Bérenger. Eblouis par tout ce qu'ils avaient vu, les deux garçons bavardaient comme des pies et Catherine dut s'y reprendre à trois fois pour leur expliquer le programme du lendemain et des jours suivants.

Après quoi elle se coucha et dormit comme une enfant jusqu'à ce que le soleil, qui s'était décidé à reparaître, fût haut dans le ciel.

Rien ne la pressait en effet car elle souhaitait partir au grand jour, au vu et au su de tous et d'une façon aussi naturelle que possible : la dame d'Armentières, son pèlerinage heureusement accompli, s'en retournait chez elle. Et personne, très certainement, n'accorderait d'attention au départ de cette bourgeoise, riche sans doute, mais discrète.

Vers le milieu de la matinée, elle ordonna à Gauthier d'aller aux écuries pour faire préparer les chevaux mais le jeune homme remonta presque aussitôt, flanqué d'un garçon d'une quinzaine d'années, modestement vêtu, dont les habits, portant des taches de couleurs vives et dont certaines étaient toutes fraîches, disaient assez la profession.

« J'ai trouvé en bas ce jeune homme, dit l'écuyer. Il vient de la part de messire Van Eyck et il apporte une lettre.

– Une lettre urgente! précisa le jeune garçon. Mon maître m'a bien recommandé de ne la remettre qu'entre les mains de dame Berneberghe.

– Vous êtes de ses élèves? demanda Catherine en considérant avec sympathie le visage ouvert, les cheveux blonds et les yeux bleus encore pleins de la naïveté de l'enfance de son jeune visiteur.

– Je suis son élève, madame... le seul! fit-il fièrement. Maître Van Eyck, vous le savez sans doute, a inventé de nouveaux procédés de peinture et il garde jalousement ses secrets. Mais il m'aime bien.

– Comment vous appelez-vous?

– Peter Christ, pour vous servir, madame... Vous plairait-il de lire la lettre? Il paraît qu'il y a grande urgence...

– Je la lis! Offrez donc un peu de vin à ce garçon, Gauthier... »

Souriant encore, Catherine déplia le billet pensant qu'il s'agissait d'une ultime recommandation avant son faux départ. Mais son sourire s'effaça brusquement et elle dut s'asseoir pour achever la lecture de ces quelques lignes qui brusquement se brouillaient devant ses yeux.

« *La Florentine est morte cette nuit. Maître Arnolfini l'a trouvée pendue dans son entrepôt de drap qui jouxte la maison de Carlotta. Le bruit de cette mort emplit la ville mais peut-être n'avez-vous pas entendu ce bruit et j'ai voulu que vous en soyez informée tout de suite. Je suis désolé, mon amie, mais le mieux est que vous repartiez. Allez à Lille, voyez dame Symonne.*

281

Elle trouvera peut-être un moyen de vous sauver. Mon cœur saigne en vous disant adieu... Que Dieu vous garde! »

Catherine était devenue si pâle que Gauthier poussa le jeune Peter vers la porte, pressé qu'il était de savoir le contenu de la lettre, mais Catherine l'arrêta.

« Maître Van Eyck n'a rien dit d'autre? demanda-t-elle d'une voix blanche. Pourquoi n'est-il pas venu lui-même?... »

Gêné le jeune garçon baissa le nez comme s'il eût été coupable de cette absence, tortilla nerveusement son bonnet rouge entre ses mains sans répondre.

« Eh bien? Qu'y a-t-il? Il n'est pas malade j'espère?

— Non, non... mais... oh! et puis tant pis! Hier au soir, en rentrant il a eu avec dame Marguerite une terrible scène. Elle l'a accusé d'être un débauché, un coureur de jupons... On lui a dit qu'il avait amené à l'auberge une... une bonne amie et elle était furieuse. Alors, ce matin elle l'a enfermé à double tour dans son atelier... avec moi, en criant qu'il ne sortirait que quand elle le voudrait bien!

— Mais alors comment es-tu sorti? demanda Bérenger.

— Par la fenêtre, bien sûr, celle qui donne sur le canal. Je suis descendu avec une corde jusque dans la grosse barge qui est toujours amarrée en dessous... et je rentrerai de la même façon. Que faut-il dire à maître Van Eyck? »

Le dialogue des deux garçons avait permis à Catherine de se remettre un peu de cette catastrophe incompréhensible qui la frappait. Carlotta, morte! Mais comment? Mais pourquoi?... Avait-elle donc des ennemis si acharnés car elle ne pouvait s'être suicidée. Dans ce métier, bien sûr, il y avait de grands risques et peut-être un mari, un amant à la

suite d'un drame dont on la rendait responsable?
Qui pouvait savoir?

En dépit de son tourment, elle réussit pourtant à
sourire au jeune messager en lui répondant :

« Vous êtes un brave garçon; dites-lui que je le
remercie de ses souhaits de bon voyage. Dans un
moment, nous aurons quitté Bruges. Dites-lui aussi
que je suivrai son conseil... et que je le plains de
tout mon cœur! »

Nanti d'une pièce de monnaie, Peter repartit
joyeusement vers sa corde et sa fenêtre, tandis que
Catherine, sans un mot, tendait la lettre à Gauthier
qui la parcourut et la lui rendit avec un regard
chargé d'interrogations.

« Qu'est-ce que cela veut dire? Cette femme vous
a-t-elle paru sur le point de se suicider?

— Sûrement pas. Je vous l'ai dit : j'ai vu une
femme aimable en bonne santé, visiblement pros-
père. Elle m'a même dit qu'elle aimait la vie...

— Alors, on l'a tuée... mais pourquoi?

— Je n'en sais rien, Gauthier. Ce que je sais c'est
qu'il faut quitter cette ville tout de suite. Je n'aurais
jamais dû accepter d'y revenir, ni surtout abriter
sous un faux prétexte de pèlerinage ce que je venais
y faire. Dieu me punit! »

Gauthier haussa les épaules.

« Si Dieu devait punir tous ceux qui se servent de
lui pour essayer de se tirer d'un mauvais pas, nous
aurions des hécatombes quotidiennes. Il faut croire
que cette malheureuse a déplu à quelqu'un de
puissant, peut-être en refusant son aide ou en
demandant trop d'or. Qui peut savoir? Mais nous,
que faisons-nous? Vous voulez vraiment retourner à
Lille, après ce qui s'est passé?

— Commençons par partir. Nous en discuterons
en route. Mais je me demande si le mieux n'est pas,
après tout, de rentrer à Montsalvy. Bérenger vous
dira que j'ai là-bas une vieille amie, Sara, qui est

savante en toute chose de médecine et qui peut-être pourrait me sauver. Sinon... Ah! j'aurais dû aller vers elle tout de suite, sans attendre... mais revenir chez moi dans cet état me faisait horreur. Allez préparer les chevaux et payer l'écot! »

Avec un signe d'assentiment Gauthier quitta la chambre, redescendit... et remonta presque aussitôt. Cette fois, trois hommes l'accompagnaient : l'un était le patron de la Ronce-Couronnée, maître Cornélis, qui d'ailleurs fermait la marche, paraissant s'abriter derrière les deux autres. Ceux-ci, vêtus de belles robes de drap épais garnies de vair et de renard et portant de larges chaperons de velours aux plis compliqués, devaient être des hommes d'importance.

« On ne m'a pas permis d'aller jusqu'à l'écurie, protesta Gauthier, visiblement furieux, ni d'ailleurs de payer notre écot. Ces gens ont paraît-il à parler à ma dame...

— Tenez votre langue, mon garçon, grogna le plus grand des deux inconnus et sachez à qui vous vous adressez. Je suis l'un des deux bourgmestres de cette ville, Louis Van de Walle, et voici l'échevin Jean Metteneye!... » Puis, se tournant vers Catherine, il s'inclina légèrement, en un salut qui parut de mauvais augure à la jeune femme car il était trop profond pour une simple bourgeoise et pas assez pour la grande dame qu'elle était en réalité.

« Nous sommes venus vous dire qu'il ne saurait être question pour vous de quitter notre ville... madame la comtesse! »

Catherine tressaillit imperceptiblement mais se força au calme. Elle alla même jusqu'à un léger sourire.

« Je suis très honorée de votre visite, messieurs, et d'autant plus que je m'en sens bien indigne. Mais je crois qu'en vous adressant à moi en ces termes,

284

vous faites erreur. Je ne suis nullement comtesse. Simplement bourgeoise, venue de...

— Vous êtes la comtesse de Brazey; la maîtresse bien-aimée du duc Philippe dont vous êtes enceinte. Et vous êtes venue ici pour que la Florentine fasse disparaître le fruit de vos amours adultères! »

La foudre venait, de la façon la plus imprévue, de s'abattre sur Catherine mais elle avait trop l'habitude des combats pour montrer la crainte qui l'envahissait.

« Sauf le respect que je vous dois, vous êtes fou, sire bourgmestre! fit-elle avec une hauteur qu'elle ne sut pas assez bien maîtriser. Me direz-vous où vous avez pris ces idées insensées?

— Ici même! Vous avez été reconnue dès l'instant où vous avez franchi la porte de Courtrai. Voyez-vous... Dame Catherine — c'est bien votre nom, n'est-ce pas? — si disgracieux et si austère que soit le costume dont vous avez jugé bon de vous affubler pour entrer dans Bruges, il ne saurait complètement dissimuler une beauté comme la vôtre... une beauté dont tous, ici, ont gardé le souvenir ébloui...

— Mais enfin...

— Allons! Il est bien inutile de nier! Qui pensez-vous convaincre avec ce système? Ou alors, faites-nous donc la grâce d'ôter cette coiffe, si modestement ample, et de nous montrer vos cheveux. S'ils ne sont pas de l'or le plus pur nous reconnaîtrons notre erreur et nous admettrons que vous n'êtes pas la dame de Brazey. »

Comprenant qu'elle était acculée, Catherine tenta au moins de parlementer. Il fallait que ces gens lui rendissent sa liberté. Mieux valait essayer de s'entendre...

« Soit! fit-elle avec un sourire. Vous m'avez reconnue. Mais votre horloge retarde, sire bourgmestre, et bien des choses se sont passées depuis le temps que vous évoquez. Ainsi, je ne suis plus la dame de Brazey et n'ai plus rien à faire avec la Bourgogne où cependant j'ai gardé quelques amis, ce qui devrait vous sembler assez naturel. A présent, je suis comtesse de Montsalvy, épouse de l'un des meilleurs capitaines du roi Charles VII et dame de parage de la reine de Sicile. J'admets, ajouta-t-elle avec un sourire, que ce genre de déclaration, voici encore deux années, m'eût sans doute valu un séjour dans l'une de vos geôles. Mais France et Bourgogne sont en paix, dorénavant, n'est-il pas vrai?... A présent, vous savez tout et je pense qu'il ne vous reste plus qu'à me souhaiter bon voyage et à vous retirer. »

Mais le sourire n'avait servi à rien et, sous le chaperon rouge, le visage de Van de Walle demeura de pierre.

« Pas encore, si vous le permettez! Me direz-vous, en ce cas, ce que vous êtes venue faire ici et sous une fausse identité.

— Puisque vous êtes si bien renseigné, vous devriez le savoir : je suis venue prier devant le Précieux Sang de Notre Seigneur pour qu'il consente à rendre la santé à mon époux gravement blessé il y a quelques mois. Il m'a paru plus convenable de le faire sous un nom d'emprunt. Hier, vers la fin du jour, j'ai été...

— ... vénérer la relique en compagnie de maître Van Eyck, j'en conviens! Mais ensuite vous avez quitté discrètement la chapelle en passant par l'hôtel de ville. Et, en bateau, vous avez gagné la maison de la Florentine. De ce côté-là aussi il est inutile de nier. Nous avons des agents habiles... très capables de suivre quelqu'un sans se faire voir, surtout quand la nuit tombe! »

La voix froide, posée, articulant soigneusement chaque syllabe afin qu'elle porte mieux, agissait comme un acide sur les nerfs de Catherine, emportant ses belles résolutions de calme et de diplomatie. Sa voix, à elle, fut encore plus glaciale quand elle riposta, perdant patience.

« En admettant que tout ceci soit vrai... me ferez-vous la grâce de me dire en quoi mes affaires vous regardent ?

– Personnellement, elles ne me regardent pas, j'en conviens mais elles regardent la cité tout entière dès l'instant qu'elles présentent quelque valeur pour sa sauvegarde. Or vous portez l'enfant d'un prince qui nous cause de bien grands ennuis, et cependant vous n'avez pas craint de venir ici pour vous en débarrasser !

– C'est faux ! Jadis, oui, j'ai eu un fils de monseigneur Philippe... mais cet enfant est mort et vous le savez certainement aussi bien que quiconque, vous qui savez tout ! Mais, depuis, j'en jure Dieu, il ne m'en a pas fait d'autre ! Comment l'aurait-il pu d'ailleurs alors que j'habitais l'Auvergne et lui ses Etats ?... »

Louis Van de Walle leva la main comme pour endiguer le flot de paroles.

« Il est inutile de vous défendre comme vous le faites, madame ! Tout ce que vous pourrez dire ne servira à rien !

– Ce qui veut dire ?

– Que vous demeurerez ici jusqu'à la naissance de cet enfant. Il sera peut-être possible alors de voir à qui il ressemble !

– Je me tue à vous dire qu'il n'est pas du duc !

– Peut-être... et au fond cela ne présente que peu d'importance, fit le bourgmestre avec un froid sourire. Ce qui importe c'est que vous soyez ici, en attente d'enfant, que vous y demeuriez sous bonne garde... et que le duc en soit promptement informé! »

Catherine trouva assez d'empire sur elle-même pour éclater de rire.

« Et que voulez-vous que cela lui fasse? Nous ne sommes plus rien l'un pour l'autre depuis longtemps. Alors ce qu'il peut advenir de l'épouse du sire de Montsalvy et de son enfant, voilà qui doit lui être parfaitement égal. Vous commettez une lourde erreur, sire bourgmestre, une erreur que vous regretterez peut-être profondément!

— Cela m'étonnerait. Même s'il n'est pas du duc, l'enfant n'est pas non plus de votre mari, car vous ne vous seriez pas donné tant de peine pour le supprimer. Quant aux... sentiments de Monseigneur envers vous, je ne suis pas certain que vous en soyez bien informée. Vous êtes trop modeste, dame Catherine... beaucoup trop modeste et je crois savoir, moi, que le duc ne vous a guère oubliée. Tout le monde ici connaît la vérité sur la Toison d'or...

— Une vérité vieille de huit ans!

— Le temps ne fait rien à l'affaire. C'est un prince fort sensible que monseigneur Philippe... et nous sommes persuadés que vous sachant entre nos mains... et en danger de mort, il ne traitera pas la chose avec désinvolture. »

La gorge de Catherine se sécha brusquement.

« De mort?... Avez-vous perdu l'esprit? Que vous ai-je fait?

— Rien du tout. Mais si le duc refuse de nous rendre nos privilèges, ou... s'il osait nous attaquer, nous aurions le regret de vous exécuter immédiatement. »

C'était plus que Gauthier n'en pouvait supporter. Par trois fois, déjà, au cours du dialogue, Catherine avait dû, par un geste impérieux, l'empêcher de prendre part au débat. Cette fois, il n'y tint plus.

Tirant son épée d'un geste brusque il en posa la pointe sur la poitrine du bourgmestre.

« Je crois que vous dépassez les bornes, bourgmestre! Je n'ai pas l'habitude de laisser insulter ou menacer ma maîtresse car la garder est ma principale fonction. Aussi faites-moi donc le plaisir de sortir d'ici et plus vite que cela. Mais auparavant, toutefois, ayez la bonté de nous établir immédiatement un laissez-passer qui nous permette de quitter votre bonne cité, si agréablement hospitalière.

– Et si je n'obéis pas?

– Je vais avoir l'immense plaisir de vous couper la gorge! »

Van de Walle haussa les épaules.

« Vous signeriez votre arrêt de mort immédiate. Avez-vous envie d'être pendu?

– Comme vous avez si bien pendu cette pauvre femme, la Florentine? Car c'est sur votre ordre, n'est-ce pas, qu'on l'a exécutée?...

– Gauthier! reprocha Catherine. Je crois que vous dépassez vous aussi les bornes...

– Croyez-vous? Regardez donc la figure de votre bon bourgmestre. Il ne lui vient même pas à l'idée de nier! On tient beaucoup décidément à ce que vous ayez un enfant!

– Et à ce qu'elle l'ait ici! coupa Van de Walle. Alors que décidez-vous? Me tuez-vous ou bien... »

Vivement, Catherine posa sa main sur celle du jeune homme, l'obligeant à abaisser l'arme qui était déjà légèrement enfoncée dans l'épaisseur du tissu.

« Laissez, mon ami! Comme on vient de vous le dire, cela ne servirait qu'à vous envoyer à la mort, sans nous sauver. Vous pensez bien que ces messieurs ne sont pas venus seuls...

– En effet, dit l'échevin Metteneye qui avait assisté sans ouvrir la bouche à cette scène violente et considéré avec un calme parfait le danger couru par son chef. Il y a, devant l'auberge une compagnie entière de la milice communale, toute disposée à nous prêter main-forte...

– Contre une femme et deux jeunes gens? articula Catherine méprisante. Mes compliments, seigneurs bourgeois! Voilà de la bravoure... presque aussi brillante que celle par vous déployée devant Calais! Eh bien, donc, me voici votre prisonnière! Puis-je savoir où vous avez l'intention de me garder? Dans cette auberge? J'en serais navrée : elle a beaucoup perdu depuis le temps où mon oncle en était l'un des plus fidèles clients. A présent, c'est un coupe-gorge! ajouta-t-elle en adressant au malheureux Cornélis la fin de son sourire dédaigneux, sous lequel il parut se recroqueviller. Plutôt au Steen... à la prison, j'imagine?

– Ni l'un ni l'autre! coupa le bourgmestre. Vous êtes un otage trop précieux pour n'avoir pas droit à tous les égards. Il est inutile d'attiser encore la colère du duc. Vous serez donc parfaitement traitée... à moins que l'on ne nous oblige à des solutions extrêmes.

– Auquel cas vous me couperez la tête avec tout le respect qui m'est dû? Alors, où irai-je?

– Mais... chez vous! Votre maison vous appartient toujours et elle a été soigneusement entretenue par ordre de monseigneur... ce qui, vous l'avouerez, est une parfaite preuve d'indifférence. Vous y aurez toutes vos aises, mais, bien entendu vous y demeurerez sous une étroite surveillance. Je vais d'ailleurs avoir l'honneur de vous y conduire moi-même et, puisque vous étiez prête à partir, je pense qu'il n'y a aucune raison de différer plus longtemps. Quant à vous, jeune homme, ajouta-t-il en se tournant vers Gauthier, je veux bien oublier votre... coup de sang de tout à l'heure car, à tout prendre, vous n'avez fait que votre devoir de bon serviteur mais je vais m'assurer...

– Ah! non, protesta Catherine. Vous n'allez pas me prendre mes serviteurs? Je veux bien être votre prisonnière; je veux bien risquer ma vie entre vos mains et j'essaierai de prendre mon mal en patience mais j'entends garder ceux qui me sont dévoués. Or, je n'ai plus ici que deux amis : mon écuyer et mon page : laissez-les-moi! »

Van de Walle s'inclina.

« Soit! Permettez-moi cependant de corriger vos paroles, dame Catherine. Vous avez ici bien plus d'amis que vous n'imaginez et vous aurez toute la ville si, grâce à vous, nous retrouvons commerce fructueux, paix et privilèges... »

Il semblait croire à ce qu'il disait. Avec un haussement d'épaules agacé, Catherine s'en alla prendre son manteau posé sur un coffre et le jeta sur ses épaules. Curieusement, elle n'éprouvait plus aucune révolte car elle voyait dans ce qui lui arrivait le signe indiscutable du destin, la main de Dieu que son faux pèlerinage avait offensé. Elle connaissait trop Philippe pour s'illusionner, si peu que ce soit, sur son sort : jamais, il ne confondait la politique et ses sentiments. Jamais non plus, et quel que puisse être l'amour qu'il lui portait encore, il ne baisserait pavillon devant des bourgeois révoltés pour la garder vivante... quitte à noyer Bruges dans un bain de sang quand il aurait remis la main dessus, ce qui arriverait tôt ou tard! Il pleurerait abondamment le trépas de la femme qu'il avait sans doute aimée le plus au monde mais il ne lèverait pas le petit doigt pour l'en sauver, tout au moins aux conditions qu'on allait lui imposer.

Persuadée qu'en gagnant sa maison d'autrefois, elle commencerait sa marche vers l'échafaud, Catherine suivit le bourgmestre. Au-dehors, en effet, un groupe important de la milice attendait, en armes et, par-dessus leurs casques étincelants, la prisonnière put voir que la rue aux Laines était pleine d'une foule silencieuse, presque inerte, ce qui pour une foule flamande n'était pas de très bon augure.

Avant de passer le seuil, elle arrêta le bourgmestre.

« Encore un mot! Selon toutes probabilités, je mourrai ici mais, après tout, c'est sans grande importance. Ce que je désire c'est qu'après ma mort il ne soit fait aucun mal à mes jeunes serviteurs et qu'on les laisse repartir librement vers leur pays. Pouvez-vous me donner cette assurance? »

Les yeux froids du bourgmestre s'attachèrent un instant au beau visage tourné vers lui, si paisible, si serein qu'une sorte d'émotion passa dans son regard devant tant de tranquille courage.

« Sur mon honneur, vous avez ma parole! Mais... j'ose espérer que, bientôt, vous pourrez vous aussi retourner vers vos domaines et votre vie habituelle, dame Catherine... et même que nous célébrerons cet événement par une grande fête! »

Catherine haussa les épaules.

« Vous croyez aux miracles, messire? Moi, j'y crois de moins en moins! »

CHAPITRE X

L'OTAGE DE BRUGES

QUAND vint le printemps, les blancheurs et les frimas de l'hiver devinrent grisaille et gadoue. Le froid avait cessé mais les nuages charriés par le vent de mer se mirent à déverser des torrents de pluie qui détrempèrent la terre et gonflèrent les canaux. Le dimanche de Pâques, qui était cette année-là le 31 mars, il plut tellement que l'eau envahit non seulement les caves des maisons mais encore nombre de salles du rez-de-chaussée et les Brugeois obligés de passer ce jour de fête à sauver leurs meubles de l'inondation en vinrent à penser que Dieu leur en voulait personnellement et boudèrent quelque peu les offices du jour.

Chez Catherine, ce fut un jour comme tous les autres, aussi terne, aussi morne... avec pour seule satisfaction la pensée que les factionnaires apostés nuit et jour à l'étage inférieur de sa maison avaient les pieds dans l'eau. Mais le récit enthousiaste et imagé que lui en fit un Bérenger assoiffé de vengeance ne lui arracha qu'un faible sourire.

Pourtant, quand le bourgmestre Van de Walle l'avait ramenée dans la maison qui avait été la sienne, elle en avait éprouvé la joie que ressent le voyageur en retrouvant un lieu charmant où il a connu, jadis, des jours pleins de douceur. Le petit palais, dont les hautes fenêtres lancéolées se reflétaient si joliment dans l'eau calme d'un canal avec les couleurs chaudes de ses vitraux et la grâce de ses pignons sculptés, avait été, en effet, amoureusement entretenu. L'intérieur, fleurant bon la cire fraîche et l'odeur forestière des feux de bois était demeuré dans l'état exact où elle l'avait laissé. Elle revit la grande salle avec sa cheminée de grès couleur de crème, les faïences italiennes et les beaux objets d'étain ou d'or, les précieuses verreries de Venise qui chargeaient ses dressoirs et ses crédences avec le siège, légèrement surélevé et surmonté d'un dais en tapisserie à personnages qui marquait, souverainement, la place de la dame du lieu. Elle revit la chambre rose et argent si follement recopiée par son amant princier, elle revit les saules de son petit jardin dont les longues chevelures se penchaient sur l'eau verte. Mais elle ne revit aucun de ses anciens serviteurs et surtout, surtout, Sara n'était plus là, elle non plus, Sara qui s'entendait si bien à régenter toute la maison. Et parce qu'elle n'y était plus, le petit palais posé sur son miroir semblait avoir perdu son âme. Il n'était plus pour Catherine qu'une ravissante coquille vide où la vie allait s'écouler bien monotone, rythmée par la cloche du beffroi qui, matin et soir, sonnait pour le début et la fin du travail dans la ville.

Bien sûr, on lui donna d'autres domestiques mais ils avaient le visage fermé et les yeux inquisiteurs des geôliers et ils s'entendaient trop visiblement avec ceux qui, chaque jour, venaient s'installer dans la salle basse pour assurer la garde du précieux otage. Une étrange garde, d'ailleurs, fournie chaque jour par une corporation différente comme si tous les corps de métiers de la turbulente cité tenaient à s'assurer, à tour de rôle, de ce que leurs intérêts étaient bien protégés. Et l'on put voir flotter alternativement devant la porte de Catherine, la bannière des chaussetiers, celle des plombiers, des orfèvres, des mouliniers, des chapeliers, des huchiers, des déchargeurs de vin, des peintres, des cordiers, des chandeliers, des barbiers, etc.

Cette garde, sans cesse différente, était devenue la grande distraction de Gauthier et de Bérenger, la seule qui leur fût permise car, pas plus que Catherine, ils n'avaient le droit de sortir de la maison qui au fil des jours perdait toujours un peu plus de son charme et devenait prison. La jolie porte peinte et sculptée ne s'ouvrait jamais pour eux. Seules les fenêtres pouvaient s'ouvrir mais l'air qui entrait était si froid qu'il fallait bien vite les refermer. L'ennui s'installait en dépit des efforts de Catherine et de Gauthier, qui pour meubler le temps avaient entrepris de continuer les études de Bérenger regrettablement négligées depuis son départ de Montsalvy. Heureusement, on ne leur marchandait ni les livres, ni le papier, ni les plumes et grâce à tout cela bien des heures passaient, moins lourdes que les autres.

Naturellement, l'otage n'avait pas droit aux visites. En dépit de ses efforts et d'une scène violente qu'il était allé faire aux échevins, Jean Van Eyck n'avait pu obtenir la permission de voir son amie. On lui avait même fait comprendre qu'il était préférable pour lui de ne s'absenter de chez lui que le moins souvent possible, ce qui réjouissait si visiblement sa femme que sa fureur à lui s'en trouvait redoublée. Il s'en vengeait en exécutant, de dame Marguerite, un portrait si peu flatté qu'il en devenait féroce. Mais cela ne lui rendait pas ses coudées franches pour autant...

Quant à Catherine, chaque jour, matin et soir, elle devait recevoir le chef de sa garde personnelle venu s'assurer de ce qu'elle était toujours là. En outre, le dimanche, un prêtre de l'église Saint-Jean venait dire la messe pour elle et l'entendre en confession si elle le désirait, mais elle ne le désirait jamais.

Enfin, tous les quinze jours, Louis Van de Walle ou l'autre bourgmestre Maurice de Varssenare venait lui rendre une très cérémonieuse visite, s'inquiétait de sa santé, de ses besoins mais ne répondait jamais à ses questions lorsqu'elle essayait de savoir où en étaient les pourparlers avec le duc...

En foi de quoi, elle avait l'impression que les choses étaient loin de s'arranger car à chacune de leurs visites, elle leur trouvait la mine plus grave et le regard plus inquiet.

Cela ne la tourmentait pas outre mesure d'ailleurs car elle en venait à éprouver, pour son propre destin, un curieux détachement. Trop de catastrophes s'étaient abattues sur elle depuis qu'elle avait dû quitter sa chère Auvergne. Elles avaient fini par user sa résistance morale et, à présent, la mort, même tragique, même sanglante sous la doloire d'un boucher prenait lentement les couleurs apaisantes d'une délivrance. En quittant la vie, elle entrerait enfin dans le repos éternel, elle serait débarrassée à tout jamais de ce corps qui lui avait donné des joies, certes, mais tellement plus de souffrances, de ce cœur trop souvent mis à la torture par la dureté, l'égoïsme et l'intransigeance d'Arnaud.

Parfois, la nuit, tandis que les yeux grands ouverts dans l'obscurité elle écoutait couler les heures sans trouver le sommeil, elle cherchait à sonder la vérité de ce cœur. Naguère encore, la seule évocation de son époux suffisait à en accélérer le rythme, à le faire soupirer de bonheur ou se crisper de souffrance. Mais depuis quelque temps il restait étrangement silencieux, comme si, las d'avoir trop crié dans le désert, il avait perdu sa voix...

Seule, la pensée des enfants qu'elle ne reverrait sans doute jamais, réussissait à faire renaître le chagrin et le regret mais c'étaient là des sentiments égoïstes car elle savait les petits bien protégés au milieu de tous ces bonnes gens de Montsalvy qui les adoraient et qu'ils aimaient, auprès de Sara, leur seconde mère, de l'abbé Bernard... et d'Arnaud, dont les sentiments paternels ne pouvaient être mis en doute. Non, en vérité, leur mère ne leur était pas indispensable et elle pouvait mourir en paix, sur cette terre de Flandre qu'elle avait aimée et qui bientôt se refermerait sur elle... Sur elle et sur ce poids chaque jour plus intolérable, qui se gonflait dans les mystérieuses ténèbres de son corps... A cause de cela aussi la mort devenait désirable car la dame de Montsalvy savait bien qu'elle ne pourrait pas survivre à la naissance de l'enfant monstrueux que lui avait infligé un démon pourvu de trop de visages pour n'en montrer qu'un seul.

Sa grossesse, d'ailleurs, devenait pénible et lui causait des malaises, des dégoûts surtout qu'elle n'avait jamais connus auparavant. Jusqu'alors, la vie active, au grand air la plupart du temps, qu'elle avait toujours menée lui avait valu des attentes faciles, à peu près exemptes de désagréments et à la suite de quoi elle mettait ses enfants au monde avec la simplicité des campagnardes.

Cette fois, les choses s'annonçaient plus difficiles, L'existence confinée ne lui valait rien. Elle perdait l'appétit, maigrissait et chaque matin qui se levait la trouvait plus pâle, et plus profond le cerne de ses yeux... Au point qu'au soir du lundi de Quasimodo, lorsque Louis Van de Walle apparut, Gauthier lui sauta littéralement au visage quand il franchit le seuil de la salle.

« Si vous avez juré sa mort, il serait plus honnête de le dire toute de suite, sire bourgmestre. Chaque jour qui passe la voit plus faible et je peux vous prédire avec certitude qu'avant peu votre précieux otage vous aura échappé parce que Dieu s'en sera chargé. Que direz-vous alors au duc Philippe?

– Puis-je la voir?

– Certainement pas! Pour ce soir vous vous contenterez de moi. Elle est au lit depuis hier. J'ajoute qu'elle n'a rien avalé depuis deux jours en dehors d'un peu de lait. »

Un vif mécontentement se peignit sur le visage anguleux du magistrat municipal.

« Si la comtesse est souffrante pourquoi n'en avoir rien dit? Nous aurions envoyé aussitôt un médecin...

– Elle n'a pas besoin de médecin, elle a besoin de respirer, de bouger. Ce n'est pas la maladie qui la tue, c'est votre prison, si dorée soit-elle! Et je peux vous le dire avec certitude : dans l'état de faiblesse grandissant où je la vois, l'accouchement la tuera si elle ne meurt pas avant.

– Qu'en savez-vous? Etes-vous médecin?

– Je n'en ai pas le titre mais j'en sais autant que la plupart. J'ai pris mes premiers grades en Sorbonne et je vous dis, moi, que dame Catherine n'en a plus pour longtemps! »

Brusquement, le bourgmestre perdit son empesage officiel. Son échine, si raide l'instant précédent, se voûta tandis qu'il s'en allait tendre ses mains maigres au feu ardent de la cheminée. Le reflet des flammes accusa les plis soucieux de son visage.

« Sur le salut de mon âme, je vous jure que je ne veux pas sa mort et qu'il n'a jamais été dans mes intentions de la réduire à un emprisonnement aussi étroit. Je pensais la laisser libre d'aller et venir dans l'enceinte de la cité, sous surveillance bien sûr, mais je ne voulais pas l'enfermer. Néanmoins, il m'est impossible, à l'heure qu'il est, de lui permettre de sortir.

– Mais enfin pourquoi?

– Parce que les gens des Métiers ne le toléreraient pas et que ce sont eux qui sont, en fait, les véritables maîtres de la ville. Moi et mon collègue Varssenare nous ne sommes plus guère bourgmestres qu'en titre... et obligés de hurler avec les loups si nous voulons demeurer en vie, nous et nos familles. Cela ne vous a pas surpris de voir des corroyeurs, des potiers, des patenôtriers[1] monter la garde ici alors que nous avons une milice communale aux ordres du capitaine de la ville, Vincent de Schotelaere qui est de mes amis?

– Qu'attend-il alors pour faire le ménage et imposer le respect des magistrats et de la loi? »

Van de Walle haussa les épaules et passa une main, dont Gauthier remarqua qu'elle tremblait légèrement, sur ses yeux fatigués.

« Les officiers ne demanderaient que cela. Mais les hommes de troupe sortent à peu près tous des familles de travailleurs ou du bas peuple qu'avec de la bière et un peu d'or on fait brailler sur le mode que l'on veut. Voyez-vous, les choses en sont venues au point où, même s'il était en mon pouvoir de laisser sortir votre maîtresse, je me garderais bien de le faire car ce serait la vouer au massacre. Les esprits se montent de plus en plus, jeune homme, et vous n'imaginez pas à quel point le peuple, surchauffé, se montre rétif et insolent. En toute honnêteté, j'ai cru, en gardant ici dame Catherine, agir pour le bien de ma cité, pour sa richesse et pour ses privilèges séculaires. A présent, je me demande si j'ai eu raison. Je... je ne sais plus! »

Silencieusement, Gauthier alla jusqu'à un dressoir, y emplit deux gobelets de malvoisie et vint en offrir un au bourgmestre.

« Asseyez-vous, messire... et buvez ceci. Je crois que vous en avez besoin. »

---

1. Les chapelets, faits d'ambre, dont Bruges possédait le monopole étaient une des grandes spécialités de la ville.

Avec une grimace qui pouvait passer à la rigueur pour l'ombre d'un sourire, Van de Walle accepta le vin et le siège que le jeune homme lui avançait. Gauthier le laissa boire et se détendre un peu dans le moelleux des coussins. Cet homme qu'il y a un instant encore il imaginait tout-puissant, monolithique et impitoyable, lui faisait pitié à présent. Il ressemblait bien plus à un gibier traqué qu'au premier magistrat d'une cité souveraine...

Quand il eut vu un peu de couleur revenir à son visage blême, Gauthier, doucement, demanda :

« Les choses vont si mal avec le duc? »

Il s'attendait à voir son vis-à-vis se refermer comme une huître et partir sans ajouter un seul mot. Il n'en fut rien. Van de Walle devait être à bout de nerfs car il se laissa aller à soupirer, puis répondit :

« Plus encore que vous n'imaginez! Lorsque nous avons envoyé, fin janvier, auprès de monseigneur pour continuer les pourparlers et l'informer de la présence de dame Catherine en notre ville, il n'a même pas voulu recevoir les messagers. Mais, le 11 février, il déclarait hautement que le Franc formerait à l'avenir le quatrième membre du pays avec Gand, Ypres et Bruges et qu'en aucun cas ses habitants ne pourraient se faire admettre dans la bourgeoisie de Bruges. C'est la liberté pour le Franc... et un coup très rude pour notre économie!

– Et l'Ecluse?

– Il n'en a pas été question mais je vous rappelle qu'elle fait aussi partie du Franc. Alors...

– Vous n'avez rien fait depuis?

– Bien sûr que si! Puisque nos envoyés n'ont pas été reçus, mon collègue Maurice de Varssenare s'est rendu en personne à Lille. Il venait de partir quand nous avons appris que le 11 mars, le duc avait confirmé, par Charte, les droits du Franc à une organisation indépendante. Depuis nous sommes sans nouvelles. Nous ne savons même pas ce qu'il est advenu de Varssenare. J'ai peur que le duc ne l'ait fait jeter en prison. Ce qui n'empêche pas les gens d'ici de crier déjà à la trahison et de réclamer sa tête! Nous vivons des temps difficiles, jeune homme, mais j'ai peur qu'ils ne le deviennent plus encore. Alors, je vous en conjure, faites tout ce que vous pouvez pour votre maîtresse mais gardez-la en vie. Demain, mon épouse, Gertrude, viendra la voir. Voilà des semaines qu'elle me supplie de le lui permettre car elle a beaucoup de sympathie pour elle. Peut-être arrivera-t-elle à la raisonner, à l'inciter à se nourrir, à lutter. Et puis... demandez-lui de me pardonner!

— Ne vaudrait-il pas mieux essayer de la faire partir d'ici? Que se passera-t-il si les croquants qui gardent cette maison décident un jour d'y mettre le feu ou d'en massacrer tous les habitants?

— Je sais mais je n'y peux rien. Croyez bien que si sa fuite était possible ce serait déjà fait. Mais...

— Mais ce serait signer votre arrêt de mort, n'est-ce pas? »

Le bourgmestre baissa la tête.

« ... et surtout celui de ma famille car ces gens ne feraient pas de différence. Et j'ai des enfants... »

Comme pour apporter un contrepoint sinistre à ses craintes, une clameur s'éleva à l'extérieur, dans la rue même où s'ouvrait la maison, une clameur d'où jaillit, isolé et menaçant le cri de « Mort aux traîtres!... » Van de Walle se leva.

« Qu'ont-il pu découvrir encore? soupira-t-il. Il vaut mieux que j'aille voir. Les inondations n'arrangent rien... »

Et il partit, laissant Gauthier méditer à loisir les nouvelles inquiétantes qu'il lui avait données...

Cette nuit-là, le jeune homme ne dormit guère. Enfermé avec Bérenger dans leur chambre, sans parvenir à trouver le sommeil, les deux garçons tournèrent et retournèrent dans leurs têtes les données d'un problème apparemment insoluble : comment faire évader Catherine et la ramener dans ce pays de France qui leur semblait une sorte de paradis perdu en dépit des violences qui le ravageaient encore.

De la visite du bourgmestre, Gauthier n'avait rapporté, à Catherine, que ce qui lui était apparu nécessaire, c'est-à-dire les regrets qu'il avait exprimés d'être responsable de son mal, ses désirs de la voir réagir et reprendre des forces et l'annonce de la visite de son épouse pour le lendemain.

« Je crois qu'il a été contraint par son entourage d'agir comme il l'a fait mais qu'il penche davantage pour le parti du duc que pour les rebelles... »

La jeune femme avait répondu que les regrets lui semblaient un peu tardifs, qu'elle recevrait volontiers dame Gertrude mais qu'en tout état de cause, tout cela ne changerait pas grand-chose à son état de faiblesse et à son dégoût de toute nourriture...

« Et même de la vie, j'en ai bien peur, soupira Bérenger lorsque son ami lui rapporta ces paroles.

— Surtout de la vie ! Je suis certain qu'elle a choisi de se laisser mourir puisque à présent il ne lui est plus possible de se débarrasser de ce maudit gosse ! Aujourd'hui, elle n'a bu que de l'eau. Elle a même refusé le lait.

— Tu crois qu'elle aurait décidé de se laisser périr d'inanition ? Ce serait horrible...

— Mais cela lui ressemblerait assez. La mort de la Florentine et la stupidité des gens d'ici l'ont rejetée à ses angoisses, aux remords qu'elle se forge, à l'horreur de son propre corps. Et pourtant, il faut qu'elle mange, il le faut ! Admets qu'il se présente une occasion de fuir, une chance d'évasion? Comment pourrions-nous la saisir avec une mourante. Déjà, elle se meut avec difficulté.

– Il y a quelque chose que je ne comprends pas, fit Bérenger songeur. Tu dis qu'elle veut mourir. Or, hier, quand le prêtre habituel est venu dire la messe ici, elle a une fois de plus refusé la confession.

– Et tu ne comprends pas? C'est justement ce qui me fait dire qu'elle a décidé de mourir. Comment veux-tu qu'elle s'accuse d'être en train de se suicider? Aucun prêtre ne lui donnerait l'absolution. Nous verrons bien ce qu'elle fera demain de son déjeuner du matin... »

Mais, le lendemain, quand la servante porta dans la chambre de Catherine le lait, le pain et le miel qui constituaient habituellement son premier repas, les deux garçons virent le plateau ressortir intact. Une fois de plus, elle avait demandé de l'eau...

Un même élan allait les précipiter dans la chambre quand maître Niklaus Barbesaen, chaussetier de son état et chef de l'escouade préposée ce jour-là à la garde, monta du rez-de-chaussée précédant un grand moine en froc noir dont le capuchon, baissé sur le haut visage ne permettait de voir qu'une longue barbe rousse.

« Que voulez-vous? fit Gauthier impatiemment. Et qu'est-ce que vous nous amenez là encore? »

Le chaussetier offusqué considéra le jeune homme avec un franc dégoût.

« Un saint moine augustin, le frère Jean de la Vraie Croix qui arrive de Cologne où il a longuement prié devant les reliques des Trois Rois, a appris, en regagnant son couvent, le retour de la dame de Brazey dans notre bonne ville. Il dit qu'il a été jadis son confesseur et que...

– Dame Catherine ne veut voir personne! Elle a ouï la messe hier, pour la Quasimodo.

– Mais on m'a dit qu'elle ne s'était pas confessée

et n'avait pas communié depuis longtemps, coupa le nouveau venu avec un accent flamand à faire trembler les murs. Or, de mon temps, cette chère dame était fort exacte à tous ses devoirs religieux. Voilà pourquoi j'ai pensé qu'elle serait peut-être heureuse de reprendre ses anciennes habitudes.

— Si ma maîtresse n'a pas jugé bon de se confesser hier, je ne vois pas pourquoi elle en aurait envie ce matin », riposta Gauthier.

La discussion menaçant de s'éterniser, maître Barbesaen battit en retraite.

« Je vous laisse. J'ai à faire en bas... mais vous devriez d'abord demander à cette dame ce qu'elle en pense, mon garçon, maugréa-t-il. On n'aime pas beaucoup, céans, les femmes qui refusent de se mettre en règle avec le Seigneur... surtout quand elles sont en péril de mort! »

Le mot tomba aussi brutalement que la hache du bourreau, créant un froid et un brusque silence. Tandis que le chaussetier tournait les talons, le moine dit :

« Vous pouvez toujours lui demander si elle veut voir un moment celui qu'elle appelait son bon frère Jean?... Si elle refuse, je m'en irai et me contenterai de prier pour elle dans notre chapelle... »

Puis, en homme disposé à patienter, il alla se planter devant un ange d'or et d'azur dû au pinceau prestigieux de Jean Van Eyck et qui illuminait le mur au-dessus d'une crédence. Quelque chose dans son attitude intrigua Gauthier sans qu'il pût démêler ce que cela pouvait bien être. Peut-être cette façon désinvolte de contempler le tableau, les mains nouées derrière le dos en se balançant d'avant en arrière sur des pieds nus chaussés de sandales... ou peut-être le fait que les mains en question étaient étrangement soignées pour être celle d'un pauvre moine voyageur au froc effrangé et rapiécé.

Sans plus insister, il alla frapper à la porte de Catherine et entra. Il la trouva levée mais plus pâle que jamais. Sa peau fine avait perdu sa belle couleur dorée pour des transparences d'albâtre sous lesquelles se montrait le réseau bleuâtre des veines. Ses grands yeux violets étaient si largement cernés qu'elle avait l'air de porter un masque sur le haut de son visage... Vêtue d'une ample robe de ce blanchet qu'elle avait toujours affectionné, et dont les plis moelleux dissimulaient à la fois sa maigreur et son ventre apparent, elle se tenait assise dans l'embrasure de la fenêtre et regardait au-dehors les branches du saule où se montraient de minuscules pousses vert tendre. Jamais l'écuyer ne lui avait vu visage aussi fatigué...

Elle ne détourna pas la tête quand Gauthier entra et quand il annonça le visiteur, elle se contenta de murmurer :

« Je ne veux voir personne. Il sera déjà assez pénible de recevoir la femme du bourgmestre.

— Mais ce moine dit qu'il était votre confesseur, jadis...

— Quelle sottise! Je n'ai jamais eu de confesseur attitré. C'est un imposteur simplement...

— Il dit aussi qu'il était un ami et que... »

Elle haussa les épaules avec un petit rire infiniment triste.

« Un ami? Ici!... En dehors de ce pauvre Van Eyck, je ne vois pas...

— Vous ne faites pas bien les commissions, mon jeune ami, reprocha du seuil la voix flamande du moine qui était entré sans qu'on l'entendît. Je vous ai dit de demander à dame Catherine si elle voulait bien recevoir celui qu'elle appelait son bon frère Jean... »

Puis, brusquement la voix baissa considérablement de ton tandis que le rude accent flamand disparaissait comme par magie.

« Allons, Catherine! murmura-t-il. Vous m'avez souvent appelé comme cela, autrefois. Regardez-moi mieux et surtout en imaginant que je n'ai plus cette barbe grotesque! Imaginez-moi vêtu autrement que de loques puantes... de soie et d'or par exemple avec les armes de notre bon duc Philippe brodées sur la poitrine... »

A mesure qu'il parlait les yeux de Catherine s'agrandissaient de stupeur et, brusquement, Gauthier émerveillé y vit briller un peu de joie.

« Vous? souffla-t-elle. Vous ici et sous cet accoutrement? Je rêve?...

– Ma foi non, c'est bien moi!... Surprenant, non?... Je vous avouerai, ma chère, que je suis presque aussi étonné que vous de me voir ainsi affublé. »

Et l'étrange moine alla se planter, le poing sur la hanche, devant le grand miroir d'argent pour s'y admirer tout à son aise.

« Incroyable! soupira-t-il. Tout à fait incroyable! Je me demande ce que diraient les dames si elles pouvaient me voir ainsi! A coup sûr, je serais à tout jamais perdu de réputation. Je suis positivement infâme là-dessous!

– Est-ce que vous ne vous étiez pas encore vu?

– Mon Dieu non! Le couvent de Roulers où l'on m'a accoutré ainsi ne possédait pas la moindre glace et j'ai dû faire confiance au moine pèlerin que le chapelain de monseigneur m'avait déniché. Il n'a que trop réussi, il me semble?... » Puis se détournant du miroir avec une grimace de dégoût, il vint à Catherine et s'inclina cérémonieusement.

« Puis-je néanmoins obtenir la faveur de baiser cette jolie main? Vous avez une mine à faire peur, ma chère, mais vous demeureriez ravissante même avec seulement la peau sur les os. Et que votre sourire est donc joli! »

Catherine, en effet, souriait du sourire émerveillé qu'un enfant réserve à l'apparition d'une fée bienfaisante. Gauthier, qu'elle avait oublié momentanément, en fut presque choqué et grogna :

« Si vous m'expliquiez? Je voudrais bien comprendre. Qui est cet hurluberlu? »

Le moine tourna vers lui un regard scandalisé.

« Il me semble que je pourrais retourner la question : qui est ce malotru?

— Je vais faire les présentations, dit Catherine. Mais d'abord dites-moi où est Béranger, mon cher Gauthier? »

Le jeune homme désigna le plafond.

« Au grenier. Il m'a dit qu'il voulait examiner les gouttières, allez savoir pourquoi!... mais voulez-vous que je l'appelle?

— Oui. Dites-lui de redescendre et de s'installer dans la salle afin qu'aucun domestique ne s'approche de ma chambre. J'entends demeurer seule avec... mon confesseur... qui n'est autre qu'un vieil ami, Jean Lefebvre de Saint-Rémy, roi d'armes de Bourgogne, arbitre incontesté des élégances de la cour ducale, celui que les cours d'Europe connaissent sous son nom de Toison d'or. Mon cher Jean vous pardonnerez, j'espère, le langage intempérant de mon écuyer, Gauthier de Chazay? Il est jeune et profondément dévoué... »

Les deux hommes se saluèrent avec un reste de froideur puis tandis que Gauthier s'esquivait pour exécuter les ordres de Catherine, celle-ci se tourna vers Saint-Rémy.

« A présent, mon ami, prenez place sur ce siège, auprès de moi et pendant que je vous regarde dites-moi ce que vous venez faire ici? Je n'ai pas de mal à deviner que c'est le Ciel qui vous envoie...

— Si l'on s'en tient à mon habit, c'est la première pensée qui vient à l'esprit en effet mais en réalité c'est le duc. Lorsqu'il a appris que ces croquants osaient vous retenir prisonnière il est entré dans une fureur d'autant plus grande qu'il ne lui était pas possible de la montrer. En outre, il ne comprenait pas pourquoi vous vous trouviez à Bruges, ni d'ailleurs pour quelle raison vous aviez si brusquement disparu du palais de Lille... Il y avait là un mystère.

– Un bien grand mot pour une si petite chose!... »

Et Catherine raconta ce qui s'était passé au lendemain des Rois. Elle dit aussi pour quelle raison elle avait suivi Jean Van Eyck jusqu'à Bruges et comment s'était terminé son prétendu pèlerinage.

« J'ai bien peur d'avoir causé la mort de cette malheureuse femme qui s'apprêtait à me secourir, soupira-t-elle en conclusion. Persuadés que j'étais enceinte de Monseigneur, les gens d'ici l'ont tuée pour qu'elle ne puisse m'aider. »

Saint-Rémy considéra d'un œil inquiet la silhouette de son amie.

« De combien êtes-vous enceinte?

– Environ cinq mois.

– Cela ne va pas nous faciliter la tâche. Car, naturellement, si je suis ici c'est pour vous faire fuir avant que votre situation ne devienne intolérable. »

Il lui apprit alors ce que Gauthier tenait déjà de la bouche de Van de Walle : la position intransigeante du duc devant les exigences de ses sujets de Bruges et Gand, position qu'il avait refusé farouchement de modifier même quand il avait appris la captivité de Catherine.

« Il est extrêmement inquiet pour vous, ma chère, mais il vous conjure de croire qu'il lui est impossible d'agir autrement. Les gens d'ici se moquent de lui depuis trop longtemps et s'il ne veut pas voir ses Etats s'effriter comme une poignée de sable, il ne peut pas céder au chantage.

– C'est pour me dire cela qu'il vous a envoyé?

– Pas uniquement, je vous l'ai dit. Je dois organiser votre évasion.

– Mais enfin, pourquoi vous, vous en particulier ?
La Cour grouille d'espions, d'agents secrets, de
seigneurs tout dévoués à leur maître... et moins
connus que le roi d'armes Toison d'or. »

Saint-Rémy étendit ses jambes devant lui, considérant avec dégoût ses pieds poussiéreux dans
leurs sandales de cuir brut et croisa ses mains sur
son ventre.

« Pour deux raisons : tout d'abord, il fallait quelqu'un qui vous connaisse bien car, voyez-vous, le
duc n'était pas tellement certain que l'otage fût
véritablement vous. Les gens d'ici pouvaient avoir
trouvé habile de ressusciter cette histoire d'amour
bien près, à présent, de tomber dans la légende.

– C'eût été dangereux. Monseigneur, s'il y avait
eu supercherie, s'en serait aperçu tôt ou tard. Et
alors... »

Le geste évasif de Catherine ouvrait l'imagination
aux pires représailles.

« En effet. Mais quand on est dans une fausse
position on peut se laisser aller à tous les expé-
dients. Quant à la seconde raison, elle est bien
simple : c'est moi qui ai demandé à venir ici.

– Mais... pourquoi ?

– Là encore deux raisons : la première parce que
le prieur du couvent des Augustins est un cousin
fraternel qui n'a rien à me refuser ; la seconde... oh !
parce que j'avais envie de vous revoir, tout simplement et de constater si vous étiez toujours aussi
belle. Me voilà rassuré... A présent, enchaîna-t-il
rapidement pour couper court à tout attendrisse-
ment, il faut songer à votre fuite. D'abord, prenez
ceci et cachez-le, cela m'encombre et me fait un
ventre de notaire. »

De sous son ample robe dont il dénoua vivement
la ceinture de corde, il tira un paquet noir : une
autre robe de moine qu'il posa sur les genoux de
Catherine. Puis, en quelques phrases rapides il traça

le plan prévu. Il s'agissait de faire sortir la jeune femme par le toit de sa maison et de gagner, la nuit, une maison voisine d'où il serait possible, puisque celle-là ne serait pas surveillée, de descendre jusqu'à une barque qui conduirait vivement la fugitive jusqu'au couvent des Augustins où elle serait parfaitement à l'abri sous sa robe monastique, où la protection du prieur lui faciliterait le séjour et où personne n'aurait l'idée de venir la chercher...

Mais, brusquement, la voix chuchotante et enthousiaste se tut. Un instant, Saint-Rémy considéra Catherine et son regard s'assombrit.

« Nous n'y arriverons jamais! soupira-t-il... Vous avez l'air tellement faible! Et puis votre état est plus avancé que je ne pensais... Comment vous faire grimper sur un toit dans de telles conditions, suivre une gouttière, affronter une pente raide... sans parler du vertige! »

Un peu de rose monta aux joues transparentes de la jeune femme.

« Pensiez-vous donc faire cela ce soir même?

– Non. Dans quelques jours seulement afin que l'on n'associe pas votre fuite à cette curieuse confession. Mais je ne vois pas comment vous pourriez être en meilleur état rapidement. Et il faut tout de même faire assez vite. Monseigneur le duc à Lille rassemble ses troupes picardes et bourguignonnes sous couleur de les mener en Hollande sur les terres récemment héritées de sa cousine Jacqueline de Bavière afin d'y mater une révolte. En fait, c'est Bruges et Gand qu'il entend mater mais si vous êtes encore dans cette maison, les gens d'ici vous trancheront la tête dès l'apparition de la bannière de Bourgogne sous leurs murs... »

Cette fois, Catherine sourit...

« Ne vous tourmentez pas! J'en serai capable, je vous le promets... Accordez-moi dix jours si ce n'est pas trop demander.

– Bien sûr que non; pour vous aider je suis capable d'exploits autrement pénibles que de croupir sous un froc dégoûtant au fond d'un couvent... à tout prendre assez confortable... mais j'ai bien peur que vous ne présumiez de vos forces. Vous semblez même incapable de vous tenir debout! »

Pour toute réponse, Catherine saisit à deux mains les bras d'argent de son fauteuil et, au prix d'un effort qui fit saillir les veines de ses tempes, se leva.

« J'y arriverai, vous dis-je! Il suffit que je m'alimente un peu mieux. Et puis, vous m'apportez l'espoir. Je ne connais rien au monde de plus revigorant...

– Bien. En ce cas, je vous quitte. Il vaut mieux ne pas trop prolonger cet entretien pour ne pas éveiller les soupçons. Nous sommes aujourd'hui le 9 avril. Dans la nuit du 18, vous quitterez cette maison... Peut-on faire confiance à votre écuyer?

– On peut. J'en réponds. Appelez-le et demandez-lui tout ce que vous voudrez. »

Gauthier reparut, laissant de garde dans la salle un Bérenger ravagé de curiosité. En quelques phrases Saint-Rémy lui expliqua ce qu'il attendait de lui : il s'agissait de préparer le passage de Catherine par le toit sans éveiller les soupçons des domestiques. Mais, comme au mot de « toit » il tournait vers Catherine un regard épouvanté, celle-ci hocha la tête.

« Il faudra que j'en sois capable, Gauthier. Quand le... révérend frère nous aura quittés, vous irez demander mon déjeuner. »

Jean de Saint-Rémy devait chercher longtemps à comprendre pourquoi ce jeune écuyer qui l'avait reçu si cavalièrement à son arrivée lui avait, à son départ, serré les mains avec effusion et avec des larmes dans les yeux.

Le faux moine reparti, les trois captifs du petit palais sur le canal s'aperçurent qu'il avait emporté avec lui le plus pesant de leur angoisse et, quand Gertrude Van de Walle vint faire à Catherine la visite que son époux avait annoncée, elle fut reçue avec une gentillesse et une amabilité qui la surprirent. C'était, de son côté, une femme aimable et douce, aussi une sorte d'entente s'établit-elle entre les deux femmes. Apitoyée par l'aspect maladif de l'otage de Bruges, elle promit de faire tout ce qu'il lui serait possible pour obtenir qu'on la laissât sortir parfois en sa compagnie et sous sa responsabilité.

« Vous ne pouvez rester ainsi enfermée jusqu'à votre terme, dit-elle, sinon l'accouchement risque d'être dramatique pour l'enfant, pour vous, ou pour tous les deux. Mon époux ni moi-même ne pouvons accepter de payer nos privilèges d'un sang innocent...

– Mon sang sera-t-il moins innocent si je le répands sur l'échafaud? murmura Catherine. Le seigneur bourgmestre m'a pourtant prédit que je mourrais si le duc Philippe n'acceptait pas les conditions de la ville.

– Le pauvre homme est prisonnier de la populace comme le sont les nobles et les grands bourgeois. Les corporations mènent la ville avec leur masse d'ouvriers et d'employés. Il ne pouvait rien dire d'autre mais je sais, moi, qu'il n'a jamais souhaité vous faire mourir. Ayez confiance. Je veillerai à ce que l'on vous traite mieux à l'avenir... »

L'avenir? La veille encore, Catherine pensait que ce mot-là n'avait plus aucune signification pour elle. Bien plus : fermement décidée à se laisser mourir, elle ne voyait plus devant elle qu'une succession imprécise de quelques jours et de quelques nuits de plus en plus indistincts jusqu'à ce qu'enfin les ténèbres l'emportent définitivement sur la lumière.

Une fois de plus, elle remontait du fond du gouffre, une fois de plus grâce à l'étonnante arrivée du frivole Saint-Rémy, si miraculeusement transformé en ange sauveur par la grâce de l'amitié, sa passion de vivre l'arrachait au néant déjà vainqueur.

Cette nuit-là, avant de laisser le sommeil – le premier bon sommeil depuis des semaines – l'emporter, Catherine se surprit à tirer sur l'avenir de nouveaux plans. Elle ne voulait pas que fût dépensée en pure perte cette miséricorde divine qui se donnait tant de peine pour l'obliger à vivre. Lorsqu'elle quitterait enfin Bruges, elle retournerait à Dijon, auprès de l'oncle Mathieu et de Bertille pour y mettre au monde l'enfant détesté. Le vieux couple très certainement accepterait de s'en charger et de lui bâtir un avenir car même s'il lui faisait horreur, même si elle se jurait de ne jamais le regarder en face une seule fois, même si les coups qu'il donnait déjà dans son ventre la faisaient frissonner de dégoût, elle ne pouvait se résoudre à abandonner à la misère et à la mort un être issu de sa propre chair...

Les jours qui suivirent parurent interminables et chargés d'inquiétude. En dépit de la volonté que déployait Catherine à reprendre assez de force pour affronter l'épreuve de son évasion nocturne, elle n'y parvenait qu'au prix de grandes difficultés et encore sans réussir complètement. Elle s'obligeait à manger mais il lui fallait vaincre des dégoûts et ce qu'elle réussissait à avaler lui profitait mal. Pourtant elle avait tout de même retrouvé de l'énergie, assez pour se déplacer dans la maison et pour descendre faire quelques pas au jardin. Gertrude Van de Walle avait obtenu pour elle cette menue faveur.

Ce n'était pas une promenade bien agréable car l'inondation, en se retirant, avait laissé une boue épaisse qui ne semblait pas destinée à sécher un jour. En outre, il y avait toujours trois ou quatre paires d'yeux braqués sur la jeune femme lorsqu'elle allait regarder l'eau couler sous les branches reverdies du saule. ·

On n'avait plus eu aucune nouvelle de Saint-Rémy mais c'était sans grande importance car « frère Jean » ne devait pas revenir. Il avait été convenu que le jour où tout serait prêt un bateau, dans lequel un pêcheur distrait oublierait une foëne et un filet, serait attaché de l'autre côté du canal. Cela voudrait dire que, vers onze heures, ledit bateau se placerait sous la maison voisine de celle de Catherine, la maison que les fugitifs devraient gagner par le toit.

Cette maison appartenait à la mère d'un des échevins, vieille femme avare et acariâtre qui ne supportait qu'un minimum de domestiques et vivait presque seule dans une grande bâtisse que l'idée de surveiller ne serait venue à personne.

Sa maison formait l'angle de deux canaux. Il suffirait donc d'en tourner l'angle, de passer sur l'autre face pour se trouver hors de vue du petit poste de garde qu'en surcroît de précautions, les geôliers de Catherine avaient installé, avec une tente, de l'autre côté du canal, sous les arbres du petit quai. Les trois fugitifs devraient donc se tenir sur le chéneau, heureusement assez large et qui, sur la face plate de la maison voisine, se continuait par une corniche. Evidemment, il y aurait un passage difficile lorsqu'il s'agirait de franchir l'angle du toit.

Une fois à l'abri des regards on ferait descendre

dans la barque une ficelle assez forte à l'extrémité de laquelle on aurait noué un mouchoir blanc afin que Saint-Rémy pût l'apercevoir.

A cette ficelle, il attacherait une échelle de corde qu'il serait facile de fixer à une étroite fenêtre abritée sous l'angle du toit, après quoi Catherine, aidée par ses jeunes compagnons, n'aurait plus qu'à descendre dans le bateau et à rejoindre sans autre difficulté – du moins il fallait l'espérer – l'abri du couvent des Augustins où on la cacherait.

La date de l'évasion avait été fixée au 18 grand maximum car l'atmosphère de la ville ne plaisait pas à Saint-Rémy qui n'excluait pas la possibilité d'être obligé d'aller plus vite. Auquel cas il faudrait s'arranger comme on le pourrait de l'état de Catherine.

Quoi qu'il en soit, dès le 12, Bérenger brûlant d'impatience s'installait dans l'embrasure de l'une des fenêtres de la grande salle, en compagnie d'un livre destiné à lui servir d'alibi. Mais son regard ne quittait guère la rive d'en face, cherchant à découvrir le premier la barque et le pêcheur distrait.

En dépit de ses soucis, la soudaine assiduité du page pour l'étude amusait Gauthier.

« Qu'est-ce que tu lis donc avec tant d'attention? lui demanda-t-il un soir.

– *La Chanson de Roland!* C'est une bien belle histoire... » répondit distraitement Bérenger l'œil sur le canal.

Gauthier se pencha puis se mit à rire.

« Je connais! Mais crois-moi, c'est encore bien plus beau quand on la lit à l'endroit!... »

Le page regarda son livre, rougit, haussa les épaules, le retourna... et recommença à regarder au-dehors.

« Il est déjà tard, soupira Gauthier. Ce ne sera pas pour ce soir. »

En effet, trois jours passèrent ainsi, sans amener

aucun signe nouveau. La nervosité montait lentement entre les trois prisonniers complètement coupés du reste de l'univers. Personne n'était revenu les voir, à l'exception, bien sûr, des chefs des corporations qui venaient régulièrement, comme chaque soir, s'assurer que Catherine était toujours là. Mais, parfois ils pouvaient entendre, au-dehors, des rumeurs, des cris et ce grondement de raz de marée qu'émet une foule dont la colère monte. Parfois, sur le pont voisin, ils apercevaient des cortèges hurlants, brandissant des armes ou des bannières de fortune faites d'un parchemin enfilé sur une lance et portant des inscriptions illisibles. L'agitation grandissait, à coup sûr, dans Bruges...

Ils en eurent la confirmation quand, au soir du 15, Gertrude Van de Walle accourut, rouge, essoufflée et la coiffe de travers.

« C'est vous que je suis venue voir, dit-elle à Gauthier. Nous venons d'apprendre de terribles nouvelles de Gand. Une grave sédition y a éclaté. Le peuple accuse les échevins de l'avoir trahi, d'avoir donné l'exemple de la retraite devant Calais, cette retraite qui a déchaîné la colère du duc Philippe et, après cela, de n'avoir pas su défendre ses revendications. On dit là-bas que tous les griefs de monseigneur sont venus de là, qu'il ne pardonnera jamais et que la ville est condamnée...

– Ont-ils donc eu d'autres nouvelles de Lille? demanda Catherine qui avait entendu.

– Oui et non! Le duc refuse toujours les privilèges mais il a fait savoir que prochainement il marcherait sur la Hollande, que son armée est prête et ceux de Gand tremblent à présent. Malheureusement, quand ils tremblent le sang coule. Deux échevins ont été massacrés aujourd'hui, Gilbert Patteet, qui était un ami de mon époux, et Jacques Dezaghere...

– C'est cela que vous vouliez me dire? demanda

Gauthier avec un sourire. Cela ne nous concerne en rien. Nous n'avons pas l'honneur de connaître ces messieurs, nous!

– Mais, malheureux, cela vous concerne plus que vous n'imaginez! Il n'y a que onze lieues entre Gand et ici. Je gagerais que demain, ou après, l'émeute va également enflammer Bruges et si Bruges prend feu, votre maîtresse sera en grave danger. Il faudra la protéger. Avez-vous des armes? »

Gauthier ouvrit les mains.

« Je n'ai que la force de mon bras, l'ardeur de mon courage et la chaleur de ma parole, chère dame! Quand votre époux nous a conduits ici, il a pris grand soin de nous ôter épées et dagues.

– Les voici. »

Sans la moindre gêne, Gertrude retroussa sa longue et ample robe, découvrant des jambes dodues, en tira l'épée de Gauthier qu'elle avait fixée à même sa chemise puis fouillant dans une grande poche de toile cousue à ladite chemise en tira trois dagues : celles que l'on avait prises aux jeunes gens et celle de Catherine, la dague à l'épervier.

« Tenez! Cachez-les et servez-vous-en le cas échéant... C'est tout ce que je peux faire pour vous.

– Ce n'est pas si mal! dit Catherine en prenant les deux mains de la brave femme et en les serrant chaleureusement. Comment avez-vous fait pour les reprendre?

– Je n'ai eu aucune peine. Mon époux lui-même me les a données, je me suis seulement chargée de les apporter. Vous voyez, ce n'est pas un si mauvais homme!... A présent, je vous dis adieu. Il veut que les enfants et moi quittions la ville demain, dès l'ouverture des portes. Seul mon fils aîné, Josse, restera ici avec son père.

– Où allez-vous donc?

– Mon frère, Vincent de Schotelaere, le capitaine

de la ville, possède un domaine du côté de Nieuport. Ce domaine a beaucoup souffert des ravages
des Anglais mais nous y serons à l'abri. Ma belle-
sœur et ses enfants nous accompagnent. Vous
n'imaginez pas à quel point je suis désolée de vous
laisser dans ce péril. J'aurais... j'aurais tant voulu
vous emmener avec nous!... »

Visiblement sincère, elle avait des larmes plein
les yeux et Catherine, spontanément, l'embrassa.

« Partez en paix et ne vous tourmentez plus pour
moi, dit-elle. J'espère sincèrement ne pas mourir ici.
Mais je vous remercie du risque que vous avez pris
pour nous porter ces armes. Qui est de garde, en
bas, aujourd'hui ?

– Les huchiers avec maître Mettelgenden que je
connais bien, répondit Gertrude Van de Walle. C'est
d'ailleurs parce que je le savais que j'ai pu venir.
Autrement j'aurais peut-être été fouillée. Vous
voyez, je n'ai pas eu grand mérite. Dieu vous garde,
dame Catherine !...

– Dieu vous garde aussi !... »

Quand elle ne fut plus là, Catherine sentit un long
frisson courir le long de son dos. La maison, pour
une fois entièrement silencieuse, lui paraissait tout
à coup menaçante dans la nuit qui venait. Elle alla
tendre ses mains aux flammes du foyer et Gauthier
vit que ces mains tremblaient. Mais, parce qu'il regardait ses doigts, Catherine s'obligea au sourire.

« Il fait froid, ce soir, ne trouvez-vous pas ?

– Si. Moi aussi, j'ai froid. Mais soyez tranquille,
dame Catherine, nous saurons vous défendre.
Désormais, nous dormirons ici Bérenger et moi et,
jusqu'à notre départ, nous veillerons à tour de rôle.
Il ne faut plus nous séparer, ni nous éloigner des
armes, ajouta-t-il en montrant le coffre dans lequel
il les avait cachées sous une pile de nappes et de
draps de réserve... Je dormirai là-dessus avec des
coussins... quand je dormirai ! »

Catherine lui fit signe de se taire. La servante qui veillait aux repas venait d'entrer avec une nappe et des écuelles pour disposer le couvert du souper. C'était une fille d'une trentaine d'années qui semblait en état perpétuel de somnambulisme mais justement Catherine se méfiait de ces pesantes paupières toujours baissées, de cette démarche traînante, de ces gestes trop lents pour qu'ils ne soient pas un peu affectés.

Pour meubler le silence gênant qui s'installait, elle interpella Bérenger.

« Apportez-moi votre livre, Bérenger, et lisons ensemble quelques lignes tandis que Marieke mettra le couvert. Je veux voir si vous avez bien compris ce que je vous ai dit hier... »

Et la voix du jeune garçon emplit la chambre.

La nuit se passa sans incidents autres qu'un incendie du côté de l'église Notre-Dame qui, vers le matin, agita le quartier mais le jour qui suivit fut curieusement calme. Aucun autre bruit que le carillon du beffroi et le tintement des cloches des églises. Bérenger, pour sa part, guetta en vain la barque.

« Ce sera donc pour demain », soupira-t-il, mais il n'ajouta pas le fond de sa pensée : « Il faut que ce soit pour demain... » Sans trop savoir pourquoi son esprit lui soufflait cela. Peut-être parce que, justement, cette ville trop tranquille l'inquiétait. Cela ressemblait à ces grands calmes qui précèdent les tempêtes...

« On dirait que la ville retient son souffle! traduisit Gauthier qui pensait justement la même chose. J'espère seulement qu'ensuite elle ne nous soufflera pas le feu au visage! »

Elle le retint encore toute la nuit qui fut peut-être la plus tranquille vécue par les trois prisonniers mais, au matin du 18 – comme l'avaient pressenti les deux garçons, ce fut l'explosion.

Le soleil était à peine levé, que la tour penchée du beffroi déversait sur la ville un tocsin enragé, à l'appel duquel portes et fenêtres s'ouvrirent avec fracas. Surgis de nulle part en apparence, des cortèges de furieux appartenant à tous les métiers envahirent les rues de terre ferme, brandissant des armes ou bien leurs outils de travail quand ils pouvaient en tenir lieu et scandant le vieux cri de révolte de Bruges :

« Go, go! Wy zyn al verraden[1]. »

Une de ces bandes venait de passer sur le pont, allait vers la Grand-Place et traînait au milieu de son flot tumultueux un homme échevelé, portant la robe d'échevin qui criait et suppliait qu'on voulût bien l'épargner. C'était un homme de petite taille, de mine souffreteuse et d'un âge déjà avancé. La vue de cette faiblesse livrée à la révoltante brutalité d'une bande d'énergumènes, serra le cœur de Catherine et les deux garçons qui regardaient, derrière l'une des fenêtres. La jeune femme se signa comme devant un mort car, très certainement, la vie de l'échevin n'allait plus durer bien longtemps.

« Ils suivent l'exemple de Gand, soupira-t-elle. J'étais étonnée aussi qu'il ne se passât rien ici... Dieu ait pitié de ce pauvre homme et fasse que son agonie ne soit pas trop longue... »

La voix de Bérenger, chuchotante mais vibrante de joie, coupa court à son souhait.

« Regardez! La barque! Elle arrive!... »

En effet, apparemment indifférent à l'agitation ambiante, un pêcheur était en train d'arrimer au petit quai d'en face, un bateau plat dans lequel il

1. Allons, allons, nous sommes tous trahis!

320

était facile d'apercevoir une foëne et un grand filet posés au fond. Vêtu de grosse toile bise, un bonnet de laine bleue enfoncé jusqu'aux sourcils, cet homme grand et mince avait une barbiche et de fortes moustaches blondes... mais c'était tout de même Saint-Rémy sous un nouvel avatar.

Avec une habileté et une précision dont Catherine eût bien cru incapable l'élégant Toison d'or, il rangea sa barque entre deux autres, l'amarra soigneusement puis s'assit comme s'il réfléchissait à quelque chose ou s'il attendait quelqu'un. Au bout d'un moment, toujours comme un homme perdu dans ses pensées, il quitta la barque, grimpa sur le quai et, comme une nouvelle bande hurlante y débouchait justement, s'y joignit le plus naturellement du monde...

« Il est fou! soupira Catherine. Si quelqu'un venait à le reconnaître, rien, aujourd'hui, ne pourrait le sauver.

— Disons qu'il est brave, corrigea Gauthier. D'ailleurs, vous-même, dame Catherine, ne l'avez pas reconnu l'autre jour.

— En tout cas, cònclut Bérenger dont les yeux bruns étincelaient de joie, cette nuit nous quittons notre prison...

— Vraisemblablement pour une autre, soupira Catherine. Il nous faudra sans doute rester quelque temps au couvent avant de pouvoir quitter la ville, à moins d'une chance extraordinaire. »

Jamais jour ne lui parut si long. Les heures s'étiraient interminables, dans une atmosphère qui se tendait de plus en plus. Les trois domestiques chargés de la maison s'étaient réduits à deux, le valet qui abattait les grosses besognes n'ayant pas résisté au désir de se mêler à l'agitation extérieure. Quant aux deux servantes, visiblement dévorées de curiosité, elles apportèrent un tel relâchement dans leur service que Gauthier dut aller lui-même à la cuisine chercher le dîner, tandis qu'elles discutaient interminablement au rez-de-chaussée avec le corps de garde.

Lorsque le jour commença à décliner, le vacarme de la ville durait toujours et quand vint le moment de la visite du chef de poste, qui était ce soir-là le cordouanier[1] Waes, Catherine ne put s'empêcher de l'interroger. Elle n'y eut aucune peine d'ailleurs : l'homme, une lueur triomphante dans l'œil, brûlait de parler.

« Le peuple fait justice aujourd'hui! On s'est assez moqué de lui et des travailleurs. Il est temps que Philippe apprenne à nous craindre, s'écria-t-il.

— Justice de qui?

— Des gens qui nous gouvernent et qui nous trahissent! C'est plus la peine d'attendre les visites du bourgmestre Varssenare ici : on l'a exécuté aujourd'hui avec son frère! La crapule! Il savait bien qu'il aurait des comptes à rendre : on l'a trouvé caché dans la Groenevoorde et on l'a traîné aux Halles où il a été égorgé!

— Mais enfin que vous avait-il fait? s'écria la jeune femme sans pouvoir se défendre d'un mouvement d'horreur. Il a jusqu'à présent défendu vos intérêts, il me semble?

— Que non! Il a pactisé avec ce damné duc de Bourgogne qui cherche à nous affamer! On a su que Philippe accordait aux gens de l'Ecluse l'autorisation de décharger les charbons d'Ecosse destinés aux forgerons et les bois de la Suède et du Danemark, alors que c'était nous qui les déchargions, nous seuls et à la Waterhalle. Varssenare était chez le duc quand il a pris cette belle décision! On en a assez de ces gens-là qui nous font des sourires et nous trahissent par-derrière.

— Avez-vous aussi égorgé Louis Van de Walle? »

1. Cordonnier, le mot vient de Cordoue dont le cuir était célèbre.

L'homme eut un gros rire que Catherine jugea souverainement déplaisant.

« Ça va pas, non? Egorger notre patron? C'est lui qui nous mène et qui nous a aidés à trouver Varssenare! N'ayez crainte, il est encore bien vivant! Vous vous en apercevrez quand il viendra vous chercher avec le bourreau pour vous conduire aux Halles. Et ça pourrait bien pas tarder long-temps si votre petit ami Philippe continue à faire l'imbécile avec « ces Messieurs de Bruges »! Si j'étais vous, je ferais un peu plus de prières que d'habitude, cette nuit! »

Grossièrement, le cordouanier cracha presque sur les pieds de la jeune femme, puis tourna les talons et quitta la salle en chantant une chanson à boire, laissant les trois habitants de la maison se regarder l'un l'autre avec angoisse.

« " Ce n'est pas un si mauvais homme! " gronda Gauthier, indigné, en imitant Gertrude Van de Walle. Et c'est lui qui livre son collègue à ces brutes!

— Il a peur, dit Catherine. Il sait que s'il ne hurle pas avec les loups, il mourra lui aussi.

— Ce n'est pas une excuse et vous seriez moins indulgente pour lui, s'il apparaissait à cette minute pour vous traîner aux Halles! Non seulement ces gens sont des couards au combat mais quand les choses ne tournent pas à leur idée, ils s'entre-déchirent!

— De toute façon, coupa Bérenger, tout ça ne nous regarde plus. Cette nuit, on s'en va!

— Espérons seulement que nous y parviendrons. Au lieu d'une nuit de silence bien noire, nous risquons d'avoir une nuit de beuverie bien éclairée par des bandes armées de torches! Qui peut savoir si l'on ne viendra pas nous égorger avant l'heure du rendez-vous?

— Alors tout sera dit et nous mourrons tous les trois ensemble! » conclut Gauthier paisiblement.

En effet, la fête sanglante de la journée sembla vouloir tourner en bacchanale. Quand la nuit fut là, plus rouge que noire à cause du grand rassemblement de lumières sur la Grand-Place, les chants, les rires et les cris de mort continuèrent d'emplir l'air.

Angoissés et silencieux, Catherine et les garçons mangèrent du bout des dents un peu de pain et de viande froide. Les servantes n'étaient pas revenues, pas plus que le valet. En bas, les gardes chantaient, buvaient et portaient des toasts bruyants et dégoulinants de bière auxquels se mêlaient des voix de femmes. L'une d'elles cria :

« J'vais aller tout cadenasser là-haut et je reviens! Y a pas de raison pour qu'on se prive de s'amuser nous autres... »

Un instant plus tard, la cuisinière reparaissait. Elle avait déjà beaucoup bu ainsi que le proclamaient son bonnet en bataille d'où coulaient de longues mèches de cheveux de sa trogne enluminée. Son corsage largement ouvert laissait voir deux énormes seins sauvés seulement par leur volume d'un total découragement. Riant et chantant, elle entra dans la salle et, sans plus s'intéresser à ses occupants que s'ils n'avaient pas été là, elle cadenassa les volets de toutes les pièces puis, raflant au passage, sur la table, un pichet de vin, en but ce qu'il en restait à la régalade avant de l'envoyer rouler, vide, sur le dallage. Après quoi, toujours chantant, elle sortit sans oublier de fermer soigneusement la porte derrière elle. Les verrous claquèrent, la clef cria dans la serrure puis on l'entendit descendre l'escalier.

Gauthier, alors se mit à rire.

« On dirait que nos fidèles servantes ont décidé de faire la fête avec ces messieurs de la chaussure.

C'est une bonne chose. Au moins, nous pouvons être sûrs qu'elles ne nous entendront pas quand nous monterons là-haut.

– A moins qu'elles ne reviennent et s'aperçoivent que nous ne sommes plus là », murmura Catherine qui sentit grandir son angoisse.

Elle avait peur, à présent, de cette ville qu'elle sentait devenue folle autour d'elle. De vieux souvenirs qu'elle croyait bien oubliés, remontaient des profondeurs de sa mémoire. Elle savait, d'expérience, à quel degré de brutalité et de cruauté pouvait se laisser aller une foule en révolte. S'ils étaient surpris pendant leur évasion, ils seraient impitoyablement abattus sur place, et Saint-Rémy avec eux.

« Bah! dit Gauthier. Elles seront bien trop soûles pour s'apercevoir de quoi que ce soit.

– Ne vous y fiez pas. Il y a des ivrognes qui voient bien plus clair que vous ne pensez... » dit-elle, se souvenant de la grosse Marion, la servante de ses parents qui après boire, un soir de fièvre à Paris, avait déchaîné le malheur sur leur maison du Pont-au-Change[1]. « Je vais me reposer un peu en attendant l'heure, puis je me préparerai.

– N'oubliez pas de mettre votre robe de moine, rappela Gauthier. Il ne manquerait plus que les Augustins vous jettent dehors. »

Un peu avant onze heures, Catherine qui s'était étendue tout habillée sur son lit se releva quand Gauthier vint frapper à sa porte. Par-dessus la robe sombre qu'elle portait, et à la ceinture de laquelle elle attacha son aumônière contenant ce qu'elle possédait d'argent et sa dague, elle enfila le froc

1. Voir *Il suffit d'un amour...*

noir puis, ouvrant sa porte, rejoignit les deux garçons.

Armé d'une chandelle dont il protégeait la flamme de sa main, Gauthier ouvrit la marche, se dirigeant vers l'escalier qui menait à l'étage supérieur et aux greniers. Avec ses volets clos, la maison était noire comme un four et l'air y était étouffant. En bas, l'orgie continuait mais ses participants devaient sombrer peu à peu dans le sommeil si l'on en jugeait par l'affaiblissement progressif des chants et des cris.

Tandis que l'on montait l'escalier, Catherine sentait le rythme de son cœur s'accélérer. Peu craintive d'habitude, elle avait cependant peur de ce qui l'attendait. Saurait-elle marcher sur l'étroite corniche jusqu'à la maison voisine, franchir l'angle qui la mettrait hors de vue des gardes du quai? Et le toit au bord duquel il allait falloir marcher était-il suffisamment caché dans l'obscurité pour que leur sortie par la lucarne ne soit pas remarquée?

En entrant dans le grenier où l'on entreposait normalement les farines, l'avoine des chevaux et les fruits d'automne, Gauthier éteignit sa chandelle et les trois fugitifs demeurèrent un instant immobiles, laissant leurs yeux s'accoutumer à l'obscurité. La grande pièce établie sur toute la longueur de la maison était coupée en deux par une cloison de bois servant de limite aux mansardes des servantes. Le fait qu'elles soient absentes simplifiait singulièrement la tâche de Gauthier qui aurait dû, primitivement les assommer. Une seule lucarne éclairait la partie réservée aux provisions et découpait un carré plus pâle dans les ténèbres qui sentaient la pomme et les raisins secs.

Gauthier posa sa chandelle à terre, ouvrit le battant de la lucarne qui était haute et étroite puis jeta un coup d'œil au-dehors.

« Est-ce que les gardes sont là? souffla Bérenger.

– Je n'en vois que deux. D'ici, le feuillage des arbres les cache. Leur feu éclaire assez bien la façade de la maison mais pas suffisamment pour qu'ils puissent voir ce qui se passe sur la gouttière. Elle surplombe le mur très suffisamment.

– Est-ce que tu vois la barque?

– Non... »

Au même instant, onze heures sonnèrent. Dans l'ombre, Gauthier prit la main de Catherine et la serra.

« Courage, dame Catherine! Cela ne sera pas long. Et surtout, surtout, n'ayez pas peur! Quand vous serez sur la gouttière, tournez-vous vers la pente du toit et ne regardez pas en bas. Je vais passer devant pour vous aider et Bérenger fermera la marche. Nous pouvons y aller?

– Nous pouvons. Soyez tranquille. J'essaierai de ne pas être trop maladroite... ni d'avoir trop peur!... »

Souplement, le jeune homme se glissa au-dehors puis se mit debout sur le rebord. Se tenant d'une main aux sculptures qui ornaient la lucarne, il tendit l'autre à Catherine.

« Vous croyez que je vais passer? souffla celle-ci avec angoisse. J'ai l'impression d'être devenue tellement grosse! »

Mais elle passa sans peine et soudain se retrouva en plein ciel plaquée des cuisses, du ventre et de la poitrine à la pente raide du toit. Bérenger se hissa derrière elle et se colla à son côté. Son cœur cognait éperdument dans sa poitrine tant elle avait peur. Le vent froid de la mer, chargé d'odeurs de fumées la glaçait jusqu'au cœur en dépit de la bure épaisse de sa robe monastique. Les bruits d'en bas qui montaient jusqu'à elle, lui donnaient l'absurde impression qu'elle se trouvait exposée à quelque pilori géant.

« Personne ne peut nous voir, souffla Gauthier. Tout va bien... A présent, nous allons avancer, doucement, tout doucement. N'ayez pas peur, dame Catherine, je vous tiens bien... »

Il avait passé un bras autour de la taille déformée de la jeune femme dont les mains demeuraient appliquées au toit. Pas après pas, il la fit avancer le long de l'étroit chemin. Au-dessus d'elle, plus haut que l'arête ornementée du toit, Catherine voyait tournoyer des nuages dans le ciel noir mais, peu à peu, le faible éclairage venu du feu des gardes s'estompait, les abandonnait...

Il y eut un moment difficile quand on atteignit l'angle de la maison mais Gauthier, au risque de tomber lui-même, s'arrangea pour cacher le plus possible le vide au fond duquel luisait l'eau du canal. Cette fois, on quittait la gouttière pour la corniche barrant l'étage le plus haut d'une maison en encorbellement. La pente du toit disparut pour faire place à un pan de mur vertical rayé de colombages.

« Nous y sommes presque, chuchota Gauthier. Tenez-vous bien à ce mur, je vais vous lâcher. J'aperçois le bateau, là, en dessous. Tu as la ficelle et le mouchoir, Bérenger? »

L'adolescent lui passa ce qu'il demandait par-dessus le dos de Catherine. Cramponnée à l'un des colombages, transie d'épouvante, la jeune femme n'osait plus faire le moindre geste.

Vivement, Gauthier déroula la pelote au bout de laquelle était attaché le mouchoir blanc et, quand elle fut presque entièrement déroulée, il sentit une tension.

« Il l'a! souffla-t-il. L'échelle va arriver. »

En effet, par trois tractions sur la ficelle, Saint-Rémy lui indiquait qu'il pouvait remonter. Un instant plus tard, Gauthier tenait l'échelle qu'il se mettait en devoir de fixer.

Ce ne fut pas facile. En équilibre instable lui-même, le jeune homme sentait, jusque dans sa propre chair, la panique qui s'emparait de Catherine. Collée à son mur, elle n'articulait plus une parole mais il pouvait entendre ses dents claquer. Ses mains à lui, de ce fait, s'énervaient, perdaient de leur agilité.

Enfin l'échelle, solidement fixée, retomba vers l'eau et presque instantanément se tendit.

« Tout va bien, souffla Gauthier à Catherine. Votre ami est en bas, l'échelle ne bougera pas. Je vais vous aider à descendre. »

Vivement, il lui passa autour du corps une corde qui était remontée avec l'échelle et dont il attacha l'autre extrémité à sa propre ceinture. Puis il essaya de décoller Catherine de son mur mais il sentit qu'elle tremblait comme une feuille et il ne parvint pas à détacher ses mains crispées sur le bois.

« N'ayez pas peur, je vous en supplie. Même si vous glissez ou si vous manquez un échelon, je vous retiendrai. Ce n'est pas si haut. Un peu de courage. Pensez que si nous ne fuyons pas nous sommes morts. »

Elle avait si peur qu'elle était presque au-delà de tout raisonnement. Les yeux étroitement clos, elle ne voyait plus rien mais son imagination lui dépeignant exactement ce que pouvait être sa situation, aggravait le vertige. Néanmoins elle fit un effort. Avec un sanglot convulsif, elle lâcha d'une main le colombage, accrocha celle de Gauthier, fit un pas glissé.

« Là... doucement... Vous y êtes... Pliez le genou à présent jusqu'à ce que vous sentiez le premier échelon... Doucement, tout doucement... Je vous tiens bien. »

Le cœur fou elle essaya d'obéir. Mais à cet instant précis, un coup de vent brusque fit bouger l'échelle... Catherine folle de terreur crut que tout s'effondrait. Sous son pied, il n'y avait que le vide. Alors, cherchant à se raccrocher, elle fit un faux mouvement et poussant un cri plaintif elle lâcha tout et s'abattit en arrière, entraînant Gauthier dans sa chute.

Le contact avec l'eau du canal fut si douloureux qu'elle s'évanouit à l'instant où elle s'y engloutissait...

CHAPITRE XI

UN MERCREDI DE PENTECÔTE...

HEUREUSEMENT pour Gauthier, son plongeon inattendu à la suite de Catherine s'effectua suffisamment bien pour que le contact de l'eau ne lui fût pas trop rude, et assez loin de la barque pour éviter de s'y heurter. Rassemblant ses forces, l'écuyer revint vers le bateau à la nage, traînant après lui le corps inerte de Catherine, ramené grâce à la corde et qui, alourdi par ses robes trempées, était en train de couler.

A eux trois, car Bérenger, avec l'agilité de son âge, avait dégringolé l'échelle en un rien de temps, ils réussirent à tirer la jeune femme de l'eau. Elle était inconsciente mais elle respirait.

« Eh bien, souffla Saint-Rémy, je n'aurais pas osé espérer que nous l'en tirerions. Si vous n'aviez eu cette idée de l'attacher à vous, nous n'aurions pas pu la retrouver dans cette obscurité. Que s'est-il passé?

— Je ne sais pas au juste. Elle était terrifiée, en pleine panique et au-delà de tout entendement. Il aurait mieux valu que je la descende sur mon dos mais il y avait bien peu de place là-haut pour cet exercice.

— Le principal est qu'elle soit là et vous aussi. Filons maintenant! C'est une chance qu'il y ait autant de bruit en ville cette nuit : personne n'a rien entendu... »

Le roi d'armes de Bourgogne et Gauthier s'attelèrent chacun à une paire de rames tandis que Bérenger s'asseyait au fond du bateau en soutenant la tête de Catherine. La barque glissa rapidement sur l'eau noire et s'engloutit sous l'ombre dense d'un pont au moment où une troupe hurlante et avinée passait dessus avec un bruit de tonnerre. Plantée au bout d'un bâton, une tête sanglante dégouttait sur le groupe qui braillait une chanson où il était question d'une jeune fiancée qui attendait son amoureux...

Dans la barque qu'il avait arrêtée prudemment à l'abri du pont, Saint-Rémy fit la grimace.

« Je n'ai pas pu reconnaître qui était ce malheureux mais si j'ai bien compris, ces démons ont décidé de rapporter sa tête à son épouse ou à sa fiancée. C'est une vilaine chose qu'une ville malade de peur!... »

Le relatif silence rétabli, le bateau reprit sa navigation avec d'autant plus de hâte que Catherine, sans avoir repris conscience, commençait à gémir et à s'agiter.

« Mettez-lui la main sur la bouche si elle fait trop de bruit, conseilla Saint-Rémy. Il ne faut pas attirer l'attention. Hormis le père prieur, nul ne doit savoir, dans le couvent, qu'il y a une femme avec nous...

— Craignez-vous donc de trouver des dénonciateurs même parmi les moines? demanda Gauthier.

— Il n'y a pas que des vocations volontaires dans les monastères. Ceux que l'on y traîne de force n'ont guère de raison de se montrer compréhensifs... »

Bérenger renifla. Destiné dès son plus jeune âge au sacerdoce, il n'avait rien trouvé de mieux en effet que de mettre le feu au couvent où les siens l'avaient conduit. Cet exploit lui permettait de comprendre certains états d'âme.

Mais on arrivait enfin. La masse imposante du couvent des Augustins se dressa soudain au bord du canal, percée à sa base d'une voûte noire sous laquelle Saint-Rémy engagea résolument le bateau. Cela formait un assez large tunnel au milieu duquel on pouvait voir un escalier dont les dernières marches s'enfonçaient dans l'eau. Un reflet de lumière les éclairait.

Quand le bordage du bateau racla la pierre, l'homme qui se tenait plus haut sur l'escalier et dont la torche éclairait les marches, poussa un soupir de soulagement et descendit.

« Enfin vous voilà !... je craignais tant que vous ne tardiez et n'arriviez après que l'on aura sonné matines car j'aimerais conduire nos hôtes à leurs chambres pendant que le couvent dort encore. Dans un moment, tout le monde va se réveiller. »

La belle croix pectorale d'or et de saphirs qui brillait sur la modeste bure noire du froc désignait le nouveau venu comme le prieur des Augustins. Grand, maigre avec un visage creusé en ombres dures par le jeûne et la prière, le père Cyprien de Rayneval n'était certainement pas l'un de ces abbés mondains qui ne visitent leurs monastères que pour en toucher les revenus. Ses yeux vert foncé brillaient d'un feu tout mystique et sa voix profonde était de celles qui entraînent les foules et subjuguent les hommes.

« Nous voilà en effet ! soupira Saint-Rémy. Nous avons eu un accident. Mme de Montsalvy est tombée du toit dans le canal. On a pu la repêcher mais elle est inconsciente et semble souffrir. Si tu ne veux pas que tes moines apprennent qu'il y a une femme ici, il faut la mettre dans un endroit éloigné où néanmoins il soit possible de la soigner car je crains bien... »

Il n'acheva pas. Gauthier qui soulevait Catherine dans ses bras pour la porter hors de la barque avait du sang sur les mains. Le mouvement d'ailleurs dut accroître la souffrance de la jeune femme qui se tordit avec un long gémissement, manquant d'échapper aux bras du jeune homme.

« Mon Dieu! Elle est blessée? souffla l'abbé.

– Blessée, non, répondit Gauthier mais elle est peut-être bien en train de faire une fausse couche... »

L'abbé eut un haut-le-corps.

« Une... vous en êtes certain?

– A peu près, oui... Ce sang et ces douleurs ne trompent pas. Le choc violent qu'elle a subi en touchant l'eau doit en être la cause. Où puis-je la mettre? »

Il commençait à monter les marches quand le prieur l'arrêta.

« Il est impossible que cette dame reste ici! dit-il doucement mais fermement. On peut cacher une femme en bonne santé capable de se contrôler mais il est impossible que je garde ici une femme qui souffre et crie. Le couvent n'est pas assez grand pour qu'on ne l'entende pas de partout. »

Saint-Rémy et les deux garçons se regardèrent avec désespoir.

« Qu'allons-nous en faire alors? gémit le roi d'armes. Nous ne pouvons ni la laisser dans ce bateau ni la ramener d'où elle vient. Tu sais très bien que ce serait la condamner à mort.

– Je sais, je sais... et crois bien que ce n'est pas de gaieté de cœur que je lui refuse l'accès de notre maison mais ici, elle serait tout autant en danger. »

La colère commençait à gonfler le cœur de Gauthier. Jointe à la fatigue et à l'inquiétude, elle le mit rapidement hors de lui.

« Que dois-je en faire alors, sire prieur? La rejeter à l'eau afin qu'elle y meure noyée? Ce serait tellement plus simple, plus d'otage pour Bruges et plus d'ennuis pour qui que ce soit!... Eh bien, je vous dis, moi, Gauthier de Chazay, que vous allez l'accueillir, lui donner asile, même au fond d'une cave s'il le faut, mais je dois pouvoir la soigner et sur l'heure! Si nous attendons trop longtemps elle peut se vider de tout son sang... et là encore c'est la mort qui l'attend! »

La main du moine se posa ferme et apaisante sur le bras du jeune homme qui, aidé de Bérenger, retenait Catherine.

« Calmez-vous!... et reposez-la dans la barque sinon vous risquez, vous, de la lâcher. Je crois que j'ai une idée.

– Laquelle? demanda sèchement Saint-Rémy qui essuyait son front ruisselant à sa manche de grosse toile.

– Le béguinage! C'est la seule communauté de femmes où cette pauvre dame pourra trouver l'accueil et les soins dont elle a besoin. Les dames béguines s'entendent merveilleusement à soigner les malades...

– Et tu crois qu'elles vont nous ouvrir leur porte, en pleine nuit, alors que la ville est en révolution et que nous avons plus l'air de truands que d'honnêtes gens? Ce sont des dames nobles pour la plupart ou appartenant à des familles riches. Leurs grandes portes doivent être soigneusement fermées avec ce qui se passe car, après tout, elles sont peut-être en danger si la populace s'en prend aux classes dirigeantes comme cela en a tout l'air!

– La populace, comme tu dis, les aime et les respecte car elles lui sont bien souvent secourables. Quant à ces grandes portes elles s'ouvriront si je vais avec vous. Mais il faut faire vite car je dois être de retour pour matines. Ces jeunes gens reviendront avec nous car bien entendu les dames béguines ne les accepteraient pas.

– Nous ne voulons pas abandonner notre maîtresse en des mains étrangères, protesta Béranger soudain dressé sur ses ergots comme un petit coq en colère.

– Elle ne sera pas abandonnée et elle vivra. Si vous n'acceptez pas ce que je vous propose, elle mourra : choisissez mais choisissez vite! »

Pour toute réponse, Gauthier alla se rasseoir dans le bateau après y avoir étendu Catherine dont il garda la tête sur les genoux. L'abbé planta sa torche à un croc de fer et rejoignit Saint-Rémy et Bérenger qui embarquaient à leur tour. Un instant plus tard, la barque reprenait sa route sur l'eau calme de la Reie en direction du sud. Le chemin à parcourir était heureusement court et fut bientôt couvert, au grand soulagement de Gauthier qui s'efforçait d'étouffer de son mieux les gémissements de plus en plus fréquents de Catherine.

Le béguinage de la Vigne, fondé deux siècles plus tôt par la comtesse de Flandre, Jeanne de Constantinople, était un vaste enclos cerné de grands murs par-dessus lesquels on pouvait apercevoir un foisonnement de grands arbres[1]. Il renfermait une église, vouée à sainte Elisabeth, un hospice et, alignées tout autour d'une grande prairie plantée d'arbres et de fleurs, les blanches maisons des béguines. Chacune d'elles avait la sienne et, si elles obéissaient à l'autorité d'une supérieure que l'on appelait la Grande Dame, elles ne prononçaient pas de vœux éternels. Après deux ans de noviciat dans un couvent, elles recevaient chacune leur petite demeure et se pliaient sans autre serment à la triple

1. Il n'a pas changé.

règle de pauvreté, de prière et de travail. Dans les pays de Flandres beaucoup de veuves, de filles que l'on ne pouvait marier, choisissaient le béguinage de préférence aux couvents réguliers parce qu'il était toujours possible d'en sortir.

La barque s'arrêta sous le pont dont le grand portail d'entrée tenait toute la largeur. Les canaux de la Reie à cet endroit s'élargissaient et formaient un miroir d'eau dans lequel se miraient les longues chevelures pâles des grands saules. Le prieur des Augustins seul descendit et alla se pendre à la cloche...

Il ne fut que très peu de temps absent et revint accompagné de deux femmes en robes noires et cornettes blanches qui portaient un brancard.

Toujours empaquetée dans son froc de moine, toujours gémissante et secouée de spasmes convulsifs, Catherine y fut couchée mais quand Gauthier et Bérenger voulurent s'atteler aux mancherons de la civière, la plus grande des deux femmes s'y opposa.

« C'est à nous de nous occuper d'elle, dit-elle calmement. Nous vous ferons savoir de ses nouvelles.

– Dieu bénisse votre charité, dame Béatrice, dit le père Cyprien, et veuille que vous n'ayez pas sujet de la regretter.

– Nous sommes pauvres et gagnons notre pain comme le plus humble manœuvrier de la ville. Qui donc pourrait nous vouloir du mal? Aucun des ennemis de cette pauvre femme, en admettant qu'on la sache chez nous, n'oserait franchir notre seuil avec des intentions malveillantes. Je vous souhaite une bonne nuit, mes frères! »

Le vantail de bois se referma. Pour la première fois depuis des mois, Gauthier et Bérenger se trouvaient séparés de Catherine et en éprouvaient une souffrance. Un moment, ils restèrent là, plantés devant cette porte qu'il leur était interdit de franchir, les yeux lourds de larmes.

« Si elle allait mourir... balbutia le page. Si nous ne devions plus la revoir jamais?... »

Saint-Rémy eut un petit rire qui sonna faux mais passa affectueusement son bras autour des épaules du jeune garçon.

« Ce que j'aime chez vous c'est votre optimisme! Vous êtes tous comme ça en Auvergne? Il est vrai que l'admirable Arnaud de Montsalvy qui est Auvergnat lui aussi ne saurait prétendre au titre de roi des joyeux lurons!

— Vous connaissez messire Arnaud?

— J'ai cet honneur pour l'avoir vu combattre deux fois : une fois à Azincourt et une autre fois à Arras en champ clos! Un rude jouteur, un grand guerrier... et le plus abominable caractère que je connaisse!

— Qu'il crève! gronda Gauthier entre ses dents. Si dame Catherine en est réduite à risquer sa vie presque chaque jour c'est bien à lui et à lui seul qu'elle le doit... »

Puis, pour passer sa colère, il se remit à tirer furieusement sur les avirons pour regagner le couvent des Augustins.

Catherine n'avait rien vu, rien entendu de tout ce qui s'était passé depuis qu'on l'avait tirée de l'eau. Le peu de conscience qui lui était revenue s'était vite engloutie dans la mer de souffrance qui avec une incroyable brutalité prenait possession de son corps.

La chute avait endolori tous ses muscles et chacune des contractions que le processus de délivrance lui imposait la tordait comme sur un gril chauffé au rouge. Son ventre déchiré n'était qu'une douleur aiguë irradiée à l'infini.

Qu'on la transportât, qu'on la déshabillât, qu'on la

nettoyât du sang qui la maculait, qu'on l'installât dans un lit ne changeait rien à sa torture. Elle n'entendait plus, elle ne pensait plus, elle ne raisonnait plus. Elle n'était qu'une masse de souffrance, un animal écartelé. Ce qu'elle endurait était si cruel que le bourreau avec sa hache lui fût peut-être apparu comme l'ange de la délivrance.

Parfois, à travers les larmes qui brouillaient sa vue, elle percevait une forme noire et blanche qui passait et repassait, s'arrêtait parfois aussi. Elle sentait alors quelque chose de frais qui, sur son visage remplaçait un instant la brûlure des larmes, ainsi qu'une senteur d'herbe par-dessus l'odeur fade du sang. De temps à autre quand la douleur un moment faisait trêve, elle plongeait dans un sommeil de bête harassée. Mais la rémission était courte et, après quelques secondes, lui semblait-il, le bon sommeil disparaissait, chassé par les crocs du fauve qui rongeait ses entrailles.

Cela dura des heures, des heures d'enfer dont la malheureuse pensait ne jamais voir la fin. Au fond de son esprit exténué une seule pensée parvenait encore à percer : elle était morte et, à cause de son sacrilège, elle était condamnée aux éternels tourments. N'aperçut-elle pas, surgissant des ténèbres, un démon barbu dont les yeux de feu s'abritaient sous des broussailles noires et qui lui tendait le poing?...

De toutes ses forces elle voulut le repousser, l'empêcher d'ajouter encore à son supplice mais ses bras furent soudain paralysés tandis qu'une voix grave grondait.

« Il faut en finir. Elle doit boire cela, sinon nous n'arriverons jamais à la délivrer et elle risque de trépasser dans l'heure. »

Les démons – ils étaient au moins trois à présent, – se rapprochèrent. L'un lui serra les bras, l'autre lui pinça le nez et le troisième très certainement voulut lui enfoncer dans le gosier une poire d'angoisse pour faire cesser ses cris désespérés... Mais il n'y eut pas de bâillon, pas de poire cruelle... rien qu'un liquide doux-amer qui coula jusqu'au fond de sa gorge. Et puis il n'y eut plus rien, rien qu'une énorme vague noire qui l'emporta au fond du néant...

Le paradis chassa l'enfer, la lumière balaya les ténèbres et Catherine revint à la vie dans un rayon de soleil. Tout était blanc autour d'elle : le lit dans lequel elle reposait, le lin qui habillait ses bras, les grands rideaux tirés à travers lesquels filtrait le rayon joyeux qui avait frappé ses yeux. Elle était au cœur d'une coque translucide, au milieu d'un nuage et elle se sentait légère, légère... la lourde nef enlisée dans la vase qu'était hier encore son propre corps avait rompu ses amarres et voguait joyeusement vers la pleine mer...

Il y eut un froissement léger annonçant une présence au-delà des rideaux. Extasiée, Catherine s'attendait à voir paraître un ange... ce fut une petite vieille en robe noire et tablier blanc, les épaules et la tête enveloppées par la faille neigeuse des béguines qui souleva le rideau et apparut, l'œil bleu et scrutateur. En constatant que la malade avait les yeux grands ouverts, elle eut un sourire ravi découvrant une dentition pleine de lacunes qui n'enlevait rien à la bonté de son visage.

« Sainte Elisabeth soit bénie! soupira-t-elle. Vous voilà réveillée! Et comment vous sentez-vous? »

Catherine n'eut aucune peine à lui rendre son sourire.

« Beaucoup mieux, merci. Mais... qu'est-ce que je fais ici?

— Vous ne savez pas où vous êtes? »

Tournant la tête vers la petite fenêtre, Catherine

aperçut une rangée de maisonnettes blanches cernant un grand pré planté d'arbres et de bien plus de fleurs de printemps qu'on n'en trouvait dans une tapisserie d'Arras. Sur l'herbe neuve, jonquilles, narcisses et violettes poussaient un peu au petit bonheur mais avec une grâce irrésistible.

« C'est le béguinage de la Vigne, n'est-ce pas? Et vous êtes l'une des dames... »

La petite vieille esquissa une révérence.

« Dame Ursule pour vous servir. Vous nous avez fait très peur.

– Mais... comment suis-je venue ici? »

Dame Ursule alla jusqu'à une petite table sur laquelle étaient disposés des pots, un mortier de cuivre et des flacons. Elle prit quelque chose dans un pot, le mit dans le mortier et s'arma du pilon pour écraser la chose.

« C'est notre Grande Dame qui vous a accueillie, c'est à elle de vous le dire. Moi, je n'oserais me le permettre. »

En quelques coups de pilon, elle avait réduit en poudre le contenu de son mortier, en mit trois pincées dans un gobelet y ajouta un peu du contenu d'un flacon, agita le tout et l'apporta à Catherine.

« Vous êtes sauvée mais à présent il faut reprendre des forces car vous avez perdu beaucoup de sang. Buvez ceci. Ensuite j'irai vous chercher du lait et du miel... Oui, malheureusement, l'accident que vous avez eu vous a fait perdre votre enfant », ajouta-t-elle tristement en voyant que Catherine tâtait ses flancs et son ventre.

Sa malade but la potion qu'elle lui avait préparée puis se laissa aller sur ses oreillers et éclata en sanglots... Alors la bonne dame Ursule quitta la chambre sur la pointe des pieds, hochant la tête d'un air navré. Persuadée que la jeune femme pleurait la perte de son fruit, elle était à cent lieues de se douter que celle-ci, au contraire, pleurait de soulagement...

Mais une telle chose n'était pas possible à dire aux saintes créatures qui avaient recueilli Catherine et qui, très certainement n'auraient pas perdu un instant pour la chasser de leur maison avec horreur.

Ainsi, tout le mal qu'elle s'était donné pour arracher de ses entrailles le produit de sa honte ne lui avait valu que des échecs alors qu'il avait suffi d'un plongeon, du haut d'un toit il est vrai, pour l'en débarrasser? La vie exécutait parfois de bien étranges pirouettes en retournant d'une chiquenaude les décrets du destin. Mais comment ne pas voir là le doigt de Dieu puisque c'était au béguinage, dans l'enclos le plus saint de toute la ville, que la fausse couche avait eu lieu...

Et ce fut avec un profond sentiment de reconnaissance qu'elle regarda, vers l'heure de none[1] la longue file noire et blanche des béguines qui franchissait le porche rose de l'église pour y entendre vêpres. Les silhouettes lentes semblaient glisser sur l'herbe fleurie, sans le moindre bruit. Hormis le tintement grêle de la cloche qui appelait, tout était silence, paix et harmonie dans la communauté, jusqu'au vol blanc de la mouette qui planait au-dessus du petit clocher d'ardoises bleues... et Catherine bénissait son martyre qui lui permettait à présent de goûter pleinement ce merveilleux et si paisible retour à la vie. Il y avait bien longtemps qu'elle ne s'était sentie aussi bien dans sa chair, presque dématérialisée, ni aussi en paix avec elle-même... Et, doucement, elle se rendormit.

Quand dame Béatrice vint la voir, ainsi que l'avait annoncé dame Ursule, elle montra une grande satisfaction en trouvant sa pensionnaire assise dans

1. Environ quinze heures.

342

son lit et occupée à boire un grand bol de bouillon. Coupant court aux remerciements chaleureux qu'elle lui adressait, la Grande Dame sourit.

« Nous n'avons fait que notre devoir en vous accueillant alors que vous étiez en si grand danger de perdre la vie. Malheureusement, il n'a pas été possible d'accueillir aussi vos serviteurs puisque notre règle s'y oppose mais soyez sûre que nous avons donné de vos nouvelles aussi souvent que possible.

– Où sont-ils à cette heure?

– Au couvent des Augustins, naturellement. »

Et, en quelques phrases courtes, la Grande Dame raconta ce qu'elle savait de la terrible nuit du 18.

« Nous aurions pu vous mettre à l'hôpital mais le père Cyprien m'a fait comprendre que ce pourrait être dangereux aussi bien pour vous que pour la communauté si l'une des autres malades vous reconnaissait et comme deux de nos maisonnettes sont actuellement vides nous vous avons installée dans l'une d'elles. J'espère que vous vous y trouverez bien tout le temps que vous devrez passer ici pour la période de votre convalescence et après... »

Catherine tressaillit.

« Après?... mais dès l'instant où je serai remise sur pied je n'aurai plus aucune raison de continuer à vous encombrer. Mon intention est de rentrer chez moi. Dans l'état actuel des choses, c'est tout à fait impossible, madame. Notre enclos est bienheureusement à l'écart des tumultes de la ville et la reconnaissance des bienfaits que nous nous efforçons de prodiguer nous protège de ses excès. C'est un véritable havre de grâce... mais il n'empêche qu'il est enfermé dans les murailles de Bruges et que Bruges est en état de siège ou peu s'en faut... »

343

En effet, le meurtre du bourgmestre Varssenare, de son frère et de deux autres échevins, les folies de la nuit fatale avaient déchaîné la panique. Profitant du désordre, les autres échevins et les capitaines des quartiers avaient quitté la ville avec leurs familles pour chercher refuge auprès du duc Philippe. Seul Louis Van de Walle et son fils étaient restés pour tenter de ramener un semblant d'ordre. Mais ce n'était pas facile. Affolées par la perspective du chômage et de l'écroulement du commerce, les corporations et surtout la draperie, la plus puissante de toutes et la plus touchée par la cessation des importations de laine anglaise, étaient prêtes à se livrer aux pires excès sans paraître s'apercevoir de l'inquiétude que ces excès faisaient naître chez les marchands italiens, espagnols, écossais et scandinaves qui avaient leurs comptoirs dans la ville.

Pour enrayer l'exode, il avait fallu fermer les portes de la ville et les faire sévèrement garder : il était interdit de sortir sans un laissez-passer signé du bourgmestre et de deux chefs de corporations.

Van de Walle avait accueilli la requête des marchands étrangers et accepté qu'une ambassade composée de quelques-uns d'entre eux et de plusieurs des plus riches marchands brugeois se rendissent à Arras, auprès du duc Philippe pour protester de leur ardente espérance de voir la paix prochainement rétablie.

« Qu'a-t-il répondu? demanda Catherine.

— On ne sait encore. Voilà cinq jours qu'ils sont partis, dès le lendemain de la nuit où vous êtes arrivée. Bien sûr il y a de l'espoir. On dit que monseigneur a déjà pardonné aux Gantois les massacres du 15, mais Gand n'a pas à réclamer de privilèges sur l'Ecluse, qui dépend de Bruges. Nul ne sait dans ces conditions, ce que va répondre monseigneur le duc... Vous voyez bien qu'il est tout à fait impossible de quitter la ville et qu'il vaut beaucoup mieux pour vous demeurer ici. Votre évasion a fait grand bruit. On a fouillé la cité pour vous retrouver, sauf ici bien sûr. Vos anciens gardiens enragent parce qu'ils vous croient partie rejoindre le duc. Ils craignent que vous ne souffliez sur lui le feu de la vengeance et ils vous haïssent en conséquence. Essayer de sortir serait du suicide. Il en va de même pour vos serviteurs que le père Cyprien cache aux Augustins. Croyez-moi, restez avec nous quelque temps lorsque vous serez rétablie!

– Etes-vous si sûre de toutes vos sœurs?... »

La Grande Dame réfléchit un instant. Son visage porté sur une haute stature ne montrait pas aisément ses sentiments mais Catherine put cependant y lire une perplexité, une sorte de lutte intérieure. Finalement, ce fut la vérité qui l'emporta.

« Non. Qui peut se vanter de connaître réellement le cœur des membres d'une communauté? La plupart de nos sœurs, les plus âgées, veuves ou sans famille, ont réellement brisé leurs liens avec le monde extérieur mais je ne saurais être absolument sûre de toutes. Je réponds entièrement, bien sûr, de dame Ursule et de dame Berthe qui se sont occupées de vous. Les autres savent seulement que cette maison abrite une grande malade. Il suffira, une fois guérie que vous n'en sortiez pas... sinon la nuit pour prendre l'air dans l'enclos. Je vous donnerai une robe et une faille pour plus de sûreté.

– Que ferai-je de mes journées?... »

Dame Béatrice désigna du geste la petite chambre étincelante de propreté et, tour à tour, le prie-Dieu disposé devant un crucifix et un rouet vide.

« Ce que nous faisons toutes : prier et travailler. A côté de cette chambre vous avez une petite salle. Chacune de nous entretient sa maison, prépare ses repas – dame Ursule ou dame Berthe vous donneront ce qu'il faut – et puis, pour assurer notre subsistance, nous filons la laine. Savez-vous filer?

– J'ai été élevée fort simplement, dame Béatrice, et aucun travail féminin ne m'est étranger. Il y a longtemps que je n'ai filé mais je pense que cela ne s'oublie pas...

– En effet. Malheureusement nous avons fort peu de laine en ce moment et si l'Angleterre ne reprend rapidement ses relations commerciales avec les villes flamandes nous n'en aurons bientôt plus. Aussi, nous créons-nous, à présent une nouvelle spécialité : la dentelle au fuseau.

– La dentelle? C'est très rare. Celles que j'ai pu posséder venaient toutes d'Italie, du Puy-en-Velay ou de Malines.

– En effet, mais l'une de nos sœurs est veuve d'un riche marchand vénitien et a choisi de rester parmi nous. C'est elle qui nous apprend. Dame Berthe est l'une de ses meilleures élèves. Si vous le voulez, elle vous enseignera. Pour l'instant, il faut d'abord songer à vous remettre tout à fait. Je vous tiendrai au courant de ce qui se passe en ville et vous recevrez certainement des messages en provenance des Augustins... »

La Grande Dame quitta Catherine sur ces paroles, la laissant méditer ce qu'allaient être ses jours à venir. Cette fois, la jeune femme les acceptait sans révolte et même sans répugnance. Libérée du fardeau de honte et d'angoisse qu'elle traînait après elle depuis tant de mois, il n'y avait plus pour elle si grande urgence et, à condition que la claustration de Bruges ne durât pas des années, elle trouvait rafraîchissante cette halte au cœur du béguinage de la Vigne. Bien souvent, au cours des périodes les plus rudes de sa vie, elle avait rêvé de s'arrêter un moment sous les nobles arcades d'un cloître afin d'essayer, dans un silence peuplé seulement du chant des oiseaux et du doux murmure des prières, de mieux écouter ses voix intérieures et de retrouver son âme claire d'autrefois quand l'amour des hommes, les dangers de la vie et les tumultes de la guerre n'étaient pour elle qu'un bruit lointain. Parfois même, elle s'était surprise à penser que sa sœur Loyse, en choisissant Dieu, n'avait peut-être pas fait le plus mauvais choix.

Mais Catherine savait aussi que, pour elle, seul un temps de retraite était possible et même concevable. Si elle acceptait celui-là d'une âme sereine c'était parce que son corps épuisé, son cœur dolent en éprouvaient impérieusement le besoin. Il lui fallait refaire ses forces pour retourner au combat, au combat contre Arnaud!

Depuis son entrée en Flandres, elle s'était efforcée de n'y point penser et même elle avait tenu loin d'elle, autant qu'il lui était possible, le souvenir de Michel et d'Isabelle pour ne pas laisser envahir son âme par l'impitoyable marée du désespoir. Elle avait un terrible problème à résoudre et il fallait qu'elle s'y consacrât totalement. A présent, le problème avait trouvé sa solution et Catherine pouvait laisser entrer, dans la sérénité de sa petite maison béguine, l'image joyeuse et blonde de son petit garçon et l'éclat impérieux des yeux noirs du bébé Isabelle... un bébé qu'elle n'avait pas tenu dans ses bras depuis une interminable année, qui était à présent une vraie petite fille et qui ne la reconnaîtrait pas. Il serait doux, dans le soir tombant, d'évoquer les cris de ses enfantines colères et le paisible babil de Michel récitant ses leçons. Dieu! Quel jour merveilleux serait celui où elle pourrait enfin les serrer sur son cœur!...

« Jamais plus, se jurait-elle, jamais plus je ne quitterai Montsalvy! Quoi qu'il puisse advenir, désormais, de moi, ou même de mon époux, je n'abandonnerai plus jamais mon foyer et mes enfants... »

Trois jours plus tard, elle était sur pied, et tout naturellement commençait à vivre au rythme du béguinage. Dame Ursule lui avait apporté un peu de laine à filer et dame Berthe était venue, avec un petit coussin bleu, du fil de lin, des épingles et de minuscules fuseaux lui enseigner les premiers rudiments de l'art des dentellières. Vêtue d'une robe que lui avait donnée dame Béatrice, un chapelet d'ambre dans sa poche, Catherine passait sa matinée à faire le ménage et à cuire ses repas, travaillait à son rouet ou à son coussin l'après-midi, priait de temps en temps et rêvait beaucoup, surtout le soir quand les rayons obliques du soleil venaient mourir sur les façades blanches ou quand les rideaux de pluie brouillaient le paysage jusqu'à le rendre irréel.

Par les billets que Saint-Rémy ou Gauthier lui faisaient tenir elle était au courant des événements extérieurs. Aux envoyés de Bruges, Philippe le Bon avait répondu avec un étrange détachement qu'il n'avait vraiment pas le temps de s'occuper de leurs problèmes et que des devoirs impérieux réclamaient, avant tout autre soin, sa présence en Hollande afin d'y étouffer les dernières traces de discorde que la dernière comtesse, Jacqueline de Bavière, la plus romanesque et la plus folle des princesses, avait, en mourant à La Haye, légué à ses adversaires comme à ses amis.

En conséquence, ces messieurs de Bruges voudraient bien lui accorder permission de traverser leur précieuse ville avec un petit détachement et dans le seul but de gagner du temps cependant que le gros de l'armée passerait au large et se ravitaillerait au château de Male où des approvisionnements considérables allaient être réunis pour elle.

« *Ces bonnes gens*, écrivait Saint-Rémy, *ont bien*

essayé de savoir si vous étiez revenue auprès du duc mais, quand ils ont, timidement, prononcé votre nom, monseigneur leur a tourné le dos après les avoir foudroyés d'un regard capable de les faire rentrer sous terre. Et ils sont revenus un peu déconfits, un peu inquiets surtout, demander à Van de Walle la fameuse « permission »... que celui-ci a bien été obligé d'accorder sans être tout à fait certain que ce soit une bonne idée. Mais il n'a pas le choix s'il ne veut pas voir bombardes et machines de guerre s'approcher de ses murailles et son commerce définitivement ruiné. Evidemment, ce n'est pas de gaieté de cœur : les ambassadeurs ont rapporté que ladite armée de Hollande comportait plus de quatre mille Picards qui sont, vous le savez, en exécration ici, plus un vigoureux contingent de chevaliers et de troupes bourguignonnes d'origine que l'on n'aime pas beaucoup plus et cette idée ne sourit guère à nos croquants.

« Quoi qu'il en soit, bientôt, très bientôt, le duc sera dans la ville. Tenez-vous prête à nous rejoindre, sous un autre costume de moine que nous vous ferons tenir, la nuit qui précédera son entrée. Dès que nous serons auprès de lui nous n'aurons vraiment plus rien à craindre et vous serez libre. Vous n'imaginez pas quelle joie j'aurai à retrouver mon tabard de soie et d'or et ce grand pectoral de la Toison d'or qui me donne si grande allure!

« En vérité, l'austère élégance des moines n'est vraiment pas mon fait... pas plus que leur ordinaire! Le père de Rayneval est la sainteté même mais j'aimerais mieux quelqu'un de moins saint et qui s'y connaisse davantage en crus bourguignons. Même son vin de messe est abominable! J'ai essayé, je ne recommencerai pas! Dieu m'a puni...

« Votre écuyer et votre page s'ennuient ferme. On les a introduits dans le couvent sous l'aspect de frères voyageurs étrangers. L'un passe pour Normand, l'autre pour Provençal et moi je suis toujours le grand *pèlerin que vous savez. Cela nous vaut à tous trois d'interminables stations à la chapelle. Le père prieur dit que nous avons là une excellente occasion de travailler au salut de nos âmes mais je crains que nous ne soyions en réalité que d'affreux mécréants. Monseigneur le duc devrait bien se hâter!...*

« *A bientôt. Pardonnez ce long bavardage mais c'est un passe-temps bien charmant que converser un moment avec une jolie femme et j'en complète l'ivresse en déposant un tendre baiser sur vos jolis doigts.* »

Cette lettre, arrivée dans les débuts du mois de mai, acheva de réconforter Catherine parce qu'elle apportait l'espoir d'une liberté toute proche. Il était bien certain que la présence de Philippe à Bruges constituerait pour elle le meilleur moyen d'évasion. Aussi, ce soir-là, en s'endormant dans son lit aux rideaux blancs, se laissa-t-elle bercer par le flot chatoyant d'une douce espérance : celle de son prochain retour à Montsalvy. Ce qui la veille encore ne se montrait qu'au bout d'une perspective sans fin, venait de se rapprocher considérablement. Bien sûr, il y aurait sans doute quelques explications à fournir au duc Philippe quand elle le rejoindrait mais après tout ce qu'elle avait pu passer, une entrevue, même orageuse, avec un prince hargneux n'avait plus la moindre chance de l'impressionner...

Au soir du 21 mai, qui était le mardi de Pentecôte, dame Béatrice, un paquet sous le bras, entra dans la maison de Catherine.

« C'est cette nuit que vous nous quittez, mon enfant. Ceci est arrivé tout à l'heure du couvent des Augustins.

– Est-ce que le duc arrive?

– Il se trouve, ce soir, à cinq lieues à peine d'ici; à Roeselare[1]. Demain, tandis que son armée contour-

---

1. Roulers.

nera la ville, il y entrera avec les seigneurs de son entourage immédiat et une petite escorte. Les notables préparent déjà sa réception.

— Par quelle porte doit-il entrer?

— Par celle de la Bouverie qui est tout près d'ici mais à peine plus éloignée des Augustins. Vers la fin de la nuit, je viendrai moi-même vous chercher pour vous ramener... là où je vous ai prise : sous le pont du grand portail où vos amis vous attendront avec un bateau pour vous ramener aux Augustins où vous attendrez que la foule soit assez dense dans les rues pour pouvoir vous y mêler sans danger et rejoindre monseigneur. Il était impossible que vous sortiez directement d'ici au grand jour.

— Croyez bien que je le comprends... et que je vous suis infiniment reconnaissante de tout ce que vous avez fait pour moi mais comment pourrai-je vous prouver cette reconnaissance?... »

La Grande Dame s'approcha du coin où Catherine travaillait, effleura du doigt les grosses pelotes de laine bise puis, se tournant vers le coussin de dentellière posé sur un tabouret, se pencha pour admirer le dessin ébauché.

« Vous avez bien travaillé, dame Catherine... et nous vous regretterons car vous avez de réelles dispositions pour cet art délicat.

— Pas bien loin de chez moi, au Puy-en-Velay, il y a aussi des dentellières; je pourrai continuer mon apprentissage, fit-elle en souriant. Mais le fruit de mon travail est bien mince pour ma gratitude. Je voudrais faire plus!

— Alors... » et tout à coup, la voix de dame Béatrice se fit très grave : « Demain, quand vous rencontrerez monseigneur Philippe, essayez d'oublier les peines que l'on vous a infligées ici et demandez-lui grâce et merci pour cette ville turbulente mais qui est toujours à lui s'il sait lui montrer un peu de mansuétude. Voyez-vous, les gens d'ici sont comme des enfants : se sentant coupables envers leurs parents, ils s'enfoncent plus encore dans la révolte et les outrances, chacun en faisant plus que son voisin pour n'avoir pas l'air de céder à ses yeux. Les rudes châtiments changent parfois la rébellion en haine alors qu'un mot de pardon peut amener le coupable aux larmes du repentir.

– Je sais tout cela, dame Béatrice, et soyez certaine que je n'ai jamais eu d'autre idée qu'intercéder pour Bruges. Autrefois je l'ai tant aimée! Ce n'est pas à présent qu'elle se trouve prise entre la mer qui ensable rapidement ses ports et la colère et son suzerain, que je vais la condamner... Ayez confiance : je ferai tout ce que je pourrai! »

Sans rien dire, la Grande Dame embrassa Catherine et sortit peut-être pour cacher une émotion, se contentant au seuil d'indiquer qu'elle viendrait une heure avant le lever du soleil et de lui conseiller de prendre du repos.

Mais cette nuit-là, Catherine ne réussit pas à trouver le sommeil. Il y avait quelque chose qui l'inquiétait sans trop savoir pourquoi. Peut-être cette décision prise par Philippe de n'entrer dans la ville qu'avec peu de monde et surtout cette « permission » qu'il en avait demandée. Cela lui ressemblait bien peu! Qui donc pouvait être assez fou pour ignorer l'orgueil du grand duc d'Occident, son caractère à la fois rusé et vindicatif? Allait-il réellement laisser ses quatre mille Picards et ses chevaliers bourguignons passer au large de Bruges tandis que lui-même, avec une poignée d'hommes, traverserait la ville encore toute fumante du sang de ses échevins? Evidemment, cela pouvait être une preuve de courage et Philippe n'en avait jamais manqué, à moins que ce ne soit ce signe de mansuétude dont parlait dame Béatrice. Après tout, le prince bourguignon était l'un des diplomates et des hommes de gouvernement les plus habiles et les plus intelligents... mais les exemples étaient rares des faits où il avait laissé sa diplomatie l'emporter sur sa rancune : le roi de France l'avait appris à ses dépens durant de longues et cruelles années.

Lorsque la Grande Dame revint, elle trouva Catherine prête, revêtue de la robe monastique contenue dans le paquet et debout près de la porte qu'elle tenait entrouverte pour que l'on n'eût pas à frapper. Il faisait très sombre et aucune lumière n'était visible. Silencieusement, dame Béatrice saisit la main de Catherine et toutes deux s'élancèrent à travers l'enclos sous le couvert des arbres. Un vent vif s'était levé, bien après minuit et agitait les cimes feuillues avec de grands froissements qui étouffaient le bruit des pas. Ils étouffèrent également le léger grincement de la porte quand elle s'ouvrit sous la main de la Grande Dame, et Catherine se retrouva dehors.

« Allez avec Dieu, ma fille », chuchota dame Béatrice en l'embrassant. Puis elle se glissa de nouveau dans l'entrebâillement du portail et disparut sans avoir seulement laissé à celle qu'elle libérait le temps d'une seule parole d'adieu. Mais déjà des ombres montaient de sous le pont dormant et Catherine se retrouva soudain dans trois paires de bras masculins dont la chaleur et l'enthousiasme disaient assez la joie que l'on avait de la retrouver.

« Sans mentir, soupira Gauthier, ce mois que nous venons de passer sans vous a été le plus long de toute ma vie, dame Catherine... »

Le mercredi de Pentecôte se leva venteux comme en novembre. Les lambeaux de nuages gris traversaient en rafales le ciel orageux derrière les flèches des églises et l'immense tour du beffroi. De temps en temps, une ondée passait, emportée par les ailes du vent et les cloches, sonnant les heures canoniales du jour, résonnaient avec une mélancolie profonde. Aussi Catherine en quittant le couvent avec ses trois compagnons se disait-elle que ce n'était guère un temps de réjouissances et que ce qui se préparait n'avait que fort peu de rapport avec les fastes habituels d'une entrée princière.

Certes, il ne s'agissait que de la traversée de Bruges et il était convenu de recevoir le prince à l'hôtel de ville pour lui offrir présents et rafraîchissements mais de toute évidence personne à Bruges n'imaginait voir un sourire éclore sur le visage hautain de Philippe. On se demandait plutôt ce qu'il allait dire...

Une foule énorme encombrait les rues et les quatre faux moines n'eurent aucune peine à s'y mêler. Mais, comme au jour de son arrivée, Catherine fut frappée par le silence de cette foule. On n'entendait que paroles chuchotées, on ne voyait que visages soucieux ou insolents, tels ceux d'une troupe de bouchers qui bannière en tête et tranchets à la ceinture s'en allaient avec un air de défi au-devant du maître si ardemment contesté. Quand ils passèrent près de Catherine, elle frissonna sous la bure déjà humide de sa robe. Depuis le jour de colère qui avait vu mourir Michel de Montsalvy et Gaucher Legoix, son propre père[1], Catherine redoutait et détestait les bouchers. Elle leur trouvait l'air féroce et respirait toujours auprès d'eux une pénible odeur de sang frais...

Vers trois heures, on apprit que le duc venait d'arriver au village de Saint-Michel. Ce fut le signal de se mettre en marche pour les notables, et à la suite de leur cortège on se dirigea vers la porte de

1. Voir *Il suffit d'un amour...*

la Bouverie. Catherine vit passer Louis Van de Walle, blême et les traits tirés sous son chaperon de fête. Son fils, les échevins rescapés et quelques chefs de corporations le suivaient, avec leurs insignes et leurs bannières. Devant lui marchait son beau-frère Vincent de Schotelaere, le capitaine de la ville et quelques-uns de ses soldats, tous armés.

Les faux moines suivirent le cortège mais s'arrêtèrent derrière les barrières de la porte de la Bouverie tandis que les notables franchissaient la porte, le grand pont jeté sur les larges douves et s'avançaient sur la route, courbant le dos sous les rafales de vent qui faisaient voler les lourdes robes, claquer les bannières et obligeaient à cramponner les coiffures. Au bout du chemin, on pouvait déjà apercevoir, sous la bannière de Bourgogne, un bloc luisant comme du mercure : les premiers soldats de la garde personnelle du duc avec, au-dessus d'eux, le groupe mouvant, coloré, magnifique, des chevaliers entourant leur prince.

Un cavalier plus grand, plus majestueux que les autres prit le devant pour attendre le bourgmestre et ses hommes. Il était trop reconnaissable pour que Catherine n'identifiât pas aussitôt Philippe. Armé de pied en cap à l'exception de sa tête couverte d'un chaperon de velours noir tandis que son casque couronné d'or reposait aux mains d'un écuyer, la Toison d'or brillant superbement sur l'acier mat de l'armure, il arrêta son cheval vêtu d'acier lui aussi, dès qu'il eut franchi les lignes de sa garde, attendant le poing à la hanche que le cortège de Bruges vînt jusqu'à lui. Auprès de lui se tenait seul son écuyer, Huguenin du Blé.

Van de Walle et ses hommes étaient presque arrivés quand un cri jaillit de la foule qui regardait du haut des murailles.

« Les Picards! Nous sommes trahis!... »

Van de Walle entendit, se retourna pour adresser

à ses concitoyens un geste d'apaisement mais, en effet, de part et d'autre du chemin une troupe armée doublait l'entourage ducal, dépassait le cortège des échevins en sens inverse et marchait avec résolution vers la porte de la Bouverie. En même temps, le duc s'avança lui aussi :

« Cela m'étonnait aussi que monseigneur se laisse moquer ainsi par des bourgeois, murmura Saint-Rémy qui, le cou tendu observait passionnément ce qui se passait hors de la porte. Regardez! Voilà, à la tête de ceux qui vont nous attaquer, le bâtard de Dampierre et le sire de Rochefort! Ce sont des hommes déterminés.

– Nous allons être écrasés, souffla Catherine. Nous ne pouvons rester à cette barrière. »

Pour toute réponse, Gauthier la prit par le bras et lui fit monter quelques-unes des marches qui menaient au chemin de ronde.

« Il ne faut pas trop s'écarter si nous voulons atteindre le duc dès son entrée », dit-il.

Un cri de fureur et de crainte lui coupa la parole. Ils eurent juste le temps de se jucher sur l'escalier car la foule qui se pressait à la porte refluait vers l'intérieur de la ville. Là, tout près maintenant, les archers picards avançaient au pas de charge, si proches les uns des autres qu'ils ressemblaient à une barrière de fer.

Quelqu'un cria :

« Fermez les portes! Empêchez-les d'entrer!

– On ne peut pas abandonner les notables! cria quelqu'un d'autre.

– Qu'ils crèvent! Ils s'arrangeront toujours tandis que nous, nous serons massacrés... »

Des hommes déjà s'attelaient aux mancherons du treuil commandant la herse, d'autres tentaient de remonter l'énorme pont-levis mais il était trop tard. Les Picards étaient là et entamaient le combat pour se frayer un passage. Quand ils parurent sous la porte, ceux qui s'y trouvaient s'enfuirent pour échapper à leurs terribles flèches mais quelques-uns tombèrent. Catherine, horrifiée, vit une femme rouler sous les sabots du cheval du sire de Dampierre qui, paisiblement, passa sur son corps.

Le duc à présent avançait sans plus s'arrêter, entouré des notables qui le suppliaient de rappeler ses soldats, de tenir ses promesses. On put l'entendre crier.

« Je ne me séparerai pas de mes hommes d'armes. Votre cité est traîtresse et je n'ai plus confiance en elle... »

Puis, comme le pas de son cheval résonnait sur les planches du pont-levis Catherine le vit tirer sa grande épée et, désignant les remparts où des bannières aux emblèmes des corporations claquaient dans le vent comme un défi.

« Voilà la Hollande que je veux soumettre!... »

Une acclamation des chevaliers et des archers picards lui répondit. Il s'engagea sous la voûte au moment précis où une procession du clergé débouchait à son tour devant lui venant de la cathédrale Saint-Sauveur. Une double file de diacres en aubes blanches encadrant un dais sous lequel l'évêque en chape d'or abritait un soleil de pierreries : le Saint-Sacrement. L'évêque salua le prince mais éleva le soleil et Philippe dut, d'abord, descendre de cheval, puis plier le genou devant son Dieu.

« N'attaquez pas cette bonne ville, monseigneur, pria l'évêque. Elle est malheureuse et souffre d'avoir encouru votre courroux. Vous lui aviez promis...

— Je n'ai rien promis! s'écria Philippe avec colère. J'ai demandé à traverser cette maudite cité rebelle et si certains de mes soldats marchent devant moi, je n'ai pas que je sache lancé sur elle mon armée entière.

— Rappelez vos Picards, seigneur duc. Ils courent

déjà vers le Marché sous prétexte d'assurer votre passage. »

En effet, le duc avait chargé l'un des seigneurs de son entourage, le sire de Lichtervelde, de suivre les Picards pour voir si une foule n'était pas rassemblée au Marché. Avec colère, le duc haussa les épaules.

« Suis-je un croquant que je doive marcher seul, à la merci d'un poignard, dans des rues suspectes? J'ai dit que l'on apprendrait ici à me connaître. Allons, sire évêque, regagnez votre cathédrale et me laissez à mon métier de prince. »

Il attendit que la procession eût rebroussé chemin, debout au milieu de la rue, entouré de quelques seigneurs qui étaient les sires d'Uutkerke, de Commines et de l'Isle-Adam. Soudain, Saint-Rémy saisit la main de Catherine.

« C'est le moment. Allons-y! »

Traînant après lui la jeune femme que suivirent les deux garçons il s'élança, arriva devant le prince et, arrachant à la fois sa fausse barbe et son capuchon noir il s'inclina devant lui.

« Je viens rendre compte de ma mission, monseigneur, avec d'autant plus de joie que la voici heureusement remplie. » En même temps, il rejetait en arrière le capuchon de Catherine qui s'inclinait à son tour. « Voyez plutôt, monseigneur! »

Le visage sombre de Philippe de Bourgogne s'éclaira :

« Enfin vous voilà, sire Toison d'or? En vérité, je commençais à craindre d'avoir perdu mon roi d'armes! Et vous aussi, madame?... Quelle joie de vous retrouver bien vivante... »

Il se penchait pour relever Catherine, plongeant son regard au fond des yeux de la jeune femme.

« Vous aurez bien des choses à m'expliquer, ma chère, lorsque nous en aurons fini avec ceux d'ici... »

Se souvenant de sa promesse à dame Béatrice, elle joignit les mains et supplia :

« Par pitié, monseigneur, faites preuve de clémence! Il faudrait peu de chose pour que Bruges redevienne la plus fidèle de vos cités et... »

D'un geste péremptoire, il lui coupa la parole.

« Plus un mot là-dessus! Si je suis ici, c'est en partie pour vous sauver et je n'aurais pas eu à le faire si vous n'étiez venue vous jeter dans ce guêpier! A présent, restez ici et m'y attendez avec Saint-Rémy et vos gens. Je vous ferai prévenir lorsque j'aurai ville gagnée. »

Sans un mot, le roi d'armes entraîna son amie vers le corps de garde de la porte et voulut l'y faire entrer mais elle résista, voulant à tout prix voir ce qui allait se passer. Cependant, le duc s'avançait avec ses gens et les notables dont les voix suppliantes ne cessaient de s'élever. Mais il ne leur répondait pas et marchait toujours, un froid sourire aux lèvres.

« Je n'aime pas ça! marmotta Saint-Rémy. Il est trop sûr de lui et n'a pas daigné prendre assez de monde. Quatorze ou quinze cents Picards ne suffiront pas pour lui rendre une ville de cent mille habitants! J'espère que le reste de l'armée vient derrière. »

En effet, on pouvait voir à présent sur le chemin une nouvelle vague de fer et de pennons multicolores qui s'avançait. Mais, soudain, les faux moines ne virent plus rien. Un flot humain descendait du rempart en poussant des cris de vengeance, et avant même que les archers qui arrivaient aient compris ce qui se passait, vingt bras s'étaient attelés au treuil de la herse qui, avec un grincement apocalyptique s'abattit.

« Doux Jésus! souffla Catherine. Le duc est à présent coupé du reste de l'armée...

— Il faut le prévenir! dit Gauthier. Allez-y, messire

Toison d'or, il vous écoutera. Je suffirai avec Béranger à veiller sur dame Catherine. »

Or, au moment même où il disait cela ledit
Bérenger qui avait suivi le duc sans que personne
s'en aperçût arriva en courant, vit la herse baissée,
se précipita vers ses compagnons.

« Qui a fermé cette porte? »

Du geste, Gauthier lui désigna les hommes et les
femmes armés de gourdins et d'outils variés qui
prenaient position, la mine farouche, devant la
porte.

« Il faut l'ouvrir, gémit le page, il faut l'ouvrir tout
de suite! Le duc revient!... oh! mon Dieu, c'est
épouvantable! Nous allons tous être massacrés!... »

Il raconta alors ce qu'il venait de voir. Le sire de
Lichtervelde que le duc avait envoyé en reconnaissance jusqu'au Marché l'avait trouvé vide et, s'en
revenant avec ses hommes pour prévenir son maître et le faire avancer criait : « Nous avons ville
gagnée! Elle est à la volonté de monseigneur... »
Mais à ce moment même une voix, partie d'on ne
savait où avait hurlé :

« Ne crie pas victoire trop vite! Sais-tu combien
la seule enceinte des Halles peut contenir d'hommes?... »

Au même moment, de partout, des hommes, des
femmes, des vieillards et même des enfants avaient
surgi, portant des bâtons, des couteaux, des haches,
certains même armés d'arcs. Il en venait de toutes
les ruelles, de toutes les maisons dont les fenêtres
se garnissaient de visages farouches. Philippe, comprenant alors qu'il allait devoir combattre, avait
donné ordre à ses archers de tirer et une grêle de
flèches était allée frapper au plein de cette masse
humaine, un peu au hasard. Le malheur avait voulu
que des femmes, des vieillards fussent atteints. Un
enfant était tombé d'un toit, une jeune fille d'une

fenêtre... Le duc lui-même tirant son épée avait abattu un bourgeois qui s'élançait au cou de son cheval...

« Il recule, gémit Bérenger, en conclusion, il revient vers nous! Toute la ville va nous tomber dessus. Ecoutez! »

Les volées furieuses du tocsin s'abattaient à présent sur Bruges, portées par les rafales de vent.

« Il faut ouvrir cette herse, cria Saint-Rémy. Monseigneur va être massacré. Et nous n'avons même pas d'armes.

– Vous en avez une, riposta Gauthier. Votre robe de moine. Allez les haranguer! »

Saint-Rémy aussitôt s'élança vers ceux qui gardaient la porte, brandissant le crucifix de bois qu'il portait au cou.

« Mes frères, mes frères! Songez à ne pas offenser Dieu en retenant ici votre seigneur naturel. Mes frères... »

Des huées et des rires lui répondirent mais il continuait de plus belle, encouragé malgré tout par le fait que nul n'osait s'en prendre à un moine.

« Ton duc, cria quelqu'un, nous allons le lui envoyer vivement, au Seigneur! Tiens, regarde! Le voilà qui accourt. »

En effet, le groupe de seigneurs et de soldats qui accompagnait Philippe refluait vers la porte sans cesser de combattre mais en dépit des armures et des chevaux, qui étaient plus une gêne qu'autre chose d'ailleurs, car dans cette presse ils étaient difficiles à manier, la disproportion des forces était tragique... Au delà, on ne pouvait voir ce qu'il était advenu du premier détachement de Picards et, dans un instant le duc, dont on apercevait le heaume couronné d'or et l'épée étincelante tournoyant au-dessus, allait arriver contre la herse.

Saint-Rémy alors bondit sur l'un de ceux qu'il haranguait si bien l'instant précédent, lui arracha sa hache et se mit à frapper. Ce que voyant, Gauthier fit de même, s'empara d'un marteau et vint lui prêter main-forte. Aplatie contre le mur de la voûte Catherine, horrifiée, regardait le sang couler et les morts s'abattre, protégée par Bérenger qui lui faisait courageusement un rempart de son corps, décidé à mourir pour sa dame comme il convenait à un page de bonne race.

La mêlée devant elle était furieuse. Soudain, un homme se jeta, les bras en croix entre le prince et la foule en délire :

« Je vous en prie, je vous en supplie! Réfléchissez à ce que vous allez faire! C'est votre seigneur et vous n'avez pas le droit d'y toucher! Dieu vous punira et la vengeance de Bourgogne détruira à jamais notre ville!... »

C'était Louis Van de Walle, les vêtements déchirés, du sang coulant sur sa joue, qui essayait désespérément d'éviter le pire c'est-à-dire l'assassinat de Philippe. Mais personne ne voulait l'écouter.

Cependant, Saint-Rémy et Gauthier avaient réussi à déblayer la herse et tandis que le chevalier maintenait en respect ceux qui auraient voulu tenter de s'y opposer, Gauthier s'efforçait de relever l'énorme grille de fer mais c'était impossible.

« Ils ont mis une chaîne, cria-t-il, et le treuil ne bouge pas! Il faudrait briser le cadenas qui la retient! »

A l'aide de son marteau, il tapait dessus de toutes ses forces, arrachant des étincelles, sans parvenir toutefois à faire céder le métal.

« Vous allez le fausser, dit Catherine qui l'avait rejoint avec Bérenger. Il faudrait des tenailles.

— Dépêche-toi! cria Saint-Rémy qui s'escrimait toujours de sa hache, nous allons être massacrés. »

Adossés à la herse avec le duc et une poignée de survivants, ils faisaient face à la mer humaine et

hurlante tandis qu'au-dehors, les soldats de Bourgogne tiraient sur ceux qui occupaient le chemin de
ronde et cherchaient à les empêcher d'approcher.

« Nous n'y arriverons jamais! » gémit Gauthier.

Mais soudain, quelqu'un fut à ses côtés : le bourgmestre qui tirait après lui un ouvrier armé d'énormes tenailles.

« Brise ce cadenas! » lui ordonna-t-il.

L'homme hésitait, visiblement terrifié.

« Si j'obéis, je serai massacré!

– Tu vas l'être tout de suite si tu n'obéis pas »,
gronda Saint-Rémy en lui posant sur la gorge une
dague qu'il avait prise sur le corps d'un soldat.

Alors l'homme s'activa, aidé de Gauthier et de
Bérenger, et réussit enfin à faire sauter le cadenas.
Un instant plus tard, la herse remontait, saluée par
le hurlement de triomphe des Picards restés hors
de la ville. Ceux-ci s'élancèrent, saisirent le duc et la
poignée de fidèles qui l'entouraient, puis voulurent
s'élancer en avant pour charger la foule mais la voix
étonnamment froide du prince s'éleva, ordonnant :

« En retraite! Il faut nous replier : Nous ne
pouvons lutter contre cent mille fous! »

Sans même regarder, comme s'il avait toujours su
où elle se trouvait il saisit Catherine par le poignet,
l'enleva de terre et elle se retrouva en croupe
derrière lui. La troupe s'ouvrit devant lui tandis
que, piquant des deux, il franchissait le pont-levis
dont les planches résonnèrent sous les sabots de
son cheval.

Mais, parvenu à quelques toises des larges fossés
il arrêta son cheval, se retourna et donnant libre
cours à sa colère, hurla :

« Tu m'obliges à fuir une fois encore, damnée
ville, comme tu m'y as obligé devant Calais. Cette
fois, je ne te pardonnerai pas! Quand je reviendrai...

et cela ne tardera guère, sache bien que tu n'auras à attendre de moi ni pitié ni merci[1]!... »

Et, fou de rage, il repartit au grand galop en direction de Roeselare, emportant Catherine qui sanglotait nerveusement, appuyée contre son dos et les bras noués autour de sa taille. Derrière lui éclatèrent les cris de triomphe des Brugeois qui le huaient et juraient que bientôt le port de l'Ecluse leur appartiendrait de nouveau...

Au château de Roeselare où il était revenu, le duc Philippe ne décolérait pas. Durant toute l'interminable chevauchée, il n'avait pas desserré les dents mais, dès son arrivée, en pleine nuit, il s'était jeté à bas de son cheval fourbu et, traînant Catherine à peine moins exténuée à sa suite, il avait couru s'enfermer avec elle dans sa chambre en hurlant qu'il interdisait à quiconque de venir le déranger, quelle que puisse être l'importance de ce que l'on aurait à lui dire.

Arrivé là, il se mit à tourner en rond, comme un fauve en cage, les mains nouées derrière son dos, remâchant sa fureur et sa honte. Catherine qui, transie, s'était approchée du grand feu flambant dans la cheminée, pouvait l'entendre grommeler entre ses dents des mots apparemment sans suite. Elle ne l'avait jamais vu dans un tel état et, un instant, elle craignit qu'il ne fût en train de devenir fou.

Mais, comme, enfin, il revenait vers le feu et se

1. Au mois de mars suivant, Bruges, complètement isolée par la défection de Gand qui s'était retournée contre elle, demandait le pardon de Philippe de Bourgogne qui le lui accorda du bout des lèvres. Le 11 mars 1438, son envoyé, Jean de Clèves, prenait en son nom possession de la ville et faisait exécuter les principaux meneurs de la révolte. Seule l'intervention de la duchesse Isabelle sauva in extremis Louis et Gertrude Van de Walle dont le fils avait été décapité la veille.

laissait tomber sur un escabeau, enfouissant sa tête entre ses mains, elle risqua un timide :

« Monseigneur! Vous venez de subir une terrible journée... Votre cœur et votre orgueil saignent mais vous ne devez pas vous abandonner ainsi au désespoir. Vous êtes un grand prince... »

Il bondit comme si un essaim d'abeilles l'attaquait.

« Un grand prince qu'une poignée de boutiquiers et de ribauds peut chasser de son bien? Un grand prince qui laisse ses gens au pouvoir des rebelles? Sais-tu ce que me coûte cette journée? Au moins deux cents prisonniers, des morts que je ne peux encore compter, mais parmi eux l'un de mes meilleurs capitaines. Sais-tu que Jean de Villiers de l'Isle-Adam est tombé près de la chapelle Saint-Julien, sous la masse d'un forgeron? L'Isle-Adam dont l'aïeul portait l'oriflamme à la bataille de Roosebeke! L'Isle-Adam, chevalier de la Toison d'or, assassiné par un croquant! Et tu dis que je suis un grand prince? Si je l'étais je pourrais réunir une immense armée et retourner dès demain attaquer cette putain de ville, la mettre à mal, la noyer dans des flots de sang et raser ses murailles! Mais il faudrait des mois pour réunir une armée assez puissante pour l'assiéger seulement. Et elle le sait, la garce!... Et elle me nargue, moi, moi que l'on appelle le grand duc d'Occident!... »

Brusquement il se tut, éclata en sanglots presque convulsifs et se mit à pleurer comme jamais Catherine n'avait vu pleurer un homme, même lui qui avait cependant la larme facile. Il y avait du crocodile en ce prince qui pouvait pleurer à la demande et qui avait d'ailleurs élevé les larmes à la hauteur d'une arme diplomatique. Mais ce soir elles n'avaient rien de calculé et se déversaient avec la violence d'un flot qui a rompu ses digues, ponctuées de hoquets furieux.

Epouvantée par la violence de cet accès, Catherine s'éloigna, gagna la profonde embrasure de l'une des fenêtres et s'efforça de regarder au-dehors. On n'y voyait rien sinon, sur l'ombre dense de la nuit, les minces stries d'une pluie incessante. La jeune femme pensait qu'il valait mieux laisser Philippe pleurer tout son soûl car les larmes bien souvent emportent l'amertume de l'âme. Si elle avait pu elle serait sortie, non pour s'éloigner mais pour ménager l'orgueil de ce prince vaincu si profondément car peut-être par la suite lui en voudrait-il d'avoir été témoin de son désespoir.

Peu à peu, d'ailleurs, les sanglots se calmèrent, s'espacèrent... Le silence à peine troublé par le crépitement du feu revint. Puis, soudain, ce fut la voix enrouée de Philippe :

« Où es-tu? Viens près de moi... »

Elle quitta presque à regret son refuge.

« Je suis là, monseigneur...

– J'ai cru que tu m'avais abandonné! Viens plus près... Viens. »

Lui-même s'était levé, courait vers elle, l'enveloppait de ses bras et enfouissait contre son cou son visage mouillé.

« Il faut que j'oublie, il faut que tu m'aides, Catherine... »

Il dévorait son cou, ses joues, son visage de baisers fous sans paraître seulement s'apercevoir qu'elle ne les lui rendait pas et qu'entre ses bras elle demeurait froide, insensible.

« Que puis-je faire?... »

La question posée d'une voix douce mais trop calme jeta de l'eau glacée sur sa passion. Il la lâcha et la regarda avec stupeur .

« Ce que tu peux faire? M'aider à oublier et tu sais très bien comment. Donne-moi ton corps, faisons l'amour jusqu'à épuisement... Enlève cette horrible défroque, dénoue tes cheveux. J'ai besoin de la lumière de ta chair, de sa douceur, de sa chaleur... »

De ses doigts fébriles il dénouait les cordons du froc noir, la corde qui le serrait à la taille, s'agaçait en découvrant dessous une autre robe noire.

« Aide-moi, voyons!...

– Non!... Si vous voulez me prendre prenez-moi, mais ne comptez pas sur moi pour vous y aider! »

Il recula comme si elle l'avait giflé et elle vit les veines de ses tempes se gonfler sous une nouvelle poussée de colère.

« Tu ne veux pas être à moi? Tu refuses, toi, ma maîtresse?

– Je ne suis plus votre maîtresse. Souvenez-vous, Philippe! A Lille, je vous ai bien dit qu'il s'agissait d'un adieu... définitif! Je n'ai pas l'habitude des adieux successifs.

– Alors, il ne fallait pas rester dans mes Etats, il fallait rentrer chez toi comme tu l'avais annoncé. Je te croyais loin déjà, et au lieu de cela j'apprends que tu es à Bruges, que tu es enceinte?... de moi, ce qui est un comble, que l'on t'y garde en otage, comme monnaie d'échange contre leurs damnés privilèges... que je ne leur rendrai jamais! De qui étais-tu enceinte? »

C'était bien de lui, à cette minute dramatique, de se préoccuper de ce détail bien masculin.

« Croyez-vous que cela ait beaucoup d'importance?

– Cela en a pour moi. Après tout, en te donnant à moi, la nuit des Rois, tu espérais peut-être me faire endosser une paternité inavouable?... »

Sans le moindre respect, elle haussa les épaules.

« Pour le prince le plus intelligent de la Chrétienté, vous dites des pauvretés, monseigneur! Et je croyais que vous me connaissiez mieux. Si vous voulez tout savoir, j'ai été violée... par je ne sais combien de soudards ivres dans votre bonne ville de Dijon et je voulais arracher cette horreur de mon corps. On m'avait parlé d'une certaine Florentine et c'est elle que j'allais chercher à Bruges. Et puis, j'ai dû traverser Lille, je vous ai revu... et j'ai voulu savoir si l'ancien charme d'autrefois pourrait guérir à la fois mon corps et mon cœur. Vous avez été mon premier amant, Philippe... et jamais femme n'a eu amant plus merveilleux que vous. Cette nuit-là vous m'avez sans le savoir rendue à moi-même, à la vie dont je ne voulais plus... Ne me le reprochez pas, ce serait cruel. »

Il revint vers elle, cherchant à l'attirer de nouveau à lui.

« Alors... pourquoi refuses-tu à présent? Regarde ce lit couvert de fourrures, regarde cette chambre chaude, la belle lumière du feu. Souviens-toi comme nous avons été heureux, à Lille, souviens-toi de notre joie, de nos caresses... j'en ai tant à te donner et toi, en échange, tu me donneras l'apaisement, le calme, l'oubli...

– L'apaisement? L'oubli? L'oubli de quoi? De ce que vous avez fait aujourd'hui?

– Ce que j'ai fait? Je t'ai sauvée il me semble?...

– Oui, vous m'avez sauvée... par-dessus le marché! Ceux qui m'ont vraiment sauvée ce n'est pas vous : c'est Saint-Rémy, c'est le prieur des Augustins, c'est dame Béatrice, la Grande Dame du béguinage qui m'a soignée. Quant à ce que vous avez fait, je vais vous le dire : au mépris de la parole donnée vous avez lancé vos hommes d'armes à l'assaut d'une ville qui s'était ouverte devant vous, vous avez fait tirer sur la foule. Des femmes, des enfants sont tombés sous les flèches de vos archers. Ce faisant vous avez déchaîné le désespoir, qui est la pire fureur, et vous avez bien failli mêler votre sang à celui de vos victimes. En fait... ce n'est pas vous qui m'avez sauvée : ce sont mes compagnons qui vous ont ouvert la herse en vous permettant de m'emporter avec vous!

– C'est à moi que tu donnes tort? A moi, le prince qu'ils ont bafoué, ridiculisé depuis des mois?...

– Oui... et en dépit de leurs torts qui sont grands et nombreux! Vous voyez que je suis juste. Je vous donne tort parce que vous êtes le grand duc d'Occident, parce que vous êtes fort, magnifique et supérieurement intelligent. Parce que votre esprit aurait dû vous fournir le moyen de réduire Bruges sans effusion de sang et surtout sans cette duperie mortelle. Quand les enfants sont mal élevés, ce n'est pas à eux que l'on s'en prend en général, c'est aux parents parce qu'ils possèdent la raison, l'expérience. Certes, il faut savoir châtier... mais la miséricorde, monseigneur, c'est un si beau mot! Il est vrai qu'il n'appartient guère qu'à Dieu! »

Le silence qui s'établit quand elle se tut lui parut énorme, écrasant. Le duc s'était détourné d'elle et, planté devant la cheminée, il regardait les flammes avec des yeux assombris... des yeux d'où, à nouveau, Catherine vit couler des larmes. Ce n'était plus le déluge de tout à l'heure. C'était une lente glissade silencieuse le long des joues pâles, creusées par la fatigue et ce chagrin qui ne se montrait pas réussit à éveiller sa pitié.

« Pardonnez-moi, dit-elle doucement, mais il fallait que quelqu'un vous dise cela... Vous le savez, je n'ai jamais très bien su mentir, ou seulement cacher mes sentiments. »

Il secoua ses épaules comme pour les décharger d'un fardeau puis, toujours sans la regarder :

« Tu ne m'aimes plus... fit-il douloureusement.

– Vous non plus, monseigneur, en dépit de ce que vous pouvez en penser, en dépit de ces chambres que vous avez refaites à l'image de la mienne, en dépit de ces portraits insensés! Votre amour était d'orgueil, de chair... pas vraiment de cœur, car, voyez-vous, lorsque l'on aime vraiment, on peut tout sacrifier à l'être aimé, tout donner sans regret, sans restriction. Jadis peut-être vous m'avez aimée ainsi... plus maintenant et c'est très bien comme cela. Au fond, monseigneur, il n'y a guère que ses enfants que l'on peut arriver à aimer de cet amour total... A présent, je vous demande la permission de me retirer. Je voudrais retrouver mon écuyer et mon page, savoir s'ils sont arrivés ici, comme je l'espère, avec Saint-Rémy et puis... prendre un peu de repos avant de continuer ma route!

— Vous voulez partir déjà?...

— Oui, cela vaut mieux. Il est inutile que l'on me sache auprès de vous... et puis le chemin est long qui mène à mes montagnes. »

Il eut un soupir qui parut venir des extrêmes profondeurs de sa poitrine.

« Eh bien partez, puisque rien ne peut vous retenir! Je vais donner des ordres pour vous assurer un voyage aussi doux que possible... »

Il s'était retourné et à présent il la regardait s'avancer vers lui, se courber, s'agenouiller.

« Adieu, monseigneur... »

Il eut un geste de protestation.

« Pourquoi, adieu? France et Bourgogne sont en paix... Pourquoi devrais-je être condamné à ne plus vous revoir? Quoi que vous en pensiez... j'en serai toujours infiniment heureux!...

— Alors... à s'il plaît à Dieu!... »

Elle baisa la main qui pendait le long du corps du prince puis se relevant, quitta la chambre sans se retourner, refusant même d'entendre le soupir qui saluait sa sortie. Il fallait que cette page-là soit définitivement tournée.

TROISIÈME PARTIE

LE MAÎTRE DE MONTSALVY

CHAPITRE XII

LES PORTES CLOSES

BÉRENGER chantait. La voix de l'adolescent avait perdu la fraîcheur fragile de l'enfance mais, encore un peu enrouée par la mue finissante, trouvait déjà des sonorités chaudes qui vibraient agréablement quand il était joyeux comme en ce moment.

> « *Quan vey la lauzeta mover*
> *De joy sas alas contra'l rai,*
> *Que s'oblida e's laissa cazer*
> *Per la doussor qu'al cor li vay*
> *Aï! tan grans enveya m'en ve*
> *De cui qu'en veya jauzion*
> *Meravilhas ay, quar desse*
> *La cor de dezirier no'm fon.* »[1]

La langue d'oc sonore et musicale et surtout le ton de Bérenger prêtaient une gaieté à la célèbre chanson de Bernard de Ventadour dont le texte était plutôt mélancolique mais le page aimait cette

---

1. Quand je vois l'alouette mouvoir
   de joie ses ailes à contrejour,
   qui s'oublie et se laisse choir
   pour la douceur qu'au cœur lui va
   hélas, je sens monter l'envie
   pour ceux que je vois heureux.
   C'est merveille qu'à l'instant
   le cœur de désir ne me fonde...

chanson et il la lançait vigoureusement à tous les échos de ses montagnes natales.

Le long voyage s'achevait. On avait mis un grand mois à revenir des plaines de Flandre pour éviter le nord de Paris où les troupes du connétable de Richemont n'avaient pas encore fini de nettoyer le Vexin, les confins de la Picardie et les marches de Champagne des dernières garnisons anglaises et des assauts de Jean de Luxembourg, l'intraitable général bourguignon, le seul de son camp que le traité d'Arras n'eût pas satisfait. C'était dans la gloire d'un soir de juillet plein de chaleur, de bourdonnements d'abeilles et d'odeur de myrtille que Catherine, Gauthier et Bérenger achevaient leur dernière étape. Mais que la dernière lieue de chemin était donc longue à parcourir!

Depuis la Croix de Thérondels, l'ancienne voie romaine, bien étroite et bien cahotante qui allait d'Aurillac à Rodez s'étirait capricieusement, rampait au long des croupes foisonnantes de châtaigniers chargés de leurs bizarres fleurs en forme d'étoiles pour roi mage en quête de divine vérité. Elle était déserte mais parfois le flot laineux d'un troupeau de moutons gagnant les hautes prairies par les drailles de menues pierres roulantes la traversait. Le berger alors saluait les voyageurs d'un geste de la main puis, sifflant ses chiens, reprenait son ascension patiente de son pas lent et régulier.

A l'idée de ce qui l'attendait à Montsalvy, le cœur de Catherine battait plus vite, à la fois d'espérance et de crainte. Espérance du foyer retrouvé, des rires de ses petits, de la chaude embrassade de Sara, de l'accueil des petites gens qui l'aimaient bien. Crainte de ce que seraient le premier mot, le premier geste d'Arnaud. Allait-il comme il l'avait juré la chasser loin de lui, la rejeter au hasard du chemin et des aventures sans fin? Ou bien la douce et ferme influence de l'abbé Bernard lui aurait-elle enfin ouvert les yeux, fait comprendre que son épouse ne méritait pas le mal qu'il lui avait fait? Mais peut-être ne serait-il même pas au logis? Les derniers jours de son voyage avaient en effet appris à la jeune femme bien des choses inattendues concernant les événements de France.

Ainsi l'avant-veille, en arrivant à Aurillac pour y faire étape à la maison des hôtes de l'abbaye Saint-Géraud, les voyageurs avaient eu la surprise de trouver la ville en fête. Les consuls avaient ordonné prières publiques, ripailles non moins publiques et feux de joie pour célébrer la déconfiture définitive du plus dangereux, du plus tenace ennemi que la ville ait eu depuis les vingt dernières années, le charognard qui, si longtemps, avait dessiné dans son ciel ses cercles menaçants : le routier Rodrigue de Villandrado.

En effet, revenant du long périple à travers la France qui l'avait amené jusqu'en Languedoc avec le dauphin Louis, Charles VII avait appris que le Castillan, profitant de son absence et toujours aussi sûr de lui, avait osé pénétrer en Berry et menacer la Touraine, la Touraine où résidaient la reine Marie et la dauphine Marguerite d'Ecosse. On avait vu sa bannière impudente à Châtillon-sur-Indre, à huit lieues de Loches.

Les ravages et les incendies qu'il déchaînait sur son passage avaient jeté l'alarme dans les résidences royales et les deux princesses avaient, par deux fois, écrit au Castillan pour lui demander de s'éloigner. Ce dont, naturellement, il n'avait rien fait. Il avait en effet la partie belle : le connétable de Richemont était alors occupé à mettre de l'ordre autour de Paris où les garnisons de Saint-Denis, de Vincennes et de Lagny se mutinaient et se mettaient à piller autant et mieux que les Anglais eux-mêmes.

Le roi alors, et pour la première fois de sa vie

peut-être (mais ce ne serait pas la dernière!) était entré dans une grande colère. Il avait ordonné que l'on revînt vers la Loire à marches forcées.

Or comme ses fourriers arrivaient au château d'Hérisson, non loin de la ville de Montluçon, en terre bourbonnaise, pour y préparer les logis de leur maître, ils avaient été surpris par les routiers de Rodrigue, détroussés et mis à mal. C'était une grave imprudence car le roi ramenait du Midi une véritable et puissante armée où Provençaux et gens d'Armagnac tenaient une large place. Charles courut sus au pillard, l'obligeant à chercher refuge jusqu'au-delà de la Saône, dans des terres appartenant à son beau-frère le duc de Bourbon. Après quoi, Rodrigue avait été solennellement banni du royaume avec l'interdiction d'y revenir sous peine de la hache. Il ne lui restait plus qu'à regagner son comté espagnol de Ribadeo et à s'y faire oublier. C'était cela que fêtaient les gens d'Aurillac, heureux d'être à jamais délivrés de cette menace-là. Mais Catherine en avait tiré des conclusions toutes personnelles.

Puisque le roi s'affirmait enfin comme chef de guerre, puisqu'il avait enfin pris la décision de mettre la main à la pâte et de poursuivre en personne la libération de son royaume, puisqu'il s'en allait à présent, à ce que l'on disait, assiéger Montereau-fault-Yonne où le capitaine anglais Thomas Guérard tenait une puissante garnison, Arnaud très certainement n'aurait pas résisté à l'appel de la guerre, son insatiable maîtresse, et serait reparti avec ardeur pour faire sa paix avec son roi et reprendre sa place parmi les capitaines...

A vrai dire, l'idée de retrouver Montsalvy sans son maître et livré à l'intelligente direction de l'abbé Bernard, coseigneur de la ville, lui souriait assez. Cela lui laisserait le temps de causer avec l'abbé, d'entendre ce que les gens de Montsalvy lui diraient touchant le comportement d'Arnaud et de préparer sa propre position pour le jour où il reviendrait. Et ce serait, somme toute bien agréable de retrouver le calme de sa maison sans avoir à soutenir, après une si longue route, une joute oratoire violente telle qu'Arnaud savait si bien lui en imposer. Rien qu'une bonne nuit de sommeil serait déjà un bien inappréciable...

Bérenger chantait toujours en tête du petit cortège, laissant la bride sur le cou de son cheval qui suivait docilement le chemin. Mais soudain il s'arrêta et se dressant sur ses étriers désigna un point haut devant lui :

« Regardez, dame Catherine, voilà le grand chêne du Puy de l'Arbre! Nous arrivons. »

Le cœur de la jeune femme manqua un battement. Le page avait raison : encore quelques pas dans ce bois de châtaigniers et, après un large tournant, on pourrait apercevoir les tours, pas très élégantes mais solides, de Montsalvy, ses murailles de lave hérissées de douves de tonneaux taillées en pointe. Passé le Puy de l'Arbre, la route dévalerait en pente douce vers le barri Saint-Antoine, le petit faubourg au bout duquel s'ouvrait la porte d'Aurillac où se tenait le péage[1]. Alors, on verrait poindre le clocher de l'abbaye et, plus loin les tours orgueilleuses du château que Catherine elle-même avait fait construire avec ses lignes sévères et pures, ses chemins de ronde... et le fouillis des plantes grimpantes que Sara s'obstinait à accrocher aux murailles comme s'il s'agissait de la maison d'un chanoine.

« Vous verrez, Gauthier, dit Catherine à son écuyer qui ouvrait sur ce pays si neuf pour lui des yeux passionnés, vous aimerez notre Auvergne et

1. Clef du Rouergue, Montsalvy était une ville de passage où l'on payait.

plus encore ses habitants. Il y a ici une noblesse qui pousse de la terre même. Elle est faite de courage, de foi, de bon sens et de générosité vraie. Ici on sait garder fidélité sans se sentir esclave, servir sans se sentir amoindri... sans compter que certaines de nos filles sont bien jolies... »

On venait de tourner la corne du bois quand un filet de musique nasillarde et mélancolique vint jusqu'à eux et fit tressaillir de joie Bérenger.

« Vous entendez dame Catherine? On nous joue un petit air de cabrette pour notre retour... »

Et, incapable de maîtriser son impatience, il piqua son cheval qui partit d'un élan. Catherine le suivit, entraînant Gauthier, mais le tournant franchit trouva son page arrêté auprès d'un petit bonhomme en sarrau brun, bossu et contrefait, que cependant il embrassait avec ardeur.

« Regardez dame Catherine! s'écria-t-il en apercevant sa maîtresse, c'est notre innocent, c'est Etienne la Cabrette qui nous donnait la sérénade de bienvenue. Et il y a aussi Jaquot! Eh bien... mais qu'est-ce que tu as? »

Lâchant l'innocent il se tournait vers un jeune homme, vêtu lui aussi comme un paysan et qui était debout auprès de lui. Ce garçon, Catherine le connaissait bien car il était l'aîné des fils d'Antoine Malvezin, le cirier de Montsalvy, et pourtant au lieu de venir à elle avec un sourire de bienvenue, il la regardait avec une sorte d'épouvante et... mais oui, avec des larmes dans les yeux!

« Dame Catherine! balbutia-t-il, dame Catherine! C'est pas vrai!... fallait que ça m'arrive à moi! »

Bérenger déjà le secouait comme s'il cherchait à l'éveiller d'un cauchemar.

« Enfin, Jaquot, ça ne va pas? Bien sûr, c'est dame Catherine! et c'est moi, Bérenger de Roquemaurel. On était amis avant mon départ.

— Oh! je vous reconnais bien, gémit le garçon.

Mais que ce soit moi qui sois là quand vous arrivez, que ce soit moi qui doive... »

Le comportement de Jaquot était si extraordinaire que Catherine sauta à bas de son cheval et voulut s'approcher mais, à mesure qu'elle venait à lui, le jeune homme reculait et ses larmes redoublaient.

« Jacques! s'écria-t-elle impatientée. Venez ici! Que signifie cette comédie? Vous me regardez comme si j'étais le diable!

— Non!... oh! non, dame Catherine! Croyez pas ça! Mais... oh! mon Dieu! Faut que j'y aille!

— Mais où?... »

Toujours à reculons, sans cesser de la regarder et de pleurer, le jeune Malvezin allait prendre sa course vers la ville qui était en vue à présent. Ce que voyant, Gauthier lança son cheval, attrapa le garçon par le col de sa blouse et le ramena, gigotant, ses pieds touchant à peine terre, jusqu'à la jeune femme.

« Chez moi, mon garçon, quand la maîtresse pose une question on répond! Alors, tu vas t'expliquer bien gentiment si tu ne veux pas tâter du fourreau de mon épée. Qu'est-ce que tout ça signifie? »

Jaquot regarda Catherine avec un mélange de désespoir et de crainte qui la bouleversa, se remit à pleurer, puis, finalement lâcha :

« Il faut... que j'aille prévenir le corps de garde que vous arrivez!

— Ça me paraît normal, commenta Gauthier, et il n'y a pas de quoi te mettre dans cet état.

— Oh!... oh! que si! Je... je dois prévenir pour qu'on ferme les portes de la ville devant dame Catherine. »

Il y eut un silence, si grand que l'on n'entendit même plus les respirations. Bérenger retenait la sienne et Catherine était suffoquée :

« Quoi?... exhala-t-elle enfin. Que l'on ferme... les portes devant moi?

– C'est messire Arnaud qui le veut! continua le malheureux visiblement au supplice. Oh! Dame Catherine, je vous en supplie, m'en veuillez pas, je ne peux pas faire autrement! Tous les jours, messire Arnaud envoie quelqu'un garder la route et on doit le prévenir tout de suite de votre retour. Celui... qui vous laisserait approcher serait tué sur l'heure... lui et toute sa famille! »

Catherine eut un cri d'horreur :

« Tué? Avec toute sa famille?... Mais c'est impossible! Mais il est fou!...

– Je... je crois que oui mais c'est pas de ma faute... Et il faut que j'y aille! On doit nous voir, de là-bas...

– D'accord! s'écria Gauthier. Je vais t'y ramener, moi, à Montsalvy, et tu vas pouvoir faire toutes les mauvaises commissions que tu voudras. Mais je vais entrer avec toi et ton messire Arnaud je vais aller lui dire ce que j'en pense!

– Non, Gauthier! Je vous le défends!... Lâchez ce garçon... C'est un ordre », ajouta-t-elle si durement que l'écuyer finit par obéir. Puis plus doucement : « Je ne veux pas être la cause de la moindre effusion de sang... Tous ces gens d'ici, je les aime, je vous l'ai déjà dit!

– Si c'est ça leur fameux courage! On leur ordonne de vous chasser et ils s'exécutent sans rien dire? Je commence à croire que le personnage du capitaine la Foudre tient fort au cœur de votre époux! Qu'allons-nous faire? Restez ici? Passer la nuit devant ces murailles, ces portes que l'on va refermer devant vous, comme si vous aviez la peste!... Regardez-le, votre Jaquot! Il court comme un lapin... »

Le jeune Malvezin, en effet, avait déjà atteint les maisonnettes et galopait vers le pont-levis. Avec un geste découragé, Catherine prit son cheval par la bride et gagna le couvert des arbres. Ce coup si brutal l'assommait, anéantissant sa joie, lui enlevant tout courage... Fallait-il qu'Arnaud l'ait prise en haine pour avoir donné des ordres aussi cruels, aussi impitoyables? Tuer toute une famille si on la laissait approcher? Tuer quelques-uns de ces gens de Montsalvy qu'il aimait, qui l'avaient vu naître, qu'il avait toujours défendus farouchement? Mais que s'était-il passé?... Et où étaient ses amis à elle : Josse et Marie Rallard qui avaient été ses compagnons d'aventures avant de prendre racine à Montsalvy? Et l'abbé Bernard? Et Saturnin Garrouste, le vieux bailli, et Gauberte Cairou, la plus forte commère de la ville et son amie dévouée elle aussi? Et Sara... Si Arnaud pourchassait ainsi ceux qui aimaient sa femme, Dieu seul savait...

L'angoisse qui lui tordit le cœur fut telle que, défaillante, elle se laissa tomber assise au pied d'un châtaignier non loin de l'innocent qui s'était remis à jouer de son instrument comme si de rien n'était. Gauthier, exaspéré, allait lui arracher sa cabrette quand, soudain, sans cesser de jouer, il tira quelque chose de blanc de sa poche et, d'un geste habile le jeta sur les genoux de Catherine. Un morceau de papier.

« L'est parti! souffla-t-il... Personne peut voir! Lire... Dame Catherine, lire... Etienne s'en va! »

Il se levait en effet sans plus s'intéresser aux autres que s'il avait été tout à fait seul, reprit son chemin sans cesser de jouer son petit air aigrelet qui sentait la pluie et le feu de bois.

Le papier portait quelques mots d'une écriture effroyable et d'une orthographe pire encore.

« *Allai a ma granjeu deu laitan. Vitte! Jeu viain...* »

C'était signé : Gobairrete...

Cet invraisemblable message que Gauthier

contemplait sans comprendre rendit miraculeusement courage à la jeune femme. Que Gauberte sache écrire c'était déjà un événement et une nouvelle mais il y avait là en outre quelque chose de réconfortant :

« La grange de l'étang, traduisait-elle pour ses deux compagnons. Ce n'est pas loin. Allons-y! Gauberte dit qu'elle va venir. Allons, Bérenger, secouez-vous! Venez... Elle dit qu'il faut y aller vite. »

Le jeune garçon, en effet, semblait changé en statue. Planté au milieu du chemin, il regardait la ville avec des yeux pleins d'horreur et d'indignation. Il tremblait comme une feuille, sous le soleil qui faisait briller les larmes sur ses joues.

« Ce n'est pas possible! répétait-il. Ce n'est pas possible!...

– Venez, Bérenger! » insista Catherine et, comme il ne bougeait toujours pas, elle allait le prendre par la main mais Gauthier, la devançant, saisit le page sous son bras, et sans autre forme de procès le jeta en travers de la selle.

« Ce n'est pas le moment de dormir. En avant! Montrez-nous le chemin, dame Catherine. »

Celui-ci ouvrait tout près de là dans l'épaisseur des arbres et plongeait ensuite vers un repli de terrain. Les trois voyageurs s'y engagèrent en silence, chacun d'eux perdu dans des pensées qu'il n'éprouvait pas le besoin de communiquer. Mais tant que les murailles de Montsalvy furent visibles, par instants, sur les hauteurs du plateau, Catherine se refusa à tourner la tête de ce côté. Son cœur était si douloureux et si plein d'amertume que la seule vue d'une tour de son château eût pu le briser...

La grange des Cairou n'était pas grande et s'abritait sous un bouquet d'arbres non loin des rives d'un étang. Le toilier et son épouse y entreposaient le fourrage pour les bêtes et leur réserve de chanvre et de lin. Catherine la connaissait bien pour y être venue promener Michel. L'enfant, en effet adorait l'eau et pouvait rester des heures, assis près de la berge à regarder les nuages se refléter dans l'eau plate et à s'essayer à jouer sur les flûtes de roseau que lui fabriquait Josse, l'ancien truand repenti[1]. Gauberte y venait quelquefois aussi, quand elle pouvait trouver un peu de temps ou bien pour chercher ce dont elle avait besoin; en général elle amenait une partie de sa nombreuse marmaille, ce qui donnait alors des jeux à n'en plus finir dont le petit seigneur revenait rouge, ébouriffé et les yeux brillants comme des étoiles. Gauberte avait d'ailleurs montré à Catherine où elle cachait la clef afin qu'elle pût se mettre à l'abri en cas de pluie. En arrivant avec ses jeunes compagnons, la jeune femme n'eut aucune peine à la trouver à la bonne place.

A l'intérieur, il régnait une chaleur de four mais cela sentait bon le foin qui emplissait une grande partie du petit bâtiment et Bérenger alla d'un élan s'y rouler comme s'il cherchait à intégrer son corps à cette masse odorante. Plus calmement, Catherine et Gauthier s'y assirent après avoir attaché les chevaux à l'abri des arbres et en avoir ôté les sacoches.

« Le soleil se couche, dit l'écuyer. Cela m'étonnerait que nous allions plus loin ce soir...

– Plus loin? pourquoi irions-nous plus loin? fit Catherine âprement. C'est ici ma terre, ma demeure. C'est ici qui vivent mes enfants. Je ne peux m'en éloigner... »

Avec un soupir de lassitude, Gauthier jeta à terre les derniers sacs contenant leurs affaires personnelles :

« Peut-être le faudra-t-il, ne fût-ce que pour

1. Voir *Catherine et le temps d'aimer.*

383

mieux préparer votre retour... Vous ne pouvez pas camper ici...

– Non, mais peut-être bien devant la porte de Montsalvy, et y crier et y réclamer justice jusqu'à ce que l'on m'entende enfin, que l'on m'ouvre ces maudites portes...

– ... Ou que l'on vous tue! Votre époux, comme bien des hommes, a la rancune d'autant plus tenace qu'il est, lui, dans son tort et qu'il déborde de mauvaise foi. Je vous avoue, dame Catherine, que je regrette de plus en plus de l'avoir soigné quand il a été blessé sous Châteauvillain. J'aurais dû le laisser crever!...

– Non!... »

Elle avait crié l'instinctive protestation. L'amour qu'elle conservait, envers et contre tout et en dépit d'elle-même, à cet homme la lui avait soufflée. Mais elle reprit plus bas :

« Non... je n'aurais pas pu le supporter. J'en serais morte, je crois.

– Allons donc! Vous auriez souffert, oui, mais vous auriez survécu en pensant à vos enfants. Et à cette heure vous seriez auprès d'eux... et depuis longtemps, ensevelie sous des voiles de deuil jusqu'aux talons peut-être et peut-être même jusqu'à la fin de vos jours mais vous auriez le cœur en paix et vous prépareriez calmement l'avenir de votre fils tout en priant pour l'âme de votre cher défunt. Vous pourriez alors le parer tout à votre aise des qualités qu'il n'a jamais eues car cela devient toujours miraculeusement angélique, un mort!... »

Elle ne répondit pas. La colère de Gauthier soufflait une vérité qu'elle se refusait encore à accepter. Curieusement, elle rappelait à son esprit le souvenir assoupi de Gauthier le Normand, le sauvage bûcheron qui adorait les dieux barbares et qui l'avait aimée de si grand amour. Celui-là dormait au fond de son cœur sans y faire plus de bruit qu'autrefois car s'était un silencieux mais Catherine savait bien que sa colère à lui eût été plus violente encore et beaucoup plus redoutable que celle de son jeune homonyme. Servi par sa force herculéenne décuplée par les fureurs sacrées qui s'emparaient de lui parfois, il eût été capable, peut-être, d'enfoncer à lui seul ces portes qu'on lui refusait et de s'en aller au fond de son château arracher Arnaud pour revenir le jeter à moitié mort, sinon tout à fait, dans la poussière aux pieds de Catherine... Mais Gauthier le Vikking n'était plus là. Son corps s'en était allé en fumée sur l'eau bleue de la Méditerranée et son âme d'enfant avait repris la grande route des cygnes et des oies sauvages...

« Les regrets ne servent à rien, Gauthier, murmura-t-elle enfin,... ni la colère. Si je ne reste ici, je ne saurais où aller. »

Bérenger étalé les bras en croix dans le foin sortit alors de son mutisme.

« Chez nous! dit-il... à Roquemaurel! Ma mère et les frères seront trop heureux de vous recevoir, dame Catherine, et vous auriez dû y penser tout de suite! »

Elle trouva pour lui un sourire. C'est vrai, elle n'y avait pas pensé... mais aurait-elle pu penser, il y avait seulement une heure que Montsalvy tout entier se fermerait devant elle?

« Croyez-vous?... Mon enfant, vous avez pu voir tout à l'heure comme les choses peuvent changer, les choses et les gens. »

Il se redressa instantanément, tout fumant d'indignation avec des brindilles de foin plantées dans ses cheveux bruns.

« Ne faites pas semblant de douter, dame Catherine! Vous le savez parfaitement. Alors, si vous en êtes d'accord, demain matin nous rentrerons à la maison.

– C'est loin, Roquemaurel? demanda Gauthier.

« – Quatre ou cinq lieues... On y sera vite. Mais est-ce qu'il n'y a rien à manger? J'ai faim... »

Sans oser le dire, le page regrettait aussi les derniers événements parce qu'il avait fait disparaître de son horizon le bon souper qu'il eût trouvé à Montsalvy où dame Sara s'entendait si bien à houspiller, dans la vaste cuisine, marmitons et servantes...

Heureusement, le frère hôtelier de Saint-Géraud avait remis à Gauthier quelques provisions de route : un morceau de jambon séché, du pain de seigle et, pour Catherine, un petit panier de cerises que d'ailleurs on avait mangées en route avec délices. Restaient le jambon et le pain que les garçons attaquèrent avec ardeur et dont Catherine dut prendre sa part sous peine de voir ses jeunes compagnons jeûner.

« C'est surtout quand on a de la peine qu'on doit manger, lui dit Gauthier. L'estomac vide c'est aussi la tête vide. »

Puis on s'installa dans le foin pour dormir ou pour attendre.

Il n'était pas loin de minuit quand un pas précautionneux se fit entendre au-dehors. La porte s'ouvrit en grinçant un peu pour livrer le passage à une forme épaisse et noire puis un rayon de lumière jaune fusa d'une lanterne sourde, se mit à fouiller le tas de foin.

« Vous êtes là, dame Catherine?... »

L'instant suivant, la dame de Montsalvy et la femme de Noël Cairou, le maître toilier, s'embrassaient comme deux sœurs en pleurant comme des Madeleine.

« Notre pauv' dame! ne cessait de répéter Gauberte en serrant sa châtelaine sur son vaste giron, notre pauv' dame! Si c'est pas une pitié de voir ça!...

– Mais enfin qu'est-ce que tout cela veut dire?

s'écria Catherine quand la première émotion fut un peu calmée. Que s'est-il passé ici?

– Ici? Pas grand-chose. C'est plutôt dans la tête de messire Arnaud qu'il s'est passé quelque chose!... On ne le reconnaît plus, au village. Pire qu'un loup, il est devenu! »

Avec un soupir à faire tomber les murs de bois, Gauberte se laissa choir dans le foin, réveillant Bérenger qui dressa aussitôt sa tête ensommeillée.

« Tiens, le page! Il vous est resté fidèle, celui-là? C'est déjà quelque chose! »

Du geste, Catherine arrêta la protestation indignée du jeune garçon qui eût entraîné toute une polémique.

« Racontez, Gauberte... et surtout dites-moi bien tout!

– Ayez crainte! Je n' suis pas près d'oublier tout ça!... Quand messire Arnaud est rentré, la veille de la Chandeleur, on a commencé par le reconnaître, ou plutôt on ne l'a reconnu que d'un côté... parce que de l'autre il a une grande blessure qui le coupe en deux. Mais c'est pas seulement son visage qu'on a eu du mal à reconnaître. L'est plus le même, dame Catherine, l'est plus le même du tout! Je crois que je le reverrai toujours comme je l'ai vu ce jour-là, franchir la porte d'Aurillac, et descendre la grand-rue au pas de son cheval, sans regarder personne.

« La neige était tombée toute la nuit et y en avait épais. Alors, on était toutes dehors, à déblayer, à balayer. Et tout à coup, on l'a vu s'avancer, tout vêtu de noir, à son habitude, avec son grand manteau étalé sur la croupe du cheval mais tête nue. Alors on a lâché les balais, on s'est précipitées mais il nous a écartées en disant seulement : « Bonjour! « bonjour... » Pas un sourire, pas un regard! Et les hommes qu'il avait avec lui nous ont repoussées tout de suite. Il était si sombre, si glacé qu'on a cru à un malheur. On a cru... qu'il vous était arrivé quelque chose et quelqu'un a crié : « Et dame « Catherine? Où est notre dame Catherine?... » Alors il s'est arrêté il a tiré son épée et il a crié... Pardonnez-moi, not' dame, il faut que je dise tout! Il a crié : « Le premier qui ose prononcer devant moi « le nom de cette putain, je lui mets les tripes à « l'air!... » Et puis il a continué son chemin avec ces étrangers sur ses talons. C'est alors qu'on a vu la femme... »

Le cœur de Catherine manqua un battement.

« La femme?... Quelle femme?

– Tout d'abord on n'a pas su. Elle était sur un cheval mais empaquetée, voilée avec en plus un capuchon qui lui descendait jusqu'au menton. Elle suivait sans rien dire et ils sont tous allés s'engouffrer dans le château qui s'est refermé comme un piège. Mais une heure après, nos hommes étaient convoqués dans la grande salle, comme autrefois, vous vous souvenez? Ils y sont allés, conduits par notre bailli, Saturnin Garrouste... qui vous dit bien des amitiés, en passant! Mais quand ils sont ressortis, ils pleuraient presque tous, sauf l'Antoine Couderc, le maréchal-ferrant qui roulait des yeux furibonds et crachait par terre comme s'il avait bu du poison. Messire Arnaud leur avait donné ses ordres devant la bande de ruffians de mauvaise mine qu'il a ramenés avec lui : quiconque vous permettrait d'entrer dans Montsalvy serait pendu immédiatement, qu'il soit homme femme ou enfant! Tous les jours, dès l'ouverture des portes, on devait envoyer un garçon veiller sur la route pour signaler votre arrivée afin qu'on referme ces portes et qu'on puisse vous préparer une réception dans les idées de votre gentil époux. Celui qui ne viendrait pas prévenir...

– Je sais, coupa Catherine. Jaquot Malvezin m'a dit...

– Alors, moi, j'ai décidé qu'on pouvait pas vous laisser tomber comme ça dans la gueule du loup et j'ai donné un petit mot d'écrit à Tiennou, l'innocent qui n'est pas si innocent qu'on pense et qui vous vénère presque autant que la Sainte Vierge depuis que vous avez failli mourir pour lui[1]. Lui, il est tout le temps dehors alors ça n'étonnait personne qu'il s'installe dans le bois. Là ou ailleurs!... Et j'ai eu raison... et vous, vous avez bien fait de suivre mon conseil et de venir ici tout de suite parce que à peine il a su votre venue que messire Arnaud est monté à cheval avec ses hommes... et la femme et ils sont sortis pour vous narguer et vous chasser.

– Qui est cette femme? fit Catherine d'une voix blanche. Vous le savez?

– Si on le sait! Rien d'autre que cette putain d'Azalaïs, la dentellière, vous vous souvenez! Cette ribaude sans Dieu qu'il a dû récupérer dans les ordures de Béraud d'Apchier. Dame Catherine, bon sang! Vous allez pas vous trouver mal?... »

Elle était en effet devenue blême et se laissait aller en arrière, les narines pincées. Gauthier la reçut dans ses bras.

« Si vous trouvez que c'est agréable à entendre, votre histoire? gronda-t-il furieux. Fouillez dans son aumônière, il doit y avoir un cordial, du vinaigre... Qui c'est d'abord cette Azalaïs?

– Pas grand-chose! Une grande garce avec le feu aux fesses qui couchait avec le mari de sa mère et qui s'était ensauvée d'ici avec le Béraud d'Apchier, le Loup du Gévaudan quand il est venu nous assiéger. Une saloperie qu'avait comploté avec lui la mort de messire Arnaud et que maintenant cet âne bâté nous ramène... sans doute parce qu'il a pensé que c'était avec elle qu'il ferait le plus de mal à sa

1. Voir *Belle Catherine*.

pauvre sainte femme! Ah! tenez, mon gars, on dirait qu'elle revient!... »

Vigoureusement soignée par Gauthier qui lui avait appliqué quelques claques avant de faire couler un peu de cordial entre ses lèvres blanches, Catherine en effet ouvrait les yeux cependant qu'un peu de couleur revenait à ses joues. Elle jeta autour d'elle un regard égaré qui se fixa enfin sur Gauberte dont le large visage était éclairé en plein par la petite flamme de la lanterne.

« Pardonnez-moi! balbutia-t-elle... Je m'attendais si peu ça!... Mon Dieu!... Azalaïs!... Pourquoi Azalaïs?...

– C'est ce que je viens de dire à ce garçon : probablement pour vous faire le plus de mal possible. Quand je vous dis qu'il est fou!

– Mais enfin, l'abbé Bernard? Il l'a laissé amener cette fille à Montsalvy, après ce qu'elle a fait? Il l'a laissé l'installer chez moi?

– Ça ne se serait sans toute pas passé comme ça s'il avait été là et c'est pour ça qu'elle est arrivée cachée comme un péché mortel. Mais quand messire Arnaud est revenu, notre abbé était parti depuis trois jours à Chirac, au chevet de sa mère qui était au mouroir et frère Anthime, le trésorier qui le remplace quand il est absent, a appris que sur la route du retour, il avait été attaqué par des brigands et laissé pour mort. Non, rassurez-vous, ajouta-t-elle très vite, il l'est pas! Des gens l'ont trouvé et ramené au château de Saint-Laurent d'Olt où on le soigne. Heureusement que le Bon Dieu nous l'a pas repris celui-là, parce que c'est notre meilleur espoir... si toutefois il arrive à rentrer chez lui malgré les faillis chiens qui gardent messire Arnaud. »

Serrant ses mains l'une contre l'autre à faire blanchir ses jointures, Catherine gémit, désespérée :

« Il est fou! Il est complètement fou! Et mes enfants... et Sara? Que leur a-t-il fait? Oser amener une telle créature dans leur maison, les obliger à vivre avec elle... »

De la plus imprévisible façon, étant donné le tragique de la situation, Gauberte partit d'un franc éclat de rire.

« Ça, il n'a pas eu le temps! La nuit même de son arrivée, messire Michel et demoiselle Isabelle, Sara, Josse et Marie ont disparu du château. Voyez-vous, il s'est pas méfié de ce que Sara et Josse connaissaient son château mieux que lui, surtout Sara qui l'a vu construire. Les souterrains, elle n'en ignore rien ni d'ailleurs de ceux que l'abbé Bernard avait fait rouvrir pour vous sous l'abbaye. Pendant qu'il y était l'abbé, il avait fait faire aussi une communication avec le château. Evidemment, au matin, quand notre sire a trouvé la cage vide il s'est mis dans une belle fureur et il a lancé ses hommes à leurs trousses, seulement il n'a rien retrouvé parce qu'il avait choisi le mauvais chemin. Il a cru que Sara était repartie pour Carlat où elle avait trouvé refuge après votre fuite et il est allé réclamer son monde à Madame de Pardiac[1] qui ne lui a rien rendu parce qu'elle n'avait vu personne, bien sûr...

– Mais.. où sont-ils? »

Gauberte parut s'épanouir encore davantage.

« On n'en sait rien du tout et on aime mieux ça! C'est bien mieux pour éviter les fuites. Mais on fait confiance à Josse et à Sara pour avoir fait au mieux. Tout ce qu'on sait, c'est que messire Arnaud a envoyé partout : à Cassaniouze, à Sénézergues, à Roquemaurel, à Labesserette, à Ladinhac, au Fel, à Leucamp, à Vieillevie, à Villemur et à Montarnal... et que personne apparemment ne les a vus. Surtout pas celui qui les cache j'imagine. Voilà, dame Cathe-

---

1. Voir *Piège pour Catherine.*

rine, ajouta-t-elle avec un grand soupir, je crois qu'à présent vous savez tout ou à peu près tout... »

Enfin une bonne nouvelle! Le cœur de Catherine venait de s'alléger d'un poids intolérable puisque tous ceux qui lui était les plus chers étaient hors des griffes d'Arnaud de Montsalvy, diaboliquement transformé en ennemi de sa propre famille.

« Une question encore, ma bonne Gauberte. Vous avez dit que tout à l'heure mon... enfin messire Arnaud était sorti pour savourer sur moi la vengeance à laquelle il imagine avoir droit. Est-ce qu'il ne me cherche pas?

— On vous a cherchée, mais pas longtemps. L'innocent a dit qu'il vous avait vue partir à bride abattue dans la direction de Carlat, que vous étiez fort en colère et que vous aviez crié très fort que vous alliez demander asile et assistance à la comtesse Éléonore. Comme vous aviez de l'avance il a préféré ne pas aller plus loin. D'autant qu'il ne doit pas avoir tellement envie d'une explication avec la comtesse. Il ne s'est guère fait d'amis dans le pays ces temps derniers. Je dirais même qu'en ramenant cette traînée avec lui il s'est mis toute la région à dos. Quand on vous saura de retour, il pourrait bien avoir de gros ennuis...

— Je ne suis pas venue faire une révolution, Gauberte. Je suis venue reprendre ma place et je la reprendrai, croyez-moi!

— Ayez crainte, on vous aidera! A présent qu'on vous sait ici, les courages vont se réveiller. Mais, en attendant où allez-vous vous installer? Saturnin Garrouste est tout prêt à vous donner sa ferme du Puy de l'Arbre mais ça serait vous jeter dans la gueule du loup parce que c'est trop près. Quant à cette grange...

— On va chez nous! coupa sévèrement Bérenger, à Roquemaurel. J'ai deux mots à dire à mes frères pour avoir laissé sire Arnaud se comporter de la sorte... »

Gauberte Cairou extirpa son sans peine ses quelque cent quatre-vingts livres du foin odorant, secoua ses cotillons et prit à sa ceinture un sac qu'elle y avait accroché.

« J'ai pensé que vous auriez peut-être faim et je vous ai apporté des cabecous[1] et du pain. A présent, je me rentre au bercail et croyez-moi, dame Catherine, je vais y dormir de bon cœur... comme j'ai pas réussi à dormir depuis le retour de messire Arnaud. »

De même qu'à son arrivée, Catherine embrassa la brave femme sur ses deux joues rebondies.

« Je savais déjà que je pouvais compter sur vous, Gauberte, mais cette fois vous pouvez être sûre que je n'oublierai jamais ce que vous faites pour moi. Dites bien à tout le monde, là-haut, que je ne les ai pas oubliés, ni eux... ni mes devoirs comme le prétend mon seigneur. Dites-leur que je n'ai pas démérité et que je leur demande de me garder leur confiance, leur amitié...

– Ils savent tout ça depuis longtemps, pauvrette! Marchez dame Catherine, si votre époux n'avait pris la précaution de se ramener avec une bande d'affreux, il aurait pas eu longtemps la loi à Montsalvy et il en aurait entendu des vertes et des pas mûres. Quant à sa gaupe, on lui aurait frotté les fesses avec de bonnes poignées d'orties pour lui apprendre à vivre. Mais ça s'arrangera j'en suis sûre. La bonne nuit, notre dame!... et à bientôt!

– A bientôt, Gauberte. Mais, au fait, comment êtes-vous sortie et comment allez-vous rentrer? Est-ce qu'on ne ferme plus la ville, la nuit?

– Sûr que si, mais le jour où un gars m'empêchera de sortir et de rentrer à ma convenance

1. Petits fromages de chèvre. On en trouve encore à Montsalvy.

quand j'ai à faire avec vous, il pourrait bien regretter amèrement d'être venu au monde... »

Ayant dit, elle disparut avec une prestesse et une légèreté dont on ne l'aurait jamais crue capable. Derrière elle, Gauthier referma soigneusement la porte de la grange...

Roulée en boule dans le foin, Catherine s'apprêtait à laisser le sommeil prendre enfin possession de son corps exténué. Les élancements si douloureux de son cœur, avant l'arrivée de Gauberte, s'étaient un peu calmés. Puisque ses enfants étaient hors de portée de l'homme qui la bafouait si cruellement et si publiquement, la blessure était moins cruelle. La colère la sauvait du chagrin et elle savait que demain, quand elle serait moins lasse, elle devrait lutter contre des envies de meurtre, contre la folle impulsion de rameuter les seigneurs d'alentour pour les jeter à l'assaut de son propre château... Mais, après tout pourquoi donc lutter? Ne serait-il pas temps, enfin, d'abandonner ce rôle d'épouse trop tendre et de faire payer, une bonne fois pour toutes, à son infernal époux tout ce qu'il lui avait fait endurer en six ans de mariage?

Ce fut sur cette pensée réconfortante qu'elle s'endormit.

Quand l'aube d'un beau jour d'été habilla de mauve les lointains de la Châtaigneraie et fit surgir sur la première clarté du levant les murailles noires de Montsalvy, Catherine et ses compagnons avaient déjà quitté leur abri odorant et, après de rapides ablutions dans l'eau fraîche de l'étang, prenaient à travers champs pour rejoindre le chemin menant vers les profondeurs de la vallée du Lot, faille profonde au-dessus de laquelle se dressaient les tours antiques de Roquemaurel.

Tout en marchant, pas bien vite car le chemin

étroit, encaissé et difficile ne permettait guère les allures rapides, on fit honneur aux petits fromages et au pain de Gauberte et quand le soleil bondit comme une balle de feu par-dessus les monts on avait déjà fait un bout de chemin.

Jamais la campagne n'était apparue aussi belle, aussi amicale à Catherine. L'été adoucissait les pentes rudes d'une chatoyante végétation. Les croupes rondes étaient roses de bruyère, éclataient dans la gloire dorée de leurs genêts cependant que des foisonnements verts jaillissaient de toutes les failles et tapissaient les étroites et mystérieuses vallées qui plongeaient vers la grande coupure du Lot.

Il n'y avait que peu de cultures. La terre légère et peu profonde sur son ossature de rochers ne produisait guère que du seigle et de l'avoine mais, dans les multiples petits ruisseaux qui bondissaient de rocher en rocher, les truites scintillaient et, à la bonne saison, les bois embaumaient le champignon... Le regard de la jeune femme fouillait l'horizon, s'attardant sur un filet de fumée voltigeant au-dessus d'un toit, sur la pointe aiguë d'une poivrière, les rares demeures de schiste et de grès qui ponctuaient l'immense paysage, cherchant à deviner quel toit Josse Rallard avait choisi pour abriter ses enfants. La tentation était grande de s'arrêter un peu partout, de demander mais Bérenger l'en avait dissuadée.

« Je serais bien étonné que ma mère ne sache rien. Et ci cela était nous lancerions mes frères à leur quête. Et puis... ils sont peut-être chez nous... »

Pourquoi pas, en effet! Les trois Roquemaurel : la mère, Mathilde et les deux garçons, Renaud et Amaury, étaient peut-être les seuls de la région dont les caractères fussent encore plus difficiles que celui de Montsalvy. Ni sa puissance ni ses talents d'homme de guerre ne les impressionnaient.

Recueillir ses enfants contre sa volonté pouvait les séduire...

On passa donc sans s'arrêter près du bourg de Junhac, au-dessus des quatre tours de Sénézergues érigées au bord d'un gouffre de verdure, on aperçut de loin la masse redoutable de la puissante citadelle de Calvinet puis, par Cassaniouze, on dévala un petit sentier aux pierres instables qui semblait se perdre dans les profondeurs des gorges du Lot mais qui, en fait, n'allait pas plus loin que Roquemaurel. Après lui, la montagne se faisait falaise et un précipice terminait la route...

Le vieux château fort dont les murs roussâtres avaient vu le départ des premiers croisés pour la Terre sainte surgit devant eux dans la chaleur de midi avec ses tours hargneuses et son gros donjon, un peu écorné par le temps peut-être mais qui, assis sur son éperon au bord du vertige, gardait fière allure sous sa bannière d'azur où brillaient le chevron et les trois rocs échiquetés d'or de ses maîtres. Le ciel était si bleu d'ailleurs que chevron et rocs avaient l'air imprimés à même le ciel... Sous tant de splendeur Roquemaurel ressemblait à ces beaux vieillards qui rêvent au soleil, les yeux mi-clos, un vague sourire aux lèvres, paisibles et rassurants mais qui, lorsqu'ils se relèvent, déploient une taille imposante et des muscles encore redoutables, faits d'un vieux bois durci aux intempéries.

Son sourire ce jour-là, c'était son pont-levis baissé, les deux soldats qui, tête nue et le pourpoint de cuir grand ouvert, jouaient aux dés sous l'ombre fraîche de la voûte et, dans la prairie en contrebas, une petite troupe de lavandières, cotillons retroussés, occupées à émailler l'herbe d'une grande lessive toute neuve. Debout au bord du sentier, une corbeille vide sur la tête et un poing à la hanche, une grande femme brune en camisole blanche et jupon de toile bleue leur inspirait l'ardeur au travail en les houspillant sévèrement :

« Trois heures pour étendre deux draps et une douzaine de torchons!... Si ce n'est pas malheureux! Regardez-moi ces empotées! Allons, la Nicole, un peu de nerf!... On nous attend là-haut. »

Entendant rouler les pierres du chemin sous les pas des chevaux elle se tourna du côté où venait le bruit, abritant ses yeux de sa main sous le bavolet de sa coiffe de lin blanc.

« Qui nous arrive là?... »

Mais déjà elle le savait. Un cri jaillit de sa gorge, en contrepoint du « Sara!... » qu'avait lancé celle de Catherine ivre de joie. La jeune femme sautait déjà à bas de son cheval et, trébuchant dans les ornières tant elle mettait de hâte, courut se jeter dans les bras de celle qu'elle avait toujours considérée comme sa seconde mère.

Figés auprès des chevaux, Gauthier et Bérenger regardèrent un long moment les deux femmes s'étreindre et s'embrasser, liées l'une à l'autre par leur profonde tendresse et qui semblaient ne plus jamais devoir se séparer.

Se souvenant alors de ses devoirs d'hôte, le page enveloppa le vieux bourg et le vaste paysage d'un geste plein d'orgueil.

« Comment trouves-tu Roquemaurel? Ce n'est pas si mal, n'est-ce pas?... »

CHAPITRE XIII

LA MAIN DU SEIGNEUR

« MAMAN est revenue! Maman est revenue!... »

Assis dans le lit qu'il partageait avec sa petite sœur, Michel se balançait en chantonnant pour lui tout seul et en contemplant avec ravissement Sara qui, armée d'une brosse et d'un peigne était occupée à débarrasser la chevelure de Catherine de toutes les poussières du chemin. Il avait toujours adoré sa mère qui représentait pour lui quelque chose de fabuleux, une créature semi-divine à mi-chemin entre les fées qui peuplaient les contes de la vieille Donatienne et les anges dont on lui parlait au monastère.

Depuis qu'elle avait disparu de son univers enfantin, le petit garçon, en dépit de la tendresse que lui manifestaient toutes les femmes de son entourage, éprouvait une curieuse impression d'abandon. Il y avait un vide dans son « intérieur » comme il avait essayé de l'expliquer à Sara, un vide que le retour de son père n'avait pas comblé...

En revoyant Arnaud, d'ailleurs, il n'avait pas eu réellement conscience que ce fût là son père. Cet homme sombre qui l'avait serré contre sa poitrine avec une âpreté sauvage, cet homme dont il ne reconnaissait qu'un profil pouvait-il être le même que le joyeux compagnon de l'an passé qui se roulait avec lui dans les champs pleins de pâquerettes roses lorsque personne ne les voyait?

Mais quand, tout à l'heure, Catherine était apparue au bras de Sara dans la cour du château où il jouait avec un tas de sable, son cœur avait bondi dans sa poitrine parce que, dans le grand ruissellement de soleil qui l'enveloppait, sa mère était bien telle qu'il l'avait toujours attendue. Et il n'avait pas compris du tout pourquoi elle s'était mise à pleurer en l'embrassant. On pleure seulement quand on a du chagrin, ou bien quand on s'est fait mal. Et encore! Même dans ce cas-là, un vrai garçon se devait à lui-même de retenir ses larmes!... En tout cas, une chose était certaine : Michel était merveilleusement heureux ce soir et d'autant plus que maman avait promis, solennellement, qu'elle ne partirait plus jamais...

Pour Isabelle, ce retour constituait une sorte de problème. Elle n'avait qu'une dizaine de mois lors du départ de sa mère et ce n'était encore qu'un bébé. A présent, elle avait deux ans et elle prenait du monde une perception bien personnelle. Souvent Sara, ne sachant comment s'y prendre pour créer entre l'enfant et sa mère absente les liens qui devaient exister, avait conduit Isabelle dans le petit oratoire devant l'Annonciation peinte par Jean Van Eyck et, lui désignant la petite Madone blonde, lui avait inlassablement répété « C'est maman... Maman!... »

La petite était intelligente et plus qu'éveillée. Aussi quand Catherine s'était penchée sur elle pour l'enlever de terre, la ressemblance lui était apparue immédiate. Evidemment, elle n'avait pas bien compris, elle non plus, comment l'image de bois s'était tout à coup animée, mais elle avait gazouillé :

« Maman!... Maman!... »

Alors Catherine avait pleuré de plus belle, rejetant l'enfant à d'étranges conjectures car, du coup, elle ne reconnaissait plus du tout son image.

Pour le moment, assise sur les genoux de sa mère elle suivait avec un intérêt passionné le va-et-vient des objets de coiffure dans les mains habiles de Sara qui, sourcils froncés, s'activait énergiquement, s'efforçant de rendre aux cheveux qu'elle avait lavés avec des herbes leur couleur d'or éclatant...

« Il était temps que tu reviennes! marmotta-t-elle. Tu as des cheveux dans un état impossible...

– Ils n'ont pas été ma plus grande préoccupation, tu sais », sourit-elle en contemplant sa fille avec ravissement car c'était tout juste si elle la reconnaissait. Elle avait quitté un bébé, elle retrouvait une petite fille, toute petite bien sûr mais qui s'affirmait déjà comme un personnage et qu'elle trouvait la plus jolie chose du monde.

Pour le moment, Isabelle, sommairement vêtue d'une petite chemise courte qui ne cachait pas grand-chose de son petit corps dodu, jouait avec une mèche des cheveux de sa mère. Elle avait des doigts déjà fuselés et des pieds minuscules. Ses yeux très noirs variaient suivant son humeur, tantôt brillants de lumière tantôt presque opaques. Mais, à cette minute ils rayonnaient positivement dans son petit visage rond et doré qui sortait des fronces de sa chemise comme une fleur de son calice.

« Ils sont adorables tous les deux! murmura Catherine en serrant l'enfant contre elle pour l'embrasser une mille ou deux millième fois.

– C'est une chose à ne pas dire devant eux! Ils comprennent beaucoup trop de choses! décréta Sara sévèrement. Allons, demoiselle il est temps d'aller au lit! Si vous continuez à tripoter comme cela les cheveux de votre mère, je n'en finirai jamais.

– Oh! déjà? protesta Catherine, frustrée, tandis

que Sara enlevait la petite fille et la rapportait près de son frère. Je les ai encore à peine vus...

– J'espère bien que tu auras maintenant toute la vie pour les voir. Et il faut que je finisse de te préparer. On va corner l'eau avant longtemps... Tu reviendras les embrasser tout à l'heure. »

Et, pour être certaine que les enfants allaient dormir, elle entraîna Catherine et son matériel de coiffure dans la petite pièce voisine où d'ailleurs on avait dressé un lit pour elle.

« Là, fit-elle en la réinstallant sur un autre tabouret. Continuons. D'ailleurs, nous serons plus tranquilles pour causer. Que comptes-tu faire à présent? »

Redescendue de son petit paradis enfantin et rendue à l'amère réalité, Catherine haussa les épaules.

« Honnêtement je n'en sais rien! Tout cela a été si brutal, si soudain et surtout tellement inattendu! Je crois qu'il faut que je réfléchisse, que j'essaie de voir clair mais je t'avoue que, pour l'instant je m'en sens bien incapable. Je n'arrive pas à comprendre comment Arnaud a pu ramener cette fille, cette Azalaïs, à Montsalvy, chez nous...

– C'est ce qui te tracasse le plus on dirait?... bien plus que le fait qu'il te refuse l'entrée de ta maison!

– Bien sûr! Ça ne te tracasse pas, toi? J'aimerais bien savoir ce que tu as pensé en le voyant arriver avec elle?

– Qu'il était devenu complètement fou... ou qu'il s'était découvert – Dieu sait où – une nouvelle raison de t'en vouloir, tout aussi boiteuse que les précédentes d'ailleurs. Je n'ai jamais voulu te le dire mais il m'est souvent venu à l'idée que ton beau chevalier n'était peut-être pas aussi intelligent que tu te l'imaginais. Il a plus d'orgueil et de préjugé que de bon sens...

– Peut-être, fit Catherine tristement, mais jusqu'à présent je croyais qu'il m'aimait autant que je l'aimais.

– Voilà pourquoi je dis qu'il n'est pas tellement intelligent. Je suis persuadée qu'il t'aime et même qu'en dehors de lui-même, il n'a jamais aimé que toi... et ses enfants bien sûr. Mais il aimerait mieux se faire couper bras et jambes plutôt que l'admettre...

– Jolie façon de le prouver : ramener une catin à son foyer ? J'aimerais bien savoir comment il l'a retrouvée, celle-là...

– Voilà une bonne question ! fit du seuil une voix joyeuse et fraîche. Une question à laquelle je vais pouvoir répondre je crois. »

Et Marie Rallard, la jeune épouse de Josse, fit son entrée, portant sur ses bras étendus une légère robe de cendal[1] rayé vert et blanc tout nouvellement repassée et qui paraissait fraîche comme une laitue. Blonde, rose, pleine de vivacité et de gentillesse, l'ex-Marie Vermeil était plus jolie encore qu'au temps où elle était l'un des plus savoureux ornements dans le harem du sultan de Grenade[2] mais enceinte, jusqu'aux yeux et à bien peu de semaines de son terme, elle avait doublé de volume. Depuis qu'elle avait retrouvé Catherine elle avait repris tout naturellement son rôle de dame de parage chargée de la garde-robe de la châtelaine, garde-robe dont elle avait d'ailleurs trouvé le moyen de sauver les bijoux et quelques robes en fuyant Montsalvy.

« Tu n'aurais pas voulu que je laisse une putain mettre ses doigts sales sur tes affaires ? » avait-elle déclaré à Catherine.

A présent, elle apportait l'une des robes en ques-

1. Soie légère.
2. Voir *Catherine et le temps d'aimer.*

tion, qu'elle s'était hâtée de repasser, et alla l'étendre sur le lit.

« Comment sais-tu cela? demanda Catherine.

– Par Josse, bien sûr. Quand messire Arnaud est arrivé avec ces hommes de mauvaise mine, mon cher époux a reconnu l'un d'eux comme ayant fait partie de la troupe de Béraud d'Apchier quand ce démon est venu assiéger Montsalvy. Au lieu de monter sur ses grands chevaux et d'aller dire à ton époux ce qu'il mourait d'envie de lui dire, Josse a préféré se tenir à l'écart et lier conversation avec l'homme en question. Naturellement, il l'a fait boire et comme ce sont de véritables brutes que messire Arnaud a recrutées, il n'a eu aucune peine à le faire boire plus que de raison. Après quoi il l'a interrogé et il a compris à peu près ceci : avant de rentrer à Montsalvy, messire Arnaud entendait régler ses comptes avec Béraud d'Apchier. Il voulait lui demander raison du siège de sa ville et se donner le plaisir de lui apprendre que son bâtard, Gonnet, avait quitté ce monde de sa main.

« Mais quand il est arrivé à la tour de Saint-Chély chez Béraud, le Loup du Gévaudan gisait dans son lit, blessé et à moitié mort. Un combat avec lui était donc impossible.

« Par contre il y a retrouvé Azalaïs qui était devenue la concubine de Jean, le fils aîné de Béraud, puis celle de son père quand Jean est parti guerroyer je ne sais où. Elle a supplié messire Arnaud de l'emmener et, afin de mieux l'en persuader elle a employé les moyens que tu devines. Et comme elle n'est pas laide...

– Elle n'a pas dû se forcer beaucoup, observa Catherine sèchement. Il y a des années qu'elle en mourait d'envie.

– Quoi qu'il en soit, il a accepté de l'emmener et d'autant plus volontiers qu'elle a débauché, pour lui, les meilleurs soudards de Béraud, de saintes gens s'y connaissant comme personne en tuerie et en pillage et qui se trouvaient misérablement inactifs depuis la blessure de leur maître. C'est donc tout ce beau monde qui nous est arrivé à Montsalvy, un soir, dans les circonstances que tu sais.

– Et il l'a installée chez moi, dans la maison que j'ai bâtie, gémit Catherine toute prête à se remettre à pleurer. Dans ma chambre, sans doute...

– Ah! non, protesta Sara, pas dans ta chambre! Quand j'ai vu ce qu'il nous ramenait, j'ai été me planter devant ton époux et je lui ai montré la clef de ton appartement que je venais de fermer. Je l'avais attachée à mon cou par une chaîne. « On « dirait que vous avez des invités, messire? lui ai-je « dit. Mais il faudra que vous leur trouviez un logis « autre que celui de notre dame. Il n'est pas dispo- « nible... »

« Il m'a dit alors de lui donner cette clef mais je l'ai fourrée dans mon corsage et j'ai répondu qu'avant de l'en enlever il faudrait m'enlever la tête... Je crois qu'il en a eu envie un moment d'ailleurs mais je l'ai regardé bien droit dans les yeux en lui rappelant que les zingaras s'entendent aux malédictions et qu'une vieille zingara comme moi est plutôt plus venimeuse qu'une jeune! Alors il n'a pas insisté et il a tourné les talons sans rien dire. Cette clef, je l'ai apportée ici. »

Le son d'une trompe qui mugissait dans les profondeurs du château lui coupa la parole.

« On corne l'eau! dit Marie. Il faut vous dépêcher, dame Sara.

– Je sais, je sais! Mais comme la dame de Roquemaurel et ses fils ont décidé que ce serait, ce soir, grand apparat, ils m'accorderont bien un petit instant de retard... »

Elle se mit à tresser les cheveux de la jeune femme avec une vélocité incroyable, escamotant littéralement leur masse soyeuse pour en faire une large couronne sur laquelle elle épingla une coiffe aérienne... Pendant ce temps, Marie aidait Catherine à passer sa robe...

« Au fait, marmotta Sara des épingles plein la bouche, où as-tu trouvé ce nouveau Gauthier!

– A Paris, je te raconterai. Oh! j'ai tant de choses à te raconter!... Il y en a bien pour huit jours...

– Il a la couleur de cheveux du premier, ce pauvre garçon que je n'aimais guère et qui pourtant t'était si dévoué. Mais en dehors de cela, il ne lui ressemble pas beaucoup... »

Catherine sourit au miroir que lui tendait Marie, mais plus à ses souvenirs qu'à ce qu'elle y voyait car il était trop petit pour y contempler autre chose que le nez et les yeux.

« Il lui ressemble beaucoup plus que tu ne l'imagines! Sache en tout cas ceci : Gauthier m'est tout dévoué et je sais que je peux lui demander tout ce que j'aurais pu demander au cher ami d'autrefois. Mais tu devrais t'entendre avec lui : quand je l'ai sorti de prison, à Paris, il faisait des études de médecine. Cela t'intéresse... »

Si elle avait espéré impressionner Sara elle en fut pour ses frais. La femme issue des tribus errantes ne croyait absolument pas à la médecine officielle. Elle le prouva en crachant à terre avec la mine de quelqu'un qui vient d'avaler une amère potion.

« Les médecins... pouah! J'en sais plus long qu'eux!

– Eh bien, vous n'aurez qu'à comparer vos talents. »

Ayant dit, Catherine ramassa sur son bras la traîne de sa robe et prit le chemin de l'escalier pour se rendre au souper.

La grande salle de Roquemaurel ne pouvait se comparer pour la magnificence à celle des châteaux royaux ou ducaux, ni même à celle de Montsalvy car on n'y voyait pas la moindre tapisserie d'Arras et pas le plus petit hanap d'or serti de pierreries. La famille pourtant avait été jadis fort riche et puissante en conséquence.

Issue d'Ithier, comte d'Auvergne par la volonté de Charlemagne, ils avaient combattu aux Croisades et bien failli se tailler un fief au pays de Moab. S'ils n'y étaient pas parvenus ils avaient tout de même rapporté suffisamment d'or pour asseoir leur sourcilleux donjon au-dessus des eaux tumultueuses du Lot. Le dernier éclat de leur fortune avait été jeté par le grand-père Jean, sénéchal du comte de Rodez. Mais, depuis, la richesse avait fondu. La pauvreté des terres et les incessants ravages, tant ceux des Anglais que ceux des routiers de tout poil, en étaient la cause. Peut-être aussi la grande passion pour les beuveries et les horions qui avait habité le défunt comte Ausbert, époux de la présente châtelaine. Une passion que d'ailleurs dame Mathilde comprenait parfaitement et qu'eux deux avaient transmise, intacte, avec tous ses jaillissements incontrôlables, à leurs deux fils aînés, Renaud et Amaury.

Mais, si dame Mathilde ne disposait plus de moyens princiers, elle n'en demeurait pas moins une excellente maîtresse de maison, et si sa salle de festin n'étincelait pas d'or et de soieries du moins offrait-elle un accueil avenant avec ses nappes éclatantes de blancheur, ses étains tellement bien astiqués qu'ils ressemblaient à de l'argent, ses tapisseries aux vives couleurs brodées à la main par une demi-douzaine de châtelaines en attente de croisés et le fabuleux jaillissement des genêts d'or qui explosait un peu partout dans des auges ou des mortiers de pierre.

Dame Mathilde elle-même, sanglée, dans une belle robe de velours prune dans laquelle elle devait étouffer par cette chaleur, attendait son invitée, assise bien droite dans un haut siège de châtaignier sculpté au dossier duquel la double corne de sa coiffure lui interdisait de s'appuyer. Ses deux fils aînés l'encadraient, si hauts et si massifs que le jeune Bérenger disparaissait entièrement derrière eux.

Il ne leur ressemblait d'ailleurs en aucune façon et quand on le voyait, brun comme une châtaigne et vif comme un écureuil auprès de ces deux géants, aux cheveux couleur de paille, il arrivait à des esprits malins de se demander par quelle opération du Saint-Esprit leur mère avait pu se constituer une couvée aussi disparate, d'autant que Bérenger ne ressemblait pas plus à sa mère qu'à feu Ausbert.

En l'honneur de la visiteuse, Renaud et Amaury avaient visiblement fait toilette. Leurs cheveux taillés à l'aide d'une écuelle formaient une curieuse auréole autour de leurs visages identiques, tannés et recuits par tous les vents, tous les soleils de la montagne, cependant que sur leurs joues, des coupures fraîches proclamaient qu'on leur avait râclé scrupuleusement la barbe. Ils se ressemblaient tellement qu'ils avaient eu recours à leur système pileux pour se différencier et si Renaud était totalement imberbe, Amaury arborait une moustache floconneuse digne de Vercingétorix.

Cérémonieusement, Renaud alla prendre Catherine par la main quand elle apparut au seuil de la salle pour la mener à sa place à table. Il était à présent le maître du domaine et ladite place était à la droite de son fauteuil seigneurial. Dame Mathilde s'installa à sa gauche et les autres convives qui étaient Josse Rallard, Gauthier, le chapelain du château, Bérenger et Marie Rallard et les principaux officiers du domaine, s'installèrent un peu au petit bonheur. Puis, le chapelain ayant invoqué la bienveillance du Seigneur, on attaqua le souper en gens qui ont fait autre chose de leur journée que rêvasser assis sous un arbre.

Ce fut seulement après avoir fait disparaître une paire de poulets, la moitié d'un sanglier et la valeur d'un seau de soupe aux châtaignes que Renaud de Roquemaurel, se décidant à ouvrir la bouche pour autre chose que pour y engouffrer de la nourriture, apprit à Catherine les dispositions que son arrivée lui avait inspirées.

« J'ai envoyé dans tous les châteaux d'alentour aviser de votre arrivée, dame Catherine, et dire que dimanche prochain nous tiendrons ici un conseil de tous ceux à qui la bonne santé physique et morale de Montsalvy importent autant que la leur. Ce qui se passe là-haut prouve surabondamment que le seigneur Arnaud est tombé présentement sous l'emprise du démon. Il convient de l'en débarrasser au plus tôt car lorsque les choses vont mal chez vous, elles ne peuvent pas aller tout à fait bien chez les autres. Notre fidèle ami Gontran de Fabrefort sera ici dès demain avec ses gens de Labesserette. Mais nous avons prié aussi Archambaud de la Roque, de Sénézergues, en lui demandant d'envoyer message à son père, Jean de La Roque, bailli des Montagnes d'Auvergne, afin qu'il donne au moins sa caution. J'ai envoyé aussi à Leucamp prévenir Guillaume de Sermur, à Cours, chez Jean de Méallet, à Ladinhac chez messire Hughes. J'ai même dépêché messager à La Salle mais je doute que cette vieille garde de Cibille s'intéresse à vos ennuis. C'est une Vieillevie et encore qu'on la dise brouillée avec sa parenté chacun sait ici ce que vaut cette maison-là... », ajouta-t-il en laissant planer sur l'assemblée un regard qui la prenait à témoin de ses paroles. Nul n'ignorait en effet qu'une haine solide opposait, depuis des temps immémoriaux, les Roquemaurel à leurs cousins de Vieillevie et il fallait que l'affaire fût grave pour que Renaud ait consenti à adresser un mot d'écrit à une femme affligée d'un nom aussi exécré.

Jugeant qu'il avait assez parlé, Renaud tendit sa coupe à son écuyer pour qu'il la remplît à ras bord et la vida d'un trait. Cependant, Catherine qui n'avait pas écouté sans surprise ce bel exposé cessa de jouer avec la boulette de pain qu'elle roulait entre ses doigts et relevant son regard pensif sur son hôte :

« Est-ce donc une armée que vous souhaitez lever, ami Renaud ?

– Une armée, nous ne le pourrions pas. Mais quelques bonnes troupes tout de même et quelques compagnons aguerris qui sauront vous entourer pour que vous puissiez faire entendre raison à votre époux...

– C'est ce que vous pensez, vous qui êtes mon ami, mais croyez-vous que ceux d'alentour jugeront de même ? Mon époux est maître et seigneur de son fief, le plus grand de la région. Il peut y faire ce qu'il veut... Croyez-vous donc que nos voisins vont s'émouvoir parce que le seigneur de Montsalvy refuse de recevoir sa femme légitime et préfère vivre avec une gourgandine ? Cela m'étonnerait beaucoup.

– Vous n'y êtes pas, Catherine, coupa dame Mathilde. Ce rassemblement nous l'aurions fait depuis longtemps si l'abbé Bernard avait été là mais au nom de qui cette levée de boucliers alors que l'autre coseigneur gît sur son lit à des lieues de là et que vous étiez plus loin encore ? Au nom de votre fils, bien sûr. Mais dévoiler sa présence ici c'était prendre un trop grand risque... »

Catherine hocha la tête.

« L'abbé Bernard prendre la tête d'une coalition contre Montsalvy ? Je n'y crois pas. Admettez qu'avec tous vos amis nous allions mettre le siège là-haut – et c'est, vous en conviendrez la seule manière d'atteindre Arnaud et la bande qu'il a ramenée avec lui – que croyez-vous qui se passera? Mon époux mettra sa ville en défense, lancera aux murailles les hommes valides, et même les femmes, et il faudra bien qu'ils lui obéissent, même si c'est à contrecœur, s'ils ne veulent pas encourir sa colère qui me paraît devenue singulièrement redoutable. Cela fera des morts innocents dans le peuple... et cela je n'en veux à aucun prix. Mieux vaut perdre à jamais mon nom et mon rang si je dois l'acheter au prix du sang d'un seul des gens de Montsalvy!

– Cela vous fait honneur, dame Catherine, coupa Josse qui n'avait pas encore ouvert la bouche, et cela ne m'étonne pas de vous mais le siège, si siège il y avait, ne durerait guère. Il se trouverait bien vite quelqu'un pour ouvrir l'une des portes, Saturnin Garrouste, par exemple, ou Gauberte. Vos gens vous aiment de tout leur cœur parce que vous avez toujours été proche d'eux, que vous avez vécu avec eux, souffert avec eux et que pour les sauver vous avez pris les plus grands risques. Ils ne peuvent en dire autant de messire Arnaud. Certes, ils admirent sa valeur, ses hauts faits... mais, vous en conviendrez, depuis qu'il est maître et seigneur de Montsalvy on ne l'y a pas tellement vu... »

Gauthier, qui était son voisin, regarda avec sympathie ce compatriote rencontré si extraordinairement au fond de l'Auvergne[1] et qui tenait un langage selon son cœur.

« On dirait que vous ne portez pas le seigneur Arnaud dans votre cœur? murmura-t-il tout en versant à Josse une bonne rasade de clairet. J'avoue que cela me ferait plutôt plaisir...

– Pourquoi? Vous ne l'aimez pas?

– Je ne l'ai guère rencontré mais quand cela a été, les circonstances n'étaient pas de celles qui forcent

1. Voir *Catherine et le temps d'aimer*.

la sympathie. Et ce que j'ai pu voir ici en arrivant me conduit même à penser que c'est non seulement une brute mais un fieffé imbécile... »

Josse considéra l'écuyer de Catherine avec ce curieux sourire en demi-lune, à lèvres closes, qui conférait à son visage brun, strié de petites rides courtes malgré son jeune âge, une sorte de charme ironique.

« Ouais! Je crois que je peux vous comprendre étant donné ce que vous en savez. Pourtant, je dois vous mettre en garde contre un jugement un peu hâtif. Le diable, voyez-vous, c'est que, quand on connaît dame Catherine, on se trouve instantanément enclin à considérer son maître et seigneur d'un œil antipathique. Un œil qui le serait peut-être moins si elle avait moins de charme et de beauté. Néanmoins, je peux vous dire deux choses : Arnaud de Montsalvy est l'un des hommes les plus vaillants que je connaisse et l'amour qu'il porte à sa femme n'a jamais fait pour moi le moindre doute.

— Allons donc!...

— Mais si. Je dirai même qu'il l'aime trop et que cet amour empoisonne sa vie parce qu'elle l'oblige à ne pas penser qu'à lui seul, à sa vie d'homme de guerre, aux grandes actions héroïques, à toute cette existence fracassante qui est celle des seigneurs de notre siècle sans pitié. Sa Catherine, il la porte plantée en lui, au plus profond de sa chair comme un carreau d'arbalète aux barbes trop larges. Jamais il ne pourra l'arracher et il le sait. Alors tous les prétextes lui sont bons pour le lui faire payer.

— C'est effrayant! Il est peut-être capable de la tuer en ce cas!

— Peut-être mais je n'y crois pas. Il sait bien qu'ensuite il ne connaîtrait plus jamais de repos. Une fois déjà, il a essayé, à ce que Sara m'a raconté. Il a failli devenir fou. Je crois que, ce qu'il faut, c'est les remettre face à face. Voilà pourquoi je pense que pour l'obliger à la regarder au fond des yeux, même le siège de Montsalvy ne serait pas de trop... »

Tandis que les deux hommes causaient en aparté, la discussion était devenue générale. Chacun donnait son opinion en s'efforçant de crier plus fort que son voisin. Seule Catherine, silencieuse, paraissait se désintéresser du débat.

Tout cela lui paraissait inutile, oiseux, encore que les ardeurs guerrières de ceux qui l'entouraient constituassent une évidente preuve d'affection puisque apparemment il n'était pas un homme présent qui ne fût prêt à rompre des lances afin de lui rendre son bonheur. Mais voilà! Est-ce que défier Arnaud en lutte ouverte serait vraiment le bon moyen de réparer son ménage? A mesure que le temps passait et que la réflexion lui venait, elle en doutait de plus en plus.

Et puis elle avait appris à ses dépens que les décisions prises sous l'empire de la colère ne sont jamais bonnes.

Elle le dit à Sara quand elle remonta auprès d'elle pour la nuit.

« Si tous ces gens viennent ici dimanche, comme Renaud l'espère, j'ai l'intention de leur demander de ne rien faire. Cela n'aurait d'autre résultat qu'envenimer davantage encore les choses.

— Pourraient-elles l'être davantage? Ton charmant époux a juré de te chasser à coups de fouet si tu osais seulement reparaître devant lui...

— Il ne sait ce qu'il dit quand il est hors de lui...

— Peut-être mais, ne serait-ce que par orgueil, il serait très capable de le faire. Oserais-je te rappeler qu'il a bien failli te faire pendre haut et court?... »

Catherine se laissa tomber sur le bord de son lit et, d'une main lasse, ôta la coiffe de mousseline, cependant bien légère mais dont le poids à cette heure lui semblait écrasant.

« Alors, toi aussi, tu me conseilles de prendre la tête d'une troupe armée, d'une bande dont une partie sera sans doute animée des meilleures intentions mais dont une autre pourrait bien ne voir dans l'aventure qu'une excellente occasion de piller un peu Montsalvy dont la richesse fait envie, sans parler de ce que contient notre château. »

En quelques gestes rapides de prestidigitateur, Sara défit les tresses de Catherine et se mit à lui masser la tête doucement d'abord puis de plus en plus fort.

« Je te conseille de dormir, de te reposer et de réfléchir. Depuis hier soir, tu n'as guère dû en avoir le temps. Bien sûr que non, je n'ai pas envie de livrer cette bonne petite ville à des appétits toujours difficiles à contrôler. Je veux seulement que tu essaies de voir les choses en face et surtout, surtout que tu cesses de ne croire ta vie possible qu'à travers ton mari. Ne peux-tu apprendre l'égoïsme, toi aussi? Cela ferait tellement de bien à tout le monde car c'est toi, ici-bas, qui as charge d'âmes bien plus que lui!

— Tu as raison, soupira Catherine. Je vais dormir. Ensuite je verrai peut-être plus clair. La nuit, bien souvent m'a porté conseil... »

Elle n'y manqua pas, cette fois encore et, en s'éveillant au matin sous la caresse d'un rayon de soleil qui lui chauffait le bout du nez, Catherine avait acquis la certitude qu'elle ne devait pas accepter d'être ramenée chez elle par la coalition des barons du voisinage parce qu'elle risquerait d'y perdre l'amitié et la confiance des gens de Montsalvy. Les seuls hommes sur les pas desquels il lui serait permis de rentrer la tête haute, c'était l'abbé Bernard, coseigneur de la ville ou encore le seigneur suzerain d'Arnaud, Bernard d'Armagnac, comte de Pardiac et de Carlat plus connu de ses amis sous le sobriquet de Cadet-Bernard parce qu'eux seuls possédaient l'autorité légitime.

Et, quand vint le dimanche et ceux que Renaud de Roquemaurel avait conviés – car ils vinrent tous à l'exception du bailli des Montagnes qui était naturellement le plus important et de la dame de La Salle – la dame de Montsalvy, après en avoir longuement conféré avec Sara, Gauthier, Josse et dame Mathilde, avait pris une décision et entendait s'y tenir. Elle le dit clairement quand, après la messe, tous se retrouvèrent réunis dans la grande salle de Roquemaurel autour des fouaces chaudes et du vin aux herbes qu'on leur servait en attendant le repas.

« Il ne me sera jamais possible, messeigneurs, de vous exprimer la reconnaissance et l'émotion que j'éprouve à vous trouver tous ici réunis. Je veux y voir la preuve d'une amitié qui m'est précieuse entre toutes. Aussi, avant de vous donner mon sentiment sur l'affaire qui nous occupe, je tiens à vous dire que, ce geste généreux, ni moi ni mes enfants ne l'oublierons jamais et que, tant qu'il nous restera un souffle de vie, vous pourrez compter, en retour, sur notre fidèle amitié... »

Elle s'arrêta un instant pour permettre à son regard de se poser sur chacun de ces visages si différents, jeunes ou vieux, beaux ou laids mais de façon à ce que chacun puisse supposer qu'elle s'adressait à lui tout particulièrement. Les naïvetés de la jeunesse l'ayant quittée depuis beau temps, elle savait, à présent, le pouvoir de ses yeux couleur de violette et celui plus grand encore de son sourire. Mais quand elle regarda Archambaud de la Roque, celui-ci en profita pour remarquer :

« Ce préambule n'est pas très encourageant, dame Catherine. Encore qu'il soit fort agréable à entendre. Devons-nous en conclure que vous n'êtes pas décidée à rentrer chez vous par la force de nos armes? Ce serait dommage. Nous sommes tous prêts à mourir pour vous », ajouta-t-il galamment.

C'était un très beau garçon d'environ trente-cinq ans, aussi brun que pouvait l'être Arnaud à qui d'ailleurs il ressemblait un peu grâce à un cousinage lointain; mais ses yeux noisette avaient une douceur et un humour qui avaient toujours été fort étrangers au seigneur de Montsalvy. Et en dépit de ses propositions belliqueuses, c'était un lettré, un artiste et son aspect avait une élégance qui tranchait vigoureusement sur celui, beaucoup plus rude de ses compagnons. Catherine lui sourit :

« Je vous ai dit mon émotion, messire Archambaud. Mais il est vrai que je regrette la hâte affectueuse apportée par nos amis Roquemaurel à vous appeler aux armes. Ce sont moyens rudes et irrémédiables que l'épée, la lance et la hache et, avant d'y recourir, je crois qu'il faut d'abord épuiser tous les autres moyens, ceux qui sont sans danger pour quiconque. J'entends par là le raisonnement, la diplomatie, la patience, la prière...

— Le jour où l'on verra Montsalvy sensible à ce genre d'arguments, je veux bien qu'on m'ôte la tête! s'écria Gontran de Fabrefort qui était l'inséparable complice des Roquemaurel en beuverie, coups de mains et autres réjouissances hautement édifiantes. Aura raison celui qui sera capable de lui faire entrer son point de vue dans la tête à coups de masse d'armes.

— Il aura peut-être raison mais mon époux sera mort et ce n'est pas ce que je souhaite! répliqua Catherine sèchement. Comprenez donc qu'en parlant raison je veux surtout éviter que la mésentente s'installe par la suite dans la région. Messire Arnaud, mon époux, ne vous pardonnerait pas de vous faire mes champions. Vous êtes ses compagnons de bataille, ses amis de toujours et je ne suis après tout qu'une étrangère, même si je suis aussi sa femme.

– En admettant que ce soit vrai, votre fils n'est pas un étranger, lui, coupa Hughes de Ladinhac, vieux seigneur aux cheveux blancs et au profil d'oiseau de proie. Or, son père manque à la loyauté en ramenant sur nos campagnes qu'ils ravageaient hier encore les écorcheurs de Béraud d'Apchier. Pardonnez-moi mes paroles, dame Catherine, mais la femme qu'il a ramenée ne nous intéresse pas. Chacun de nous est libre d'avoir une ou plusieurs concubines et il est peu de maisons seigneuriales sans bâtard. Mais en introduisant lui-même d'anciens ennemis dans sa ville, Montsalvy rompt le contrat féodal et ses vassaux sont en droit de le récuser. Or, comme ces braves gens en sont bien incapables, c'est à nous, ses pairs, qu'il appartient de lui rappeler ses devoirs.

– Alors tous en groupe, tels que vous êtes, allez le voir et faites-lui entendre ce que vous venez de me dire!

– Certains y sont allés parmi ceux qui avaient combattu avec lui sous Paris : Amaury de Roque-maurel, Fabrefort, La Roque... cela n'a servi à rien.

– Montsalvy nous a clairement laissé entendre qu'il souhaitait nous voir nous mêler de ce qui nous regardait, soupira ce dernier, moyennant quoi nous continuerions à entretenir les meilleures relations. Il est bien certain que, seuls, sans quelqu'un d'autorité nous étions sans pouvoir puisque l'abbé Bernard est réduit à l'impuissance. Mais vous êtes là à présent et vous possédez tous les droits légitimes de votre fils.

– Peut-être... Cependant je ne veux pas dresser le fils contre le père. Pas encore tout au moins! Ne pouvons-nous attendre un peu?

– Attendre quoi? risposta âprement Jean de

Méallet qui n'avait encore rien dit. Qu'Arnaud s'avise de votre présence ici... et cela ne saurait tarder, croyez-moi! Qu'il attaque Roquemaurel avec sa bande, le réduise, vous reprenne et vous tue?

– Même s'il en arrivait là, il ne tuerait pas son fils...

– Et, si vous le permettez, grogna dame Mathilde, je doute qu'il ait raison si aisément de Roquemaurel. Le château est vieux, c'est entendu mais il en a vu d'autres et, grâce à Dieu, il est encore solide et capable de casser les dents à une bande de routiers! Bien sûr que Montsalvy saura bientôt où se trouve sa femme, s'il ne le sait déjà! Mais je ne lui conseille pas de venir ici la réclamer.

– Bien! reprit Méallet sarcastique. En ce cas, que faisons-nous?

– Je vous propose d'attendre, dit Catherine. Je désire, je vous l'ai dit, épuiser toutes les chances de conciliation. Ainsi pourquoi ne pas faire appel au comte de Pardiac? Si quelqu'un est capable de faire entendre raison à mon époux, c'est bien lui!

– Ça aussi nous y avons songé, soupira Renaud. Mais pour trouver Cadet-Bernard il faut maintenant galoper à la queue du cheval du roi.

– Le roi combat. C'est normal qu'il soit auprès de lui, mais il ne manquera pas de revenir avec l'automne pour passer la mauvaise saison à Carlat auprès de la comtesse Eléonore et des enfants.

– Non, il ne reviendra pas hiverner en Auvergne. Cadet-Bernard a été nommé gouverneur de monseigneur le dauphin Louis. Il ne quittera son élève que parvenu à sa majorité. Voulez-vous, dame Catherine, attendre des années? »

Le cœur de Catherine se serra. Allait-elle donc devoir reprendre les grands chemins, retourner vers la Loire pour demander l'aide de ce vieil et puissant ami? Encore prier, encore demander. Et que pourrait Bernard d'Armagnac? Il n'allait pas venir sous Montsalvy en traînant après lui l'héritier royal?

« Soit! Eh bien, il reste encore une carte à jouer. Je vais aller rejoindre l'abbé Bernard. Il faut que je le voie, que je lui parle et Saint-Laurent-d'Olt n'est pas si loin. Sait-on de ses nouvelles?

– Il se remet lentement, bien lentement hélas! dit Fabrefort. Mon cousin d'Estaing que j'ai rencontré à Curières, la semaine passée aux noces de la fille de Raymond de Mommaton, l'avait vu trois ou quatre jours avant. Il ne se lève pas encore et il est bien éloigné de reprendre la route. Si encore le Lot était navigable!...

– Qu'il soit au lit ne l'empêchera pas de m'entendre. Il a toujours été pour moi le meilleur des amis, le plus sûr des conseillers, dit Catherine. Et c'est cela que je veux : son conseil! Suivant ce qu'il me dira de faire j'agirai. S'il me dit d'attaquer j'attaquerai mais seulement s'il me le dit! Je partirai demain.

– Il n'y a qu'un malheur, fit Renaud en se renversant dans son fauteuil, c'est que vous ne pourrez pas passer. Pour aller à Saint-Laurent il faut suivre la vallée, si l'on ne veut pas faire un énorme détour par l'Aubrac. Or, Montsalvy a tout de même trouvé des alliés dans la région : ces foutroudasses de Vieillevie tiennent la rivière sous leurs tours et le Diable sait qu'à cet endroit elle est facile à défendre. Vous pensez bien qu'ils seront prévenus de votre présence dans la région et qu'ils ne vous laisseront pas passer... Ils vous connaissent!

– Mais moi ils ne me connaissent pas, coupa Gauthier. Dame Catherine n'a pas besoin de se déranger et de parcourir encore un long chemin, d'affronter d'autres dangers. Qu'elle me donne une lettre pour l'abbé et je lui ramènerai une réponse. C'est là le rôle d'un bon écuyer.

– Vous ne connaissez pas du tout le pays, dit Renaud...

– Moi, tu ne diras pas que je ne le connais pas? intervint Bérenger. Je lui servirai de guide et crois-moi, Gauthier, je saurai bien te faire passer le barrage de Vieillevie... »

En dépit de ses inquiétudes Catherine retint un sourire. Le page avait laissé ses amours dans la vallée du Lot. Combien de fois, l'an passé, avait-il disparu de Montsalvy pour descendre jusqu'au fond de la gorge, passer la rivière à la nage et s'en aller conter fleurette à sa jolie cousine Hauvette de Montarnal? Ces amours avaient été difficiles, tra-versées de mille dangers car c'étaient des amours défendues : Montarnal et Vieillevie en effet c'était tout un et les deux frères aînés eussent sans doute joyeusement assommé leur cadet s'ils avaient seule-ment imaginé quelle image il cachait dans son cœur... Certes, Bérenger connaissait parfaitement la vallée, ses gués et ses passages et il serait pour Gauthier le meilleur des guides. Mais saurait-il résister à l'envie de revoir Hauvette à présent qu'il devenait tout doucement un homme? Catherine ne se sentit pas le courage de le lui interdire mais se promit de lui recommander la plus extrême pru-dence : il fallait que sa lettre parvînt à l'abbé Bernard.

Le banquet qui suivit le colloque manqua d'en-thousiasme. Visiblement la plupart des participants étaient déçus, car la joyeuse fête guerrière qu'ils se promettaient semblait bien remise aux calendes grecques. Les deux Roquemaurel étaient franche-ment moroses.

« Ils pensent qu'en cas de besoin ils auront peut-être plus de mal à rameuter tout le monde, commenta dame Mathilde. Ils craignent que la belle occasion soit perdue...

« – Et vous, dame Mathilde, pensez-vous de même? »

La grosse châtelaine lui sourit du haut de sa taille imposante.

« Que non pas! Qui donc peut être assez fou pour souhaiter brûler sa maison avant d'y rentrer? Un homme peut-être, mais une femme, jamais!... Vous avez parlé sagement mon amie. Mais n'était-ce pas tentant? »

Catherine haussa les épaules et s'approcha d'une fenêtre pour regarder sans bien le voir le prodigieux paysage d'alentours, si bleu, si calme en cette fin de journée.

« Tentant? Oui, certes... Lorsque je suis arrivée chez vous l'autre midi j'aurais voulu abattre Arnaud de mes propres mains, incendier ma maison profanée par la présence d'une gueuse... Personne ne saura jamais avec quelle ardeur j'ai souhaité cela! Mais... en admettant que j'aie pu faire tout cela, commettre ces irréparables folies, me laisser emporter par le vin violent de la vengeance, que me serait-il resté ensuite sinon des cendres, des regrets et des larmes plus amères encore... Voyez-vous, dame Mathilde, ce dont j'ai le plus besoin à présent, c'est de paix. Mais comment trouver cette paix si, d'abord, je ne l'obtiens pas de moi-même?... »

Affectueusement, Mathilde glissa son bras sous celui de Catherine, l'embrassa puis l'entraîna avec elle.

« Allons rejoindre vos petits! dit-elle avec une douceur dont elle semblait bien incapable. Eux vous diront que vous avez fait le meilleur choix... »

Cette nuit-là, deux heures avant le lever du soleil, Gauthier et Bérenger quittèrent Roquemaurel à pied, vêtus comme des pèlerins de Saint-Jacques dont les chemins sillonnaient tout le pays et, par les difficiles sentiers à chèvres que le page connaissait si bien, s'enfoncèrent dans les profondeurs vertigineuses de la gorge.

En quittant les deux garçons, en les laissant partir seuls pour la première fois vers une aventure peut-être dangereuse et dont elle ne prendrait pas sa part, le cœur manqua à Catherine qui, au dernier moment, tenta de les retenir.

« C'est folie! leur dit-elle. Et puis c'est sans doute inutile. Je sais d'avance ce que sera le conseil de l'abbé. Jamais il ne préconisera la force et l'emploi des armes... S'il existe un véritable saint quelque part, c'est bien lui! »

Gauthier se mit à rire.

« Sainteté ne veut pas dire faiblesse, dame Catherine. Rappelez-vous que le Christ lui-même s'est servi d'un fouet pour chasser les marchands du temple. Les hommes les plus pacifiques de nos temps sans pitié savent bien qu'il est parfois nécessaire d'employer la force. Aussi demeurez en repos et gardez-vous bien puisque je ne serai pas là pour le faire. »

Elle l'embrassa sur le front et le laissa partir... Il avait raison : qui pouvait se vanter de connaître les voies du Seigneur?

Les jours qui suivirent s'étirèrent, interminables, dans la chaleur de plus en plus lourde de l'été qui s'abattait sur la Châtaigneraie comme une chape de plomb. Les champs roussissaient sous un ciel chauffé à blanc. Les petits ruisseaux qui serpentaient paresseusement à travers les prairies ou qui chantaient si joyeusement en bondissant de rocher en rocher se raréfièrent ou même s'asséchèrent; ce devint un travail de romain d'abreuver les bêtes. Heureusement, les profondes citernes des châteaux et des bourgs, creusées à même le roc au temps jadis par des générations de serfs, possédaient de belles réserves; mais elles n'étaient pas inépuisables. Si la sécheresse s'installait, comme cela était arrivé cinquante ans plus tôt, la situation pourrait s'aggraver et devenir tragique.

Pourtant, les grandes salles sombres de Roquemaurel défendues par des murailles de deux mètres, gardaient de la fraîcheur. Les femmes n'en sortaient guère qu'aux petites heures plus fraîches du matin pour emmener les enfants courir et jouer tout à leur aise autour du château. Le reste du temps on leur attribuait la cour et l'ombre des remparts où ils n'auraient pas à craindre les morsures de vipères que la grande chaleur rendait plus agressives encore. Deux jours après le départ des deux garçons, l'une des servantes avait été piquée en étendant le linge et, en dépit des soins rapides de Sara qui lui avait ouvert la jambe et sucé le sang, la pauvre fille était encore entre la vie et la mort.

En même temps que la chaleur, le silence s'était refermé autour de la vieille forteresse où aucune nouvelle de nulle part n'arrivait. En effet, malgré ce que certains avaient pu penser, aucun homme d'armes en provenance de Montsalvy, et Arnaud moins encore que quiconque, n'était venus jusque-là alors que l'on s'attendait à ce que le seigneur de là-haut mît la contrée en coupe réglée pour s'emparer de l'épouse présumée coupable. Apparemment, rien ne bougeait dans la cité du plateau et la vie continuait exactement comme si de rien n'était, comme si Catherine ne s'était pas approchée un soir de ses remparts...

Dans le tréfonds de son cœur, celle-ci en éprouvait une amère déception. Les choses n'avaient jamais été faciles entre Arnaud et elle mais Catherine n'avait jamais craint le combat contre l'homme qu'elle aimait. Au contraire, elle y puisait des forces nouvelles, sachant bien que les pires fureurs recèlent toujours une parcelle d'amour. Si Arnaud ne se souciait même plus d'elle, de ce qu'elle pouvait devenir, alors oui, la cause devenait désespérée car c'était le spectre glacé de l'indifférence que cela annonçait. Et il n'y aurait plus pour elle d'autre ressource que le couvent le jour où il viendrait exiger qu'on lui remette son fils.

Le soir, quand le soleil meurtrier consentait enfin à faiblir et à s'étendre rougissant derrière les vallonnements du pays de la Dordogne, Catherine, solitaire, montait lentement la vis de pierre noire qui menait au sommet du donjon. Là, perdue en plein ciel, adossée à un merlon, elle cherchait vers le nord-est une couronne rougeoyante posée sur l'épaisse chevelure noire de la forêt : les tours de Montsalvy dont, à défaut de ses yeux, son cœur pouvait réciter chaque détail...

Elle restait là jusqu'à la nuit noire, jusqu'à ce que tout disparût, puis, le pas alourdi par le poids de ses nostalgies avivées, elle redescendait vers sa chambre solitaire, sans voir Sara qui, cachée dans l'ombre de l'escalier, la regardait passer sans rien dire, serrant les poings quand elle apercevait des larmes sur les joues pâles de la jeune femme. Et puis, quand le bruit que faisait le loquet de sa porte en retombant s'était fait entendre, la zingara descendait aux cuisines, y prenait une chandelle et gagnait le recoin des caves où elle entreposait ses plantes, ses fioles, ses macérations, ses onguents et ses poudres.

C'était un endroit sombre et inquiétant que l'on aurait pu prendre aisément pour l'antre d'une sorcière mais, si Sara n'ignorait rien de l'art redoutable des maléfices, elle s'était toujours refusé à s'y livrer. Ce qu'elle pratiquait, elle, c'était la magie blanche, celle des parfums, des prières et des invocations et ce n'était pas à Satan qu'elle offrait cela mais à des esprits bienfaisants vers lesquels tendaient toutes les ressources de son art en échange de l'apaisement des souffrances de celle qu'elle considérait toujours comme son enfant chérie.

Pourtant, certain soir de la fin d'août, Sara, avant de gagner son repaire souterrain, se munit cette fois d'un morceau de cire d'abeilles et d'une pelote d'épingles...

Ce jour-là avait été particulièrement morne et sombre. Les bêtes commençaient à crever dans les pacages du fait des loups qui, assoiffés, les égorgeaient pour boire leur sang. Le niveau de l'eau baissait dangereusement dans la citerne du château où bientôt, si le ciel n'envoyait pas la pluie, on en viendrait à la bourbe. Enfin, il y avait six longues semaines, jour pour jour, que Gauthier et Bérenger étaient partis pour Saint-Laurent et aucune nouvelle n'en était arrivée. Ils s'étaient pour ainsi dire évanouis dans l'épaisseur des taillis, des forêts et des landes. Personne ne savait dire ce qu'ils étaient devenus.

Vers la fin du jour, Sara en remontant de la basse-cour, rencontra Renaud qui entrait. A le voir chevaucher le dos rond, avec sa blouse de toile ouverte jusqu'à la taille sur les muscles velus de sa poitrine, l'œil mauvais fiché entre les oreilles de sa monture et mâchonnant à belles dents le manche de sa houssine, il était facile de deviner qu'il couvait une colère.

Comme lesdites colères étaient toujours redoutables, Sara allait passer son chemin, peu désireuse d'en faire les frais, mais il l'appela.

« Venez ici, Sara! J'ai à vous parler... »

Il sauta de son cheval, lança sa bride à un garçon de ferme qui accourait puis, après s'être assuré que personne d'autre n'était en vue, il prit Sara par le bras et l'entraîna vers l'armurerie, déserte à cette heure.

« Je viens de voir Arnaud de Montsalvy! lâcha-t-il,

répondant au coup d'œil interrogateur de la zingara dont le visage d'ailleurs demeura de marbre.

– Ah!... Et... vous lui avez parlé?

– Oui... J'étais allé jusqu'à Sénézergues pour voir comment La Roque s'arrangeait de cette damnée sécheresse et si les loups avaient fait leur apparition chez lui aussi quand, en sortant du chemin creux qui mène à l'église, je me suis trouvé nez à nez avec Montsalvy... Le chemin n'est pas large à cet endroit et l'on ne peut pas y passer à deux de front. Il fallait donc que l'un de nous deux cède le pas. Je n'en avais pas envie et lui non plus apparemment car un moment on s'est regardés sans rien dire mais avec autant d'amitié que deux molosses devant un quartier de charogne. J'ai cru un instant qu'il allait se jeter sur moi. Comme il n'était pas plus vêtu que moi, j'ai pu voir les muscles de ses épaules se ramasser tandis qu'une de ses mains cherchait déjà le pommeau de l'épée pendue à sa selle. Alors, j'allais en faire autant quand il s'est ravisé. Il s'est redressé, a caressé l'encolure de son destrier pour le calmer et puis il m'a lancé avec un mauvais regard.

« – Alors? Il paraît que la Catherine a trouvé « refuge chez toi?

« – Comment le sais-tu? »

« Il a haussé les épaules.

« – Les nouvelles vont vite dans nos campagnes. « Il y a un mois que je le sais. Tu as même toute la « famille, paraît-il, puisque cette sorcière de Sara « s'est permis de t'amener les enfants qu'elle m'a « enlevés.

« – Ils ne doivent pas te faire manque puisque tu « n'as pas jugé bon de venir les réclamer?...

« – Je viendrai, sois tranquille, mais plus tard, « quand j'en aurai fini avec la garce que j'ai épou- « sée. »

« Là, je me suis mis à rigoler.

426

« — Quand t'en auras fini? Mais faudrait d'abord
« que tu commences, mon gros! Si t'entends par là
« venir la tirer de chez nous à notre nez à notre
« barbe, tu risques d'avoir des surprises. Ça vaut
« peut-être pas Montsalvy mais c'est encore solide
« Roquemaurel et ni moi, ni mes frères, ni mes
« hommes nous ne sommes des pourris!

« — T'inquiète pas, Renaud! Tu n'auras même pas
à tirer l'épée ni moi non plus. Tu la laisseras partir
bien gentiment avec sa sorcière à la peau noire
qu'on enverra au bûcher quand l'official de Rodez
viendra la réclamer comme épouse adultère...

« — Adultère! Elle est forte, celle-là! On dirait que
« tu renverses les rôles, l'ami! C'est pas Catherine
« qui vit publiquement avec une putain, c'est bien
« toi il me semble, sans parler de ta bande de
« coupe-jarrets qui terrifient le plateau et qui
« maraudent un peu partout!

« — Je sais ce que je dis : j'ai des preuves, des
« témoins...

« — Des témoins? Je me doute de ce que ça peut
« être tes témoins et d'où tu les tires... Ils ne valent
« pas cher!

« — Ils vaudront en tout cas assez cher pour que
« l'évêque et l'official les croient. Et c'est le clergé, à
« ma demande, qui ira sortir la Catherine de chez
« toi pour l'enfermer à vie dans un couvent quand
« je l'aurai répudiée. On lui tondra ses beaux che-
« veux dorés, son meilleur piège... »

« Alors là, dame Sara, mon sang n'a fait qu'un
tour. J'ai tout oublié de l'amitié d'autrefois et même
de la pitié que j'éprouvais à lui voir cette grande
balafre rouge qui l'abîme d'un côté et j'ai hurlé si
fort que j'en ai fait fuir les corneilles.

« — T'as la mémoire courte, Montsalvy, et tu me
« donnes envie de vomir! Dire qu'on te considérait
« jadis comme la fleur des chevaliers de par ici! Tu
« étais dur et froid comme la lame de ton épée

« mais tu étais aussi droit qu'elle. Son meilleur
« piège, hein ? Tu as bien oublié le glas des cloches
« de Carlat et l'homme qu'on emmenait en léprose-
« rie avec dans les mains une masse vivante de
« soleil... le meilleur piège de « cette garce » qui
« t'adorait assez pour se laisser massacrer pour toi
« et qui cent fois a failli périr à cause de toi...

– Qu'a-t-il dit ? coupa Sara, qui avait pâli au
souvenir que Roquemaurel venait d'évoquer tel
qu'on le racontait encore dans les villages, depuis
Aurillac jusqu'à Rodez.

– Rien. Mais il est devenu tout pâle et je l'ai vu un
instant fermer les yeux. Alors, j'en ai profité pour
l'achever.

« – Ecoute-moi bien, que je lui ai dit, la dame de
« Montsalvy... Parce que c'est comme ça que tout le
« monde l'appelle par ici et continuera de l'appeler !
« – elle restera chez nous autant qu'il plaira à Dieu
« mais tu pourras prévenir ton official que s'il ose
« venir perpétrer son déni de justice sur mes terres,
« il trouvera à qui parler. Vaudra mieux pour lui
« s'amener avec autre chose que des croix et des
« bannières parce que c'est pas tout à fait assez
« solide pour les parpaings, la poix fondue et l'huile
« bouillante, sans parler des flèches... qu'on ne lui
« ménagera pas !

« – Tu seras excommunié !

« – M'en fous ! Avec la vie qu'on mène depuis dix
« ans aux chanoines de Saint-Projet, Amaury et moi,
« y a beau temps que ça aurait dû m'arriver. Et ça
« ne m'empêchera pas d'aller droit chez le Seigneur
« le jour où il trouvera que j'ai suffisamment fait de
« bruit sur la terre parce que, lui, il doit être
« intelligent. »

« Alors, Montsalvy a tout d'un coup fait volter
son cheval et puis il est reparti par où il était venu.
Il sera rentré chez lui en faisant un détour. Mais

quand il a piqué des deux je l'ai bien entendu qui criait :

« – C'est ce qu'on verra!... Tu peux la prévenir de « ce qui l'attend et après je reprendrai mes « enfants!... » Voilà, dame Sara, je vous ai tout dit. Je voulais vous en parler avant de raconter ça à cette pauvre petite...

– Surtout gardez-vous-en bien! Elle souffre assez comme ça. Mais dites-moi : croyez-vous qu'il puisse mettre sa menace à exécution, qu'à Rodez on puisse être assez stupide?...

– Pour avaler n'importe quelle couleuvre débitée avec conviction par quelques imbéciles pompeux et bien nés? J'en mettrai ma main au feu!

– A qui pensez-vous?

– A des gens que je connais bien... les ribauds de Vieillevie par exemple où ce grigou de Montarnal. Imaginez que l'Arnaud ait laissé entendre qu'une fois débarrassé de sa pauvre adorable femme, il épouserait volontiers une des filles du coin, la Marguerite de Vieillevie ou l'Hauvette de Montarnal? Ils seraient prêts alors à jurer par la messe, ces truands, qu'ils ont vu, de leurs yeux vu cette pauvre Catherine coucher avec la moitié de la Châtaigneraie!...

– Je vous crois! dit Sara. Eh bien, messire Renaud, je m'en tiens à ce que je vous ai demandé : pas un mot à Catherine de ce qui vient de se passer. Ça lui ferait trop de mal car j'ai bien peur qu'elle aime encore cet abominable personnage! Et puis nous n'en sommes pas encore à jeter de l'huile bouillante sur l'évêque de Rodez. »

Ce fut donc cette nuit-là que Sara, enfouie dans les entrailles de Roquemaurel à la lueur des torches, pétrit de ses mains habiles deux figurines de cire, l'une vêtue comme une femme, l'autre comme un homme, deux figurines de cire à travers lesquelles, les yeux durs et les lèvres murmurant des paroles étranges dans une langue aux secrets perdus, elle enfonça de longues aiguilles qu'elle avait fait auparavant rougir au feu. Des parfums âcres brûlaient en dégageant une fumée noire sur les braises d'un réchaud et l'ombre de Sara s'étirait sur la muraille salpêtrée comme le fantôme même de la haine...

Lorsqu'elle eut achevé son terrible ouvrage, elle enferma les figurines dans un coffret qu'elle enterra dans un coin du caveau, éteignit ses torches, reprit sa chandelle et remonta lentement vers la tour où elle avait son logis. Ses mains, toujours si sûres, tremblaient mais son visage, aussi gris et aussi dur que les vieilles murailles qu'elle longeait, était brillant des larmes qu'elle ne pouvait retenir car, pour sauver celle qu'elle aimait plus que sa vie, Sara la Noire venait de mettre en péril de damnation son âme immortelle...

Trois jours passèrent encore jusqu'à ce qu'un matin les portes de Montsalvy crachassent un flot désordonné d'hommes, de femmes, d'enfants poussant des bestiaux et tirant des charrettes où l'on avait empilé, à la hâte, ce que l'on avait de plus précieux... Le soleil brillait haut dans le ciel serein, impitoyablement serein. Pourtant, toute cette foule portait la terreur inscrite sur son visage innombrable. Les cloches de l'église abbatiale sonnaient dans l'air immobile un glas sinistre qui s'en alla porter loin sur la campagne, jusqu'aux murailles des bourgades, jusqu'aux tours des châteaux, préludant le cri énorme qui volait devant la foule éperdue.

« La peste!... Il y a la peste à Montsalvy! »

CHAPITRE XIV

LA MESURE DE L'AMOUR...

Ecroulée dans les bras de Catherine, au bord du chemin, ses jupes traînant dans la poussière, Gauberte sanglotait sans parvenir à s'arrêter. La terreur, le poids du jour et les difficultés de la route avec un pareil chargement, avaient eu raison de son endurance et elle hoquetait avec de longs beuglements qui, en d'autres circonstances eussent peut-être fait sourire tandis que les larmes traçaient des rigoles noires sur son visage verni de chaleur. Derrière elle, empilés dans deux chariots, pêle-mêle avec des rouleaux de toile neuve, les objets de cuisine et les outils de tisserand, ses dix enfants la regardaient pleurer sans agiter un doigt, cependant qu'étendu les bras en croix dans l'herbe roussie de l'autre côté du chemin, son époux le toilier Noël Cairou haletait, écrasé par l'effort fourni. Un peu plus loin sur le sentier on voyait d'autres charrettes : celle de Martin Cairou, le frère de Noël et son associé, celles de Joseph Delmas, le chaudronnier, et de sa femme Toinette, Antoine Couderc, le maréchal-ferrant et d'autres encore. Les gens de Montsalvy, ceux d'entre les murailles se déversaient sur Roquemaurel à la recherche de celle qu'ils considéraient toujours comme leur protectrice naturelle : Catherine.

Lorsque dans le crépuscule mauve elle les avait

vus depuis les chemins de ronde s'approcher péniblement du château, pauvre cortège exténué et
hagard, elle avait dégringolé l'escalier et voulu
s'élancer vers eux pour les accueillir, bras ouverts,
cœur ouvert mais elle s'était heurtée au pont relevé
de Roquemaurel et à la puissante stature de
Renaud qui lui barrait le passage.

« Que faites-vous? avait-elle crié, pourquoi leur
fermez-vous vos portes? Ne voyez-vous pas qu'ils
ont besoin d'aide?... Il faut aller au-devant
d'eux!... »

Mais il n'avait pas bougé.

« En toute autre circonstance, j'accueillerais la
région entière avec joie mais pas cette fois! La peste
est à Montsalvy et peut-être l'apportent-ils avec eux.
Je ne la ferai pas rentrer chez moi.

— Ils sont venus ici parce qu'ils ont confiance en
vous.

— Pas en moi! En vous, Catherine, en vous qui ne
pouvez rien. Songez à vos enfants. Voulez-vous les
voir gonfler, noircir et mourir dans d'affreuses
souffrances? »

L'image qu'il évoquait était si atroce que Catherine crut la voir. Elle appliqua ses deux mains sur
ses yeux pour y échapper. Mais, au-dehors des cris
s'élevaient, des appels :

« Notre Dame... Notre Dame!... Dame Catherine!

— Mon Dieu! gémit-elle. C'est moi qu'ils appel-
lent...

— Ils vous appelaient moins fort, l'autre soir,
quand ils ont toléré que leurs portes se ferment
devant vous. Vous auraient-ils épargné l'humiliation
que vous réservait leur maître? Non. Dans le danger
chacun pour soi et Dieu pour tous. Restez tranquille
Catherine!...

— Il a raison, intervint Sara. Ils n'ont rien fait
quand ton époux est rentré avec cette gaupe et ses

432

truands. Ne les écoute pas. Ils n'ont pas le droit de te demander ta vie.

— Mais ils ne me la demandent pas! Ils me demandent seulement de les aider, de les réconforter. Et c'est Gauberte qui marche en tête, Gauberte qui m'a aidée, elle...

— A moindre frais, lança Sara impitoyable. Depuis le temps que messire Arnaud a ramené sa bande, ne me dis pas qu'il n'était pas possible de la faire fondre, cette bande. S'il n'y avait eu les enfants, crois-moi, je m'en serais chargée et les hommes seraient morts, l'un après l'autre, grâce à la bonne nourriture que je leur aurais servie. Les coups qui viennent de nulle part ça existe, tu sais? As-tu oublié les planches de hourd que le beau-père d'Azalaïs avait enlevées devant toi, sur le chemin de ronde, pour te jeter au fond des fossés? Crois-moi, s'ils avaient vraiment voulu, tes bons sujets, ils pouvaient t'aider à rentrer chez toi.

— La peur est humaine et Arnaud me semble devenu une bête fauve. Peut-être m'ont-ils évité le pire en ne l'obligeant pas à me revoir. Il demeure qu'ils ont besoin de moi et que je n'ai pas le droit de les décevoir. Si vous ne voulez pas les recevoir, Renaud, ce que je comprends, dites-moi au moins où je peux les conduire pour qu'ils trouvent un abri? En les regardant approcher j'ai aperçu des nuages en formation vers l'ouest. Peut-être la pluie va-t-elle enfin venir...

— Eh, ma belle, qu'ils aillent donc chez les bons chanoines et les bonnes dames de Saint-Projet! Les communautés religieuses c'est fait pour ça et la charité chrétienne c'est leur travail, à eux! »

Il y eut un silence que meublèrent bientôt les cris qui s'élevaient au-dehors, les appels et les supplications. Catherine alors se raidit, serrant ses deux mains l'une contre l'autre.

« Ouvrez-moi la porte, Renaud! Je veux aller vers eux!

– Non!

– Je vous en supplie! Qu'importe si je risque ma vie. J'ai le droit d'en faire ce que je veux... et je ne suis pas sûre qu'elle ait encore quelque chose à m'apporter. Ouvrez! »

Renaud plongea son regard furieux dans les yeux de la jeune femme.

« Si j'ouvre, Catherine, je refermerai... et vous ne pourrez plus rentrer. Vous devrez rester avec eux... »

Bien droite, elle soutint calmement son regard, s'efforçant de cacher la peur qui se glissait en elle car il n'était pas de chose plus redoutable que la peste.

« Je le sais mais, une dernière fois, je vous demande de m'ouvrir cette porte. Je suis la dame de Montsalvy, leur dame et c'est mon devoir d'aller vers eux pour les aider. »

Un concert de protestations, de supplications s'élevait autour d'elle, mais elle refusa de les entendre se dirigeant vers la poterne d'un pas ferme.

« Attendez-moi! Je vais avec vous! » cria quelqu'un.

Et Josse dégringolant des chemins de ronde accourut auprès d'elle, repoussant d'un geste doux mais ferme le bras de Marie qui essayait de le retenir. Alors, dans un grand silence soudain, Renaud abaissa lui-même le petit pont, ouvrit la porte basse par laquelle tous purent apercevoir la longue file des fugitifs.

« Prends soin de mes enfants, Sara! » cria Catherine. Et, suivie de Josse, elle se mit à courir vers ceux que le droit féodal et l'amitié faisaient siens. L'apercevant alors, Gauberte courut vers elle et s'abattit, sanglotante dans ses bras...

Sous la main de Catherine qui, à l'aide de son

mouchoir et d'un peu d'eau tirée des deux outres que Josse avait apportées sur son dos pour donner à boire aux arrivants, essuyait doucement son visage maculé, Gauberte se calmait petit à petit et parvenait à raconter ce qui s'était passé. Cela tenait d'ailleurs en assez peu de mots.

Toute la nuit, le vacarme qui se faisait au château avait tenu la cité éveillée. Depuis deux jours, on y fêtait l'arrivée de trois hommes qui étaient venus du sud avec un chariot contenant des femmes dont la peau sombre disait assez qu'elles avaient dû voir le jour quelque part dans le sud de la Méditerranée. En franchisant la porte d'Entraygues, l'homme qui semblait le chef avait dit que ces femmes étaient des esclaves qu'il devait offrir au duc de Bourbon de la part de son maître, le roi d'Aragon Alphonse V le Magnifique, et qu'il venait de Marseille. Il demandait l'abri pour la nuit et l'abri il l'avait eu plus qu'il ne l'espérait car les portes du château s'étaient instantanément refermées sur les femmes. Les nouveaux compagnons d'Arnaud de Montsalvy n'étaient pas hommes à laisser passer pareille aubaine sans en profiter abondamment, l'expéditeur du cadeau et le destinataire ne signifiant strictement rien à leurs yeux en regard de leur bon plaisir.

L'orgie avait donc fait rage pendant trois nuits, mais quand le soleil s'était levé ce matin les paysans qui arrivaient au marché avaient pu voir un spectacle épouvantable : un homme qui était sorti du château en titubant et en hurlant, un homme entièrement nu dont tout le corps était marbré de larges plaques noires. Il avait fait quelques pas puis il s'était abattu de tout son long dans la poussière, vomissant une horreur noire qui avait tout de suite renseigné ceux qui regardaient.

« La peste !... »

Le cri d'alarme avait, en un rien de temps, fait le tour de la ville, semant une folle panique. Et tous n'avaient plus eu qu'une seule idée : fuir, emporter leur vie le plus loin possible de ce château sur lequel venait de s'abattre la malédiction du Ciel, refusant d'entendre les exhortations des moines de l'abbaye qui leur conseillaient de s'enfermer chez eux et qui d'ailleurs, devant leur impuissance à endiguer l'exode, s'étaient barricadés à l'abri de leurs propres murailles derrière lesquelles on avait bientôt pu voir s'élever les fumées des paquets de plantes balsamiques qu'ils brûlaient pour assainir l'air.

« Le frère Anthime, conclut Gauberte en reniflant, c'est pas l'abbé Bernard! Lui, le pauvre saint homme, il serait entré dans ce damné château pour voir ce qui s'y passait mais le trésorier, il pense autrement : il s'est contenté de faire enclouer la porte, entasser devant une montagne de madriers et boucher le souterrain qui donne sur la vallée pour que rien, et surtout pas le mal maudit puisse sortir du château. »

Brusquement, Catherine se releva. Elle était devenue aussi blanche que sa robe de toile.

« Enclouer la porte? Mais... et mon époux?... Et messire Arnaud? »

Gauberte eut un geste d'impuissance en détournant les yeux.

« Il est dedans!... souffla-t-elle enfin... mais il est peut-être déjà mort à cette heure. Ça va vite, la peste, dame Catherine, terriblement vite!... Le frère Anthime a dit qu'on n'ouvrirait le château que dans quarante jours... et pour y mettre le feu! Qu'est-ce qu'on va faire, dame Catherine?... »

Elle recommençait à pleurer, s'accrochant à la robe de la jeune femme qui ne semblait plus l'entendre. Le regard perdu, Catherine imaginait l'horreur de ce château enfermé dans l'étau de la peur, de ces gens qui mouraient à cette heure dans d'atroces souffrances. Elle vit, comme s'il était devant elle, son époux couché à terre, râlant et pourrissant tout vivant sans même le secours de Dieu. Et devant cette image effrayante, Catherine oublia tout le mal qu'il lui avait fait, qu'il allait peut-être lui faire encore...

Brusquement, l'horreur en elle se changea en colère. Tournée vers la longue file des fuyards elle cria :

« Ce que vous allez faire? Je n'en sais rien!... Qu'aviez-vous besoin de quitter vos maisons puisque le frère Anthime a si bien pris soin de Montsalvy en condamnant à mort votre seigneur? Allez où vous voulez... à Saint-Projet par exemple! Il y a là des moines, des nonnes qui vous aideront peut-être. Moi, je retourne là-haut... » Puis se retournant d'une volte-face vers le château, elle interpella Renaud dont l'immense silhouette s'érigeait entre deux créneaux : « Envoyez-moi un cheval et dites à Sara de me faire descendre tout ce qu'elle peut de remèdes. Je vais à Montsalvy!

— Vous êtes folle, Catherine. Vous n'en sortirez pas vivante.

— C'est ce que nous verrons. Faites ce que je vous demande. Je ne laisserai pas mourir le père de mes enfants sans avoir tenté l'impossible pour le sauver.

— Mais il doit être déjà mort. La peste va...

— Très vite, je sais! Mais je ne croirai à sa mort que lorsque je l'aurai vu.

— Folle que vous êtes! Vous dévouer pour cet homme? Savez-vous qu'il veut vous répudier, vous faire arracher d'ici par l'official de Rodez et jeter à l'*in pace* comme adultère? On fera votre procès et on vous enfermera jusqu'à la fin de vos jours tandis qu'il épousera une autre femme... »

Furieux, Roquemaurel avait jeté tout cela du haut de sa tour comme un panier de pierres, souhaitant que ses projectiles eussent assez de poids pour clouer Catherine au sol de sa terre. Mais elle ne broncha pas. Droite comme une lame d'épée, elle releva la tête plus haute encore puis, calmement, déclara :

« C'est affaire entre Dieu et lui, mais tant que je serai sa femme je ferai mon devoir!... Allons, Renaud, assez causé! Hâtez-vous de me donner ce que je veux... et puis prenez soin de mes enfants si je ne reviens pas.

– C'est bon, dit Renaud. Vous allez avoir ce que vous voulez... »

Et il disparut du créneau.

Un moment plus tard, la poterne s'ouvrait de nouveau, livrant passage cette fois non à un cheval mais à trois mules aux flancs desquelles pendaient des paniers couverts de linges. Sur l'une de ces mules, Sara, aussi calme que si elle s'en allait au marché vendre des choux, était assise.

En l'apercevant, Catherine fendit le cercle suppliant qui l'entourait en l'adjurant de ne pas se sacrifier inutilement, courut à elle et l'apostropha :

« Que fais-tu là? Rentre! Je ne veux pas de toi! Ton devoir est de t'occuper des enfants.

– Mon devoir est et a toujours été de te suivre où que tu ailles. La dernière fois, tu es partie sans moi et cela ne t'a pas tellement réussi il me semble? Cette fois, je viens. Tu auras besoin de moi.

– Je le sais parfaitement, mais les enfants...

– Marie s'en occupera aussi bien que moi surtout avec l'aide de dame Mathilde qui m'en a fait promesse et qui les adore. Et puis cela sert à quoi de tergiverser? Nous ne sommes pas encore mortes et si tu veux savoir je n'ai aucunement l'intention de mourir, pas plus que de te laisser passer, sans combattre, de vie à trépas. Et maintenant en route! Josse nous accompagne?

— Cette question! marmotta l'interpellé en haussant les épaules et en envoyant un baiser au chemin de ronde.

— Parfait! Vous autres, ajouta la zingara en s'adressant à la foule répandue dans l'herbe sèche de chaque côté du chemin, avec la mine éreintée des moutons qui attendent le couteau du boucher, la dame de Roquemaurel m'envoie vous dire de rebrousser chemin jusqu'aux vieilles métairies que vous voyez là-haut. Elles sont un' peu ruineuses mais elles vous offriront un abri suffisant s'il venait à pleuvoir, ce que je nous souhaite à tous. En outre, il y a une citerne où il y a encore de l'eau. »

Josse aida Catherine à enfourcher sa mule, s'installa sur la troisième et prit la tête du petit cortège devant lequel chariots et bétail s'écartaient.

« Dame Catherine! » cria Gauberte les mains en porte-voix.

La jeune femme se retourna.

« Oui, Gauberte?...

— S'il n'y avait que moi, j'irais avec vous je le jure!... mais j'ai dix gosses et j'ai peur... on a tous peur! Vous ne savez pas ce que c'est que la peste, vous!

— Si, je le sais, répondit Catherine qui se souvenait trop bien de son bref séjour entre les murs de Chartres durant une épidémie et y puisait curieusement une sorte de réconfort. C'est pour ça que je rentre. Mais ne vous tourmentez pas : quarante jours sont vite passés... On se reverra peut-être!... »

Et sans plus se retourner elle rejoignit Sara et Josse s'efforçant de ne plus voir ce château où elle laissait la plus tendre partie d'elle-même, ses petits qu'elle venait peut-être de se condamner à ne plus jamais revoir, s'efforçant aussi de lutter contre la peur que lui inspirait la mort noire... et aussi ce qu'elle allait découvrir quand elle aurait obligé frère Anthime à ouvrir devant elle les portes de sa maison prématurément transformée en tombeau.

Tout en marchant auprès d'elle, Sara l'observait du coin de l'œil, émue par ce petit pli de détermination qui marquait ses lèvres douces, des lèvres qui ne pouvaient, malgré tout, s'empêcher de trembler. Au bout d'un moment, elle n'y tint plus et tout bas, pour que Josse n'entende pas, elle murmura :

« Comme tu l'aimes encore en dépit de tout ce qu'il t'inflige!

— Ne dis pas de sottises! J'accomplis mon devoir, rien que mon devoir! » fit Catherine, sans tourner la tête pour ne plus rencontrer le regard noir, trop perspicace dont elle connaissait bien le pouvoir sur son esprit : jamais elle n'avait réussi à mentir à Sara.

« Nul, pas même Dieu, ne peut exiger d'une femme qu'elle sacrifie sa propre vie pour voler au secours de l'homme qui la rejette.

— Le jour où je l'ai épousé, j'ai juré de le servir, de l'aider, de le secourir...

— Tu as surtout juré de l'aimer et je reconnais que tu es incroyablement fidèle à ton serment. Essaie de voir la vérité en face, Catherine. Tu es en train de prendre la mesure de ton amour, tout simplement.

— Quelle stupidité!

— Stupidité? Crois-tu? Ce n'est pourtant pas un imbécile qui a dit cela : « La mesure de l'amour « c'est d'aimer sans mesure... » L'abbé Bernard qui m'a un jour cité cette parole, à ton sujet d'ailleurs, disait qu'elle était de saint Augustin... »

Il faisait nuit noire quand ils arrivèrent à Montsalvy vers trois heures du matin et la ville ressemblait à un fantôme noir sur le ciel ténébreux. Seule, une fumée grise à reflets rougeâtres montait le long du clocher de l'église et l'éclairait un peu : les feux qu'avaient allumés les moines. Le vent d'ailleurs apportait leur odeur balsamique. Le silence était profond, les chemins de ronde déserts, privés de leurs feux de veille et de l'écho du pas ferré des sentinelles. Mais ce fut la vue de sa maison qui serra la plus cruellement le cœur de Catherine car aucune lumière n'y paraissait, aucun bruit n'en sortait... Les fenêtres du logis, que l'on pouvait apercevoir par-dessus la muraille qui doublait celle de la ville, étaient obscures elles aussi.

« Y a-t-il encore quelqu'un de vivant ? murmura Catherine en se signant. Il est difficile d'y croire !

– Il faut y aller voir, marmotta Josse et pour cela nous faire ouvrir d'abord la porte de la ville. Les moines ont jugé inutile d'assurer une garde quelconque, avec juste raison d'ailleurs car la peur est bien la meilleure des protections, mais ils ont tout de même pris soin de refermer les portes. »

Décrochant de sa ceinture une trompe en corne cerclée d'argent il la porta à sa bouche et par trois fois en tira un long mugissement qui fit frissonner Catherine. Puis il attendit un instant et recommença.

« Il faut leur laisser le temps d'arriver, murmura Catherine. Espérons qu'ils oseront venir et ouvrir... »

L'attente lui parut interminable. A Josse aussi d'ailleurs car au bout d'un moment, impatienté, il allait répéter son appel quand la flamme d'une torche apparut sur le chemin de ronde, éclairant une forme noire qui se déplaçait rapidement et qui s'arrêta au-dessus de la porte. A la lumière de sa flamme, Catherine reconnut le frère Anthime en personne.

« Qui va là ? » cria-t-il d'une voix mal assurée.

Celle de Josse éclata comme un tonnerre.

« Très haute et très noble dame Catherine,

comtesse de Montsalvy qui vous requiert, frère Anthime, de lui ouvrir les portes de sa ville. »

L'exclamation du moine tourna en gargouillis affolé.

« Da... Dame Catherine? bredouilla-t-il. Mais c'est... tout, tout à fait impopo... impopo... impossible! La peste nous accable et...

– Je sais tout cela! cria Catherine à son tour. Il n'empêche que je veux entrer, mon frère. Ouvrez cette porte, c'est un ordre et en l'absence de l'abbé Bernard je suis en droit de vous l'adresser... »

Il n'hésita qu'un instant, maté sans discussion possible par le ton autoritaire de la châtelaine.

« C'est bon!... Je viens mais ne vous en prenez qu'à vous s'il vous arrive malheur... »

Un instant plus tard, la petite poterne s'ouvrait devant les trois cavaliers, découvrant le trésorier du couvent qui élevait sa torche pour éclairer la voûte et, en même temps, s'assurer qu'il s'agissait bien de Catherine. Du haut de sa mule, celle-ci le considéra sévèrement.

« Vous n'auriez pas dû les laisser partir. Toute la ville est sur les chemins par cette chaleur accablante.

– J'aurais voulu vous y voir, dame! Dieu lui-même n'aurait pas pu les empêcher. Ils étaient comme fous quand ils ont vu mourir l'homme.

– Qu'avez-vous fait du corps?

– Nous l'avons brûlé, bien sûr, prenant en cela un risque bien suffisant. J'ai trente moines à l'abbaye et j'en dois compte à Dieu... »

Tout en parlant, Catherine avait franchi la voûte et découvrait le portail surmonté d'un châtelet crénelé qui commandait l'entrée du château : des madriers empilés sur toute sa hauteur en bouchaient l'entrée.

« Et ceux qui étaient ici, n'en devez-vous pas compte aussi? Et le seigneur de cette ville qui, à cette heure, peut-être est mort sans secours, sans confession, sans Dieu... n'en deviez-vous pas compte? L'abbé Bernard, lui, n'aurait pas édifié cette montagne de terreur...

– Qu'en savez-vous? se rebiffa le moine. L'abbé Bernard aurait voulu, lui aussi, sauver le plus de vies humaines possible, le plus de vies qui le méritaient, tout au moins... mais ce qu'il y avait dans votre demeure, dame comtesse, c'était une bande de Satan!

– L'abbé Bernard n'aurait pas fait la différence et ce n'est pas à vous d'en juger. Allez chercher vos précieux moines et enlevez-moi tout ça. Je veux qu'on ouvre cette porte! Je veux voir s'il est encore possible de sauver messire Arnaud... »

Mais, au lieu d'obéir, frère Anthime se posa jambes écartées et bras croisés devant l'énorme tas.

« Jamais! Cette porte est condamnée, elle le demeurera durant quarante jours ainsi que le veut la loi en cas de peste... D'ailleurs, il ne doit plus y avoir un seul être vivant à l'intérieur. Cette porte, vous le savez aussi bien que moi, donne accès à la cour et nous n'y sommes pas entrés. Personne n'est apparu dans les hourds du châtelet, personne n'a appelé... Et puis ne sentez-vous pas l'odeur?

– Auriez-vous ouvert en ce cas? J'en doute. A présent j'exige que vous ouvriez...

– Non, cent fois, mille fois, non! »

Exaspéré, Josse repoussant Catherine empoignait déjà le moine par son col quand Sara s'interposa.

« C'est inutile! D'ailleurs, il faudrait des heures pour ôter tout cela. S'il y a encore quelqu'un de vivant là-dedans il faut faire vite.

– Comment veux-tu faire vite si l'on ne peut pas entrer?

– Par ici, non. Mais Josse oublie le souterrain de l'abbaye que l'abbé Bernard, après ton départ, a fait prolonger jusque sous le château. Toi, tu ne le connais pas.

– Mais Gauberte m'en a parlé! Eh bien, nous nous contenterons du souterrain, frère Anthime, et vous allez nous y mener au plus vite... »

Sans rien dire, Josse tira sa dague, en posa la pointe sur la gorge du trésorier puis, avec un doux sourire, susurra :

« Au plus vite!... »

Entre la mort immédiate et un danger différé, le trésorier n'hésita qu'un instant.

« Suivez-moi... »

Catherine revit la cour de l'abbaye, et ses feux odorants. On y laissa les mules débarrassées de leurs paniers. Elle revit le cloître avec son petit jardin où l'abbé Bernard cultivait si amoureusement la sauge, la rue, la camomille, l'absinthe, le marrube, le fenouil, la livèche, le pavot et d'autres bonnes plantes encore, enfin l'entrée du souterrain par lequel, une nuit d'angoisse, l'abbé l'avait fait fuir de Montsalvy. Le cercle était refermé. A présent, c'était par ce même souterrain prolongé qu'elle allait regagner sa demeure...

Derrière le frère Anthime qui armé de sa torche montrait le chemin, Josse, Catherine et Sara, chargés des paniers, s'enfoncèrent dans les entrailles de la terre. On ouvrit devant eux, au bout d'un couloir assez court, une épaisse porte de chataîgnier armée de fer et doublée d'une grille. L'odeur vaguement nauséabonde qui flotait dans le souterrain leur sauta au visage mais ils n'en furent pas trop incommodés car Sara, avant de descendre l'escalier, leur avait posé sur la figure des linges imbibés de vinaigre et les avait obligés à enfiler des gants. Le frère pour sa part tenait un tampon sur son visage.

Parvenu à cette porte, il alluma l'une des torches posées à terre et indiqua l'escalier que l'on apercevait au fond du couloir.

« Vous trouverez une trappe en haut des marches... A présent vous trouverez bon que je referme. Mais avant de continuer je tiens à vous avertir, ajouta-t-il d'un ton raide, que lorsque vous aurez pénétré dans le château, je n'ouvrirai plus cette porte avant quarante jours. Ainsi, réfléchissez encore...

– C'est tout réfléchi! riposta Josse. En tout cas, je ne féliciterai pas l'abbé Bernard pour le courage et la charité chrétienne de son trésorier... »

Le frère Anthime eut un mince sourire qui, dans l'éclairage mouvant de la torche, parut sinistre à Catherine.

« Nous ne savons ce qu'il est advenu de notre père abbé... Dieu peut-être l'a déjà rappelé à lui... »

Ce fut dit avec une parfaite componction mais Catherine en vint à se demander si le frère Anthime n'était pas tout autre qu'elle avait pu se l'imaginer jusqu'alors et si sous le silence plein d'humilité qu'il observait généralement ne couvait pas une ambition d'autant plus redoutable qu'elle s'était cachée trop longtemps. L'abbé Bernard éloigné pour toujours peut-être, Arnaud de Montsalvy mort, cela représentait de longues années de pouvoir absolu jusqu'à la majorité de Michel...

Les portes du souterrain refermées sur les emmurés volontaires, Sara traduisit à sa façon directe l'impression pénible de Catherine.

« On pourrait supposer que l'arrivée de la peste constitue pour ce bon frère Anthime une occasion inespérée! Comme on peut se tromper parfois sur les gens tout de même!...

– Essayons d'oublier ça, fit Josse. Je vous jure bien qu'il ne m'empêchera pas de sortir d'ici quand j'en aurai envie ne fût-ce qu'en sautant du haut du châtelet avec des cordes... »

Il était arrivé en haut de l'escalier et pesait

vigoureusement sur la trappe qui le coiffait et qui s'ouvrit non sans augmenter la puanteur ambiante.

« Doux Jésus! » souffla Josse quand il eut passé la tête par l'ouverture et regardé autour de lui.

La trappe en effet s'ouvrait dans un angle de la salle des gardes du château et cette salle, dans la lumière blême du jour levant, offrait un spectacle abominable : une dizaine de cadavres noircis gisaient dans leurs déjections au milieu des reliefs d'un repas sur lesquels s'était vidé un grand tonneau de vin dont la bonde ouverte laissait dégoutter encore un mince filet. Il y avait là entremêlés, des hommes à peu près nus et des femmes qui l'étaient complètement. Visiblement, la mort avait frappé au plein d'une orgie avec la brutalité de la foudre et l'odeur eût été insoutenable si la porte donnant sur la cour n'était maintenue ouverte par le corps d'un homme qui s'était abattu en travers.

Avec angoisse, Josse regarda les deux femmes qui attendaient en bas de l'escalier qu'il les fît monter. Son parti fut vite pris. Assujettissant son masque plus étroitement sur son visage il dit à Sara :

« Donnez-moi votre flacon de vinaigre et attendez là un moment. Je vais aller ouvrir les fenêtres et vous faire un passage jusqu'à la cour. »

Sara lui donna ce qu'il désirait et y ajouta une poignée de baies de genièvre en lui enjoignant de les mâcher. Josse disparut, refermant la trappe derrière lui pour plus de sûreté en dépit des protestations de Catherine que Sara dut maintenir de force.

« S'il te dit de rester là, il faut obéir! Si tu t'évanouissais au milieu de l'horreur que je devine, cela n'arrangerait rien. »

Elles attendirent assez longtemps, trop au gré de Catherine qui s'apprêtait à monter malgré Sara quand la trappe enfin se releva.

« Donnez-moi la main, dit Josse et surtout, surtout, marchez derrière moi jusqu'à la porte en essayant de ne pas trop regarder. »

Il avait déjà fait du bon travail. A l'aide de crocs de fer il avait traîné au-dehors les cadavres des pestiférés et les avait empilés sous un hangar à bois, jetant sur eux des fagots auxquels tout à l'heure il mettrait le feu. La salle était encore ignoble à voir et surtout à sentir mais les deux femmes inondées de vinaigre et bourrées de genièvre purent la franchir sans perdre connaissance. Derrière Josse, elles coururent jusqu'à l'air libre et en avalèrent de grandes goulées avides mais aussitôt Catherine jeta un coup d'œil craintif vers l'amoncellement affreux que les fagots ne cachaient pas complètement.

« Arnaud? souffla-t-elle. L'avez-vous vu? »

Josse fit signe que non, ouvrit la bouche pour dire quelque chose mais Catherine filait déjà comme une flèche vers l'escalier qui menait à la grande salle et aux logis des châtelains. Sara la suivit tandis que Josse, poursuivant son affreux travail de nettoyage, se disposait à enflammer son bûcher puis à chercher dans les magasins du château de la chaux vive qu'il voulait répandre dans toute la salle des gardes.

Malheureusement, le drame ne s'y arrêtait pas. Dans la grande salle où les hommes de plus d'importance avaient festoyé, il y avait d'autres morts. Assaillie par l'horreur, Catherine dut s'appuyer à la muraille et vomit tout ce qu'elle avait dans l'estomac. Mais, quand le malaise fut un peu passé, elle se força à regarder l'un après l'autres tous ces morts affreux. Sur huit hommes, il y en avait trois à la peau brune, très certainement les envoyés d'Aragon. Il y avait aussi deux femmes dont tout ce que l'on pouvait voir c'est qu'elles devaient être très jeunes. Soudain, la voix de Sara résonna, dominant le cauchemar.

« Catherine! Regarde! Il y en a une qui est encore vivante. »

En effet, tapie dans le recoin de la grande cheminée, une fille très brune qui pouvait avoir treize ou quatorze ans était recroquevillée sur elle-même, les yeux grands ouverts. Vêtue seulement de ses cheveux elle tremblait comme une feuille et se laissa emmener sans résistance quand Sara la tira de son refuge. C'était visiblement une Mauresque mais elle était trop profondément terrifiée pour pouvoir répondre aux questions, simples cependant, que Catherine lui adressait dans sa propre langue... Seulement, elle leva la main, indiquant le chemin d'une des tours, celle justement où le seigneur de Montsalvy avait son logis. Mais, cette fois, quand Catherine voulut s'élancer de ce côté-là, Sara l'en empêcha.

« Reste avec elle!... Tu en as assez vu comme ça! Je reviens. »

Sans trop savoir pourquoi elle obéissait, peut-être parce qu'elle était, elle aussi, frappée de stupeur devant la mort étalée à ses yeux sous sa forme la plus atroce, Catherine prit le bras de la petite pour la faire asseoir, aperçut une robe abandonnée sur un escabeau et qui n'était pas polluée et revint l'en envelopper. Au même instant, Sara reparut.

« Viens! dit-elle. Il est atteint, mais il est encore vivant... »

Suivies par la Mauresque trop heureuse de revoir des vivants, elles gravirent l'escalier sur les marches duquel un homme agonisait. Les affreuses taches noires truffaient tout son corps et sous son aisselle, un énorme bubon se gonflait, turgescent, noirâtre, horrible...

« Il n'en a pas pour longtemps! dit Sara. Il n'y a rien à faire à ce stade.

— Mais Arnaud?...

– Tu vas voir! Je te préviens, la dentellière est là, elle aussi... mais morte! »

En effet, en entrant dans la chambre de son époux, le corps d'Azalaïs fut la première chose que Catherine aperçut. Complètement nue, un bubon gonflant son aine droite et les lèvres retroussées dans un rictus de souffrance, la fille gisait dans la masse noire de ses cheveux dénoués en travers des deux marches qui surélevaient le lit seigneurial sur lequel Arnaud était étendu, inconscient...

Vivement, Catherine s'élança vers lui, se pencha tandis que son cœur cognait lourdement dans sa poitrine et que ses yeux s'emplissaient de larmes... Tout d'abord elle ne le reconnut pas car son visage tourné de côté ne laissait voir que sa joue blessée. Une profonde balafre la labourait, depuis le coin de l'œil qu'elle tirait un peu vers le bas jusqu'à la commissure de la lèvre. Elle ressortait, blanchâtre, sur la peau très rouge. Mais Arnaud bougea la tête et la blessure disparut aux yeux de Catherine...

Vêtu seulement de ses chausses noires et d'une chemise complètement ouverte mais qu'une sueur âcre collait à la peau, Arnaud était étendu les bras en croix sur le lit souillé de vomissements. Sa respiration était haletante et de temps en temps, il toussait légèrement puis retombait au pouvoir de la fièvre violente qui le tenait.

Relevant les yeux, Catherine rencontra le regard de Sara qui debout auprès du lit avait saisi le poignet du malade et lui tâtait le pouls avec le sérieux d'un médecin confirmé.

« Alors? »

La zingara haussa les épaules.

« Je ne peux rien dire. Le pouls est rapide et il a une fièvre de cheval. D'ailleurs, il délire. »

En effet des mots sans suite, prononcés d'une voix pâteuse qui les rendaient totalement incompréhensibles sortaient de la bouche d'Arnaud.

« Que faut-il faire?...

– D'abord le sortir de cette chambre. On ne peut pas nettoyer! Tout est sali, pollué. Il faudra tout brûler!

– Portons-le chez moi! Si personne n'y est entré cela doit être propre. Tu as la clef... »

Mais Sara hocha la tête.

« C'est trop près d'ici. Le mieux serait de l'installer dans la cuisine où nous aurons tout sous la main. On ira chez toi prendre des matelas, des couvertures, des draps... Il faut qu'il soit tenu au propre le plus possible et les étuves sont près de la cuisine. Appelons Josse! »

Il accourut aussitôt et, tandis que Sara descendait aux cuisines pour préparer l'installation, il alla avec Catherine prendre chez elle ce qui pouvait être utile. L'appartement de la jeune femme avait, en effet, été respecté et toutes ses affaires s'y trouvaient rangées, dans un ordre parfait. Pendant ce temps aux cuisines Sara s'activait.

Les deux longues salles basses où se préparait la nourriture de tout le château étaient dans un désordre extraordinaire mais aucune trace de la maladie ne les souillait. Les serviteurs qui logeaient en ville pour la plupart avaient dû s'enfuir à temps...

Empoignant un balai, Sara commença par faire la chasse aux détritus qui encombraient les dalles afin que le sol fût propre pour y déposer les matelas qui allaient venir. Puis elle prit du bois dans le bûcher voisin, alluma un grand feu et mit une vaste marmite d'eau à chauffer pour laver tout ce qu'il serait possible de laver. Dans une plus petite, elle mit aussi de l'eau destinée à faire une tisane qu'elle voulait faire avaler au malade.

Jamais, elle n'avait travaillé avec cette rapidité et quand Catherine et Josse, traînant après eux la petite Mauresque qui les suivait comme un automate, arrivèrent courbés sous le poids des draps, des couvertures et d'une foule de serviettes, il était déjà possible de commencer l'installation.

Il faisait une chaleur de four dans cette cuisine et Catherine, pour respirer, dut arracher son masque, crachant les baies de genièvre qui lui brûlaient le palais. Puis elle se mit à préparer le lit avec une ardeur sauvage et à continuer le nettoyage de la salle tandis que Sara et Josse remontaient chercher Arnaud. Cette activité dévorante l'empêchait de penser et elle s'appliquait à centrer uniquement son esprit sur son travail car il ne fallait pas permettre au désespoir de s'emparer d'elle. Il lui fallait en quelque sorte s'échauffer à la manière des guerriers avant le combat...

Quand Josse et Sara apportèrent Arnaud roulé dans une couverture, ils le déposèrent d'abord à même le sol afin de le débarrasser de ses vêtements et de le laver. Son linge était en effet d'une curieuse teinte jaune et dégageait une odeur de sueur très forte et très pénible. On le déshabilla complètement mais lorsque Sara lui tira ses chausses collantes elle montra sous la peau de l'aine gauche une enflure rouge.

« Le bubon! Il commence à pousser... »

Tandis qu'on le lavait à grande eau, Montsalvy ouvrit les yeux et Catherine put voir que l'iris en était très brillant et tout le reste strié de veinules rouges. Son cœur se serra : le mal semblait faire des progrès rapides, et elle n'ignorait pas avec quelle rapidité foudroyante il pouvait frapper. C'était déjà un miracle de retrouver Arnaud vivant, alors que presque tous les autres étaient déjà morts. Sans doute son extraordinaire solidité de constitution et sa vitalité y étaient-elles pour beaucoup mais Sara lui enleva ses illusions à ce sujet.

« Il devait être ivre mort! C'est peut-être ce qui a retardé le processus de la maladie... »

Lavé, vêtu d'une chemise propre, Arnaud fut

couché sur le matelas préparé par sa femme et aussitôt vomit plusieurs fois coup sur coup et avec violence. Il sortit de cette crise baigné de sueur et totalement épuisé mais il fallut recommencer à le nettoyer.

Quand ce fut finit, il se mit à râler et recommença à s'agiter, emporté par le délire mais, cette fois, Catherine crut comprendre qu'il avait soif.

« Donne-lui de cette tisane, dit Sara en apportant une petite écuelle pleine d'un liquide d'un vert brunâtre qui fumait. Je crois qu'elle n'est plus trop chaude... »

Appuyant la tête brûlante de son époux contre son épaule, Catherine le fit boire, luttant contre l'émotion qu'elle éprouvait à le tenir contre elle, comme autrefois. Pourtant c'était seulement une enveloppe charnelle privée de conscience qu'elle étreignait, un corps dont le cœur ne lui appartenait plus et, à cette idée, des larmes coulèrent de ses yeux jusque sur la joue du malade qui buvait docilement.

Quand elle le recoucha, tout doucement, il entrouvrit les yeux et sa bouche enflée parut chercher l'air. Puis un mot, un seul s'exhala, intelligible...

« Ca... therine !... »

Ce fut tout ce qu'elle put comprendre. D'autres mots suivirent, incompréhensibles mais un peu de courage était revenu au cœur désolé de la jeune femme. L'avait-il vraiment reconnue ou bien faisait-elle partie des fantômes qui peuplaient son affreux délire ? Elle resta là un long moment, assise sur le coin du matelas, à le regarder se battre contre la mort.

Pendant ce temps, Sara préparait un repas. Heureusement le château était bien approvisionné et les soudards d'Arnaud n'avaient pas tout dévoré. Il y avait du seigle et du blé, du lard et des jambons dans le saloir. Un saut au poulailler apprit à la zingara que la catastrophe n'empêchait nullement les poules de pondre. Elle les en récompensa en se hâtant de les nourrir. Josse de son côté continuait à brûler les morts, entretenant dans la cour un feu d'enfer dont les fumées épaisses, noires et nauséabondes obscurcissaient le ciel. A Catherine revenait les soins de son malade et, durant des heures elle dut recommencer à le laver, à l'abreuver, à le changer. Le mal lui semblait empirer d'instant en instant.

Quand la nuit vint, les trois compagnons étaient épuisés de fatigue et Arnaud allait plus mal. Sa langue enflée emplissait toute sa bouche, ses yeux étaient jaunes et sa peau sèche et brûlante. Néanmoins il fallait le tenir aussi au chaud que possible et Catherine n'arrêtait pas de remonter les couvertures autour de lui, d'enduire ses lèvres craquelées avec de la pommade et d'essayer de le nourir avec du bouillon et des œufs battus dedans comme le lui indiquait Sara. Mais le bubon de l'aine gonflait de plus en plus et atteignait à présent la grosseur d'un œuf. Sara montra à Catherine comment confectionner un cataplasme avec de la moutarde, de la farine, du miel et du vinaigre qu'il fallait appliquer sur la grosseur.

« Sa seule chance de survie, c'est que ce bubon mûrisse vite et crève. Alors, peut-être, on pourra le sauver... »

Mais Catherine ne croyait pas que ce fût encore possible.

« Il va mourir, balbutia-t-elle à travers les larmes qu'elle ne pouvait plus arrêter, je sais qu'il va mourir...

– S'il doit te faire souffrir encore, cela vaudra sûrement mieux! gronda Sara. Il ne mérite pas le mal que tu te donnes, le danger que tu cours, que nous courons tous... En attendant, tu vas t'étendre sur un matelas et tu vas dormir.

– Non. Je veux le veiller. Il faut s'en occuper continuellement.

– « Je » vais veiller, tout au moins les premières heures. Ensuite ce sera Josse, puis toi. Je te promets de te réveiller si... si quelque chose se passait... »

En fait, personne ne dormit vraiment cette nuit-là, sinon par à-coups. La souffrance rendait le malade à peu près fou et sans cesse il fallait le remettre dans son lit, le faire boire, le nettoyer. En outre, la chaleur nocturne aggravée par le bûcher de la cour et par le feu qu'il fallait bien entretenir dans la cheminée était insupportable. Pour avoir un peu de fraîcheur, Catherine, traînant un matelas au-dehors le plus loin possible du brasier, réussit à y dormir deux heures. Josse sommeilla auprès d'un de ses feux car, pour en finir plus vite, il en avait allumé un autre dans la vaste cheminée de la salle des gardes. Là aussi des corps brûlaient. Heureusement le bois et les broussailles très secs ne manquaient pas et peu à peu les morts vénéneux se fondaient en inoffensives cendres.

Quand le jour revint, Catherine titubante de fatigue quitta son matelas et alla aider Sara à soigner Arnaud. Le malade était calme à présent, mais d'un calme plus inquiétant encore que son agitation de la nuit. Ses yeux dont le blanc était devenu jaune étaient profondément enfoncés sous l'orbite et son corps demeurait inerte, comme s'il était déjà mort... Néanmoins, il fut encore secoué de quelques violentes nausées et, cette fois, Catherine épouvantée vit du sang couler de sa bouche et de son nez. Le bubon, lui, sur lequel on ne cessait de renouveler les cataplasmes, grossissait toujours, distendant presque monstrueusement la peau qui semblait s'amincir à vue d'œil.

« Nous n'y arriverons pas! sanglotait Catherine, nous n'y arriverons jamais! Par moments, il ne respire plus! Il faut faire quelque chose... il le faut. »

Elle piquait une crise de nerfs que Sara combattit aussitôt à l'aide de quelques gifles et d'un seau d'eau.

« Tu vas te reposer! ordonna-t-elle quand la jeune femme revint à elle. Sinon toi aussi tu vas tomber malade et je te jure que si cela t'arrive, j'achève immédiatement ton époux!... »

Josse rentrait à ce moment-là. Dès qu'il avait fait jour, il avait escaladé le châtelet d'entrée et à l'aide de sa trompe avait fait sortir un moine du monastère.

« Allez dire au frère Anthime que nous sommes encore vivants, que messire Arnaud aussi est encore vivant et que je veux du lait, vous entendez? Du lait! Je vais descendre un seau avec une corde. »

Un moment plus tard il avait ce qu'il avait demandé et à présent il revenait avec son butin, heureux de cette petite victoire, en dépit de son visage ravagé de fatigue et de ses habits roussis d'un peu partout. Sara fit boire du lait à Catherine et à la petite Mauresque. On l'avait oubliée durant la nuit affreuse et elle s'était tapie entre un coffre à farine et une jarre d'huile mais au matin, quand elle avait vu Sara empoigner son balai pour nettoyer sa cuisine, elle était sortie de sa cachette et, avec un sourire timide, le lui avait pris des mains.

Sara la considéra un instant avec stupeur, puis, relevant du revers de sa main une mèche de cheveux noirs, trempés de sueur qui tombait de son bonnet, elle lui sourit à son tour.

« Comment t'appelles-tu?... Moi, c'est Sara, ajouta-t-elle en se désignant elle-même du doigt : Sara!...

– Moi... Fatima! » Puis avec un effort visible :
« Parler... petit peu!

– Merveilleux! s'écria Sara. Viens que je te donne
à manger et à boire, ma fille, après tu pourras
travailler; mais d'abord aide-moi à tirer ce matelas
à côté, dans la pièce des étuves pour que dame
Catherine y dorme! »

Il fallut bien que Catherine en passât par où Sara
le voulait. D'ailleurs, on la menaçait de l'enfermer.
Elle but donc son lait puis rejoignit son matelas et
s'y endormit d'un sommeil de bête harassée...

Elle fut réveillée par un fracas de fin du monde
qui la jeta tremblante hors de sa couche, tâtonnant
dans une obscurité presque totale. Elle crut qu'il
faisait nuit et se traîna vers la porte donnant sur la
cour qu'elle ouvrit au moment précis où un nouveau coup de tonnerre éclatait. Elle vit alors qu'il
faisait encore jour mais que le ciel était couvert
de gros nuages noirs d'où partaient des éclairs
effrayants. Le feu brûlait toujours et elle aperçut
Josse qui se précipitait en courant vers la cuisine au
moment précis où la foudre s'abattait sur l'appentis
d'une petite remise qui en un instant fut en flammes. Josse ressortit avec un seau d'eau mais à cet
instant le ciel creva et de véritables trombes se
déversèrent, si brutales et si violentes que les flammes du bûcher s'éteignirent, crachant une épaisse
fumée noire.

Un élan jeta Catherine vers Josse.

« La pluie! La pluie! Enfin la pluie!... Doux Jésus!
Nous n'allons donc pas mourir étouffés?... »

En un rien de temps, ils furent tous deux trempés
jusqu'aux os mais cette violente averse leur semblait si bonne qu'ils demeurèrent dessous avec
ivresse, tendant les bras et criant de joie, tant et si
bien qu'à leur tour Sara et Fatima vinrent les
rejoindre.

« Nous ne sommes donc pas complètement maudits? s'écria Sara en saisissant Catherine dans ses bras pour l'embrasser... Et si nous pouvons arrêter la peste... sauver ton époux, même s'il ne le mérite pas... »

Un hurlement atroce lui coupa la parole et les précipita tous affolés et ruisselants dans la cuisine où un spectacle effrayant les attendait : Arnaud avait réussi à se lever. Dans un paroxysme de souffrance il avait arraché sa chemise, ses pansements et debout devant la cheminée, il titubait en poussant des râles d'agonie...

« Il va tomber dans le feu, hurla Catherine et elle se rua vers lui mais Sara l'empoigna au passage et la rejeta en arrière.

– Regarde! Le bubon! Il vient de crever!... C'est ça qui le rend fou. Va me chercher de la charpie, beaucoup de charpie et reviens avec tes gants. »

Pendant ce temps, elle et Josse allèrent saisir Arnaud par-derrière et l'obligèrent à se recoucher. En effet, de son aine ouverte un liquide noir et épais coulait le long de sa cuisse en même temps qu'une épouvantable odeur emplissait la pièce. Le malade n'opposa pas de résistance. La douleur, qui lui avait fait fournir l'effort surhumain de se lever, et l'éclatement du bubon qui en avait résulté, semblaient l'avoir complètement épuisé. S'y ajoutait le sang qui coulait à présent, succédant aux sanies et au pus.

Catherine revenait, des gants aux mains, avec une brassée de charpie qu'elle tendit à Sara. Ses yeux n'étaient qu'une prière.

« Est-ce que... est-ce qu'à présent... il a une chance? »

Le visage trempé de Sara s'éclaira d'un vague sourire.

« A présent, oui... je crois... s'il ne perd pas trop de sang! Mais encore une fois il est solide! C'est vigoureux la mauvaise herbe!... »

L'heure qui suivit se passa tout entière à éponger et à assainir la plaie tandis que Fatima épluchait des choux, des carottes et des pois pour faire un potage. Et quand la nuit tomba, Arnaud, soigneusement pansé, gisait sur son lit propre; ses infirmiers bénévoles avaient mis des vêtements secs et pouvaient enfin s'asseoir autour de la grande table de bois rude pour prendre un vrai repas, le premier en écoutant avec ravissement les cataractes du ciel se déverser en crépitant sur les lauzes des toits.

Catherine, qui avait dormi la plus grande partie de la journée, exigea de prendre la première garde et personne ne la lui disputa. Tous devinaient qu'elle serait heureuse d'un moment de solitude avec l'homme qu'elle s'obstinait à aimer et, tandis qu'ils s'installaient, qui dans un coin de la cuisine, qui dans les étuves, elle vint s'asseoir sur un coin du matelas qui supportait Arnaud et, sortant de sa poche le petit chapelet d'ambre que dame Béatrice lui avait donné à Bruges et qu'elle gardait toujours avec elle, Catherine se mit à prier, doucement, presque paisiblement pour la première fois depuis bien longtemps.

Elle pria pour que la peste en abandonnant le corps de son époux emporte aussi le mal qui rongeait son esprit et son cœur. Dieu avait fait justice mais l'orgueilleux maître de Montsalvy saurait-il comprendre et subir cette justice?

« Qu'il m'entende, au moins! suppliait la jeune femme, qu'il me laisse lui parler, lui expliquer!... »

Mais lui expliquer quoi? Tout ce qu'elle avait enduré depuis que Béraud d'Apchier était venu mettre le siège devant Montsalvy pour en piller les richesses? Elle avait déjà essayé, dans cette grange près de Châteauvillain où ils s'étaient retrouvés, et il n'avait pas voulu l'entendre. Accepterait-il enfin, à présent que l'amour de sa femme venait de l'arracher à la plus horrible des morts...?

Doucement, elle prit la main inerte qui reposait sur le drap et la garda dans la sienne. Elle était chaude encore mais son contact ne brûlait plus et Catherine plus doucement encore la porta à ses lèvres... Non, elle n'expliquerait rien, elle ne présenterait ni défense ni plaidoirie car il lui faudrait encore mentir, dissimuler ce qui s'était passé la nuit des Rois au palais de Lille. Après tout, il avait raison : elle était une épouse adultère... même s'il avait moins que tout autre le droit de le lui reprocher!

« Lorsqu'il reprendra conscience, pensa Catherine, lorsqu'il pourra me reconnaître, je verrai bien ce que sera son premier regard. S'il est ce que je crains, je m'en irai sans rien dire, je m'en irai pour toujours! Je ne veux pas entre nous d'un lien qui ne serait que reconnaissance et pitié après tant d'amour et de passion! »

La pluie tomba toute la nuit et toute la journée du lendemain cependant qu'une vie régulière s'organisait pour les enfermés volontaires. Depuis que la sanie avait quitté son corps, Arnaud gisait inerte, épuisé, incapable de faire seul le moindre mouvement. Délire et violence avaient disparu. Demeurait une curieuse prostration qui n'était plus le coma mais qui n'était pas encore la conscience, du moins pour autant que l'on en pouvait juger. Le malade avalait docilement tout ce qu'on lui ingurgitait mais n'ouvrait jamais les yeux si bien qu'il était impossible de distinguer les périodes de véritable sommeil ou de simple somnolence.

Tous les matins, Catherine lui faisait une toilette soigneuse, changeait son linge que Fatima lavait dans la cour. Elle le rasait même, en prenant bien soin d'appliquer un baume sur la balafre que le mal avait mise à vif. Elle trouvait à ces soins un plaisir douloureux qui faisait hausser furieusement les épaules de Sara derrière son dos mais qui, parfois aussi, lui tirait des larmes qu'elle essuyait avec rage au coin de son tablier.

Du dehors, on ne savait rien. Chaque matin, Josse grimpait au châtelet pour demander aux moines ce dont ils avaient besoin en fait de nourriture fraîche, qu'on lui apportait d'ailleurs avec un grand luxe de précautions. Visiblement, les moines dont on pouvait suivre les phases de l'existence grâce aux tintements des cloches qui les rythmaient n'avaient aucune envie de prendre le moindre risque bien que le château, après une semaine de travail forcené, eût été presque assaini. Les corps de ceux qui avaient composé la triste garnison ramenée par Arnaud et ceux des malheureuses dont ils avaient fait leurs compagnes de débauche par force avaient été brûlés et ce qui n'avait pas été consumé à cause de la pluie avait été enterré. La salle des gardes avait été passée à la chaux et lavée à grande eau quand quatre ou cinq jours de pluie incessante eurent ramené l'abondance de ce côté. Manquant de chaux à la fin, Josse avait dû se contenter de fermer autant que possible les pièces et l'escalier pollués. On verrait plus tard.

Pour Catherine, les jours se firent plus calmes, plus monotones aussi. Avec Sara et Fatima, elle donnait des soins aux bêtes, poules, lapins, chevaux, qui occupaient les dépendances de la basse-cour, s'occupait de laver ou de repasser le linge, épluchait les légumes et surtout soignait Arnaud. Quand elle n'était pas occupée, elle s'asseyait auprès de Sara sur un banc et à mi-voix toutes deux causaient. Sara ne cessait d'interroger la jeune femme sur tous ces mois qu'elle avait vécus loin de Montsalvy et Catherine s'efforçait de satisfaire cette subite et si étonnante curiosité sans toutefois tout révéler. Arnaud avait beau être inconscient il n'était pas possible à Catherine d'évoquer devant lui sa nuit d'amour avec Philippe de Bourgogne, cette nuit qui lui avait été si délicieuse et qu'à présent elle se reprochait comme un crime. Il fallait que cela demeurât un secret entre Dieu et elle. Même Sara ne devait pas savoir. Par contre, elle libéra son cœur de l'horrible souvenir du Moulin-Brûlé et y trouva un immense réconfort.

Sara, d'ailleurs, n'en parut même pas offusquée et s'étonna des remords qui avaient si longtemps tenaillé la jeune femme.

« Tu t'es considérée comme déchue, comme avilie et définitivement perdue de réputation parce que tu as été violée par une bande de soudards? Ma pauvre enfant, si tu savais combien de femmes, de par le monde, ont subi une épreuve semblable, tu en serais surprise. J'en connais, moi, et qui sont aussi grandes dames que toi... Pour certaines même ce n'est pas un si mauvais souvenir d'ailleurs.

– Libre à elles. Pour moi cela restera le plus abominable moment de toute ma vie... Je ne sais pas si, un jour, je pourrai en venir à oublier... »

Quand le neuvième jour de claustration se leva sur un grand ciel bleu et pur qui laissait présager une belle journée, Josse qui s'apprêtait, dans la fraîcheur du petit matin, à grimper comme d'habitude au châtelet pour appeler l'abbaye, eut la surprise en traversant la cour d'entendre un véritable vacarme dans la rue. C'étaient des coups retentissants assez semblables à ceux que fait un bélier en frappant la porte d'une ville. On entendait aussi des exclamations, des bruits de voix, des grincements d'essieux. C'était comme si une foule entière se pressait au-dehors...

Emporté par un espoir soudain, il escalada quatre à quatre les hautes marches de pierre, atteignit son archère habituelle, se pencha au-dehors... C'était ça! C'était bien ça! La rue était pleine de monde, pleine de gens qu'il reconnaissait, des hommes, des enfants, tout Montsalvy revenu et là, étendu sur un chariot, un moine en robe blanche qui semblait donner des ordres à une troupe d'hommes. Un à un, ils faisaient tomber puis emportaient les madriers qui barraient la porte... Josse le reconnut, ce moine, avec un transport de joie.

« L'abbé! L'abbé Bernard!... Vive Dieu qui nous ramène Votre Révérence! Alleluia!... Quel bonheur! Quel merveilleux bonheur!...

— On l'a ramené! cria la voix perçante de Gauthier surgissant de derrière le chariot dans le premier rayon du soleil qui se levait à l'horizon des hauts plateaux de l'Aubrac. Ça n'a pas été sans mal car il est encore bien faible! Mais il a voulu venir avec nous, tout de suite... Comment ça va, là-dedans?

— Dame Catherine, Sara et moi sommes sains et saufs, ainsi qu'une des petites esclaves. Quant à messire Arnaud, il vit toujours mais il n'a pas encore repris connaissance... Dépêchez-vous! Je vais prévenir dame Catherine et Sara! Elles vont être si heureuses.

— Nous aussi! hurla Gauberte qui, déjà en nage, aidait les hommes à libérer la porte. On a fini par avoir honte de les avoir laissées partir pour cet enfer tandis qu'on se cachait à Roquemaurel. Alors on est revenus! Et tant pis pour ce qui peut nous arriver!... »

Un enthousiasme égal à la panique de naguère soulevait tous ces braves gens qui refusaient à présent de considérer le danger toujours possible. Ils ne savaient qu'une chose : leur châtelaine avait plongé, sans peur, au cœur du mal, elle avait bravé le terrible fléau et depuis neuf jours elle vivait à l'endroit même où la peste avait éclaté. Et puis aucun autre cas ne s'était déclaré, ni à l'abbaye, ni autour de Montsalvy où étaient demeurés ceux dont les maisons étaient en pleins champs comme le bailli Saturnin Garrouste qui, à présent encourageait en riant ceux qui voulaient libérer le château. Tous, à présent, brûlaient de se racheter à leurs propres yeux et à ceux de leur châtelaine...

Un instant plus tard, Catherine et Sara accouraient pour voir se rouvrir, par la volonté d'un peuple fidèle et chaleureux, les portes condamnées par les moines. Serrées l'une contre l'autre, elles écoutaient le fracas des madriers qui tombaient un à un et les ahans rauques des hommes qui s'y attelaient pour les traîner le long de la rue et les ramener au monastère. Celui-ci d'ailleurs, peut-être pour se faire pardonner, lâchait la volée à toutes ses cloches dont le carillon joyeux emplissait l'air bleu.

Réunis dans la cour, les trois prisonniers volontaires attendaient les larmes aux yeux et la joie au cœur l'instant où le dernier madrier emporté, le lourd portail armé de fer allait s'ouvrir livrant passage à ceux qui revenaient de si touchante façon reformer, au mépris du danger, le cœur chaleureux de Montsalvy.

Enfin, les dernières planches clouées au-dehors cédèrent. L'huis s'ouvrit sous la poussée. Déjà, entraînée par Gauberte et Antoine Couderc, la première vague s'élançait, traînant après elle le chariot où reposait l'abbé quand, du fond de la cour, une voix autoritaire les cloua sur place.

« N'entrez pas! Je vous interdis de franchir ce seuil!... »

Au cri de stupeur de Catherine, de Sara et de Josse, la foule fit écho puis se tut, comme devant un miracle et, en fait c'en était un à leurs yeux : appuyé d'un côté à la porte de la cuisine, de l'autre à l'épaule de Fatima qui pliait sous son poids encore considérable, Arnaud de Montsalvy venait d'apparaître. Sa haute silhouette osseuse drapée d'une longue chemise blanche, son visage creusé par la maladie et ses yeux sombres, profondément enfoncés sous les orbites bleuies, lui donnaient l'aspect d'un spectre. Tous crurent voir Lazare sortant du tombeau et un même élan jeta les gens de Montsalvy à genoux autour du chariot aux montants duquel l'abbé Bernard, presque aussi pâle que le revenant, se cramponnait pour mieux se redresser.

Catherine aussi se laissa tomber à genoux, mais ce fut d'émotion.

« Arnaud! souffla-t-elle. Vivant! Vivant!... Dieu tout-puissant! »

Mais il ne la regardait pas. Toujours appuyé à la petite esclave et de l'autre à Josse qui s'était précipité vers lui, il s'avançait à présent, traînant ses pieds nus dans la poussière de la cour inondée de soleil, marchant péniblement mais de toute sa volonté vers ses vassaux qui ne savaient trop s'ils devaient louer le Seigneur ou s'enfuir en criant au secours.

« Allez-vous-en! ordonna-t-il. Refermez ces portes et rentrez chez vous! J'ai la chance d'être encore vivant mais le danger n'est pas encore passé. Cette demeure retient encore les miasmes de la peste et ce serait trop grande pitié si l'un de vous devait à présent en être atteint. Allez-vous-en... mes enfants! ajouta-t-il avec une douceur inattendue. Quand le temps sera venu ces portes se rouvriront et nous nous retrouverons.

— Nous ne pouvons refermer ces portes, mon ami, dit l'abbé. Je suis revenu pour faire cesser le scandale dont mes frères donnaient l'exemple. Au lieu de songer à protéger leur vie qui n'appartient qu'à Dieu, ils devaient tout faire pour sauver ceux qui avaient tant besoin de secours. Vous êtes sauvé, vous, et désormais à l'abri mais pouvez-vous jurer que ceux dont le dévouement est venu à vous dans un si grand danger et au pire des périls, ne paieront pas de leur vie leur abnégation si vous les gardez ici sans autre protection que leur courage? Vous allez quitter ce château, achever votre guérison à l'abbaye où dame Catherine, Sara et Josse pourront être isolés et soignés si le besoin s'en fait sentir...

– Non, mille fois non!... Je ne peux accepter! Nul ne sortira d'ici! »

Une flamme de colère brilla dans les yeux bleus du moine et son corps affaibli parut se redresser plus encore.

« Il n'est pas question de vous, Arnaud de Montsalvy, et je l'ai déjà dit! Il est question de deux femmes... d'une surtout... à qui vous n'aviez vraiment donné aucune raison valable de se sacrifier pour vous! Venez ici, dame Catherine! Venez près de moi, mon enfant... ma pauvre enfant! »

Il tendait vers elle une main pâle en lui souriant avec tant de bonté qu'instinctivement la jeune femme, demeurée à genoux au milieu de la cour, se releva, attirée par cette chaude amitié qui lui revenait. Bernard de Calmont d'Olt la connaissait depuis longtemps et il avait toujours su la comprendre. A présent, il lui offrait son appui, le refuge de son affection... alors qu'Arnaud n'avait pas eu un regard pour elle! Ce dédain, cette indifférence disaient clairement qu'elle avait réellement cessé d'exister pour lui. En dépit de son abnégation, du sacrifice qu'elle voulait lui faire de sa vie, il continuait à l'ignorer... Bien sûr, il n'oserait plus lui faire porter le poids de sa colère par crainte de tous ces gens qui le regardaient à présent avec un mélange de crainte superstitieuse et d'horreur mais elle devait avoir cessé d'exister à ses yeux. Au lieu de sa rancune, il lui ferait la charité d'une indifférence qui l'assimilait à ses autres sujets.

Son cœur creva dans sa poitrine et elle sentit le flot tumultueux des larmes qui enflait dans sa gorge. Un instant elle ferma les yeux pour chercher en elle-même un peu de courage, serra ses mains l'une contre l'autre puis releva ses paupières qui libérèrent leurs larmes. Tournant le dos à son époux, elle fit un pas, deux pas... Elle allait s'élancer vers l'abbé qui déjà, péniblement, descendait de son chariot pour lui tendre les bras quand un mot brutal la cloua au sol.

« Non! Elle restera ici! »

La foule gronda tandis que l'abbé indigné s'écriait :

« Vous n'avez pas le droit! Dieu vous regarde!

– J'ai tous les droits! Elle me les a tous donnés! Quant à Dieu... eh bien, qu'Il regarde! Allons, vous autres, faites-moi avancer! Menez-moi auprès d'elle », ordonna-t-il à ceux qui le soutenaient. Mais Josse n'obéit pas.

« Que voulez-vous faire, messire? Si elle doit souffrir encore par vous, allez-y tout seul! »

Il allait lâcher le grand corps qu'il sentait trembler contre lui mais celui-ci s'accrocha irrésistiblement à son épaule tandis que Montsalvy grondait :

« J'ai dit de me mener là-bas!

– Obéissez, dit l'abbé. Nous verrons bien! »

Alors, ils avancèrent. Lentement, un pas après l'autre, Josse et Fatima firent avancer leur fardeau. Massée contre le portail ouvert, la foule retenait son souffle. Pétrifiée, Catherine n'osait plus faire un pas et retenait son souffle mais son cœur cognait lourdement dans sa poitrine, menaçant d'éclater. Qu'allait-il lui faire encore? Quelle avanie publique allait-il lui infliger? Elle le regardait venir avec une angoisse où se mêlait encore une obscure et tenace pitié à le voir se traîner si péniblement...

Parvenu à deux pas d'elle, Montsalvy donna un autre ordre.

« Mettez-moi à genoux! » dit-il gravement.

Le regard de Josse s'effara.

« Vous voulez?...

– J'ai dit : à genoux! Là... dans la poussière, à ses pieds! Je le veux! »

Dans le silence énorme, ils obéirent et Catherine éperdue vit soudain devant elle un grand pénitent, pieds nus et en chemise, auquel il ne manquait que la corde au cou... Mais cette corde, Arnaud de Montsalvy allait se la passer lui-même, moralement. Restant accroché à Josse et à Fatima pour ne pas s'effondrer face contre terre, il rassembla ce qu'il pouvait de force pour crier :

« Vous tous qui m'écoutez, je veux que vous soyez témoins de ma honte et de mon repentir! Je veux que vous m'entendiez tous demander pardon à votre dame, la meilleure et la plus grande dame qui ait jamais régné sur la terre! Catherine, je t'ai honnie, je t'ai trahie de toutes les façons, je t'ai injuriée, vilipendée, je t'ai fait souffrir au-delà de ce qu'un être humain peut endurer! Emporté par les démons de mon orgueil j'ai voulu t'arracher ta maison, tes enfants, ta vie même et pourtant quand la main du Seigneur s'est appesantie sur moi en grande justice, toi tu as offert ta vie pour essayer de sauver la mienne, tu es venue à moi au péril de la plus horrible des morts, tu as tout abandonné et tu es venue!... Je sais ce que tu as souffert car, vois-tu... depuis trois jours où j'ai repris conscience, je t'ai regardée vivre, je t'ai écoutée... Oh! comme je t'ai écoutée dire le cruel chemin qui t'a ramenée ici! Et je me suis détesté, maudit.

– Non!... Ne dis pas cela!...

– Laisse-moi achever... j'ai peu de forces! Je ne savais plus que faire de moi! Peut-être... s'ils n'étaient pas venus, ceux-là, aurais-je gardé le silence, continué à jouer l'inconscience jusqu'à ce que redevenu assez fort je puisse m'en aller, discrètement, m'enfuir lâchement loin de toi. Et c'est ce que je vais faire, à présent. Je t'ai fait trop de mal et j'ai creusé entre nous un abîme qui ne peut plus se combler. Alors, c'est moi qui vais te rendre ta liberté... Je partirai tandis que tu resteras ici, avec tes enfants, tes vassaux, tous ceux qui t'aiment tant! Montsalvy n'aura plus de seigneur jusqu'à ce que Michel soit en âge de me succéder mais il aura une dame, haute et noble, pure et bonne, qui saura le guider. Moi je n'ai plus besoin que d'un monastère pour y vivre ma pénitence tant qu'il plaira à Dieu de me laisser sur cette terre. Mais toi, Catherine, toi, douce dame de Montsalvy, avant que nous ne nous séparions pour toujours, dis-moi que tu me pardonnes, dis-moi... »

C'en était trop! Incapable d'entendre plus longtemps cette voix lasse, humble et triste qui priait à ses pieds, Catherine éclatant en sanglots venait elle aussi de se jeter à genoux.

« Mais tais-toi! tais-toi donc! Pourquoi me dis-tu tout cela? Qu'ai-je à faire de pardonner... de régner... d'être seule. Il n'y a qu'une chose, une seule que je veuille entendre de toi; je veux savoir ce que je suis pour toi? Je veux savoir si tu m'aimes encore?... »

Les mains jointes, elle sanglotait à présent en face de cet homme épuisé dont les yeux laissaient couler des larmes brûlantes qui brillaient, rouges contre la joue blessée.

« Je t'en supplie, réponds-moi! Au nom du Dieu vivant, dis-moi la vérité, ta vérité! M'aimes-tu encore? Reste-t-il encore quelque chose de l'amour d'autrefois? »

Alors il tendit vers elle ses grandes mains amaigries qui tremblaient, les posa de chaque côté de son visage.

« Ma douce... mon incomparable! T'aimer? Mais je t'ai adorée toute ma vie et je ne cesserai jamais de t'aimer... Jamais! Tant qu'il me restera une pensée, un souffle, je t'aimerai... »

Au-dessus de ces deux êtres agenouillés une alouette passa, montant tout droit vers le ciel en chantant à perdre haleine le retour du soleil, tandis que les bras de Catherine, doucement, se refermaient autour de l'homme qu'elle était sûre, à présent, d'avoir conquis pour l'éternité. Ils allaient pouvoir reprendre ensemble le chemin qu'elle avait cru impossible, le chemin qui les mènerait à la sagesse, à la confiance, aux cheveux blancs aussi mais peut-être – pourquoi pas? – au simple bonheur quotidien... en admettant que les Montsalvy puissent être vraiment faits pour le simple bonheur quotidien!

Huit jours plus tard, Arnaud et Catherine serrés l'un contre l'autre regardaient brûler le logis de leur château. A travers les élégantes fenêtres lancéolées on pouvait voir les flammes bondir à l'assaut des plafonds et des murs, ronflant furieusement dans leur ardeur à effacer toute trace, non seulement de la peste mais encore, mais surtout, de l'esprit démoniaque qui, durant des mois, avait régné dans cette demeure.

Ainsi l'avait voulu le maître de Montsalvy :

« Il ne restera rien de ma folie! Aucune boiserie, aucune tapisserie, aucun meuble souillé par des mains indignes! Lorsqu'il n'y aura plus que les murs, alors nous reconstruirons mais, pour la vie que je veux mener désormais pour ma femme et mes enfants, je veux tout recréer... tout refaire! Alors seulement nous pourrons recommencer notre vie. »

A présent, debout en face de cet autodafé, il le regardait s'accomplir avec un sentiment de délivrance, une joie nouvelle qui l'étonnait. Etait-il donc si simple de faire table rase du passé?

Contre son épaule, Catherine regardait aussi mais

en dépit de son bonheur présent, un peu de regret pesait sur elle. Certes, son appartement avait été vidé de tout ce qu'il contenait, de tout ce que rien ni personne n'avait pu toucher, mais ce logis, ces meubles, ils avaient été son œuvre, son choix et elle ne les voyait pas partir en fumée sans un pincement au cœur.

Pour retrouver courage, elle appuya sa tête blonde contre le cou d'Arnaud qui, sentant peut-être ce regret, resserra son étreinte et posa un baiser sur son front.

« Il fallait que ce soit fait, ma douce! Il y a des maux que l'on n'en finit pas de combattre, des fantômes qui chassent la paix du cœur si on écoute leur plainte. Je te rendrai tout ce que je t'enlève aujourd'hui. Mais surtout, je te rendrai tant d'amour que tu en viendras un jour à penser, quand nous serons vieux tous deux, que notre longue histoire, notre cruelle histoire ce n'était peut-être justement... qu'une histoire, un conte arrivé à d'autres, une légende née de l'imagination d'une aïeule! »

Brusquement, la dame de Montsalvy se haussa sur la pointe des pieds pour mettre un baiser sur la joue blessée de son époux.

« Pourquoi dis-tu notre cruelle histoire? Moi, je l'ai trouvée belle! Et pourquoi en parles-tu au passé? Sommes-nous si vieux? Es-tu bien sûr qu'elle soit finie?... »

Arnaud se mit à rire.

« Je l'espère! Il faut qu'il en soit ainsi, même si parfois le regret des grands chemins te prend. Il le faut parce que les gens heureux n'ont pas d'histoire et qu'à présent je veux être heureux, entre toi et nos enfants. Je ne veux plus être qu'heureux! »

Il l'entraîna, tournant avec décision le dos à l'incendie qui d'ailleurs s'apaisait. Derrière eux, il y avait les gens de Montsalvy, toute la ville massée comme un bouquet qui les accueillit d'une longue acclamation tandis que le premier vent d'automne se levait, balayant le haut plateau, emportant les premières feuilles qui bientôt prendraient toutes les teintes de l'or et de la pourpre avant de disparaître sous les neiges de l'hiver, cet hiver que les seigneurs de Montsalvy passeraient à la maison des hôtes du monastère tandis que l'on préparerait les plans du nouveau logis.

Au printemps, quand la terre enfanterait ses dons et que la nature réveillerait l'amour, tout refleurirait...

Saint-Mandé, 3 septembre 1978.

Table

DU MÊME AUTEUR

Chez le même éditeur :

Romans :

CATHERINE : IL SUFFIT D'UN AMOUR..., Tome I.
CATHERINE : IL SUFFIT D'UN AMOUR..., Tome II.
BELLE CATHERINE, Tome III.
CATHERINE DES GRANDS CHEMINS, Tome IV.
CATHERINE ET LE TEMPS D'AIMER, Tome V.
PIÈGE POUR CATHERINE, Tome VI.

MARIANNE, UNE ÉTOILE POUR NAPOLÉON, Tome I.
MARIANNE ET L'INCONNU DE TOSCANE, Tome II.
MARIANNE, JASON DES QUATRE MERS, Tome III.
TOI, MARIANNE..., Tome IV.
MARIANNE, LES LAURIERS DE FLAMMES, Tome V *(1re partie)*.
MARIANNE, LES LAURIERS DE FLAMMES, Tome V *(2e partie)*.

LE GERFAUT DES BRUMES, Tome I.
UN COLLIER POUR LE DIABLE, (Le Gerfaut des Brumes), Tome II.

Récits historiques :

LES REINES TRAGIQUES.
AVENTURIERS DU PASSÉ.
PAR LE FER OU LE POISON.
LE SANG, LA GLOIRE ET L'AMOUR.
TROIS SEIGNEURS DE LA NUIT.
GRANDES DAMES, PETITES VERTUS.

Les éditeurs étrangers ci-dessous ont publié dans leur langue, les romans de Juliette Benzoni.

GRANDE-BRETAGNE :	HEINEMANN LTD.
	PAN BOOKS.
	FONTANA.
ALLEMAGNE :	BLANVALET VERLAG. RANGEN
	MULLER HERBIG.
	DEUTSCHEN BUCHERBUND.
ÉTATS-UNIS :	G. P. PUTNAM'S SONS.
	BERKELEY.
	AVON BOOKS.
ITALIE :	ALDO GARZANTI, EDITORE.
SUÈDE :	BO WAHLSTROMS BOKFORLAG.
NORVÈGE :	CAPPELENS FORLAG.
	DREYERS FORLAG.
FINLANDE :	TAMMI PUBLISHING C°.
	BRANNER OG KORCHS.
DANEMARK :	WINTHERS FORLAG.
HOLLANDE :	ZUID HOLLANDSCHE UIT.
ESPAGNE :	EDITORA DELOS AYMA.
	EDITORIAL BRUGUERA.
TURQUIE :	ATA SARAY HAN.
ISLANDE :	HILMIR.
ARGENTINE :	EDITORIAL BRUGUERA.
GRÈCE :	GALAXIAS.
	VRADINI.
YOUGOSLAVIE :	OTOKAR KERSOVANI *(serbo-croate)*.
	PRIMORSKI TISK *(slovène)*.
	PROMUSKA ZALOZBA *(slovène)*.
ISRAËL :	M. MIZRAHI.
PORTUGAL :	LIVRARIA CLASSICA EDITORIA.
TCHÉCOSLOVAQUIE :	ÉDITIONS TATRAN.

IMPRIMÉ EN FRANCE PAR BRODARD ET TAUPIN
Usine de La Flèche (Sarthe).
LIBRAIRIE GÉNÉRALE FRANÇAISE - 6, rue Pierre-Sarrazin - 75006 Paris.
ISBN : 2 - 253 - 04152 - 1